Eva Almstädt

OSTSEE-RACHE

Kriminalroman

BASTEI LÜBBE
TASCHENBUCH

BASTEI LÜBBE TASCHENBUCH
Band 17 666

Dieser Titel ist auch als Hörbuch und E-Book erschienen

MIX
Papier aus verantwortungsvollen Quellen
FSC® C083411
FSC
www.fsc.org

Originalausgabe

Dieses Werk wurde vermittelt durch die Thomas Schlück GmbH,
30827 Garbsen

Titelillustration: © mircea Costina/shutterstock;
rphstock/shutterstock; Daniiel/shutterstock
Umschlaggestaltung: Christin Wilhelm, www.grafic4u.de
Satz: Urban SatzKonzept, Düsseldorf
Gesetzt aus der Garamond
Druck und Verarbeitung: CPI books GmbH, Leck – Germany
Printed in Germany
ISBN 978-3-404-17666-3

5 4 3 2 1

Sie finden uns im Internet unter
www.luebbe.de
Bitte beachten Sie auch: www.lesejury.de

1. Kapitel

Nicole Mohr sammelte die Notenhefte ein. Sie ordnete und stapelte sie akkurat, bis die anderen Frauen aus dem Chor endlich gegangen waren. »Hannes?« Sie legte die Hefte auf dem Flügel ab. »Ich muss dir was sagen.«

»Mach dir bloß keine Gedanken wegen deines Solos.« Hannes Schöttler schloss den Schrank mit den Notenständern. Er kam, nein, tänzelte beinahe auf sie zu. »Du wirst fantastisch sein, Nicole.«

»Das ist es nicht.« Sie roch die Lakritzpastillen, die er dauernd lutschte, und trat einen Schritt zurück. »Ich höre auf zu singen. Heute war das letzte Mal.«

»Was redest du da? Wir brauchen dich!«

»Tut mir leid, Hannes. Es war eine schöne Zeit im Chor. Aber es geht nicht mehr. Vielen Dank für alles.«

Er schüttelte langsam den Kopf. »Das meinst du nicht so, Nicole.«

»Doch. Es ist mein voller Ernst.«

»Wieso? Wo es doch gerade ... wo ich ... Also, ich bin einigermaßen sprachlos.« Seine Mundwinkel zogen sich nach unten. Er blinzelte und knetete die großen Hände.

Nicole hatte damit gerechnet, dass Hannes enttäuscht sein würde. Im Chor war es längst so eine Art Running Gag, dass er sie anbetete. Sie hatte ihm bestimmt nie irgendwelche Hoffnungen gemacht. Doch seit ihrer Trennung von Falk benahm er sich immer merkwürdiger. »Meine Stimme wird euch sicher nicht fehlen.« Sie versuchte ein aufmunterndes Lächeln, doch sie fühlte sich allmählich beklommen, so wie er sie ansah. Aber diese Umgebung passte nicht mehr zu ihr. Der Gemeindesaal mit dem verschrammten Fußboden, den schlaffen gelbbraunen Vorhängen. Die Einrichtung war so zweckmäßig, dass es schon wehtat. Sogar das Licht aus den Siebzigerjahrelampen sah milchig und schal aus. Es überzog alles wie mit einem klebrigen Film des ewig Gestrigen. Ein Ort für Verlierer.

»Wir haben in fünf Wochen unser Konzert, Nicole. Dafür proben wir. Ich meine, was denkst du dir? Muss es ausgerechnet jetzt sein?« Hannes' Blick hinter den Brillengläsern war nun starr auf sie gerichtet.

»Brigitte singt das Solo doch viel besser als ich.«

»Nicki, wir brauchen dich! Überleg es dir noch einmal«, drängte er sie.

»Nein, Hannes. Mein Entschluss steht fest.« Sie griff nach Jacke und Tasche, die über einem der Stapelstühle aus hellem Eichenholz hingen.

»Du weißt nicht, was du da sagst!« In Hannes' Mundwinkeln hatten sich Speichelblasen gebildet. »Du kommst wieder. Auf jeden Fall!« Er rang offensichtlich um Fassung. Und sie hatte gedacht, sie könnte hier einfach so hinausspazieren. Als wäre sie nicht ein Teil dieses Dorfes, der Gemeinde, dieses Chors. Das war ja, wie sich aus einem Sumpf zu befreien. Die Trennung von Falk, ihrem Mann, war nur der erste Schritt gewesen. Das erkannte Nicole jetzt. Sie wollte generell ein anderes Leben, ihren Anteil an Aufregung, Luxus und Spaß. Und das Gemeindehaus von Niensühn verkörperte alles, wovon sie sich losmachen musste.

Das Gesicht des Chorleiters wurde ausdruckslos. »Also gut, Nicole. Reisende soll man nicht aufhalten.«

»Tut mir wirklich leid.« Nicole schulterte ihre Umhängetasche und ging in Richtung Tür. Hannes, der hilfsbereite, stets freundliche und fügsame Ehemann der Pastorin, streckte den Arm aus, als wollte er sie festhalten. Nicole sah ihn fragend an. Er zog die Hand zurück und ließ sie vorbeigehen. Seine Fingerspitzen streiften jedoch noch ihre Schulter. Die Absätze ihrer Stiefeletten klopften leise auf dem Parkettboden, als sie eilig davonging.

»Das wirst du noch bereuen.«

Im Korridor runzelte Nicole die Stirn. Hatte er das wirklich gesagt? Die geflüsterten Worte waren mit dem Einschnappen der Tür zusammengefallen. Das hatte Hannes doch nicht wirklich gesagt? Oder zumindest nicht so gemeint? Das musste sie sich eingebildet haben. Eine Folge ihres schlechten Gewissens. Als sie die Außentür öffnete, riss eine Windböe ihr diese fast aus der Hand. Nicole atmete auf. Endlich frische Luft!

Nicole nahm den Schirm aus der Tasche, spannte ihn auf und machte sich auf den Heimweg. Hannes war selbst schuld! Sie hatte ihn nie ermuntert, ihm niemals Hoffnungen gemacht. Er war verheiratet, sie war es gewesen, war es streng genommen noch. Sein Benehmen war lächerlich.

Der Regen ließ nach, als sie die Hauptstraße erreichte. Nur aus den Kronen der Linden am Rand des Kirchhofs pladderten noch dicke Tropfen auf die Bespannung des Schirms. Nicole klappte ihn zu, warf einen Blick über die Schulter und überquerte die Dorfstraße.

»Schon wieder Totentanz in Niensühn um diese Uhrzeit«, murmelte sie. Irritiert sah sie sich ein zweites Mal um. Wer war das, da auf der anderen Straßenseite? Warum drückte er sich so an der Mauer des Kirchhofs entlang? Als sie sich ein drittes Mal umschaute, war der Fußgänger nicht mehr zu sehen. Er musste sich nun außerhalb der Lichtkegel der Straßenlaternen befinden. Doch wenn er weiterging, sollte er gleich wieder auftauchen. »Komm schon«, sagte sie leise. »Du wagst es nicht, Hannes. So bescheuert, mir zu folgen, bist du nicht.«

Sie wartete ein paar Sekunden. Nichts. Nicole stopfte den feuchten Schirm in die Umhängetasche und setzte ihren Weg fort. Sie lauschte, ob neben dem Pladdern aus Dachrinnen, dem Gurgeln in den Gullys und dem Rauschen der Blätter noch etwas zu hören war. Schritte, die ihr folgten?

Nicole widerstand dem Impuls, sich erneut umzusehen. Dies hier war Niensühn, nicht Hamburg oder gar Harlem. Trotzdem war sie erleichtert, als sie sich der alten Schmiede näherte, die etwas zurückgesetzt an der Dorfstraße stand. Falks Tischlerei. Sein Lieferwagen mit dem vertrauten Schriftzug stand davor. Im ersten Stock sah sie hinter staubigen Scheiben ein bläulich flackerndes Licht. Er war dort. Wahrscheinlich hockte er am Computer und spielte eines dieser sinnlosen Spiele. Oder er sah fern. Ihr Noch-Ehemann war nicht ehrgeizig. Nicole sah sich ein weiteres Mal um. Nichts. Das Benehmen des Chorleiters war ihr nicht ganz geheuer. Sie könnte an der Werkstatt anklopfen und mit Falk darüber reden. Sich von ihm nach Hause begleiten lassen ... Aber nein. Sie waren getrennt, und Nicole wollte gar nicht sehen, wie Falk dort über seiner Werkstatt hauste. Es sich vorzustellen war unangenehm genug. Ob er sie deswegen hasste? Nein. Er machte sich ja nichts aus Komfort und einem schicken Ambiente. Er schien gerade über die Trennung hinwegzukommen. Das wollte sie nicht gefährden.

Nicole bog erst nach rechts und dann nach links ab, ging die Straße mit den Ein- und Zweifamilienhäusern hinunter, in der sie wohnte. Als sie ihre Pforte aufstieß und noch einmal zurückblickte, war die Straße leer. Nicole hatte im Flur ein Licht brennen lassen. So fühlte sie sich beim Nachhausekommen nicht so allein. Zum Glück war sie auch nicht allein, dachte sie. Sie hatte sich neu verliebt.

Nicole spannte den feuchten Schirm wieder auf und legte ihn zum Trocknen unter die Treppe. Sie zog Jacke und Schuhe aus und ging in die Küche. Nach einem Griff in die Obstschale auf der Arbeitsplatte stellte sie sich ans Fenster. Sie schaute, biss in den Apfel und hielt dann im Kauen inne. Warum zum Teufel war da drüben eigentlich das Licht an? Regina Laubner, ihre Nachbarin, lag mit irgendeiner Herzgeschichte im Krankenhaus. Es sollte was Ernstes sein, hatten die Frauen im Chor gesagt. Regina war bestimmt noch nicht wieder entlassen worden.

Ihre Häuser hatten ähnliche Grundrisse, waren nur spiegelverkehrt gebaut, sodass Nicole in die Küche des Nachbarhauses schauen konnte. Eine Frau hantierte am Spülbecken. Das war auf keinen Fall Regina. Die Fremde war deutlich jünger, trug ein schwarzes Tanktop, war an der Schulter tätowiert. An ihren Ohrmuscheln blitzten Stecker oder Ringe.

War das …? Verdammt noch mal, konnte das Reginas Tochter sein? Nicole hatte Flora zuletzt gesehen, als die etwa zwölf Jahre alt gewesen war. Wagte sie es, wieder nach Niensühn zu kommen? Eine Mörderin? Der Gedanke war lächerlich, doch es kam Nicole mit einem Mal so vor, als wäre allein Floras Anwesenheit im Dorf ein böses Vorzeichen.

Pia Korittki, Kriminalhauptkommissarin beim K1, saß vor dem Büro des Leiters der Lübecker Bezirkskriminalinspektion und wartete.

Ein Kollege, der im Vorzimmer an seinem Schreibtisch arbeitete, sah von seinem Bildschirm auf. »Du kannst bestimmt gleich zu ihm rein. Eben hat er noch was Dringendes auf den

Tisch bekommen, aber er meinte, dass er gleich Zeit für dich hat.«

Pia vermutete, dass man es ihr an der Nasenspitze ansah, dass sie mit ihrer Geduld am Ende und drauf und dran war, den Termin abzusagen. Das Treffen mit Kriminaldirektor Keller stand seit beinahe zwei Wochen in ihrem Terminkalender. Es war auf Kellers Wunsch hin und ohne die Angabe von Gründen anberaumt worden, und so hatte sie fast zwei Wochen Zeit gehabt, darüber zu spekulieren, um was es bei der Unterredung gehen mochte, das sie nicht mit ihrem direkten Vorgesetzten Manfred Rist klären konnte.

»Vielleicht will er dich einfach näher kennenlernen«, hatte Pias Freund Lars vermutet und sich dafür ein Augenrollen eingehandelt.

»Das glaube ich ganz und gar nicht«, hatte Pia gesagt. Selbst Manfred Rist als Leiter des K1 schien vollkommen im Dunkeln zu tappen, was ihr oberster Chef von Pia wollte. Rist hatte nicht mit Andeutungen und Mutmaßungen gespart, um sie aus der Reserve zu locken. Offenbar glaubte er nicht, dass sie genauso ahnungslos war wie er.

Zumindest die Aussicht von ganz oben aus dem Polizeihochhaus war fantastisch, wenn auch nur ein geringer Trost für die Verspätung. Über den Vorzimmerbereich hinweg konnte Pia durch die staubigen Fensterscheiben über die Kanaltrave und die Dächer und Baumkronen beinahe bis zu ihrem Wohnhaus in der Adlerstraße sehen. Weiter links stachen die Türme des Lübecker Doms und der anderen Kirchen der Altstadt in den blauen Septemberhimmel.

Pia sah auf ihre Armbanduhr. Sie musste ihren Sohn Felix heute früher aus dem Kindergarten abholen, weil die Kindergartenleitung noch relativ spontan eine Besprechung anberaumt hatte. Es kam ja immer alles auf einmal. Pia wusste weder, wie lange die Unterhaltung mit Raimund Keller dauern sollte, noch wie sehr der Feierabendverkehr sie nachher aufhalten würde. Sie widerstand dem Impuls, aufzustehen und auf und ab zu gehen oder mit den Fingerspitzen auf den kleinen Beistelltisch zu trommeln, sondern übte sich in langsamer Atmung. Ein und aus, ein und aus.

Endlich öffnete sich die Tür, und Kriminaldirektor Keller bat sie zu sich herein. Pia kannte ihn von einigen flüchtigen Begegnungen und auch von offiziellen Veranstaltungen. Er war ein mittelgroßer Mann Anfang sechzig und von stämmiger Statur. Sein kurzes Haar war dicht und noch fast durchgehend braun, seine grauen Augen blickten sie durchdringend unter beinahe zusammengewachsenen Brauen an. Er gab sich ungezwungen, bot Pia zunächst Kaffee oder Mineralwasser an. Das Geräusch, als das Wasser ins Glas plätscherte, wurde nur von den im Wind scharrenden Außenjalousien unterbrochen.

Raimund Keller sah durch die breite Fensterfront hinaus. »Ganz schön stürmisch heute. Wenn es noch mehr wird, klappern hier oben die Tassen auf den Untertassen.«

Wolkenfetzen jagten über den ansonsten klaren Himmel. Tatsächlich schien, wenn man ruhig saß, das gesamte Hochhaus leicht zu schwanken.

»Ja, das kann ich mir vorstellen.« Pia trank einen Schluck Wasser und wartete ab, was nun kommen würde.

»Ich werde am Wochenende in Travemünde segeln gehen. Hoffentlich hält sich das Wetter noch eine Weile. Segeln Sie auch?«

»Nein, ich fahre höchstens mal bei Freunden mit, wenn es sich ergibt. Ich hatte es früher eher mit dem Windsurfen.« Sie lächelte, wohl wissend, dass das für viele Segler »Kinderkram« war.

»Na, dann wissen Sie ja auch immer, woher der Wind weht.« Keller nahm eine Akte zur Hand, die auf seinem Schreibtisch bereitlag. Sein Gesichtsausdruck wurde offiziell, als er mit Blick auf die Papiere sagte: »Pia Korittki, seit sechs Jahren bei uns im K1. Sehr gute Beurteilungen, nein, ich korrigiere mich, hervorragende Beurteilungen. Ein paarmal sind Sie ein zu hohes Risiko eingegangen, lese ich hier. Hm, hm. Ach so. Ja.« Er sah auf. »Aber ich muss sagen, Sie haben immer Ergebnisse geliefert. Zunächst unter der Leitung von Horst-Egon Gabler, der sich übrigens noch sehr für Sie eingesetzt hat, doch dann kam ja das Kind bei Ihnen ... Und nun sind Sie bei Manfred Rist. War eine schwierige Entscheidung damals, als Horst von einem auf den anderen Tag in den Vorruhestand gegangen ist. Ich habe ihn überaus geschätzt, wissen Sie? Wir haben einen weiten Weg zusammen zurückgelegt, Horst und ich. Aber so ist das Leben. Immer wieder Entscheidungen, und nie sind sie einfach.«

Pia schluckte ein zweites »Das kann ich mir vorstellen« hinunter, denn sie war mit der Besetzung dieses Postens durch Manfred Rist immer noch nicht sonderlich glücklich. Ihr Verhältnis war besser als zu Beginn, aber nach wie vor angespannt. »Warum wollen Sie mich sprechen?«

»Frau Korittki. Sie können mehr, habe ich recht?«

»Sicher. Aber es kommt natürlich auch darauf an, worauf sich dieses ›mehr‹ bezieht«, antwortete Pia. Was hatte er vor? Und warum verdammt klopfte ihr Herz plötzlich wie verrückt?

»Sie sind nicht verheiratet, doch Sie leben in einer festen Beziehung?«

»Entschuldigung. Ich möchte nicht unhöflich sein, aber worum geht es hier?« Sie sah nun doch auf ihre Uhr. »Ich habe um fünf noch einen Termin.«

Wenn Kriminaldirektor Keller verärgert war, verbarg er es gut. »Also schön. Wie Sie vielleicht wissen, Frau Korittki, hat es Veränderungen im Leben Ihres Kollegen Wilfried Kürschner gegeben, die ihn dazu bewegt haben, mir mitzuteilen, dass er seinen Job beim K1 so nicht mehr bis in alle Ewigkeit fortführen will. Ich konkretisiere: Ich erwäge, Sie in absehbarer Zeit zu Manfred Rists Stellvertreterin zu machen. Aber bei dieser Entscheidung sind verschiedene Aspekte zu berücksichtigen. Stellvertretende Leiterin des K1, wie klingt das für Sie?«

Pia war einen Moment sprachlos. Sie sah, wie eine Möwe vor dem Fenster quasi auf der Stelle flog. »Das klingt vielversprechend. Ich freue mich, dass Sie mich dafür in Erwägung ziehen.«

Kriminaldirektor Keller winkte ab. »Ich entscheide das natürlich nicht allein. Aber ich bin ein großer Befürworter von Chancengleichheit, und ich fördere Frauen gern, wissen Sie? Es ist an der Zeit, und es gibt noch nicht viele, die so weit gekommen sind.«

Was sollte sie dazu sagen?

»Da ist nur eine Sache ...«

Aha. Pia war nicht überrascht. »Und die wäre?«

»Das geht natürlich nicht in Teilzeit. Wie viele Stunden arbeiten Sie im Augenblick?«

Die Möwe segelte mit einem eleganten Schwung kopfüber in die Tiefe und war aus Pias Blickfeld verschwunden. »Offiziell dreißig Stunden, aber es sind oft deutlich mehr.«

»Sehen Sie! Da können Sie doch auch gleich wieder Vollzeit arbeiten«, schlug er vor. »Darauf lege ich sehr viel Wert.«

»Und ich muss darüber nachdenken.« Pias erster Impuls war, das rundheraus abzulehnen. Schließlich war die Entscheidung, nicht nur auf Arbeitszeit, sondern damit auch auf einen

Teil ihres Einkommens zu verzichten, von ihr ja nicht aus einer Laune heraus getroffen worden. Ihr Sohn Felix war erst vier Jahre alt. Sie wollte ihn noch nicht ganztags in die Betreuung geben, sondern auch tagsüber Zeit für ihn haben.

»Tun Sie das«, erwiderte ihr Gegenüber. »Wir werden uns dann in Kürze noch mal zusammensetzen.« Er erhob sich und reichte ihr eine kühle, trockene Hand. »Überlegen Sie es sich. Ich zähle auf Sie, Frau Korittki.«

»Danke, ich weiß das zu schätzen, Herr Keller«, sagte sie und stand Sekunden später leicht verdattert wieder im Vorzimmer.

Als Pia ihr Büro im siebten Stock betrat, saß Manfred Rist auf einer Ecke ihres Schreibtischs und redete mit ihrem Zimmerkollegen und Teampartner Heinz Broders. Beide sahen sie erwartungsvoll an.

»Ich lebe noch«, sagte Pia und breitete andeutungsweise die Arme aus. »Und ihr seid mich auch noch nicht los.«

»Was wollte er denn?« Broders legte den Kopf schief. Ihm verzieh sie die Neugierde. Schließlich arbeiteten sie zusammen und teilten in beruflicher Hinsicht die meisten Sorgen und Probleme. Unter anderem wusste Broders auch von Pias gelegentlichen Querelen mit Manfred Rist. Doch was hatte der hier zu suchen?

»Ach, es war mehr so allgemein.« Pia sah nur Broders an und deutete dann schnell mit den Augen in Rists Richtung, damit Broders verstand, warum sie noch nicht frei reden wollte.

Manfred Rist erhob sich. »Irgendwelche Veränderungen in naher Zukunft, von denen ich wissen sollte, Pia?«, fragte er nun ganz direkt.

»Nein. Nichts Konkretes.« Pia griff nach ihrer Tasche, um ihre Sachen zusammenzupacken. »Ich muss leider auch sofort los. Keller hat mich etwas warten lassen, und es ist später geworden als geplant.«

Kalter Wind pfiff um das Polizeihochhaus, als sie hinaustrat, und strafte den blauen Sommerhimmel Lügen. Pia zog die Schultern hoch und ging zum Parkplatz hinüber. Es gab noch gar nichts Konkretes. Eher im Gegenteil. Der Ball befand sich in der Luft. Sie musste sich entscheiden, ob sie ihn annehmen wollte.

2. Kapitel

Zum Frühstück trank Flora Laubner nur schwarzen Kaffee, zum Mittag begnügte sie sich mit einer Dose Ravioli, doch gegen fünf Uhr am Nachmittag musste sie sich den Tatsachen stellen: Sie war hungrig, sie war auf dem Dorf, sie hatte kein Auto zur Verfügung, und es war nicht mehr viel zu essen im Haus.

Ihre Mutter schien sich von in Plastik eingeschweißten Schokobrötchen, haltbarer Milch im Tetra Pak und Toastbrot mit Scheibletten zu ernähren. Einen mit samtigem blauen Schimmel überzogenen Rest Fleischsalat hatte Flora am vergangenen Abend als Erstes weggeworfen. Der angebrochene Wein im Kühlschrank war noch trinkbar gewesen. Die Speisekammer stand voll mit Weinflaschen, und auch die Hausbar im altmodischen Wohnzimmerschrank war gut bestückt. Beim Öffnen der Klappe war eine Lampe angesprungen und hatte die angesammelten Spirituosen und deren Spiegelbilder theatralisch in Szene gesetzt. Es hatte etwas unangenehm Intimes, die Alkoholvorräte eines Menschen zu inspizieren, der unvermittelt ins Krankenhaus gebracht worden war. Auch und besonders, wenn es sich bei diesem Menschen um die eigene Mutter handelte. Flora hatte vorhin mit ihr telefoniert. Nach all der Zeit wieder die vertraute Stimme zu hören, hatte sie fast umgehauen. Ihr Magen hatte revoltiert und ihr Herz wie verrückt geschlagen. Ihre Mutter hatte gefasst geklungen. Doch das mochte auf die Krankheit und die Medikamente zurückzuführen sein. Und auch sie selbst war äußerlich ruhig geblieben. Es war ein nüchternes und eher einseitiges Gespräch gewesen. Regina lag auf der Intensivstation und musste wohl noch für eine längere Zeit im Krankenhaus bleiben.

»Sie ist eine Fremde für mich«, flüsterte Flora, während sie sich in dem in beige-braunen Farben gehaltenen Wohnzimmer umsah. Ich bin eine Fremde für sie! Doch ihre Mutter hatte sie aus dem Krankenhaus angerufen und um Hilfe gebeten. Das erste Mal seit zwölf Jahren hatte Regina Laubner Kontakt zu ihrer einzigen Tochter gesucht. Flora hoffte, dass eine Annäherung möglich war. Irgendeine Art von Neuanfang. Sie befand sich in einer Sackgasse und wollte ihr Leben ändern. Die Altlasten ausräumen. Sie wollte weg aus Kiel und dem überteuerten Zimmer in der Wohngemeinschaft, weg von ihrer Beziehungslosigkeit und Einsamkeit in der Stadt. Flora fühlte sich haltlos und unzufrieden. Sie wollte etwas Neues beginnen und gleichzeitig an Altem anknüpfen, wollte irgendwo hingehören. Ihre Mutter war ihre einzige noch lebende Verwandte.

Bei der Suche nach einem Einkaufskorb oder einer Tasche stolperte Flora zweimal über eine der drei Katzen. Die Tiere strichen ihr um die Beine, platzierten sich dann auf der Arbeitsplatte oder dem Tisch und starrten sie mit ihren gelben Augen an. »Ihr habt wohl auch Hunger. Ich bring euch was mit, versprochen.«

In Ermangelung eines Einkaufskorbes leerte Flora ihre Reisetasche und schulterte sie. Niensühn hatte zwar nur knapp tausend Einwohner, aber immerhin gab es hier noch einen Dorfladen. Das hatte Flora am Vormittag im Internet recherchiert. Da dieser Laden jedoch um achtzehn Uhr schloss, musste sie langsam mal aufbrechen.

Sie ging die von Einfamilien- und Doppelhäusern gesäumte Straße hinunter. Ein Mädchen in Reithose und Turnschuhen fuhr auf dem Fahrrad an ihr vorbei und grüßte höflich. In einem der gepflegten Vorgärten hob ein älterer Mann, der in einem Beet Unkraut jätete, den Kopf und starrte sie an. Als sie ihn ebenfalls grüßte, nickte er, ohne eine Miene zu verziehen. Bliebe sie stehen, würde er sie bestimmt fragen, ob er ihr weiterhelfen könne. So war das hier. Man war hilfsbereit, und man passte auch auf.

Der Dorfladen befand sich in einem Wohnhaus auf einem Eckgrundstück. Ein Zigaretten- und ein Kaugummiautomat vor der Eingangstür, eine orange-braun gestreifte Markise über dem Bürgersteig und Waschmittelpackungen im Fenster waren die wesentlichen Hinweise auf ein Ladengeschäft. Es klingelte schrill, als Flora eintrat, doch es war niemand zu sehen. Sie nahm einen der Drahteinkaufskörbe und ging den ersten Gang hinunter, suchte nach Lebensmitteln und nach Katzenfutter. Am Ende des Ganges befand sich eine offen stehende Tür. Flora konnte in eine Küche mit Eichenfronten und beige gesprenkelter Arbeitsplatte sehen.

Eine Frau in einem weißen Kittel trat heraus und musterte sie. »Moin, kann ich Ihnen helfen?«

Ihr Gesicht kam Flora bekannt vor, doch sie konnte es nicht zuordnen. Als sie ein Kind war, hatte es diesen Laden noch nicht gegeben. »Oh, hallo. Danke, nein. Ich wollte ein paar Vorräte einkaufen. Und Katzenfutter«, setzte sie hinzu, weil die Frau sie unverwandt musterte.

»Machen Sie Urlaub hier?«

»Äh, so ähnlich.«

»Katzenfutter ist hinten rechts«, sagte die Frau und bewegte sich in Richtung der Kasse. »Wollen Sie mir nich' Ihre große Tasche geben?«

»Äh, wofür?«

»Damit Sie sie nicht mit sich rumschleppen müssen.«

»Da ist auch mein Portemonnaie drin, also nein danke!«

»Hier kommt doch nix weg!« Die Frau drehte ihr den Rücken zu. Flora meinte noch ein gemurmeltes »Touristen!« zu hören.

Leicht verwirrt setzte sie ihren Einkauf fort. Nudeln, Reis, Gemüse, passierte Tomaten, etwas abgepacktes Hackfleisch … Schokolade für die Nerven und vor allem Kaffee. Zwischendurch kamen weitere Kunden in den Laden, klönten mit der Ladenbesitzerin, warfen Flora verstohlene Blicke zu, bezahlten und gingen wieder. Als Flora mit vollem Korb an die Kasse trat, war außer ihr nur noch eine andere Kundin da. Sie kam Flora entfernt bekannt vor. Die verzerrte, weil nun erwachsene Version einer Kindheitserinnerung. Flora spürte, wie ihr der Schweiß ausbrach. Sie hatte bei ihrer Rückkehr nach Niensühn bisher nur an ihre Mutter gedacht, die ihre Hilfe brauchte. Die Möglichkeit, dass sie hier noch mehr Menschen kennen würde und dass die sie kannten, hatte sie ausgeblendet. Doch auf dem Dorf blieben viele Leute ihr Leben lang wohnen.

Flora legte ein Lebensmittel nach dem anderen auf das Kassenband. Sie spürte den Blick der etwa gleichaltrigen Frau von der Seite.

»Flora? Flora Laubner?« Die Stimme klang ungläubig und ein wenig schrill.

»Ja, die bin ich. Und du bist … Vivien, oder?« Vivien Prange, wenn sie nicht geheiratet und einen neuen Nachnamen angenommen hatte. Doch, sie war bestimmt schon verheiratet – Vivien, die jetzt einen Kopf größer war als sie, etwa vierzig Kilo zugelegt hatte und das Haar mittlerweile kurz geschnitten trug. Aber ihre Augen, die hellen, leicht vorstehenden Augen, waren unverkennbar die ihrer früheren Spielkameradin.

Vivien nickte und stützte die Arme in die Seiten. »Ich fasse es nicht, nach der langen Zeit! Was machst du denn hier? Bettina, erinnerst du dich nicht? Das ist Flora, Reginas Tochter.«

Die Ladenbesitzerin kniff die Augen zusammen. »Ich dachte doch gleich, ich kenne Sie irgendwoher!«

»Wie geht es dir, Vivien?«, fragte Flora.

»Bestens. Aber ich muss los. Tschüss, Bettina. Bis nachher, wir sehen uns beim Chor!«

Die Ladenklingel schrillte erneut, und Vivien hatte das Geschäft verlassen.

»Sie singen beide im Chor?«, fragte Flora, die ebenfalls gern sang und sich sehr für Musik interessierte.

Die Ladenbesitzerin reagierte nicht auf die Frage. »Dreiundzwanzig achtzig«, sagte sie.

Die Einkäufe kullerten in der Reisetasche hin und her, als Flora die Dorfstraße wieder hinaufging. Sie hätte sich nicht stärker bloßgestellt fühlen können, wenn sie nackt in dem Laden gestanden hätte. Und plötzlich waren ihr die verblassten Gespenster der Vergangenheit wieder frisch in Erinnerung: Vivien und Daniel Prange, mit denen sie damals gespielt hatte und die in die Ereignisse um Simons Tod ebenfalls verwickelt gewesen waren. Ihren Eltern gehörte der große Hof von Niensühn. Außerdem Simons Eltern, Ingrid und Gunnar Hertling, mit ihrem eher unscheinbaren Bauernhof, die ewigen Zweiten im Dorf, und noch einige andere Menschen, deren Schicksal eng miteinander verwoben war, verbunden durch Wohnort, Vergangenheit und eine fest gefügte Hierarchie.

Ihr Elternhaus tauchte vor Flora auf. Kleiner und bei Tageslicht auch vernachlässigter aussehend, als sie es am Abend zuvor wahrgenommen hatte. Viel kleiner und vernachlässigter, als sie es aus ihrer Kindheit in Erinnerung hatte. Vor der Gartenpforte blieb Flora stehen, weil sie sich beobachtet fühlte. Die Straße war leer, ebenso die Vorgärten der beiden Nachbarhäuser. Sie drehte sich um. In dem Haus gegenüber bewegte sich etwas hinter dem Fenster. Wohnten dort noch die ewig nörgelnden Sauers? Ehe Flora jemanden erkennen konnte, wurde mit lautem Scharren die Jalousie heruntergelassen. Dann eine zweite daneben. Und noch eine. Flora starrte erst verblüfft, dann mit leisem Grauen auf die Fassade, die sie an ein abweisendes Gesicht mit geschlossenen Augen erinnerte.

Willkommen zurück.

»Morgen holt Mascha dich vom Kindergarten ab«, sagte Pia zu ihrem Sohn Felix. Sie saßen zusammen beim Abendbrot in der Küche. »Es ist ›Papa-Wochenende‹.«

Mascha war die Frau von Felix' Vater Hinnerk Joost. Pia und Hinnerk hatten sich schon vor Felix' Geburt getrennt. Sie kamen mittlerweile recht gut miteinander zurecht, und Hinnerk kümmerte sich sehr liebevoll um seinen Sohn. Umso erstaunter war Pia, als Felix nun reglos auf seinen Teller mit Kartoffelpüree, Sauerkraut und Nürnberger Würstchen starrte. Eigentlich war das eines seiner Lieblingsessen. »Freust du dich nicht?«

»Nöö.«

»Das wird bestimmt schön. Sicher bringt Mascha Rike mit, wenn sie dich abholt. Dann kannst du den anderen Kindern deine kleine Schwester zeigen.«

Mascha und Hinnerk hatten gerade ihr erstes gemeinsames Kind bekommen. Einige der »Papa-Wochenenden« waren danach für Felix ausgefallen, weil Mascha sich zu gestresst gefühlt hatte und Hinnerk sie unterstützen wollte. Vor zwei Wochen war Felix aber bei ihnen gewesen und hatte ein erstes Wochenende mit seiner Halbschwester Rike verbracht. Bisher hatte er Pia nicht viel darüber erzählt.

Felix' Wangen röteten sich. »Mascha soll mich nicht abholen mit Rike.« Das letzte Wort stieß er hervor, als handelte es sich um etwas so Verabscheuungswürdiges wie Rosenkohl.

Pia wusste, dass Felix am liebsten von seinem Vater abgeholt wurde, aber wenn das nicht möglich war, sollte es eigentlich auch mit Mascha funktionieren. »Wenn Mascha dich nicht abholt, kannst du Papa nicht treffen. Und der freut sich doch schon so auf dich.«

Felix senkte den Kopf noch weiter und schob die Unterlippe vor.

Pia bereute, das Thema beim Essen überhaupt angesprochen zu haben, doch sie hatte nicht geahnt, dass Felix auf das anstehende »Papa-Wochenende« so reagieren würde. »Wie war es denn letztes Mal mit Papa und Mascha?«, erkundigte sie sich.

»Doof.« Seine Augen schwammen in Tränen.

Oje. »Das hast du mir gar nicht erzählt. Was fandest du denn doof daran?«

»Das Baby!«

»Babys sind manchmal nervig«, räumte Pia bereitwillig ein. »Sie schreien, und sie können noch nicht reden oder etwas alleine tun. Aber wenn sie älter werden, kann man doch einiges mit ihnen anfangen.« Sie lächelte aufmunternd. »Mit Rike auch, da möchte ich wetten. Und dann freut sie sich über einen großen Bruder, der mit ihr spielt.«

»Nein«, sagte Felix und ließ den Löffel auf das Kartoffelpüree klatschen. »Papa will nur noch Rike haben und mich nicht. Und Mascha auch.«

»Nein, Felix. So ist es nicht. Rike macht im Moment nur sehr viel Arbeit, weil sie noch so klein ist, aber Papa hat dich noch genauso lieb wie immer. Ganz sicher. Und Mascha auch«, setzte sie hinzu.

Felix schüttelte den Kopf. Eine Träne kullerte ihm über die Wange.

Pia nahm ihren Sohn fest in den Arm. »Sie haben dich noch genauso lieb wie immer, vielleicht sogar noch lieber, weil du jetzt auch ein großer Bruder bist.«

»Will kein Bruder sein!«, schluchzte Felix. »Rike soll weggehen!«

»Das kann Rike nicht. Sie braucht Papa und Mascha, und sie braucht auch dich, Felix. Du kannst Papa und Mascha helfen, sich um sie zu kümmern, solange sie noch so klein und hilflos ist. Darüber würden sie sich sehr freuen!«

»Rike schreit immer und immer und immer. Mir tun die Ohren weh.« Er presste zur Demonstration die Hände auf die Ohrmuscheln.

»Was meinst du, wie anstrengend das für Mascha und Papa ist? Da freuen sie sich besonders, wenn du am Wochenende kommst, weil man mit dir richtig reden und spielen kann.«

Er nahm die Hände wieder herunter. »Ich weiß nicht.«

»Ganz sicher. Sie freuen sich auf dich, und sie brauchen dich. So wie ich dich auch brauche, Felix.«

Der Kummer ihres Sohnes schnitt Pia ins Herz. Vielleicht auch, weil sie sich an das Gefühl des Zurückgesetztwerdens zugunsten jüngerer Geschwister aus ihrer eigenen Kindheit erinnerte. Ihre Mutter hatte ihren Stiefvater geheiratet und die Zwillinge Nele und Tom bekommen, als Pia fünf Jahre alt gewesen war. Sie hatte sich danach jahrelang wie das fünfte Rad am Wagen der neuen kleinen Familie gefühlt. Doch Felix' Verhalten war untypisch für ihn. Er schien wirklich traurig und auch ein wenig verstört zu sein. Und das zu einem Zeitpunkt, wo sie gerade darüber nachdachte, ob es nicht irgendwie möglich wäre, wieder Vollzeit zu arbeiten. So wie es aussah, brauchte Felix sie im Augenblick ganz besonders.

Ganz ruhig, mahnte Pia sich. Getrennt lebende Eltern neigten dazu, einander für die Probleme ihrer Kinder verantwortlich zu machen. Sie hatte beinahe sofort überlegt, ob Hinnerk Felix schlechter behandelt hatte als sonst, nur weil ein neues Baby da war. Wahrscheinlicher war jedoch, dass Mascha und Hinnerk einfach nicht die erforderliche Ruhe und Zeit für Felix aufgebracht hatten, weil das Baby so viel weinte. Sie konnte die Gefühle ihres Sohnes trotzdem gut nachvollziehen – und das war gefährlich und machte sie voreingenommen. Pia beschloss, Hinnerk und Mascha vorzuschlagen, dass sie Felix an diesem Wochenende noch mal bei sich behielt, falls es zu stressig für alle Beteiligten wurde. Oder würde Felix sich dann abgeschoben fühlen?

3. Kapitel

Hannes Schöttler schloss die Eingangstür auf und betrat das Gemeindehaus von Niensühn, das unweit der Dorfkirche lag. In der Stille des leeren Gebäudes klangen das Klirren des Schlüsselbundes und Hannes' Schritte unnatürlich laut. Der Geruch von Putzmitteln und Staub stieg ihm in die Nase. Er ging in den größeren Raum, den er für seine Chorproben nutzte, und ärgerte sich, als er eine Coladose auf der Abdeckung des Flügels entdeckte. Diese Jugendlichen hatten einfach vor nichts Respekt! Er mochte die kleineren Kinder im Kinderchor und die Erwachsenen. Das Zwischenstadium der Menschwerdung konnte ihm gern erspart bleiben.

Er warf die Dose in den Mülleimer und schloss den Schrank auf, um schon ein paar Notenständer herauszuholen und aufzustellen. Er liebte diese ruhigen Minuten, bevor seine »Damen« und die wenigen »Herren« hier einfielen. Sie kamen nicht nur, um zu singen, nein, sie wollten reden, und manchmal schaffte er es kaum, dem Geschwätz ein Ende zu bereiten.

Seine Sänger und Sängerinnen trafen nach und nach ein. Er ertappte sich dabei, wie er nach Nicole Ausschau hielt. Sie würde nicht kommen. Heute nicht und auch an keinem anderen Chorabend mehr.

»Alle vollzählig?«, fragte er, als die meisten ihren Platz eingenommen hatten.

»Ingrid fehlt noch«, sagte Bettina Hübner, der der Dorfladen von Niensühn gehörte. »Sie war vorhin bei mir und meinte, dass es später werden könnte, weil sie ausnahmsweise heute schlachten.«

»Danke, Bettina. Dann fangen wir schon mal ohne sie an.« Er stellte sich in Positur. »Wir beginnen wie immer mit dem Einsingen: Stimmübungen, Atemübungen und dann der gemeinsame Kanon.«

In der Pause wurden Wasser und Tee ausgeschenkt, und einige Unverbesserliche gingen nach draußen, um zu rauchen. Hannes sortierte auf dem Flügel ein paar Notenblätter, als seine Frau sich zu ihm stellte. Thea war Pastorin von Niensühn. Sie nahm nur gelegentlich an den Chortreffen teil. Thea war nur bedingt musikalisch, sang aber stets mit kräftiger Stimme, wie es auch ihrem Körperbau entsprach. Niemand traute sich, ihr direkt zu sagen, dass sie manches Mal nicht den richtigen Ton traf. Und auf ihn als Chorleiter hörte sie nicht, weil er auch ihr Ehemann war …

»Hast du schon den neuesten Dorfklatsch gehört?«, fragte Thea, ausnahmsweise in gedämpfter Lautstärke. »Bettina hat es mir gerade erzählt.«

»Was denn?«

»Regina ist doch im Krankenhaus, und nun rate mal, wer hergekommen ist, um ihr Haus zu hüten?«

In dieser Angelegenheit war Hannes mal gut informiert, aber das konnte er natürlich keinesfalls preisgeben, und so zuckte er mit den Schultern.

»Ihre Tochter Flora! Erinnerst du dich an sie?«

»Ein dünnes kleines Ding mit einer Frisur wie Pumuckel«, sagte er.

»Ja, da war sie aber noch sehr jung. Inzwischen ist sie eine erwachsene Frau. Sie war vorhin im Dorfladen. Vivien, komm doch mal her.«

Das ließ sich Vivien Prange, die Erste unter den Klatschtanten des Ortes, nicht zweimal sagen. Bettina Hübner folgte ihr auf dem Fuße, um auch ja nichts zu verpassen. »Ich dachte, ich trau meinen Augen nicht«, sagte Vivien. »Beinahe hätte ich Flora nicht erkannt. Es sind ja zwölf oder dreizehn Jahre vergangen, seit sie ... seit sie sie fortgeholt haben. Flora ist immer noch so mager, dass sie sich hinter einer Birke ausziehen kann. Flach wie ein Bügelbrett. Und sie hat kurze Haare wie ein Mann und einen Zentner Ringe an den Ohrmuscheln. Aber sie war es. Bettina hat sie auch wiedererkannt.«

Bettina Hübner nickte.

»Und was machen wir nun?«, fragte Vivien.

»Was wollt ihr denn ›machen‹?«, fragte Thea. »Sie hat jedes Recht, hier zu sein und sich um ihre Mutter zu kümmern. Das ist doch nicht verkehrt.«

Bettina stieß heftig die Luft aus.

»Sie nutzt nur aus, dass ihre Mutter im Moment hilflos ist«, wandte Vivien ein.

»Regina wollte nie wieder etwas mit Flora zu tun haben. Das hat sie oft genug gesagt«, ergänzte Bettina.

»Ist es nicht an der Zeit, die Vergangenheit ruhen zu lassen?«, wandte Thea ein. »Frieden zu schließen?«

Vivien stützte die Hände in die Seiten. »Thea, dein Mitgefühl in allen Ehren, aber wie willst du das Ingrid beibringen?«, fragte sie, die hellen Augen unverwandt auf die Pastorin gerichtet. »Mit dieser Person in einem Dorf zu leben! Soll sie ihren Sohn etwa vergessen?«

Die Tür öffnete sich, und als hätte sie auf dieses Stichwort gewartet, betrat Ingrid Hertling den Gemeindesaal. Der Fahrtwind beim Radfahren hatte ihr kurzes graues Haar zerzaust. Sie nahm die randlose Brille ab, weil sie in dem warmen Raum sofort beschlug. Ihre flammend roten Wangen waren die einzigen Farbtupfer in dem ansonsten blassen Gesicht und an der ganz in Grau gehüllten Gestalt. »Tut mir leid, dass ich so spät dran bin.« Sie kam auf Hannes und die Frauen zu, die sie daraufhin nur verlegen grüßten. Auch der Chorleiter enthielt sich eines Kommentars. »Ist was passiert?«, fragte Ingrid. »Ihr guckt alle so komisch.«

Als die Sänger und Sängerinnen wieder in Reih und Glied vor Hannes standen, wusste Ingrid Hertling immer noch nicht, was los war. Der Chorleiter hörte, wie Vivien sich in einer Pause zwischen zwei Liedern zu Bettina hinüberbeugte und sagte: »Wir können doch nicht untätig dabei zusehen, dass die sich hier wieder einnistet. Dagegen müssen wir etwas unternehmen.«

»Sie sind also der Anwalt von Mark Albrecht Lohse.« Pia musterte den etwa vierzigjährigen Mann mit den glatten Gesichtszügen und dem nach hinten gegelten Haar. Er saß ihr betont entspannt gegenüber und hatte die langen Finger auf der Tischplatte verschränkt. Sein königsblauer Anzug brannte Pia Löcher in die Netzhaut. »Ich erinnere mich nicht, Sie damals während der Gerichtsverhandlung gesehen zu haben.«

Es war Freitagmorgen. Der Rechtsanwalt Marius Plassek hatte Pia dringend sprechen wollen und sie im Polizeihochhaus aufgesucht. Es ging um einen seiner Mandanten, der in Lübeck in der Justizanstalt Marli einsaß und an dessen Festnahme und Verurteilung Pia maßgeblich beteiligt gewesen war. Sie hatte zunächst mit sich gerungen, ob sie diesem Mann überhaupt zuhören sollte. Die Vorkommnisse Anfang dieses Jahres, als Mark Albrecht Lohse mutmaßlich einen ehemaligen Mithäftling beauftragt hatte, sie zu stalken und in seinem Auftrag Rache zu üben, waren Pia noch lebhaft in Erinnerung. Das alles war aber immer noch nicht lückenlos aufgeklärt, unter anderem, weil der Anwalt sich querstellte und Lohses früherer Zellenkumpan die Kooperation rundheraus verweigerte, um ihn nur ja nicht zu belasten. Er musste große Angst vor Lohse haben.

Während Pias erstem Jahr beim K1 war Mark Albrecht Lohse mit zwei Mittätern an mehreren Morden beteiligt gewesen, die sie gegen Bezahlung und wohl auch wegen des Kicks und der Macht, die sie dabei verspürten, verübt hatten. Lohse war der Kopf der kleinen Gruppe gewesen. Pia hatte sie aufgespürt, war von ihnen festgehalten und beinahe ebenfalls ermordet worden. Sie hatten sie aufhängen wollen. Die Polizei hatte das Gebäude gestürmt, doch obwohl schon alles verloren war, hatte Lohse noch den Stuhl, auf dem Pia stand, unter ihr weggetreten. Nie würde sie seinen Blick in diesem Moment vergessen. Sie hatte vor Gericht als wichtige Zeugin gegen ihn ausgesagt. Mark Albrecht Lohse war zu einer langjährigen Haftstrafe verurteilt worden, während die Mittäter etwas glimpflicher davongekommen waren. Seitdem schien Lohse seinen Hass auf Pia und ein paar weitere beteiligte Personen zu nähren, sodass er vor einigen Monaten seinen ehemaligen Mithäftling Andreas Bick darauf angesetzt hatte, ihr damit zu drohen, sie zu vergewaltigen und zu töten. Doch Mark Albrecht Lohses Hass richtete sich nicht nur gegen Pia allein, sondern auch gegen diejenigen, die ihr nahestanden, allen voran Felix. Das hatte für sie den Ausschlag gegeben, dem Anwalt heute zumindest zuzuhören. Schlechte Neuigkeiten waren immer noch besser als Ahnungslosigkeit. Erkenne deinen Feind.

»Sie können sich nicht an mich erinnern, weil Herr Lohse noch nicht sehr lange mein Mandant ist«, sagte Marius Plassek. »Sie erinnern sich wahrscheinlich an meinen Vorgänger, Frau Korittki.«

»Warum wollen Sie mich sprechen, Herr Plassek?«

»Herr Lohse bedauert die Missverständnisse, die es im Januar zwischen Ihnen beiden gegeben hat, zutiefst.« Er sah ihr ungerührt in die Augen. »Er möchte das alles ein für alle Mal ausräumen – wenn Sie ihn während der Haft besuchen, können Sie das persönlich mit ihm besprechen.«

»Wie bitte?« Pia, die sich einen Kaffee mit in den Besprechungsraum genommen hatte und die Milch verrührte, stoppte in der Bewegung. »Wie kommt er darauf, ich würde ihn sehen wollen?«

»Es ist nur ein Angebot, liebe Frau Hauptkommissarin.« Marius Plassek lächelte. »Es liegt ganz in Ihrem Interesse, würde ich sagen.«

»Was will Herr Lohse? Er hat Ihnen doch bestimmt auseinandergesetzt, was er vorhat, und Sie nicht nur zu seinem Laufburschen degradiert.«

Das Lächeln vertiefte sich, etwas angestrengt allerdings. »Guter Versuch. Ich bin nicht sein Laufbursche, ich bin der Vermittler und sein Anwalt. Also, was sagen Sie?«

»Herr Lohse zeigt nach meinem Ermessen keinen Funken Einsicht oder Reue oder irgendwas. Wieso sollte ich mich zu ihm ins Gefängnis bemühen?«

»Nun, er kann zurzeit nicht zu Ihnen kommen, nicht wahr? Und Sie wissen, wer Schuld daran hat.«

»Sieht er das tatsächlich immer noch so? Es hat sich also nichts geändert, keinerlei neue Erkenntnisse irgendwelcher Art?« Sie drückte den Rücken durch. »Und ich habe unter diesen Voraussetzungen kein Interesse daran, Herrn Lohse zu sprechen.« Wenn überhaupt, wollte Pia das Spiel nach ihren Regeln spielen, und dieser Anwalt ging ihr sowieso gegen den Strich.

Marius Plassek schob den Unterkiefer vor und zurück. »Das ist in Anbetracht der Umstände wirklich Ihr letztes Wort?«

»Ich sehe keinen Vorteil darin, Herrn Lohse zu treffen. Es interessiert mich nicht, was er mir zu sagen hat, es sei denn, er legt bezüglich des Auftrags, mich zu verfolgen und zu bedrohen, endlich ein umfassendes Geständnis ab.«

Plassek lachte auf. »Beharren Sie immer noch darauf? Er hatte doch gar nichts damit zu tun. Also …« Er zog sein Smartphone hervor. »Machen wir Nägel mit Köpfen. Wann soll ich einen Termin in der Justizvollzugsanstalt in Marli für Sie arrangieren? Nächste Woche Mittwoch?«

Pia erhob sich. »Gar nicht«, antwortete sie eisig. »Ich begleite Sie hinaus.«

»Sehr schade. Es wäre zu Ihrem Besten«, sagte er leise, als er an Pia vorbei aus dem Raum ging. »Und dem Ihrer Familie.«

4. Kapitel

Als Flora den Wagen zwischen den gemauerten Pfosten des Gartentores hindurch in die Einfahrt ihres Elternhauses bugsierte, fühlte sie einen Schweißtropfen ihren Rücken hinunterlaufen. Der Mietwagen war ein Polo, bezüglich seiner Außenmaße also nicht gerade überdimensioniert. Trotzdem schien die Zufahrt zum Haus für noch kleinere Autos erbaut worden zu sein. Und Flora hatte schlichtweg keine Fahrpraxis. Nur keine Schramme in den glänzenden blauen Lack fahren! Der Kilometerstand des Wagens zeigte knapp zweitausend an. Das Auto war ja quasi nagelneu.

Die Annahme, sie könne hier mit öffentlichen Verkehrsmitteln und gelegentlichen Taxifahrten zurechtkommen, hatte sich schon nach einem Tag in Niensühn als falsch entpuppt. Und wenn sie ihre Mutter im Krankenhaus und demnächst hoffentlich in der Reha besuchen wollte, brauchte sie sowieso ein Auto. Als Programmiererin arbeitete sie von jeher viel von zu Hause aus. Das war also kein Problem. Aber allein die notwendigen Besorgungen waren ein Thema für sich und der Besuch im Dorfladen eine Erfahrung, die Flora nicht so schnell wiederholen wollte. Noch immer konnte sie die Verachtung und das Misstrauen ihrer ehemaligen Freundin Vivien und der Ladenbesitzerin in sich wachrufen, wenn sie an ihren ersten Einkauf in Niensühn dachte. Flora bevorzugte nun die Anonymität eines großen Supermarktes.

Also hatte sie sich, zunächst für eine Woche, den Wagen gemietet. Eine kostspielige Angelegenheit, aber immer noch besser als auf die Schnelle ein Auto zu kaufen. Sie wusste ja gar nicht, wie lange sie hierbleiben musste ... und wollte.

Endlich stand der Polo unbeschadet in der Einfahrt. In die zum Haus gehörige Garage hatte Flora vorhin nur einen Blick geworfen und gesehen, dass sie bloß noch als Abstellraum diente.

Flora konnte es immer noch nicht so richtig fassen, wieder hier zu sein. Sie stieg aus dem Wagen. In all den Jahren ihrer Abwesenheit war sie nur ein einziges Mal mit klopfendem Herzen und Druck im Magen an ihrem Elternhaus vorbeigefahren. Ihre Psychologin hatte ihr damals dazu geraten. Warum eigentlich?

Nun wohnte sie wieder hier und konnte schalten und walten, wie es ihr beliebte. Ihre Mutter, die sie quasi verstoßen hatte, konnte sie nicht davon abhalten, denn sie war auf sie angewiesen.

Bei dem Gedanken an die Apparaturen und Schläuche, an die ihre Mutter auf der Intensivstation noch gekettet war, wurde Flora unwohl. Aber dies konnte ein Anfang sein. Es war eine Chance. Wenn sie sich den Gespenstern ihrer Vergangenheit nicht endlich stellte, würde sie nie zur Ruhe kommen.

Auf dem Weg zur Eingangstür hörte Flora einen lang gezogenen Pfiff. Sie sah zur Straße, wollte schon grüßen, wie sie es von früher kannte, doch die Fußgängerin hatte wohl ihrem Hund gepfiffen, der am Gartentor schnüffelte. Ohne Flora eines Blickes zu würdigen, wechselte die ältere Frau demonstrativ auf die andere Straßenseite. Kannte sie sie?

Beim Öffnen der Haustür fühlte Flora mit einem Mal einen starken Widerwillen, das Haus zu betreten. Sie könnte ihre Mutter auch von Kiel aus besuchen. Doch ihren Mitbewohnern in ihrer früheren WG hatte sie gesagt, dass sie sich nach einem neuen Mieter umsehen sollten. Vielleicht war das große Balkonzimmer, das sie bewohnt hatte, sogar schon wieder vergeben. So kurz vor Semesterbeginn waren helle Altbauzimmer sehr begehrt. Beim Blick in den schmalen, dunklen Flur schwante ihr, dass es wohl voreilig gewesen war, ihre Zelte in Kiel schon abzubrechen. Oder hatte sie es getan, damit sie keinen Rückzieher mehr machen konnte?

»Deine Mutter braucht dich«, murmelte sie, als zwei der Katzen kamen, ihr um die Beine strichen und ihr dann voraus in das Dunkel liefen. Es war eine Chance, endlich wieder eine Familie zu haben. Wenigstens eine Mutter. Eine kleine Chance nur, aber mehr war nicht drin.

Flora fütterte die Katzen, deren Namen sie sich nicht merken konnte, und füllte ihnen frisches Wasser in den Napf. Ein Katzenklo gab es nicht, weil die Tiere viel draußen waren. Ihre Mutter hatte keine Katzenklappe eingebaut. Die Tiere mussten morgens und abends hinaus- und hereingelassen werden. Womöglich war das der Hauptgrund ihrer Mutter gewesen, sie um Hilfe zu bitten.

Nachdem Flora sich ein Abendbrot zubereitet hatte – Nudeln mit einer Gemüsesoße und Käse und dazu ein Glas Wein aus dem Vorrat ihrer Mutter –, erhob sie sich zögernd. Sie hatte sich etwas vorgenommen, wollte es aber gern noch ein wenig hinauszögern. Sie musste mehr über damals erfahren. Mehr, als man ihr erzählt hatte, und mehr, als ihr lückenhaftes Gedächtnis ihr offenbarte. Mehr, als in den Akten stand. In ihrem Elternhaus könnte noch etwas vorhanden sein, das ihr weiterhalf. Ihre Eltern hatten stets alles aufbewahrt. Und ihr Vater war Polizist gewesen. Er war nicht in die Ermittlungen zu ihrem Fall involviert gewesen, aus Gründen der Befangenheit; das hatte man Flora erklärt. Aber er hatte vielleicht trotzdem etwas herausgefunden. Etwas, weswegen er sich kurz darauf das Leben genommen hatte ... Flora spürte, wie die Beklemmung sich verstärkte. Sie musste es wissen, denn das Nichtwissen, mit dem sie sich seit zwölf Jahren herumschlug, war kein lebenswerter Zustand und setzte ihr zunehmend zu.

Flora goss sich im Stehen noch ein Glas Wein ein. Die Gelegenheit, in Ruhe überall im Haus zu suchen, würde sich nicht mehr so ohne Weiteres bieten, war ihre Mutter erst wieder daheim. Ihr, Flora, blieben zwar sicherlich noch ein paar Tage, doch wenn sie es nicht gleich in Angriff nahm, würde es mit jedem Tag, den sie zögerte, schwieriger werden. So weit kannte sie sich. Oder konnte es durch das, was sie womöglich hier herausfand, noch schlimmer werden? Flora versuchte, gegen den Druck in Brustkorb und Magen anzuatmen. Sie musste einfach mehr erfahren. Flora lebte nun schon zwölf Jahre mit der Mitschuld am Tod eines Nachbarjungen. Dem Tod Simon Hertlings, ihres Spielkameraden und des einzigen Sohnes von Ingrid und Gunnar Hertling. Nur konnte sie sich nicht an die genauen Umstände seines Todes erinnern.

»Hey, ist doch wunderbar, dass Felix dieses Wochenende hierbleibt.« Lars nahm Pia in den Arm. »Dann können wir morgen endlich den Pizzaabend mit ihm machen, den wir schon so lange planen«, flüsterte er ihr ins Ohr.

»Ich hab mir schon gedacht, dass ich da dann nicht mehr drum herumkomme.«

Lars ging Pia voraus in die Küche, sah sich um. »Was ist denn bei Hinnerk und Mascha los, dass sie Felix nicht bei sich haben wollen?«, fragte er nun mit ernster Miene.

»Felix ist in seinem Zimmer, er hört uns nicht. Ich vermute, dass die beiden Stress mit dem neuen Baby haben. Felix war gestern ganz unglücklich, als ich von Rike angefangen habe. Er ist wohl eifersüchtig.«

»Ist das nicht normal bei Geschwistern?« Lars reichte Pia ein Bier aus dem Kühlschrank, doch sie schüttelte den Kopf.

»Schon. Aber Felix schien mir beinahe verstört zu sein. Ich habe Hinnerk danach gefragt, doch der meinte nur, da müsse Felix eben durch, wenn sie jetzt nicht mehr so viel Zeit für ihn hätten.« Pia seufzte. »Ich kann es einfach nicht gut ab, ihn so traurig zu sehen. Das ist alles.«

»Ja, das kann ich verstehen.« Lars öffnete mit einem Ploppen seine Bierflasche und trank einen Schluck. »Vielleicht musst du noch mal in Ruhe mit Hinnerk darüber reden, wenn sich die erste Aufregung um das Baby gelegt hat. Felix sollte doch weiterhin gern zu seinem Vater gehen.«

»Bisher war das ja auch immer der Fall.«

»Das wird schon wieder«, beruhigte er sie. Seine zuversichtliche Stimmung gab Pia den Mut, das zweite Thema anzuschneiden, das ihr ebenfalls auf den Nägeln brannte. Sie fürchtete jedoch, dass Lars darauf nicht halb so verständnisvoll reagieren würde. Sie deutete auf die Küchenbank. »Setz dich doch. Hast du Hunger? Es ist noch etwas Auflauf da.«

»Ich hab schon in der Agentur gegessen, danke. Was ist los, Pia, spuck es aus! Es geht doch nicht nur um Felix und Hinnerk.« Er sah sie durchdringend an.

»Ich hatte heute Anwaltsbesuch im Büro«, sagte sie. »Mark Albrecht Lohse hat anscheinend einen neuen Rechtsbeistand.«

»Ach nee?« Lars' Kinn hob sich, und seine Augen wurden schmal. »Lohse – das ist doch der Typ, der dir den Stalker auf den Hals geschickt hat, diesen Andreas Bick. Was will Lohse von dir?«

»Er will anscheinend, dass ich mich mit ihm im Gefängnis treffe, um mit ihm zu reden.«

»Spinnt der jetzt komplett?«, fuhr Lars auf.

»So in etwa habe ich auch reagiert.«

Lars griff nach Pias Handgelenk. »Ich kann mir auch nicht vorstellen, dass dabei irgendetwas Gutes herauskommen kann. Der Typ ist total auf dich fixiert. Wahrscheinlich hat er Langeweile und will dich zum Zeitvertreib terrorisieren.«

»Immerhin lässt er es sich etwas kosten. Diesen schleimigen Anwalt in seinem superteuren Anzug loszuschicken …«

»Hat der Anwalt nicht gesagt, warum Lohse dich sprechen will?«

»Nur indirekt.« Pia zögerte. Das alles betraf in gewisser Weise auch Felix und vielleicht sogar Lars. Sie musste sich richtig entscheiden. Es war ihre Verantwortung. Sie wollte, sie könnte die beiden irgendwie da raushalten.

»Komm schon. Du kannst mir alles sagen.« Er grinste andeutungsweise. »Im Moment befinden sich keine zerbrechlichen Gegenstände in meiner Reichweite.« Damit spielte er auf seinen Kühlschrank an, dessen Tür er aus Hilflosigkeit und Wut mit einem Fausthieb traktiert hatte, nachdem Pia von Lohses Zellenkumpan Bick angegriffen worden war. Die Beule im Edelstahl fiel Pia jedes Mal ins Auge, wenn sie in Lars' Wohnung war.

»Sein Anwalt hat mir am Ende noch gedroht. Als ich es ablehnte, einen Termin zu vereinbaren, sagte er: ›Sehr schade. Es wäre zu Ihrem Besten.‹ Und dann: ›Und dem Ihrer Familie.‹«

Lars stieß einen Fluch aus. »Der Kerl hat dir gedroht? Gibt es dafür Zeugen?«

»Natürlich nicht.«

»Was wirst du tun, Pia?«

Sie zuckte mit den Schultern. »Mit Lohse zu sprechen oder nicht, kommt, glaube ich, auf dasselbe hinaus. Solange er auf mich fixiert ist, ich weit oben auf seiner verdammten Rache-Liste stehe, so lange sind wir in Gefahr. Ich und Felix – und du auch, Lars. Es tut mir sehr leid. Wenn du ... wenn du eine Weile nichts mit mir zu tun haben willst, könnte ich das gut verstehen.«

»Pia?! Bist du jetzt von allen guten Geistern verlassen?« Er erhob sich abrupt, sodass die Bierflasche polternd umfiel. Bier ergoss sich über den Tisch und tropfte auf den Küchenboden.

»Nein. Ich bin realistisch.«

Er packte sie an den Schultern. »Hältst du mich für so feige oder borniert oder gleichgültig, dass ich dich verlasse, nur weil irgendein Spinner im Gefängnis dir droht?«

»›Irgendein Spinner‹ ist Mark Albrecht Lohse nicht gerade.«

»Beantworte bitte meine Frage: Denkst du, ich würde dich deswegen verlassen?«

Er hielt sie so fest, dass es beinahe wehtat. Doch in diesem Moment beruhigte es sie. Hatte sie wirklich befürchtet, Lars zu verjagen, wenn sie ihm die Wahrheit sagte? War es ihr Stolz, der sie dazu bewegte, es ihm quasi freizustellen? Die Sorge, für ein mögliches Unglück, das ihm geschehen könnte, die Verantwortung zu tragen? Sie sah Lars in unzähligen Situationen vor sich: Wie er ihre Tür in der alten Wohnung eingetreten hatte, um sie zu retten. Wie er sie klitschnass an sich gezogen hatte, als sie in den Fluss gefallen war. Wie er sie gegenüber seinem Vater und dessen Vorurteilen verteidigt hatte. Wie er ...

»Nein«, sagte sie. »Das habe ich nicht wirklich gedacht. Aber ich wollte es dir der Fairness halber anbieten.«

»Der Fairness halber? Was kümmert mich Fairness, wenn ich dich liebe, Pia?«

Sie schluckte. Er sprach selten über seine Gefühle, und sie noch weniger.

Lars lockerte den Griff. Ihm schien bewusst zu werden, wie fest er zugepackt hatte, und er strich beruhigend über ihre Oberarme. »Du bist doch jetzt nicht überrascht, oder?«

Sie schüttelte den Kopf. Die Bierlache auf dem Fußboden hatte mittlerweile kalt und nass ihren Fuß erreicht, aber Pia rührte sich nicht.

»Ich hatte das eigentlich für Samstagabend geplant. Für unser Essen zu zweit. Und als du sagtest, dass Felix hier sein würde und unser gemeinsames Essengehen ausfällt, war ich beinahe erleichtert. Ich wollte es noch mal aufschieben. Ich bin nämlich doch ein Feigling. Wenigstens in dieser Hinsicht.« Er holte tief Luft und blickte ihr in die Augen. »Ich möchte, dass wir heiraten, Pia.«

»Ist das ein Antrag?«, fragte sie perplex.

»Ja.« Er sah kurz zu Boden. »Ein spontaner Heiratsantrag mitten in einer Pfütze von Bier. Daran werden wir uns ewig erinnern. Hoffe ich.« Er sah sie forschend an.

»Ja«, sagte sie. Ihr Herz klopfte.

»Du meinst, du willst mich wirklich heiraten?«

»Ja. Ich will.«

»Okay. Das ist gut.« Er atmete auf, lächelte. »Damit haben wir es doch beinahe schon geschafft, oder?«

Flora hatte nicht mit der Aufbewahrungswut ihrer Mutter gerechnet. Sie selbst besaß nur zwei Koffer voll Kleidung und Wäsche, ein paar Kartons mit Kleinkram und Akten, ihr Sofabett, einen Schreibtisch mit Stuhl. Dazu den Laptop, den sie auch für ihre Arbeit brauchte. Erinnerungsgegenstände bewahrte sie nicht auf, und auch Küchenutensilien hatte sie nie angeschafft, waren sie in der WG doch reichlich vorhanden gewesen. Dieses Haus dagegen erschlug sie förmlich mit seinem Inventar, angefangen bei der überreichlichen Möblierung. Wer benötigte denn drei Tische mit jeweils vier bis sechs Stühlen in Küche, Esszimmer und auf der Terrasse? Zwei Sofas, einen Drei- und einen Zweisitzer, zwei Sessel, diverse Tischchen und Truhen? Eine Einbauwand aus rötlichem Holz nahm eine gesamte Wand ein. Jedes Fach war randvoll mit … ja, mit was eigentlich? Wenn diese Dinge ihre Kindheit repräsentieren sollten, waren sie in ihrem Gedächtnis ausgelöscht. Flora hätte schwören mögen, dass sie den lila Aschenbecher aus Murano-Glas, die Porzellankerzenhalter mit den tanzenden Engeln rechts und links, die Bowleschüssel aus orangefarbenem Kunststoff und die Zierteller mit den ländlichen Motiven noch nie gesehen hatte. Und wo waren ihre Sachen gelandet? Die Spielsachen, die Schulsachen?

Bei ihrem ersten Gang durch das Haus hatte Flora zwar ihr ehemaliges Kinderzimmer unter dem Dach gefunden, jedoch leer geräumt wie eine Mönchszelle, nur mit einem schmalen Bett mit Matratze und einem zweitürigen Schrank möbliert. Die Gardinen und bunt gemusterte Vorhänge hingen vor den Fenstern, damit von außen alles normal aussah. Doch in diesem Haus war nichts normal.

Sie hat mich eliminiert, dachte Flora. Jede Erinnerung an mich ausgemerzt. Die Erinnerungen an ihre Tochter versteckt vor der Welt und vor sich selbst … War das ihre Mutter gewesen oder auch ihr Vater? Hatte er sich daran beteiligt? Flora bekam es zeitlich nicht zusammen: Wann war sie weggeholt worden, und wann hatte ihr Vater sich mit seiner Dienstwaffe erschossen? Es war alles schwer erträglich. Und nun war sie hier. Die Konfrontation mit der Vergangenheit war unausweichlich.

Im Flur im oberen Stockwerk gab es eine Deckenluke mit einem Haken daran. Flora fand den dazugehörigen Metallstab hinter einer Zimmertür, öffnete die Luke und zog an der Leiter, die sich quietschend entfaltete. Staub rieselte auf Flora herunter.

Auf dem Dachboden war es kühl und feucht. Ein Luftzug strich durch die nicht isolierten Dachpfannen. Eine einzelne Lampe an einem der Balken spendete fahles Licht. Der Spitzboden war so niedrig, dass Flora sich krabbelnd auf die Pappkartons zubewegen musste. Auf ein paar von ihnen stand mit einem dicken blauen Filzstift *Flora* geschrieben.

»Hier bist du also«, murmelte sie. »Was hast du eigentlich zu quaken?« Sarkasmus half. Zumindest so weit, dass sie die Laschen aufziehen und in den ersten Karton hineinsehen konnte. Puppen, Plüschtiere und Puppensachen. Schale, undeutliche Erinnerungen stiegen in Flora auf. Sie fand Kleidungsstücke, Schulsachen, ein Lego-Haus ohne Dach und mit Fenstern aus rotem Kunststoff. Sie meinte, sich daran erinnern zu können, wie sie ihr »Traumhaus« gebaut hatte, und presste die Faust vor den Mund. Barbiepuppen, ein Plastikpferd. »Iltschi«, flüsterte sie, Winnetous schwarzer Hengst. Dass sie weinte, merkte Flora erst, als sie die feuchten Flecken auf ihrer Jeans sah. Sie hatte alle Kartons mit ihrem Namen darauf durchgesehen. Eine einst glückliche und dann abrupt beendete Kindheit. War sie wirklich glücklich gewesen? Diese Gegenstände konnten darüber keine Auskunft geben.

Flora wollte ihre Suchaktion abbrechen. Sie tastete mit dem Fuß schon nach den Leiterstufen, um wieder hinunterzusteigen, als ihr Blick auf drei Kartons an der Stirnseite des Dachbodens fiel. Sie trugen die Aufschrift *Joachim*, wenn sie das im fahlen Licht von hier aus richtig entzifferte. Ihr Vater war tot – und drei Kartons waren alles, was ihre Mutter von ihm aufbewahrte? War Regina mit ihm genauso verfahren wie mit der in Ungnade gefallenen Tochter? Flora krabbelte zu den Kartons und öffnete sie.

Ringordner und lose Papiere. Sie klappte den ersten Ordner auf. Zeugnisse, Verträge, Rechnungen. Dann den zweiten. Ihr stockte der Atem, als sie die Seiten überflog. Das hier ... handelte von ihr. Von dem, was ihr widerfahren war, bevor man sie weggeholt hatte. Bevor ihre Welt zerstört worden war. Ihr Vater war nicht an den Ermittlungen beteiligt gewesen, hatte man ihr erzählt. Er galt als befangen und hatte sich aus allem heraushalten müssen. Und nun hielt sie den Beweis dafür in der Hand, dass er sich nicht herausgehalten hatte. Da waren Berichte von offiziellen Stellen, fotokopiert, außerdem handschriftliche Aufzeichnungen, Namen, Aktenverweise, Skizzen, Listen, Fragen ... Ihr Vater hatte Fragen gestellt! Oder, besser noch, er hatte sich letztlich die entscheidende Frage gestellt: Er hatte wissen wollen, ob seine Tochter wirklich schuld an Simon Hertlings Tod war. Der Inhalt des Ordners erzählte vom Suchen, von Zweifeln und vom Hoffen ihres Vaters. Eine systematische und trotzdem verzweifelte Jagd nach Hinweisen, wie Flora diversen handschriftlichen Notizen entnehmen konnte.

Sie blätterte durch die unzähligen Kopien von Berichten und Formularen. Es waren Tatortbeschreibungen, Ausführungen der Spurensicherung, Vernehmungsprotokolle und sogar die Kopie eines Obduktionsberichtes. Flora zögerte kurz, blätterte dann hastig weiter. Stattdessen widmete sie sich einem Stoß ausgedruckter E-Mails. Die Mails waren zwischen ihrem Vater und einer Frau namens Merel hin- und hergegangen. Wer war das? Flora glaubte, diesen Namen noch nie zuvor gehört zu haben. Auch die E-Mail-Adresse verriet ihr nichts. Flora vermutete, dass es sich bei der Frau um eine

Kollegin handelte, die ihn bei seinen privaten Nachforschungen unterstützt hatte. In den Mails ging es trotz eines vertraulichen Tons hauptsächlich um ihren Fall. Beim Lesen traten Flora mehrmals Tränen in die Augen, die sie ungeduldig fortwischte. Ihr Vater hatte anscheinend für möglich gehalten, was sonst niemand in Erwägung gezogen hatte: dass sie unschuldig war.

5. Kapitel

In der Nacht nach der Sichtung der Kartons quälten Flora Albträume, aus denen sie mehrmals schwitzend und mit rasendem Herzschlag erwachte. Das Gefühl der Beklemmung und die schlechte Stimmung begleiteten sie noch bis weit in den Vormittag hinein. Sie konnte sich nicht auf ihre Arbeit am Laptop konzentrieren, tigerte im Haus auf und ab und starrte minutenlang hinaus auf die stille Dorfstraße. So ging das nicht. Sie musste etwas unternehmen.

Ihre Suche nach einer Frau namens Merel war ergebnislos verlaufen. Doch in den Aufzeichnungen ihres Vaters war immer wieder der Name Bernhard Altmann aufgetaucht, einmal sogar zusammen mit einer Festnetznummer. Flora erinnerte sich an einen Kollegen ihres Vaters, der Bernhard geheißen hatte. Er war mehr gewesen als ein Arbeitskollege, beinahe ein Freund, soweit sie das im Nachhinein beurteilen konnte. Hatte Bernhard Altmann ihrem Vater bei seiner Suche geholfen? War die Telefonnummer ein Wink des Schicksals? Sie könnte die Nummer anrufen. Vielleicht war er noch unter derselben Rufnummer wie damals zu erreichen?

Flora zog ihr Telefon hervor und wählte mit klopfendem Herzen. Das Freizeichen erklang. Immer wieder. Floras Magen rumorte.

»Altmann!«

Wie ein Stromschlag durchfuhr es sie, als der ehemalige Kollege ihres Vaters sich am Telefon meldete. Die Stimme war ihr vertraut. Bernhard Altmann – Bernie! Sofort hatte sie das verschwommene Bild eines großen, braunhaarigen Mannes vor Augen, der ab und zu in dieses Haus gekommen war. Der sie durch die Luft geschwenkt hatte mit seinen Riesenhänden. »Na, du Krümel!« So hatte er sie genannt. Einmal war er abends zusammen mit seiner Frau hier gewesen, und ihre Mutter hatte etwas gekocht und war den ganzen Nachmittag vorher aufgeregt gewesen. Ihr Vater hatte sie deswegen geneckt. »Mach dir doch wegen Bernie keinen Kopp«, hatte er gesagt. »Der isst auch die berüchtigten Schuhsohlen-Schnitzel in der Kantine und findet sie großartig.«

Flora erinnerte sich nicht, ob ihre Mutter das lustig gefunden hatte.

Sie erklärte dem Mann am Telefon, woher sie seine Nummer hatte. Er bestätigte vorsichtig, dass er Joachim Laubner gekannt habe. Dass er ein Kollege gewesen sei. Als er realisierte, dass sie Joachim Laubners Tochter war, wurde er zugänglicher. »Die kleine Flora! Stimmt das wirklich? Wie geht es dir?«

»Mir geht es gut. Aber Mutter hatte einen schweren Herzinfarkt und ist noch in der Klinik. Es wird eine langwierige Geschichte. Deshalb bin ich hier in meinem Elternhaus. Um mich um alles zu kümmern.«

»Oh, das tut mir leid. Ich hoffe, sie erholt sich recht bald wieder. Aber ich freue mich, dass ihr wieder Kontakt zueinander habt. Nach dem ...« Er hielt inne.

»Du meinst, nach Vaters Selbstmord und meinem Aufenthalt in der Psychiatrie?« Wenn Flora etwas in den endlosen Therapiesitzungen und Gruppengesprächen gelernt hatte, dann war es, dass das Herumlavieren um schwierige Themen nichts brachte. Sie hatte sich angewöhnt, ihre Probleme direkt anzusprechen, auch wenn sie ihre Mitmenschen damit manchmal in Verlegenheit brachte.

»Ja«, bekannte er. »Das war furchtbar. Was kann ich für dich tun, Flora? Du rufst doch nicht nur um der alten Zeiten willen an.«

»Ja, stimmt. Ich hab Unterlagen und persönliche Aufzeichnungen meines Vaters gesichtet. Über meinen Fall.« Jetzt zauderte sie doch. »Den Tod dieses Jungen. Simon. Über die ganze schlimme Zeit damals. Ich erinnere mich nämlich immer noch nicht.«

»Ist das nicht auch besser so?«

»Nein. Ich habe Fragen dazu. Können wir uns treffen?«

Schweigen am anderen Ende der Leitung. Flora wartete mit klopfendem Herzen ab.

»Das kommt überraschend«, sagte er. »Aber warum nicht? Wenn es ... wenn du meinst, dass es dir hilft.«

»Das weiß ich nicht«, gab Flora zu. »Doch ich will es versuchen.«

»Wann und wo?«

»Heute Nachmittag? Hier in Niensühn? Du weißt die Adresse sicher noch.«

Zu ihrem Erstaunen stimmte er zu. »Ich wollte sowieso eine Runde Fahrrad fahren. Ich komme gegen fünf Uhr bei dir vorbei. Bis dann.« Es knackte. Er hatte aufgelegt.

Er war Polizist. Wahrscheinlich war er schon in Pension. Trotzdem änderte man sich später wohl nicht. Ihr Vater war auch so gewesen: hilfsbereit, schnell entschlossen, risikofreudig.

Flora sah auf die Uhr. Gerade mal zwölf. Sie wollte heute wie verabredet um vierzehn Uhr in die Klinik fahren. Ihre Mutter mochte keine Überraschungen. Zumindest war das früher so gewesen. Eine Stunde dort, vielleicht anderthalb, dann könnte sie um siebzehn Uhr locker wieder hier sein. Flora sah auf die beiden Kartons auf dem Couchtisch, die sie gestern vom Dachboden heruntergeschleppt hatte. Auf die Stapel Papiere, die sie gesichtet hatte. Es waren Kopien dabei, die ihr Vater unmöglich von offizieller Stelle erhalten haben konnte. Fotos vom Fundort von Simons Leiche, die bei Flora Entsetzen, aber keine Erinnerungen ausgelöst hatten. Ob ihr Vater sie unerlaubt aus Polizeiakten kopiert hatte? Und warum? Hatte er kein Vertrauen in die Ermittlungen seiner Kollegen gehabt? Es waren so viele Fragen, die sie Bernhard stellen wollte. Soweit Flora sich erinnerte, war er ebenfalls kein offizieller Ermittler in dem Fall gewesen, hatte wohl aber teilweise ihren Vater mit Informationen versorgt. War er auf ihrer Seite? Konnte sie ihm die Unterlagen zeigen, ober würde er sie womöglich beschlagnahmen, weil sie sich illegal in ihrem Besitz befanden?

Flora sortierte die Papiere aus, zu denen sie Fragen hatte, und legte den Rest wieder in die Kartons. Sie würde etwas früher losfahren und von dem, was sie Bernhard zeigen wollte, in Eutin Kopien anfertigen. Sicher war sicher. Wenn sie eines gelernt hatte, dann war es, niemandem zu trauen.

Anschließend besuchte sie ihre Mutter in der Klinik. Doch heute schien es Regina schlechter zu gehen als noch am Vortag. Sie schlief die meiste Zeit, während ihre Tochter bei ihr war. Dann musste Flora sich beeilen, um rechtzeitig um siebzehn Uhr wieder zu Hause zu sein.

Bernhard Altmann war auf die Minute pünktlich. Flora öffnete ihm. Er lächelte sie an. »Die kleine Flora ist erwachsen geworden«, sagte er. »Du bist deinem Vater ähnlich.«

Flora musterte ihn verstohlen. Sein Haar war millimeterkurz und inzwischen mehr hellgrau als braun. Es stand in einem lebhaften Kontrast zu seiner gebräunten Haut und den dunklen

Augen. In der Funktionskleidung zum Fahrradfahren war sein Körper so stämmig, wie sie ihn in Erinnerung hatte, wirkte aber recht muskulös. Bernhard Altmann sah jünger aus als jemand, der schon in Pension gegangen war. Und ausgesprochen fit. »Toll, dass Sie so spontan kommen konnten«, sagte Flora befangen. »Kommen Sie doch bitte rein.«

»Bitte, lass uns beim Du bleiben wie vorhin am Telefon. Wir kennen uns doch schon Ewigkeiten.«

Sie gingen ins Wohnzimmer und plauderten etwas angestrengt. Floras Erinnerungen an Bernhard Altmann waren schablonenhaft auf wenige Bilder begrenzt. Stattdessen sah sie nun eine Frau mit klimpernden Ohrringen und langem schwarzen Haar vor sich, deren Lachen ansteckend war. »Du warst auch mal mit deiner Frau hier ...«

»Kann gut sein, dass wir mal zusammen hier waren, ja. Dein Vater und ich haben uns auch privat gut verstanden. Und unsere Frauen mochten sich ebenfalls.«

»Sie ist Sängerin, nicht wahr?« Flora war froh, dass ihr dieses Detail wieder einfiel, denn Bernhard Altmann wirkte nun reservierter als bei ihrer Begrüßung. Das Wohnzimmer ihrer Mutter war auch wirklich kein Stimmungsmacher.

»Ja, Sabrina ist – war – eine tolle Sängerin. Sie konnte auch gut mit Kindern umgehen. Vielleicht, weil sie selbst keine hatte.«

»Oh«, sagte Flora. »Ist sie ...«

»Ja, sie ist tot. Seit fünf Jahren jetzt. Sie hatte Krebs. Ich habe vor drei Jahren wieder geheiratet. Doch ich denke noch oft an meine erste Frau. Sie war etwas Besonderes.«

»Dass sie tot ist, tut mir leid«, sagte Flora.

»Danke. Aber Dorit, so heißt meine neue Frau, ist mir eine gute Partnerin. Es ist schon großartig, wenn man eine zweite Chance erhält. Sie kümmert sich um mich und erträgt sogar meinen Sporttick. Im Augenblick ist sie bei Verwandten in Kanada, und ich merke, dass ich allein zu Hause zu einem Strohwitwer der schlimmsten Sorte verkomme. Entweder fahre ich wie besessen Fahrrad, oder ich hocke vor dem Computer.«

»Wann kommt deine Frau denn wieder?«

»In vier Wochen. Gott sei Dank!« Er musterte Flora. »Aber nun zu dir: Wie kann ich dir helfen?«

Flora reichte ihm ein paar der Fotokopien, die sie auf dem Weg ins Krankenhaus angefertigt hatte. Die Originale und der Rest der Unterlagen lagen wieder auf dem Dachboden, allerdings jetzt gut versteckt unter Kisten mit alten Kleidungsstücken und Spielzeug. Sie verhielt sich ein bisschen paranoid, das wusste sie, aber Vorsicht war besser als Nachsicht. »Das sind Aufzeichnungen über die Ermittlungen zu Simon Hertlings Tod. Mein Vater war nicht daran beteiligt, oder?«

»Nein, er hat natürlich offiziell nicht mit ermittelt. Ich auch nicht, doch ich habe damals extra euretwegen Kontakt zu dem Leiter der Ermittlung gehalten. Er hieß Horst-Egon Gabler. Eigentlich ein guter Mann. Er ist mittlerweile auch schon im Ruhestand, hab ich gehört.«

»›Eigentlich‹?«

»Die Ermittlungen sind anfangs chaotisch verlaufen. Zumindest was die Tatortsicherung anbelangte.«

»Das schreibt mein Vater in seinen Aufzeichnungen auch. Es sollen wertvolle Spuren zerstört worden sein.«

Bernhard Altmann nickte und blätterte durch die Fotokopien. »Ich sehe schon. Interessant. Er hatte sich wirklich reingehängt. Mehr noch, als ich es damals geahnt habe. Aber soweit ich es beurteilen kann, hat er nichts bahnbrechend Neues herausgefunden. Ich meine, dann hätte er sich doch mit den ermittelnden Kollegen in Verbindung gesetzt.«

»Hattet ihr eine Kollegin namens Merel?«, fragte Flora. »Mit der hat er darüber auch korrespondiert.«

Bernhard Altmann schüttelte den Kopf. »Sagt mir nichts, dieser Name. Doch es waren in der heißen Phase so viele Beamte beteiligt, ich will es auch nicht ausschließen. Worum geht es denn da?«

»Hauptsächlich um mich. Wie ich reagiert habe. Aber sie pflegen einen sehr vertrauten Ton. Ich frage mich ...«

»Was denn, Flora?«

»Ob mein Vater vielleicht etwas mit dieser Kollegin hatte.«

Altmann runzelte die Stirn. »Eine Affäre, meinst du?«

Sie nickte.

»Das kann ich mir nicht vorstellen. Nicht dein Vater ... Schon gar nicht zu dieser Zeit. Zeigst du mir das Schreiben? Dann kann ich mehr dazu sagen.«

»Ich habe es nicht hier.«

»Schon gut. Es hat bestimmt nichts zu bedeuten. Denkst du, die Beschäftigung mit der Vergangenheit tut dir wirklich gut, Flora?«

»Ich verstehe es nicht«, sagte sie. »Das alles kommt mir immer noch vor wie ein Albtraum. Es heißt, wir waren zu viert an der Steilküste.« Ihr wurde der Hals eng, und sie räusperte sich. Flora atmete tief durch, um sich zu fassen. »Simon Hertling, Daniel und Vivien Prange und ich. Wir haben zusammen auf einer Lichtung am Waldrand gespielt. Wir drei sind wieder nach Hause gefahren. Simon hat man später dort oben tot aufgefunden. Ich hatte eine Kopfverletzung, weil ich auf dem Rückweg noch einen Fahrradunfall hatte. Warum hielt man nur mich für schuldig an Simons Tod? Das habe ich bis heute nicht richtig verstanden.«

»Hat man es dir wirklich nie erklärt? Dann sollten wir die Dinge vielleicht besser ruhen lassen, Flora.«

Sie zitterte, und ihre Augen brannten.

Er blickte sie besorgt an. »Soll ich dir ein Glas Wasser holen? Ich müsste auch mal dein Bad benutzen. Ich glaube, ich kenne den Weg noch.«

»Ja, ein Glas Wasser wäre nicht schlecht ...«

Wahrscheinlich wollte er ihr nur einen Augenblick Zeit geben, um sich wieder zu fassen. Vielleicht hoffte er, dass sie das Thema dann fallen ließ. Aber den Gefallen würde sie ihm nicht tun.

»Mein Vater war offenbar auch der Meinung, dass der Fundort der ... der Leiche ein einziges Chaos war«, sagte sie, als Bernhard Altmann wieder ihr gegenüber Platz genommen hatte. Sie trank einen Schluck. »Hier, schau mal. Dadurch waren die meisten Spuren beinahe wertlos.«

Er seufzte. »Die Leute, die Simon fanden, waren in Panik. Sie standen unter Schock. Aber es war dein Halstuch, das um seinen Hals geschlungen war.«

»Mein Vater schreibt, dass dort jemand absichtlich Spuren vernichtet haben könnte, bevor die Polizei gekommen ist.«

»Joachim hat nach jedem Strohhalm gegriffen. Er wollte natürlich nicht glauben, dass du das getan hast«, sagte Bernhard Altmann sanft. »Auch nicht unabsichtlich, durch einen Unfall.«

»Wieso sagst du ›Unfall‹? Ich soll meinen Kinderfreund mit meinem Halstuch erdrosselt haben!«, stieß Flora hervor.

»Es gab da dieses Spiel. ›Würgespiel‹ ist einer der Namen dafür. Viele Jugendliche probieren das mal aus. Und dass es dabei zu Todesfällen kommen kann, ist auch bekannt. Es hieß, ihr habt es ab und zu gespielt. Vivien und Daniel haben das auch zugegeben. Indirekt sind sie dadurch beinahe mitschuldig. Und es war kein Mord, Flora. Es war ein schlimmer Unglücksfall.«

»Aber ich soll das Tuch um Simons Hals zugezogen haben, bis er tot war?«

»Der Junge hatte eine schwache Konstitution. Und es ist leider kein Einzelfall, dass Kinder und Jugendliche bei diesem ›Spiel‹ sterben. Es war eindeutig ein Unglücksfall.«

»Ich glaube das nicht. Man kann mir doch alles erzählen! Ich kann mich nämlich nicht daran erinnern. An gar nichts!« Flora kämpfte mit den Tränen, die ihr in den Augen brannten.

»Eine retrograde Amnesie, sagten die Ärzte damals. Nach dem Ereignis bist du wahrscheinlich mit dem Fahrrad gestürzt und hattest eine Gehirnerschütterung. Deshalb kannst du dich an das, was in dem Zeitraum davor passiert ist, nicht mehr erinnern.«

»Ich kann es trotzdem nicht glauben. Warum war nur ich die mögliche Schuldige, und nicht die beiden anderen?«

Er blätterte in den Unterlagen, die sie ihm überreicht hatte, las etwas ab. »Die anderen beiden Kinder, mit denen ihr da draußen wart, waren um halb eins zum Mittagessen zu Hause. Dafür gibt es mehrere Zeugen. Unter anderem die Pastorin dieses Dorfes, Thea Schöttler. Soweit ich weiß, ist sie hier immer noch im Amt. Und ein anderer Zeuge, ein gewisser Fridbert Mohr, hat Simon definitiv noch um kurz nach halb eins am Steilufer unten am Strand gesehen. Mohr war mit seinem Boot draußen und hat geangelt. Als Simon gestorben ist, wart ihr also nur noch zu zweit. Und du bist erst später, gegen halb zwei, wieder nach Hause zurückgekommen. Du warst schmutzig, hattest eine Kopfverletzung, und du warst vollkommen verstört.«

Am Sonntag holte Flora die Unterlagen ihres Vaters noch einmal vom Dachboden herunter und vertiefte sich in die Aufzeichnungen. Sie wurde durch das Läuten der Türklingel aufgeschreckt. Wer konnte das sein? Sie erwartete heute niemanden. Wenn sie sich im Wohnzimmer in das Blumenfenster vorbeugte, konnte sie den Treppenabsatz vor der Haustür sehen.

Dort stand, mit verschränkten Armen, eine Frau in einem hellrosa Mantel. Flora kannte sie nicht. Sie schloss die Wohnzimmertür hinter sich und ging zur Haustür.

»Entschuldigen Sie bitte. Sie sind Reginas Tochter, oder?«

»Ja, Flora Laubner. Kennen wir uns?«

»Wahrscheinlich erinnern Sie sich nicht an mich. Ich bin Nicole Mohr. Ich wohne im Haus nebenan. Meine Mutter betreibt den Hoffrisörladen von Niensühn, falls Sie mal Bedarf haben ...« Sie lächelte, etwas überheblich, wie Flora fand.

Unwillkürlich fuhr Flora sich durch das Haar, das sie kurz trug, aber der Schnitt war herausgewachsen. Sie war lange nicht mehr zum Nachschneiden gewesen. »Sind Sie deshalb hier?«

Die Frau lachte und schüttelte den glänzenden Pagenkopf, der ihr akkurat bis zum Kinn reichte. »Nein. Ich habe nur eben Duffie bei mir auf der Terrasse gesehen. Er blutet, und er humpelt auch. Ich wollte nur Bescheid sagen.«

»Ein schwarz-weißer Kater?«

»Ich kenne Duffie. Er war es. Garantiert.«

»Oje. Was mache ich denn da?« Eine verletzte Katze hatte ihr gerade noch gefehlt.

»Nun, so dramatisch scheint es nicht zu sein. Der grau getigerte Kater von gegenüber ist manchmal etwas rabiat zu den anderen. Wie geht es Ihrer Mutter? Ich habe gehört, dass sie im Krankenhaus ist.«

»Wollen Sie nicht einen Moment reinkommen, Frau Mohr?« Flora musste sie in die Küche bitten, denn die Unterlagen im Wohnzimmer gingen niemanden etwas an.

»Nicole bitte. Oder Nicki. Hier duzt sich jeder.«

»Ich heiße Flora.«

»Ja, weiß ich.« Ungeniert trat die Frau ins Haus und streifte ganz selbstverständlich den dünnen Mantel ab, hängte ihn an einen Garderobenhaken und steuerte dann auf die Küche zu. »Deine Mutter schlägt mit einem Löffel gegen den Katzennapf, wenn die Katzen kommen sollen. Vielleicht versuchst du das mal?«

»Ja, später.« Diese Frau kannte ihre Mutter besser, als sie es tat, und schien es nicht einmal seltsam zu finden.

»Kaffee?«, fragte Flora, obwohl sie sich unwohl fühlte. Nicole Mohr verkörperte den Typ Frau, der ihr nie ganz geheuer war. Pink lackierte Fingernägel, hochgequetschte Brüste, enges T-Shirt mit Glitzersteinchen drauf.

»Gern. Mit Zucker und viel Milch.« Nicole nahm am Küchentisch Platz und schlug die Beine übereinander. »Bei deiner Mutter darf man in der Küche rauchen, wenn das Fenster geöffnet ist.« Sie lächelte entwaffnend und hielt Flora eine Schachtel Zigaretten entgegen.

»Ich rauche nicht, aber bitte. Wenn meine Mutter es erlaubt …« Sie schaltete die Padmaschine ein. Immerhin, so würde die Kaffeezubereitung schnell gehen.

»Tut mir leid. Ich will nicht aufdringlich sein. Ich mag Tiere, weißt du? Und deine Mutter sorgt sich immer so um ihre Katzen.« Sie zog an ihrer Zigarette und angelte dann nach einem Aschenbecher, der hinter dem Vorhang auf der Fensterbank stand. »Es wäre traurig, wenn sie aus dem Krankenhaus käme und ihren Lieblingen wäre etwas passiert.«

»Du kennst meine Mutter besser als ich.« Die »Lieblinge«

ihrer Mutter! Flora schmeckte Galle. Und wo der Aschenbecher stand, hätte sie auch nicht gewusst. Sie holte zwei angestoßene Becher aus dem Oberschrank und stellte sie auf die Arbeitsplatte.

»Ich weiß übrigens, was so geredet wird«, sagte Nicole Mohr mit unbekümmertem Augenaufschlag.

Flora schluckte. »Und was genau wird geredet?«

»Na ja. Irgendwie sollst du was mit dem Tod von Simon Hertling zu tun haben. Ich habe das damals nur am Rande mitbekommen. Ich war da schon in der Ausbildung und hab in Oldenburg gewohnt. Wie alt warst du überhaupt? Zehn oder elf?«

»Zwölf. Und, nein, ich erinnere mich an nichts.«

»Tja, die meisten Leute hier sind wie Elefanten. Die vergessen nichts. Ich mag das Gerede nicht. Lass dir ja nichts von denen gefallen!«

»Und warum wohnst du dann wieder hier?« Flora überreichte Nicole den ersten Kaffee und stellte die Zuckerdose und eine Packung Milch aus dem Kühlschrank auf den Küchentisch. »Reicht dir der Zucker noch?«

Nicole hob den Deckel der Porzellandose an, schaute hinein und nickte. »Die Liebe ist schuld daran, dass ich wieder nach Niensühn zurückgekommen bin. Die funkt einem doch immer dazwischen.« Sie verdrehte die blauen Kulleraugen. »Ich wollte immer weg von hier, aber dann kam Falk – mein Ex. Er hat einen Tischlerbetrieb in Niensühn. Wir haben das Haus nebenan günstig geschossen, über Vitamin B. Nur leider sind Häuser auf dem Land nicht mehr so viel wert wie noch vor ein paar Jahren. Es lässt sich nur noch mit Verlust verkaufen. Also sitze ich hier fest.«

Flora nahm sich den zweiten Becher Kaffee und setzte sich Nicole schräg gegenüber. »Ich glaube, ich erinnere mich an deine Mutter.« Sie nippte an dem tiefschwarzen Gebräu. »Anneliese. Sie ist etwas … rundlich, nicht wahr. Und lacht viel.«

»Ja. Die meisten würden sagen, sie ist ›die lustige Dicke vom Dienst‹. Aber so, wie du sie beschreibst, klingt es netter.« Nicole blies Rauch aus. »Dabei will sie, glaube ich, nur der Ausgleich sein zu meinem mürrischen Vater.«

Flora hustete und wedelte mit der Hand vor ihrem Gesicht herum. »Fridbert Mohr?« Sie hatte in den Aufzeichnungen ihres Vaters von ihm gelesen, und Bernhard hatte diesen Namen auch erwähnt.

»Genau. Erinnerst du dich an ihn? Papa war es, der dich letztlich reingeritten hat, glaube ich. Aber er hat es nur getan, weil es seine Pflicht war. So ist er eben. Rechtschaffen bis zum Ende. Damit, dass ich mich von Falk scheiden lasse, kann er auch nicht umgehen. Doch Papa vergöttert mich. Im Prinzip will er niemandem je etwas Böses.«

»Das Gegenteil von gut ist gut gemeint.« Flora hustete noch einmal, stand auf und zerrte am Fenstergriff, weil sie glaubte, gleich zu ersticken.

Nicole sprang auf. »Warte, ich helfe dir. Ich kenn das schon.«

Abwechselnd versuchten sie, das Fenster zu öffnen. Es gab ein splitterndes Geräusch, und Flora hielt den Griff und ein Stück Holz aus dem morschen Rahmen in der Hand.

»Oh. *Shit!*«

»Weißt du, was? Ruf einfach meinen Ex an. Der repariert dir das Fenster.«

»Super. Und was kostet das?«

Nicole hob die Schultern. »Attraktiven jungen Damen gibt er einen Sonderrabatt. Mit ein Grund, weshalb es mit uns beiden nicht geklappt hat.«

Wie blöd war sie eigentlich, dass es ihr gefiel, von Nicole als »attraktive junge Dame« bezeichnet zu werden? Man konnte sie so leicht einwickeln! »Wie erreiche ich ihn?«

Nicole kritzelte Falk Stahnkes Mobilnummer auf den Block für die Einkaufslisten. »Richte ihm schöne Grüße von mir aus. Er soll es günstig machen. Dann tut er das auch.«

»Danke. Du bist echt nett.« Flora musste sich nun irgendwie bei Nicole revanchieren. So machte man das hier. Daran zumindest erinnerte sie sich noch. Es war eines der ungeschriebenen Gesetze im Dorf: Eine Hand wäscht die andere. Und sie könnte eine Freundin gebrauchen.

6. Kapitel

Die Fenster ihres Elternhauses waren alle marode, aber wenigstens das Küchenfenster musste sie reparieren lassen, denn es ließ sich nicht mehr richtig schließen. Also hatte Flora gleich am Montagmorgen Falk Stahnke angerufen und einen Besichtigungstermin vereinbart.

Sie hatte den ganzen Sonntagabend mit sich gerungen, ob sie das Geld ausgeben sollte, doch augenblicklich war das Fenster nicht nur undicht, es bestand auch die Gefahr, dass es bei einem kräftigen Windstoß aufflog. Außerdem konnte so jeder nach Belieben in das Haus ihrer Mutter einsteigen. Nicht dass es großartige Wertsachen zu stehlen gab. Aber Flora schlief hier sowieso miserabel und schreckte bei jedem Geräusch hoch. Da brauchte sie nicht auch noch ein offenes Haus.

Duffie, der kleine Kater, lag auf einer karierten Decke auf dem Sofa und guckte sie aus der gigantischen Halskrause heraus missmutig an. Sie hatte am Vormittag ihre Arbeit unterbrochen, um mit Duffie zu einem Tierarzt im Nachbarort zu fahren. Der hatte die Wunde am Hinterlauf versorgt, die Halskrause angelegt und Flora um ihr letztes Bargeld gebracht.

Es wurde Zeit, dass sie wieder arbeitete. Sie hatte ihren Laptop im Wohnzimmer auf dem alten Sekretär aufgebaut, aber die Ecke war dunkel, und Flora fühlte sich nicht wohl, wenn sie dort saß. Sie sah zum wiederholten Mal auf die Uhr. Um vierzehn Uhr hatte der Tischler kommen wollen, und nun war es schon zwanzig nach. Es war ja nett von dieser Nicole gewesen, wegen Duffie Bescheid zu sagen, doch dieser Falk Stahnke schien nicht gerade der zuverlässigste Handwerker zu sein.

Als es um kurz vor halb drei an der Tür klingelte, zuckte Flora zusammen. Vor der Eingangstür mit dem Einsatz aus Riffelglas stand ein riesenhafter Schatten. Als Falk Stahnke das Haus ihrer Mutter betrat, hatte Flora das Gefühl, dass der Flur zusammenschrumpfte und sie selbst kaum noch Luft bekam, so stark empfand sie die körperliche Präsenz dieses Mannes. Dabei war er gar nicht so groß, wie sie zunächst angenommen hatte. Einen halben Kopf größer als sie, was kein Kunststück war, aber breitschultrig und voller mühsam zurückgehaltener Energie. Flora roch aufgesägtes Holz und einen Hauch frischen Schweiß. »Kanadischer Holzfäller« war das Klischee, das ihr zu Stahnkes Habitus, seinem Kleidungsstil und dem dichten dunkelbraunen Bart einfiel. Es fiel Flora schwer, sich ihn und Nicole Mohr als Paar vorzustellen.

Nach einem kurzen »Moin« und einem Nicken zur Begrüßung musterte Falk Stahnke sie gleichgültig. »Am Telefon sagten Sie, dass ein Fenster kaputt ist.«

»Ich fürchte, es ist nicht nur eins. Aber das Küchenfenster ist wirklich komplett im Eimer. Als ich es gestern öffnen wollte, hatte ich den Griff in der Hand.«

Sie ging ihm voraus in die schmale Küche und lehnte sich gegen die Arbeitsplatte, damit er an das Fenster herankam. Stahnke untersuchte es, und sie beobachtete jede seiner Bewegungen. Er hatte die Ärmel seines karierten Hemdes hochgekrempelt und am linken Arm eine blutige Schramme. Sollte sie ihm etwas anbieten? Wasser, Kaffee, Bier? Ein Pflaster? Sie schwieg.

»Da ist nichts mehr zu retten«, sagte er, ohne sich umzusehen. Stattdessen kratzte er an dem Holz herum. Holzspäne rieselten zu Boden. »Der Rahmen ist verrottet. Sehen Sie hier? Vollkommen vernachlässigt. Ich kann Ihnen das Fenster erst mal abdichten, aber dann bekommen Sie es nicht mehr auf. Ansonsten brauchen Sie ein neues.«

»Das Problem ist, dass ich das Haus nur hüte, solange meine Mutter im Krankenhaus und in der Reha ist.«

»Sie handeln gar nicht in ihrem Auftrag?« Er wandte sich zu ihr um. Sie verschwenden meine Zeit, sagte sein Blick.

»Im Prinzip schon. Das Haus gehört meiner Mutter Regina Laubner. Es wird noch eine Weile dauern, bis sie zurückkommt. Ich kümmere mich solange um alles.«

»Ich kenne Ihre Mutter, zumindest flüchtig. Wir waren bis vor einiger Zeit Nachbarn. Doch ich wusste nicht, dass sie eine Tochter hat.«

»Meine Mutter und ich hatten lange Zeit keinen Kontakt.«

»Aber Sie sind hier aufgewachsen und kennen Niensühn?«, In Falk Stahnkes Gehirn verknüpften sich jetzt wahrscheinlich die neuen Fakten mit den alten Gerüchten.

»Ja. Doch nur von früher. Ich bin hier wohl nicht sehr beliebt«, platzte es aus ihr heraus.

»Oh. Verstehe. Das Dorfleben …«

»Ihre Frau war aber sehr nett zu mir«, fühlte Flora sich verpflichtet zu sagen.

»Oh.« Nun blickte er sie misstrauisch an.

»Was würde ein neues Fenster denn ungefähr kosten?«, fragte Flora. »Mit Einbau.«

»Hängt davon ab, was Sie beziehungsweise Ihre Mutter haben wollen. Holz, Kunststoff, Alu? Soll es besonders einbruchhemmend sein?«

»Wird hier oft eingebrochen?«

»Einmal würde ja reichen …«

»Also ja, bitte auch einbruchhemmend.«

»Soll ich Ihnen ein Angebot machen?«

»Bitte.«

»Aus welchem Material?«

»So ähnlich wie jetzt, nur eben neu«, sagte Flora.

»Also aus Holz. Gute Entscheidung.« Er fasste an die Seitentasche seiner Arbeitshose und krauste die Stirn. »Oh verdammt, meine Messschiene ist im Auto, und der alte Riebesehl, bei dem ich eben war, hat mir den Zollstock nicht wiedergegeben.«

»Brauchen Sie einen Zollstock?«

»Jep. Wäre praktisch zum Ausmessen. Haben Sie einen da? In meinem Wagen habe ich natürlich noch ein paar, aber ich parke ein Stück die Straße runter.«

»Ich habe Werkzeug und auch Zollstöcke im Obergeschoss in der Besenkammer gesehen.« Warum war sie so nervös in seiner Gegenwart? Falk Stahnke war gar nicht ihr Typ. Im Gegenteil, er war grob und ungehobelt und überhaupt nicht nett. Und er schien genau diese Gedanken von ihrem Gesicht ablesen zu können. Jedenfalls war sein Blick mehr als genervt. »Sie können auch mitkommen«, stotterte Flora, »dann hol ich Ihnen da einen runter.«

Die Sekunden vergingen. Falk Stahnke starrte sie an. Was hatte sie gerade gesagt? Flora fühlte, wie ihr die Hitze in die Wangen schoss. Am liebsten wollte sie im Erdboden versinken. »Einen Zollstock«, fügte sie schwach hinzu.

7. Kapitel

»Auf, auf, Pia! Schlag dir die wehenden Tüllschleier und Myrtenkränze für einen Moment aus dem Kopf. Es gibt Arbeit.«

Es war kurz nach neun am Dienstagmorgen. Die Dienstbesprechung war zu Ende, und Pia saß an ihrem Schreibtisch über einem Vernehmungsprotokoll. Sie runzelte die Stirn. »Ich hab dich gerade vor mir gesehen, wie du den Brautstrauß fängst, Broders. Aber jetzt bin ich raus. Was gibt's?« Und klar, er musste über ihre Heiratspläne Witze machen. Broders war der Einzige außer ihrer Familie, dem sie schon davon erzählt hatte.

»Ein ungeklärter Todesfall in Niensühn. Ist gerade erst reingekommen. Wir sollen sofort losfahren.«

»Niensühn?«

»Oben an der Ostsee bei Weißenhäuser Strand. Ganz im Norden unseres Zuständigkeitsbereichs.«

Pia stand auf und griff nach ihrer Jacke. »Okay. Und der Tote. Was weißt du da?«

»Eine Frau, die in ihrem Haus tot aufgefunden wurde. Kann ein natürlicher Tod sein, aber dem Arzt, der den Totenschein ausgestellt hat, kommt da was komisch vor, und so hat er vorsichtshalber die Polizei verständigt.«

»Ein verantwortungsvoller Mann.« Sie kamen auf das Parkdeck, und Pia schloss den dunkelgrauen Mercedes auf. »Befindet sich die Leiche der Frau denn noch im Haus?«

»Ja. Alle warten jetzt erst einmal auf den Rechtsmediziner.

Der Fundort ist gesichert, die Spurensicherung macht sich gerade auf den Weg.«

Pia steuerte auf die Fahrerseite der C-Klasse zu. »Lass mich fahren. Wir wollen doch nicht, dass Kollege Schelling und die anderen vom K6 vor uns da sind.«

»Ph«, machte Broders und ließ sich auf den Beifahrersitz fallen.

Pia fuhr die Fackenburger Allee hinunter zur Auffahrt auf die A1 in Richtung Norden. Das Navigationsgerät lotste sie in Neustadt–Pelzerhaken von der Autobahn hinunter. Von da an schlängelte sich die Straße durch die hügelige Landschaft, an Schönwalde am Bungsberg vorbei bis nach Niensühn.

»Du hättest erst in Lehnsahn von der Autobahn runterfahren sollen. Oder in Oldenburg«, beschwerte sich Broders. »Bei dem Gekurve über diese Landstraße wird mir schlecht.«

Pia sah ihn kurz von der Seite an. »Dir wird beim Autofahren nie schlecht, Broders.«

»Aber gut ist mir auch nicht.«

»Spar dir das für unsere Leiche auf. Vielleicht darfst du dieses Mal bei der Obduktion dabei sein.«

Die Dorfstraße von Niensühn wurde von alten Linden, einer Kirche mit hoch aufragendem Turm und einem Gasthof gesäumt. Pia bog in eine der Seitenstraßen ein, die sich in Richtung Süden erstreckte und von älteren Doppel- und Einfamilienhäusern flankiert wurde. Ein Hinweisschild wies zum Kindergarten und zum Stadion. Weiter hinten sah Pia einen Streifenwagen und Polizisten in Uniform, die mit Passanten diskutierten.

»Da sind wir.« Pia hielt am Straßenrand gegenüber der kleinen Menschenansammlung. Sie stieg aus und machte sich mit den Kollegen bekannt, die als Erste vor Ort gewesen waren und auch den Fundort gesichert hatten. Die unterrichteten Broders und Pia über den Stand der Dinge. Zuerst sollten die Kollegen von der Spurensicherung sich das Haus ansehen, die ebenfalls gerade angekommen waren. Während sie noch sprachen, kam ein Mann Ende zwanzig auf Pia und Broders zu und stellte sich ihnen per Handschlag vor. »Christian Arp. Ich bin der Notarzt, der Sie alle informiert hat.«

»Was genau ist hier passiert?«, fragte Broders.

»Eine Nachbarin hat die Frau durch ein Fenster reglos in der Küche auf dem Boden liegen sehen. Sie ist durch die Hintertür zu ihr reingegangen, um zu helfen, sagt sie, hat dann aber erkannt, dass ihre Nachbarin tot ist, und die 112 angerufen. Ich war der Erste vor Ort, konnte jedoch nichts mehr für die Frau tun.«

»Wann, schätzen Sie, ist der Tod eingetreten?«, wollte Pia wissen.

»Vor mindestens zwanzig Stunden. Die Totenflecken sind nicht mehr wegdrückbar. Die Totenstarre ist voll ausgeprägt.«

»Und was, vermuten Sie, war die Todesursache?«

Er sah kurz zur Seite, blickte Pia dann wieder an. »Ich hab auf dem Totenschein angekreuzt, ›unklar, ob natürlicher oder nicht natürlicher Tod‹.« Die Frau hat sich vor ihrem Tod erbrochen, und es scheint so, als hätte sie Krämpfe gehabt. Außerdem sind da weitere Anzeichen an den Augäpfeln und im Mund … Ich denke, es könnte sich um eine Vergiftung handeln.« Er zuckte mit den Schultern. »Ist ein Fall für die Rechtsmedizin.«

Pia runzelte die Stirn. Eine Vergiftung konnte auf einen Unfall, einen Suizid oder auch einen Mord zurückzuführen sein.

»Wie alt war die Frau?«, fragte Broders.

»Ende zwanzig, schätze ich. Sie heißt Nicole Mohr.«

»Ach ja?«, sagte Pia. Wenn Menschen tot in ihren Wohnungen lagen, dachte man unwillkürlich an ältere Leute.

»Lebte sie allein?«, erkundigte sich Broders.

»Ja. Das sagte die Nachbarin mir zumindest. Die Verstorbene hatte sich vor einiger Zeit von ihrem Mann getrennt.«

Pia blickte zu dem Haus hinüber. Es sah eher wie ein Heim für eine kleine Familie oder ein Paar aus. Das Haus stammte schätzungsweise aus den Sechzigern, war jedoch vor Kurzem renoviert worden. Neue Holzfenster mit weißen Plisseestores und eine moderne hellgrau lackierte Haustür fielen ins Auge. »Wer war bisher schon alles bei der toten Frau im Haus?«, wollte sie wissen.

»Die Nachbarin, die uns verständigt hat, zwei Rettungsassistenten und ich«, zählte Christian Arp auf. »Die beiden sind mit dem Rettungswagen weiter zu ihrem nächsten Einsatz gefahren. Wie gesagt: Hier gab es ja nichts für uns zu tun.«

»Und wo ist die Nachbarin, die die Tote gefunden hat?«, fragte Pia.

Christian Arp deutete mit dem Kopf in Richtung der Umstehenden. »Es ist die große Blonde da, mit der hellblauen Jacke.«

Pia ging zu der Frau hinüber. Die übrigen Leute, die bei ihr gestanden hatten, wichen zurück. Sie beobachteten jedoch aufmerksam, was weiter geschah.

»Ich habe gehört, dass Sie Ihre Nachbarin Nicole Mohr tot aufgefunden haben«, sagte Pia, nachdem sie sich vorgestellt hatte.

Die Angesprochene nickte mehrmals. Ihr großflächiges Gesicht war gerötet, ebenso ihre hellblauen Augen. Ihr Haar war hell und fein und wehte im Wind wie Vogelflaum. »Das stimmt. Es war schrecklich. Vivien Prange ist mein Name.«

»Wir müssen uns gleich noch unterhalten. Wo können wir Sie dann finden?«

»Ich wohne ein Stück die Straße runter. Der große Hof ist der Prange-Hof.«

»Okay. Wir kommen dann am besten zu Ihnen. Es kann aber noch einen Moment dauern.«

Vivien Prange nickte mehrmals. Pia wandte sich ihrem Kollegen zu.

Broders steckte gerade sein Telefon wieder ein. »Ich habe versucht, jemanden vom Kriseninterventionsteam herzubekommen. Für die Eltern der Toten.«

»Wissen die Eltern es schon?«

»Ja.« Er verzog das Gesicht. »Sie wohnen auch in Niensühn. Und Unglücksnachrichten verbreiten sich auf dem Land bekanntlich schnell. Zwei Kollegen sind gerade vor Ort.«

Schelling, ein Kollege vom K6, der Spurensicherung, winkte ihnen, näher zu kommen. Der Fundort war jetzt so weit gesichert, dass sie die Tote anschauen konnten. Nachdem Pia und Broders sich Schutzkleidung angezogen hatten, folgten sie Schelling ins Haus. Um eventuell auf dem Boden befindliche Spuren nicht zu zerstören, gingen sie über Trittplatten, die das Spurensicherungsteam ausgelegt hatte. Pia nahm sich Zeit und sah sich genau um. Ein Kriminalbeamter betritt den Tatort mit den Augen, hieß es. Das Innere des Hauses war ebenfalls vor Kurzem renoviert worden. Die Wände schimmerten in einem hellen Grau; in die Decken waren Downlights eingesetzt worden. Die Fliesen im Flur und die altmodische Holztreppe stammten offenbar noch aus der Anfangszeit des Hauses. An der Garderobe hing ein rosafarbener Trenchcoat, darunter stand ein Paar weißer Sneakers. Alles wirkte sehr aufgeräumt und sauber. Im Wohnbereich, in den Pia im Vorbeigehen einen Blick warf, glänzten neu aussehende Holzdielen. Die Möbel mitsamt der Deko hätten auch auf der Ausstellungsfläche eines Möbelhauses stehen können. Pia war versucht nachzuschauen, ob es sich bei den Büchern im Regal um Attrappen aus Pappe handelte.

Schelling führte sie in die Küche. Die tote Frau lag zusammengekrümmt auf den grau gesprenkelten Fliesen. Sie trug ein weites T-Shirt und einen hellblauen Morgenmantel. Ihr kupferrot gefärbtes Haar, das wie frisch geföhnt glänzte, bildete einen starken Kontrast zu der totenblassen Haut mit den tiefen Schatten unter den Augen und den gräulich schimmernden Lippen. Es roch nach Urin, Magensäure und beginnender Verwesung. Pia atmete flacher und konzentrierte sich auf das, was sie zu tun hatte. Um die Tote herum standen schon diverse nummerierte Spurentafeln. Am Kopf der Frau stand Spurentafel Nummer eins, es folgten weitere in ansteigender Zahlenfolge von innen nach außen. Auf der Küchenarbeitsplatte befand sich neben einem Glas Wasser Tafel Nummer elf.

Pia schaute sich auch in der Küche um. Ursprünglich war es ein kleiner Raum gewesen, doch eine Wand war herausgenommen und durch einen Tresen ersetzt worden. Dahinter befand sich ein rechteckiger Esstisch aus hellem Holz, über dem eine Hängeleuchte mit einem Schirm hing, der mit weißen Federn besetzt war. Weiter um die Ecke herum lag der Wohnbereich, den Pia schon vom Flur aus gesehen hatte.

»Ich gebe euch mal eine kurze Zusammenfassung von dem, was wir schon haben«, sagte Schelling. »Auf der Arbeitsplatte seht ihr ein Glas mit Wasser. Auf dem Boden da liegt eine geöffnete Packung mit Schmerzmitteln. Ibuprofen. Die Tote hatte ein angebrochenes Heftchen derselben Tablettensorte in der Hand. Drei Tabletten fehlen. Auf der Abtropffläche der Spüle liegen ein benutztes Brotmesser und ein Holzbrettchen mit Brotkrümeln. Dazu ein Becher. Wahrscheinlich war Tee darin.«

»Sie hat anscheinend allein etwas gegessen. Es könnte zum Abendbrot oder zum Frühstück gewesen sein«, sagte Broders. »Irgendwann danach wollte oder hat sie Schmerztabletten mit Wasser eingenommen, ist zu Boden gegangen und dort gestorben.«

»Ein Schmerzmittel deutet daraufhin, dass sie sich nicht gut fühlte«, bemerkte Pia. »Sie trägt nur ein langes T-Shirt und einen Bademantel. Die Frage ist, ob sie auf dem Weg ins Bett war, ob es also abends oder nachts passiert ist oder am frühen Morgen.«

Schelling nickte. »Der Notarzt meinte, den Totenflecken nach zu urteilen, sieht es mehr nach abends oder nachts aus als nach dem frühen Montagmorgen.«

Pia nickte. »Heute ist Dienstag. Also hat die Tote wohl mindestens den ganzen Montag hier gelegen, bis ihre Nachbarin sie gefunden hat. Zum Glück ist es einigermaßen kühl«, sagte Broders.

Pia verscheuchte mit der Hand eine Fliege und seufzte. »Wenn die Spuren so weit gesichert sind, Schelling, dann fangen wir jetzt an.«

Sie entkleideten die Frau, untersuchten sie auf Hinweise, die auf einen gewaltsamen Tod hindeuten könnten, und arbeiteten den Fragenkatalog ab, der weiteren Aufschluss darüber geben sollte, ob es sich um einen natürlichen oder nicht natürlichen Tod handelte. Besonderes Augenmerk richteten sie auf die Augäpfel und den Mund der Verstorbenen.

»Sie muss auf jeden Fall obduziert werden«, sagte Pia, als sie sich aufrichtete. »Alles zusammengenommen, ihre Augen, das Erbrechen, die Krämpfe ... Es könnte sich tatsächlich um eine Vergiftung handeln. Aber das kann endgültig nur der Rechtsmediziner klären.«

»Also ist der Leichnam beschlagnahmt?«, fragte Schelling.

Broders nickte.

»Wie viel Geschirr ist im Geschirrspüler?«, erkundigte sich Pia.

»Er ist ausgeräumt und sauber. Leider.«

»Hm. Gibt es schon Spuren von Besuchern oder sonst jemandem, der hier war? Vielleicht auch einer Person, die zeitweise mit hier gewohnt hat?«

»Ja, im Badezimmer haben wir ein Herrendeo, ein ebensolches Duschgel und zwei in Gebrauch befindliche Zahnbürsten gefunden.«

»Sie soll von ihrem Mann getrennt gelebt haben, aber anscheinend war sie doch nicht ganz allein«, überlegte Pia laut. »Habt ihr irgendwelche Verhütungsmittel gesehen?«

»Im Bad liegt eine angebrochene Packung Antibabypillen.«

Das musste nichts heißen. Viele Frauen nahmen die Pille auch prophylaktisch oder aus gesundheitlichen Gründen. Trotzdem war es im Zusammenhang mit den Herrenkosmetika und den beiden Zahnbürsten im Badezimmer ein Hinweis darauf, dass es schon einen neuen Freund in Nicole Mohrs Leben gegeben hatte.

»Was für Spuren habt ihr bisher sonst noch gefunden?« Pia deutete auf die Spurentafeln am Boden.

»Haare, Fasern, Schmutz von draußen. Der ist im Flur am stärksten ausgeprägt. Sand, pflanzliche Fasern, organisches Material, eventuell Tierdung.«

»Dung? Im Haus?« Broders zog die Schultern hoch.

»Das Labor kann mehr dazu sagen. Hundedreck, Katzendreck, etwas aus einem Nutztierstall.«

»Interessant, doch das kann natürlich auch von dem Opfer selbst stammen. Oder von der Nachbarin, die die Tote gefunden hat«, überlegte Pia.

»Sich nicht die Füße abzutreten, ts, ts«, kommentierte Broders die Bemerkung.

»Wenn sie ihre Nachbarin durch das Fenster leblos auf dem Küchenfußboden gesehen hat und schnell zu ihr wollte, ist das wohl eher eine lässliche Sünde«, erwiderte Pia.

»Aber eine schöne Spur«, sagte Schelling.

»Gibt es Hinweise auf einen Einbruch?«, wollte Broders wissen.

»Bisher haben wir nichts feststellen können.«

»Die Nachbarin ist angeblich durch die nicht abgeschlossene Hintertür hereingekommen«, sagte Pia. »Wir müssen noch herausfinden, ob es üblich war, dass die offen blieb.«

»Wie es aussieht, wurde das Türschloss an der Vordertür vor Kurzem ausgetauscht«, berichtete Schelling.

»Kann man das so genau sehen?«, fragte Broders.

»Oh ja, es ist noch nicht verkratzt. Außerdem ...«, Schelling grinste, »liegt die Rechnung dafür auf einer Kommode im Wohnzimmer.«

»Und die dazugehörigen Schlüssel?«

»Vorne steckt einer von innen, einen weiteren haben wir am Schlüsselbrett gefunden.«

»Und die für die Hintertür?«

»Einer steckt ebenfalls innen im Schloss, den anderen – falls es denn einen zweiten gibt, aber davon gehe ich mal aus – haben wir bisher nicht gefunden. Entweder die Frau hat ihn irgendwo gut versteckt deponiert ...«

»Oder jemand anders hat ihn«, ergänzte Pia.

Pia und Broders fanden den Hof, den Vivien Prange ihnen beschrieben hatte, ohne Schwierigkeiten. Es war ein schmuckloses Bauernhaus mit diversen Nebengebäuden. Auf dem gepflasterten Vorplatz standen ein Traktor, dessen Räder höher waren als Pia, und ein Erntefahrzeug.

Vivien Prange musste sie von einem Fenster aus gesehen haben. Sie kam gleich heraus, winkte und führte sie durch eine dunkle Diele und einen Flur in den Wohnbereich. In einem hallenartigen Wohnzimmer, das offensichtlich selten genutzt wurde, bat sie Pia und Broders, Platz zu nehmen. »Ich kann es immer noch nicht fassen«, erzählte sie mit dünner Stimme. »Ich bin vorhin nur zu Nicole rüber, weil ich wissen wollte, ob sie auch zur Chorprobe kommt.«

Pia sah Broders an, der einen Notizblock hervorzog. »Wohnt Frau Mohr allein?«, fragte sie.

»Jetzt wieder. Sie hat sich Anfang des Jahres von ihrem Mann getrennt.« Vivien Prange presste die Lippen zusammen. »Falk Stahnke. Sie hieß aber immer Mohr. Sie hat ihren Nachnamen behalten.«

Ach ja, Entscheidungen, die auch ihr bevorstanden. Pia konnte sich nicht vorstellen, mit Mitte dreißig auf einmal anders zu heißen. Schon wegen Felix nicht.

»In welcher Beziehung stehen Sie zu Frau Mohr?«

»Ich bin eine Freundin. Wir kennen uns schon unser Leben lang.«

»Haben Sie einen Schlüssel zu ihrem Haus?«

»Nein. Ich hab vorn geklopft, und als niemand öffnete, bin ich hintenherum gegangen, weil ich dachte, sie hört mich vielleicht nur nicht. Ihr Auto stand schließlich da. Ich hab durchs Küchenfenster hineingeschaut und sie da drinnen liegen gesehen.« Ihr Gesicht verzog sich zu einer weinerlichen Grimasse. »Ich wusste nicht, was los ist. Ich dachte, dass ich

Nicki möglicherweise noch helfen kann. Deshalb bin ich zur Hintertür gelaufen, und die war auch nicht abgeschlossen.« Sie blickte an Pia vorbei in Richtung Fenster. Ihre Unterlippe zitterte. »Aber es war zu spät. Ich hab sofort gesehen, dass sie tot war.«

»Wissen Sie, ob Frau Mohr krank war?«

»Das hat der Notarzt mich auch schon gefragt. Nicole hat mir jedenfalls nie etwas gesagt. Sie war ab und an mal erkältet, wie fast jeder, und vor einer Weile hatte sie sich das Handgelenk mal ganz böse verstaucht.«

»Wobei?« Pia sah kurz zu Broders, der alles aufschrieb. War die Trennung von ihrem Mann friedlich oder gewaltsam verlaufen?

»Ach, im Garten, glaube ich. Sie ist gestürzt.«

»Wissen Sie, wer ihr Hausarzt ist?« Den würden sie ebenfalls schnell befragen müssen.

»Nein.« Sie schniefte und stützte den Kopf in die Hände.

»Was ist Ihnen sonst noch aufgefallen?«, fragte Pia mit sanfter Stimme, damit Vivien Prange sich wieder beruhigte. Es war bestimmt nicht leicht für sie, sich die Szene wieder vor Augen zu rufen, aber sie mussten so viel wie möglich herausfinden, solange die Erinnerung noch frisch war und nicht durch andere überlagernde Eindrücke verfälscht wurde.

»Es war ganz still im Haus. Ich rief sofort, als ich reinkam, Nickis Namen. Ich wusste ja, dass sie in der Küche auf dem Boden lag. Als ich die Küchentür aufdrückte, war zuerst etwas im Weg. Es war ihr Fuß! Ich habe ihn ein Stückchen weggeschoben. Sie lag mit offenen Augen da. Auf der Seite und zusammengekrümmt, doch mit ausgestrecktem Arm, so, als wollte sie nach etwas greifen. Ihr Gesicht war so blass. Und es roch so komisch. Ich wusste sofort, dass sie tot ist. Sie hatte nur ein T-Shirt und einen Bademantel darüber an. Nicole war tot, und ich dachte: Warum steht die so spät auf? Warum ist sie nicht angezogen?« Sie schluchzte auf. »Ist das nicht verrückt?«

»Haben Sie im Haus von Frau Mohr etwas verändert, angefasst?«

»Nein. Ich war schockiert... Aber ich hab nichts angerührt oder verändert. Ehrlich.«

Bis auf die Positionsänderung des Fußes, dachte Pia.

»Wissen Sie noch die genaue Uhrzeit?«, fragte Broders.

»Ja. Dreizehn Minuten nach zehn. Auf ihrer Küchenuhr.«

»Was passierte dann?«

»Ich ging rückwärts wieder raus. Dabei bin ich gegen den Türrahmen gestoßen.« Sie fasste sich an den Hinterkopf. »Draußen habe ich sofort die 112 gewählt. Die wollten, dass ich Erste Hilfe leiste, aber ich sagte ihnen, dass es dafür zu spät sei. Da meinten sie, ich solle vor das Haus gehen und den Rettungswagen einweisen. Während ich draußen wartete, kamen ein paar Leute vorbei und blieben auch bei mir stehen.«

»Wer war das? Können Sie uns eine Liste anfertigen?«

Vivien Prange zuckte mit den Schultern. »Ich weiß nicht. Ich war vollkommen durch den Wind, aber ich versuch's.«

»Ist noch jemand anders als Notarzt und Rettungskräfte ins Haus gegangen?«

»Nein, niemand.«

»Nicole Mohr lebte also allein. Wie können wir ihren Mann, Falk Stahnke, erreichen?«

»Ich kann Ihnen seine Nummer geben. Ihm gehört die Tischlerei im Ort. An der Hauptstraße, die ist nicht zu verfehlen. Dort ist er meistens zu finden. Und dann sind da noch Nicoles Eltern.« Sie schluchzte wieder. »Die Armen! Anneliese und Fridbert Mohr heißen die. Sie wohnen auch in Niensühn. Ach, das ist alles so schrecklich!« Vivien Prange schlug die Hände vors Gesicht, aber Pia war sich nicht sicher, ob sie weinte.

»Nur noch eine Frage, Frau Prange«, sagte sie. »Dann lassen wir Sie vorerst in Ruhe. Sie wollten hören, ob Nicole Mohr heute zur Chorprobe kommt. Habe ich das eben richtig verstanden?«

Vivien nahm die Hände herunter. »Ja.«

»Warum sind Sie zu Fuß zu Frau Mohr gegangen und haben Sie nicht einfach angerufen oder ihr eine Nachricht geschickt?« Auch wenn man in derselben Straße wohnte, war das wohl mittlerweile ein übliches Vorgehen.

Viven Prange blinzelte. Sie hatte helle Wimpern. Ihre Augen standen ein wenig vor, was ihr ein verschrecktes Aussehen gab. »Klönen und dabei zusammen einen Kaffee trinken kann man am Telefon nicht, oder?«

»Nein. Alles klar.« Pia sah Broders an. »Hast du noch Fragen?«

»Was machte Ihre Freundin eigentlich beruflich?«

»Sie ist Goldschmiedin, aber sie arbeitet nur drei Tage die Woche. Im Moment von mittwochs bis freitags. Manchmal ist sie auch am Samstag im Geschäft. Es war nicht leicht für sie, überhaupt etwas zu finden.«

»Und Sie?«

»Ich bin Arzthelferin. Die Praxis ist diese Woche geschlossen. Wir mussten alle Urlaub nehmen, weil mein Chef in Südfrankreich ist.«

Die Tischlerei von Nicole Mohrs Noch-Ehemann befand sich an der Hauptstraße nahe der Kirche in einem Backsteingebäude, das früher vielleicht einmal die Schmiede gewesen war. Ein Hinweisschild direkt an der Straße wies auf das etwas zurückliegende Gebäude mit den zwei grün gestrichenen Toren hin. Auf dem Kopfsteinpflaster vor dem Haus stand in einem Carport ein Ford Transit älteren Baujahres mit offenen Hecktüren. Darin sah Pia Fenster und Türen, Werkzeugkoffer und eine fest montierte Kreissäge.

Als sie sich der Tür näherten, kam ein dunkelhaariger, bärtiger Mann heraus, der sie erstaunt ansah. »Moin. Kann ich Ihnen vielleicht helfen?«

Pia grüßte ihn mit einem Nicken. »Korittki und Broders. Wir sind von der Kripo Lübeck. Sind Sie Falk Stahnke?«

»Genau der.« Er musterte sie misstrauisch.

»Können wir einen Moment reingehen?«

»Oh, ist es was Ernstes?« Es sollte scherzhaft klingen, aber wie die meisten Menschen, die unvermutet Besuch von der Polizei bekamen, schwante wohl auch ihm nichts Gutes.

Sie folgten ihm durch die Werkstatt, in der es nach frisch zersägtem Holz und Staub roch und in der ein alter Tisch und acht übereinandergestapelte Esszimmerstühle vermutlich auf ihre Restaurierung warteten. Stahnke führte Pia und Broders in ein Hinterzimmer, ursprünglich wohl ein Büro, und lange zuvor vielleicht eine Pferdebox. Durch ein mit Schmiedeeisen eingefasstes Stallfenster konnte man von hier aus in die Werkstatt schauen. Falk Stahnke fegte rasch Krümel und Holzmehl vom Tisch und deutete auf zwei Stühle. Gegen die Kaffeeränder und anderen Flecken auf der zerschrammten Tischplatte war die Maßnahme allerdings wirkungslos. Er selbst setzte sich breitbeinig auf ein altes Sofa, auf dem ein paar

Decken und Kissen lagen. In einem Edelstahlbecken an der Wand stapelte sich benutztes Geschirr.

»Wir sind hier, weil Ihre Frau, Nicole Mohr, tot aufgefunden wurde«, sagte Pia.

»Das ist nicht wahr!«

»Leider doch. Es tut mir leid.«

Er sprang auf, fuhr sich mit der Hand durch den Bart, blickte sie fassungslos an. »Was ist mit Nicki passiert? Ein Unfall?«

Broders erläuterte ihm, was sie selbst schon wussten. Pia beobachtete Falk Stahnkes Reaktion. Er wirkte verstört, ungläubig, wollte es anscheinend noch nicht wahrhaben. Seine Gefühle schienen echt zu sein.

»Nicki war gesund wie ein Fisch im Wasser. Sie hatte ab und zu Hautprobleme oder mal einen Schnupfen. Daran stirbt man doch nicht!«, fuhr er sie an.

»Wer war denn ihr Hausarzt?«, fragte Broders.

Stahnke nannte einen Arzt in Oldenburg.

»Und das verstauchte Handgelenk?«, hakte Pia nach.

»Ach das, ja. Da war ich aber schon bei ihr ausgezogen. Sie hat versucht, den schweren Grill allein aus dem Schuppen zu schleppen, und ist über eine Unebenheit auf den Gehwegplatten gestolpert. Ich meine … Sie hatte meines Wissens nichts Organisches. Was war es? Ein Herzinfarkt? Ein Aneurysma vielleicht?«

»Das wissen wir noch nicht. Die Obduktion wird da Klarheit bringen.«

»Sie wollen sie aufschneiden? Mein Gott!«

»Das ist leider in so einem Fall unumgänglich. Wann haben Sie sie zuletzt gesehen?«

»Ich weiß nicht mehr. Vor ungefähr zwei Wochen?«

»Zu welchem Anlass.«

»Wir sind uns zufällig irgendwo im Dorf begegnet.« Er rieb die Hände an der Arbeitshose ab, sah Pia dann in die Augen. »Wissen Sie, wir waren in letzter Zeit nicht gerade nett zueinander. Aber wenn ich gewusst hätte, dass sie stirbt ...« Wie auch Vivien Prange zuvor stützte Falk Stahnke den Kopf in die Hände. Pia sah etwas Sägemehl in seinem dunklen Haar. Sie wartete einen Moment. Als er den Kopf hob, waren seine Wangen feucht. »Ihr Tod ist ein Schock. Es kommt so plötzlich. Ich weiß nicht, was ich dazu sagen soll«, stammelte er. »Also würden Sie jetzt bitte gehen?«

Pia erhob sich. »Wenn Sie es wünschen. Wir melden uns bei Ihnen, wenn wir noch Fragen haben. Ich gebe Ihnen aber meine Karte für den Fall, dass Sie vorher mit uns sprechen wollen.«

»Warum sollte ich?« Er erhob sich ebenfalls.

»Wie gesagt: Es ist noch unklar, woran Nicole Mohr gestorben ist.«

»Ja, und ...?«

»Wir müssen abklären, ob ein Verbrechen vorliegt.«

»Was? Jemand hat sie ermordet? Wollen Sie mir das gerade sagen?«

»Nein, das wollen wir nicht. Noch ist alles offen.« Broders stand ebenfalls auf und klopfte sich den Staub von der Hose. »Hatte Ihre Frau vielleicht Feinde?«

»Feinde?«, wiederholte Stahnke. »Alle mochten sie. Alle waren der Meinung, dass sie alles richtig gemacht hat. Ich war hier der Dumme.«

»Inwiefern?«, wollte Pia wissen.

»Das müssen Sie schon die anderen fragen.«

»Womöglich werden wir das.« Es hing davon ab, woran Nicole Mohr gestorben war.

Falk Stahnke beugte sich vor und stützte sich auf der Tischplatte auf. Er kam Pia etwas zu nahe. Seine Augen unter den kräftigen Brauen funkelten angriffslustig, doch sie wich nicht zurück. »Jetzt verstehe ich«, sagte er in ätzendem Ton. »Sie glauben, dass ich ihr was angetan habe?«

»Wir glauben noch gar nichts«, sagte Pia. »Wir beobachten, und wir sammeln nur.«

8. Kapitel

»Es ist eine Prüfung«, murmelte Thea Schöttler, als sie nach ihrer Strickjacke an der Flurgarderobe griff. »Gott will mich prüfen. Es wird alles gut.«

Doch die Pastorin von Niensühn glaubte nicht daran. Seit einer halben Stunde war gar nichts mehr gut, sondern vielmehr eine vollendete Katastrophe. Die vergangenen Wochen waren ohnehin schlimm gewesen, und sie hatte keine Kraft mehr für weitere »Prüfungen«, seien sie gottgewollt oder nicht. Thea war müde und traurig und fand, dass sie *das* nicht verdient hatte.

Angefangen hatte es vor dreieinhalb Wochen. Nein, bemerkt hatte sie es vor dreieinhalb Wochen. Thea war vor der Sonntagspredigt durch ihre Kirche gegangen und auch auf die Empore zur Orgel gestiegen, um zu sehen, ob genug Notenständer für den Kinderchor da waren. Sie hatte Hannes' Notenblätter ordnen wollen. Als sie den Stapel hochgenommen hatte, war ihr ein abgestoßenes Foto vor die Füße gefallen. Darauf zu sehen war eine Gruppe Menschen, im Vordergrund Hannes und Nicole, Arm in Arm, wie sie in die Kamera grinsten. Es war eines dieser »Selfies«. Hannes schien es mit seinem Handy aufgenommen zu haben. An und für sich nichts Besonderes, wenn er das Foto nicht ausgedruckt und zwischen seinen Notenblättern verwahrt hätte. Im Hintergrund sah man das Holstentor vor einem düster grauen Himmel. Also war dieses Bild während des letzten Chorausflugs entstanden. Ein paar Meter entfernt stand sie selbst, den

Rücken der Kamera zugewandt, in ihrer grauen Jacke und mit der grünen Baskenmütze auf dem Kopf. Nicoles rotes Haar wehte im Wind. Die beiden lehnten an der Löwenfigur vor dem Holstentor. Nicole hatte ein routiniertes Kameralächeln aufgesetzt, doch Hannes sah … aufgekratzt, ja geradezu euphorisch aus. Was Thea daran wirklich verletzte, war die Erinnerung, wie schlecht, unglücklich und deplatziert sie sich während dieses Ausflugs gefühlt hatte, ohne zu wissen, warum. Sie hatte sich wegen ihrer miesen Stimmung sogar schuldig gefühlt, nicht ahnend, dass Hannes schuld daran war.

Die Pastorin griff nach dem kleinen Lederrucksack, der ihr als Handtasche diente, und lauschte noch einmal. Hannes heulte immer noch auf dem Klo. Als könnte sie ihn nicht hören! Er weinte sich wegen Nicoles Tod die Augen aus dem Kopf.

Auch im Haus von Anneliese und Fridbert Mohr flossen Tränen. Allerdings nicht auf der Toilette, sondern in der beengten Stube des Ehepaares. Thea saß neben Anneliese, hielt ihre kalte, feuchte Hand und ließ sie weinen. Bei solchen Gesprächen galt es, die Gefühle der Mitmenschen überhaupt erst einmal auszuhalten, auch wenn man nur weglaufen wollte. Den Tod des einzigen Kindes zu verkraften war sicher eines der schlimmsten Unglücke, die einem widerfahren konnten. In diesem Fall war das Mitleid der kinderlosen Thea echt und tief.

Trotzdem ertappte sie sich zwischendurch dabei, dass ihre Gedanken zu Hannes und Nicole abschweiften. Dass sich böse, hasserfüllte, zutiefst verletzte Gefühle unter das reine Mitleid mischten. Es kam ihr wie Hohn vor, dass sie die Verzweiflung der Mutter über den Tod der Tochter erträglicher machen wollte, doch ähnliche Gefühle ihres Mannes aus dem gleichen Grund verachtete. *Nur eine Prüfung* – eine von vielen.

Aber mit Annelieses Trauer konnte sie umgehen. Sie konnte nachvollziehen, wie die Wellen des Kummers sie immer wieder erfassten und erschütterten. Wie die arme Frau ihren Verlust stets aufs Neue realisierte, nachdem sie gerade einen Moment zur Ruhe gekommen war. Thea wollte und würde ihr Fels in der Brandung sein. Später, wenn die Fragen nach dem »Warum« kommen würden, wusste sie, was sie sagen konnte. Doch Fridbert, Nicoles Vater, hatte wie erstarrt gewirkt. Als Thea angekommen war, hatte er den Herrn vom Kriseninterventionsteam gerade verabschiedet. Seine Pastorin sei ja nun da, hatte Fridbert gesagt. Der Herr könne gehen, sonst würde man sich ja in der Stube nur auf der Pelle sitzen. Danach hatte er einen Moment reglos mitten im Raum gestanden, während Thea neben seiner Frau auf dem Sofa Platz genommen hatte. Dann war er mit einem gemurmelten »Ich muss eine Weile hier raus« gegangen.

Thea wusste nicht, wohin er wollte. Die Mohrs hatten kein Auto. Er konnte also nirgendwohin fahren. Ihre einzige Tochter Nicole hatte alle Besorgungen außerhalb von Niensühn mit ihnen zusammen erledigt. Die Dorfkneipe öffnete glücklicherweise erst um siebzehn Uhr; die Kirche war geschlossen. Wahrscheinlich fuhr Fridbert mit seinem alten Fahrrad zu seinem Boot, das an der Ostsee lag. Sein Vater war Fischer gewesen. Die See steckte ihm wohl im Blut, wie man so sagte. Und Frauentränen trieben ja so manchen Mann in die Flucht.

Doch Fridbert Mohr fuhr nicht zu seinem Boot. Jedenfalls nicht sofort. Vivien Prange stand im Garten und hängte Bettwäsche auf, als sie seine Fahrradbremse quietschen hörte. Ein Blick in sein starres, weißes Gesicht sagte ihr, dass er bereits über Nicoles Tod Bescheid wusste.

Vivien legte den feuchten Bettbezug zurück in die Plastikwanne und ging über die Rasenfläche und durch die seitliche Pforte auf Fridbert zu.

»Oh, Fridbert, es tut mir so leid!« Vivien legte die Hand auf seinen Unterarm. Er zuckte zurück und sah sie aus blutunterlaufenen Augen an. »Wo ist dein Vater, Kind?«

Er nannte sie »Kind« wie damals, als sie einen Meter zwanzig groß gewesen war, mit Zahnlücke und zwei bleistiftdünnen Zöpfen? »Ich weiß nicht genau. Im Stall oder wieder im Haus.«

»Ihr arbeitet wohl alle, als wär nix passiert«, schnaubte er und machte sich auf den Weg in Richtung Stallungen.

Vivien setzte ihm nach einer Schrecksekunde nach. »Warte. Ich glaube, mein Vater ist gerade ins Haus rüber. Komm doch zu uns rein ... auf einen Tee«, setzte sie unsicher hinzu. »Du siehst aus, als könntest du eigentlich was Stärkeres vertragen.« Das war ihr so herausgerutscht, doch Fridbert zog nur die Augenbrauen hoch.

»Recht hast du, Kind. Aber so was Starkes gibt's nicht.«

Immerhin folgte er ihr mit schweren Schritten ins Wohnhaus.

»Frau Pastor ist bei uns, mit ihrem lieben Gott im Gepäck. Da hab ich Reißaus genommen«, murmelte er.

»Ich mach Tee!« Vivien eilte in die Küche, hielt sich an der Arbeitsplatte fest und atmete tief durch. Ihre Mutter war bei Tante Betsy in Satrup. Aber wo waren die Männer nur? Ihr Vater stand unter der Dusche, wie an der krachenden Leitung ins Obergeschoss unschwer zu hören war. Das Bad im Erdgeschoss renovierten sie gerade. Daniel war von seiner Tour anscheinend immer noch nicht wieder zurück. Vivien fürchtete, dass sich Vater und Bruder auch gar nicht blicken lassen wollten, solange Fridbert da war. Was sollte man auch sagen, außer dass es einem entsetzlich leidtat?

Nicole, die hübsche, fröhliche Nicole, war der Sonnenschein ihrer Eltern gewesen. Über ihre Hochzeit mit Falk, eine rauschende Feier mit beinahe zweihundert Gästen, war in Niensühn wochenlang geredet worden. Danach hatten alle auf das ersehnte Enkelchen für Anneliese und Fridbert gewartet, hatten die beiden doch nach Nicoles Geburt zu ihrem großen Kummer keine weiteren Kinder mehr bekommen können. Aber ein Enkelkind hatte sich nicht angekündigt. Irgendwann hatte Nicole Vivien gestanden, dass es zwischen Falk und ihr nicht gut lief. Dass sie sich in einen anderen verliebt hatte. Dann die Trennung, das Gerede von Scheidung – ein Schock für Nicoles Eltern. Und wohl auch eine Schande, jedenfalls in den Augen des stockkonservativen Fridbert. Und nun war seine Tochter in der Blüte ihrer Jahre, mit nur neunundzwanzig Jahren, tot umgefallen.

Daniel kam mit langen Schritten über den Gartenweg auf die Küchentür zu.

Vivien stöhnte unwillkürlich auf, als sie bemerkte, wie schlecht er aussah. Blass, mit geröteten Augen und roter Nase. »Wo warst du so lange?«

»Im Baumarkt. Material fürs neue Bad aussuchen.«

»Aha. Und was hast du gekauft?«

»Nichts.« Er vermied ihren Blick.

»Wie schade. Man hätte es umtauschen können. Die Polizei war übrigens schon hier wegen Nicole. Sie denken anscheinend, dass es möglicherweise ein Verbrechen gewesen ist.«

»Nein, das glaube ich nicht! Ich meine, wer sollte Nicki etwas antun wollen?«, stieß ihr Bruder hervor.

»Na, wer schon? So wie Falk und sie immer gestritten haben.«

»Niemals. Dazu hätte der nicht den Mumm. Was hast du der Polizei gesagt?«

»Nur, dass ich Nicole so gefunden habe, wie sie dort lag. Was sollte ich auch sonst sagen?«

Daniel wischte sich über die Stirn. »Ich geh rauf. Mir ist nicht gut.«

»Ja, lass mich nur hängen. Fridbert sitzt übrigens in unserem Esszimmer.«

»Was will der denn hier?«

»Der ist völlig von der Rolle. Ich koche ihm Tee.«

»Das wird helfen«, sagte ihr Bruder.

»Dann kümmer du dich doch!«, zischte sie.

»Ich muss nachdenken«, sagte er und drehte sich um.

»Ja, tu das!«, rief Vivien ihm nach. Sie ließ Wasser in den Heißwasserbereiter laufen. Was für ein Chaos! Sie sollte aufhören, sich für alle verantwortlich zu fühlen. Jeder musste die Suppe auslöffeln, die er sich eingebrockt hatte.

Vivien ließ sich Zeit mit der Teezubereitung. Ihr graute davor, allein mit Fridbert im Esszimmer zu sitzen, mit dem Klimpern ihres Löffels, der den Tee in der Tasse umrührte, als einziger Geräuschkulisse.

Sie hörte eine Tür gehen, kurz darauf Stimmen. Ihr Vater war endlich wieder unten! Vivien stellte drei Becher, Kandis, Milch, den fertigen Tee und eine Schüssel mit Keksen auf ein Tablett. Der Schnaps und der gute Obstler standen im Esszimmer, falls Bedarf bestand. Bestimmt bestand Bedarf.

Vivien zögerte an der Tür, hörte, wie ihr Vater Fridbert begrüßte und ihm sein Beileid aussprach. Es gab einen kurzen Wortwechsel, der bei ihrem Eintreten verstummte. Sie stellte das Tablett ab und verteilte die Becher, obwohl es weder den Nachbarn noch ihren Vater zu interessieren schien.

»Was ist mit Anneliese?«, fragte Piet Prange.

»Frau Pastor ist bei ihr.«

»Dann ist es ja gut.«

»Was ist denn hier gut? Meine Tochter ist tot! Sie war kerngesund. Und nun lebt sie nicht mehr, von einem Moment auf den nächsten!«

»Tut mir leid, Fridbert, so war das natürlich nicht gemeint«, sagte Piet. »Vivien, du warst doch vorhin drüben. Weißt du, was mit Nicole passiert ist?«

Vivien hob hilflos die Schultern. »Ich hab keine Ahnung. Die Polizei untersucht das jetzt alles. Mich haben sie schon befragt, vielleicht kommen sie auch noch mal zu dir und zu Daniel und Mutti.«

»Wir werden denen aber nicht helfen können.«

Fridbert sah auf. »Du musst.«

»Was meinst du damit?«

»Du musst uns helfen. Du hast Beziehungen. Zur Polizei, zu Politikern, zur Feuerwehr. Auf dich hören die, Piet.«

Viviens Vater lachte unfroh auf. »Schön wär's. Ich kenne ein paar Leute, aber das ist auch schon alles.«

Fridbert schüttelte den Kopf. »Du musst meinem Kind helfen, Piet. Ich muss wissen, warum Nicki tot ist. Und wenn es das Letzte ist … Du musst mir helfen rauszufinden, wer ihr das angetan hat.«

»Was willst du damit sagen, Fridbert?«

Seine Stimme schwoll an. »Ist doch klar: Nicki war kerngesund. Und mit einem Mal fällt sie tot um.«

»Solche Dinge passieren leider.«

»Nein, nicht meiner Tochter. Es hat ihr jemand was angetan.«

»Warte doch erst mal ab, was die Ärzte und die Polizei herausfinden«, sagte Piet beschwichtigend.

»Klar, die Polizei! Denen muss jemand Druck machen! Ich kann das nicht, aber du, du musst jetzt was für mich tun.«

9. Kapitel

Am Mittwoch setzte Rist für alle Mitarbeiter des K1 eine außerplanmäßige Dienstbesprechung im Konferenzraum an. Schon beim Hereinkommen spürte Pia die Anspannung im Raum. Als alle Platz genommen hatten, stellte Manfred Rist sich am Whiteboard in Positur.

»Mein Gott, was kommt denn jetzt?«, flüsterte Broders. »Gerlach hat eben auch schon ein Gesicht gemacht, als hütete er ein Staatsgeheimnis.«

Rist genoss es sichtlich, alle Augen auf sich gerichtet zu wissen, bevor er die Katze aus dem Sack ließ. »Ich hatte vorhin einen Anruf von Dr. Kinneberg aus der Rechtsmedizin. Es ging um die tote Frau in Niensühn. Pia, Broders, Wohlert, ihr wart doch gestern dort. Dieser Notarzt, Dr. Arp, hat richtiggelegen mit seiner Einschätzung, dass wir es bei dem Ableben von Nicole Mohr mit einem nicht natürlichen Todesfall zu tun haben.«

Pia nickte. Schließlich waren Broders und sie nach dem Begutachten der Toten zu dem gleichen Schluss gekommen.

»Und woran ist sie gestorben?«, fragte Broders.

»Gift. Die Frau starb an einer Vergiftung.« Rist ließ diese Eröffnung einen Moment auf seine Kollegen wirken.

»War es etwa das Ibuprofen, das sie in der Hand hatte?«, fragte Broders. »Dann nehm ich das Zeug nicht mehr.«

Rist ging nicht auf diesen Einwurf ein. »Dr. Kinneberg meinte, dass sie großes Glück hatten, die Substanz so schnell nachweisen zu können. Die erforderlichen Toxitests sind ja immer recht aufwendig und umfangreich. Letztlich war es wohl mehr oder weniger Zufall, dass sie gleich darauf gekommen sind: Der Tod der Frau wurde aller Wahrscheinlichkeit nach durch einen Stoff namens Natriumfluoracetat ausgelöst. Ein hochwirksames Gift, das schon in geringen Mengen – wir sprechen hier über fünf bis zehn Milligramm pro Kilogramm Körpergewicht – tödlich wirken kann.«

»Was ist das für eine Art von Gift?«, wollte Pia wissen.

»Es ist auch als ›Compound 1080‹ bekannt. In einigen Ländern wird Natriumfluoracetat zur Bekämpfung von Nagetieren und Säugern angewendet. Hauptsächlich in Neuseeland, zum Beispiel gegen Possums. Aber auch in den USA gegen Kojoten, in einigen Provinzen Kanadas gegen Wölfe und noch in ein paar anderen Staaten.«

»Possums?«, fragte Broders. »Ich kenne nur Opossums.«

»Possums sind Beutelsäuger«, sagte Conrad Wohlert. »Zum Beispiel Honigbeutler, Ringbeutler oder Bilchbeutler. Mein Schwager ist Australier, darum ...«

»Können wir jetzt mal beim Thema bleiben?«, fuhr Rist dazwischen.

»Und wie oder womit kann das Opfer dieses Gift aufgenommen haben?«, fragte Gerlach.

»Das wissen wir noch nicht. Die Spurensicherung hat sämtliche Lebensmittel, Getränke und Medikamente im Haus des Opfers sichergestellt, um alles im Labor untersuchen zu lassen. Da warten wir aber noch auf ein Ergebnis.«

»Kann es sein, dass die Frau das Gift aus Versehen zu sich genommen hat?«, wollte Juliane Timmermann, Pias einzige Kollegin beim K1, wissen. »Kann es auch ein Unfall gewesen sein?«

»Möglich, aber eher unwahrscheinlich. Einerseits handelt es sich bei Natriumfluoracetat um ein farb- und geruchloses weißes Pulver, das in Wasser löslich ist. Damit kann es quasi unbemerkt eingenommen werden. Die Wirkung tritt erst mit dreißig Minuten bis sechs Stunden Verzögerung ein. Andererseits ist es natürlich nicht frei verkäuflich.«

»Wie wirkt dieses Gift?«, wollte Gerlach wissen.

Rist atmete tief durch. »Es beginnt mit Übelkeit und Erbrechen, Bauchschmerzen und Schweißausbrüchen. Weiterhin können Verwirrung und Unruhe auftreten, Taubheit des Gesichts, auditive Halluzinationen. Später kommen Muskelkrämpfe und Atemnot hinzu. Der Patient verliert das Bewusstsein und kann ins Koma fallen. Der Tod wird meist durch Atemstillstand durch ein Lungenödem oder Kammerflimmern hervorgerufen.«

»Das klingt scheußlich. Warum hat die Frau keinen Arzt oder Rettungswagen gerufen?«, fragte Juliane.

»Vielleicht wollte sie das tun, ist aber nicht mehr dazu gekommen«, sagte Pia.

»Manche Leute warten ja, bis sie es gar nicht mehr aushalten können. Und mit einem Mal ist es zu spät«, ergänzte Broders. »Sie verlor möglicherweise vorher das Bewusstsein.«

»In diesem Fall hatte das Opfer eine angeborene Herzschwäche«, sagte Rist. »Laut Rechtsmediziner wusste sie wahrscheinlich noch nicht einmal davon. Doch dadurch könnte der Tod recht plötzlich eingetreten sein, meinte Dr. Kinneberg. Das würde erklären, wieso die Frau es nicht mehr geschafft hat, einen Notruf abzusetzen oder sich auf andere Art und Weise Hilfe zu holen.«

»Hätte das denn etwas gebracht? Hätte sie gerettet werden können?«, fragte Pia.

»Es ist kein effektives Gegengift bekannt. Man behandelt die Symptome, wie sie auftreten. Bei einer massiven

Vergiftung besteht allerdings wohl nicht viel Hoffnung auf Genesung.«

Sekundenlanges Schweigen folgte.

Broders räusperte sich. »Ich weiß, es klingt verrückt, dass sich jemand so etwas antut. Doch was ist mit Selbstmord?«

»Natriumfluoracetat ist nicht gerade ein klassisches Suizid-Gift. Aber wir können es dennoch nicht ausschließen.« Rist wandte sich an Pia. »Ihr wart doch mit Schelling im Haus des Opfers. Wie sah es dort aus? Es gab keinen Abschiedsbrief oder so?«

»Nein, zumindest hatten sie keinen gefunden, solange wir da waren. Und das Opfer wollte wohl noch ein Schmerzmittel nehmen, bevor es zusammengebrochen ist. Ich weiß aber nicht, ob das für oder gegen eine Selbstmordabsicht spricht. Wahrscheinlich weder noch.« Pia krauste die Stirn. »Das Haus sah ungewöhnlich aufgeräumt und sauber aus. Beinahe, als wohnte dort niemand. Das könnte ein Hinweis auf Suizid sein.«

»Aber man räumt dann doch nicht vorher auf oder putzt?«

Pia zuckte mit den Schultern. »Je nachdem, wie man aufgefunden werden möchte ...«

Broders schilderte den Kollegen, was Pia und er sonst noch erfahren hatten, unter anderem von Vivien Prange und Falk Stahnke. Conrad Wohlert, der mit einem uniformierten Kollegen vom nächstliegenden Revier Nicole Mohrs Eltern informiert hatte, beschrieb, was bei ihnen vorgefallen war.

»Es bleibt also noch unklar, ob wir es mit einem Tötungsdelikt zu tun haben oder nicht. Wir müssen deswegen auch noch einmal mit den Leuten von der Spurensicherung sprechen«, sagte Rist. »Wenn im Haus des Opfers keine Spuren des Giftes mehr gefunden worden sind, hat die Frau das Gift entweder vollständig mit einer Speise oder einem Getränk aufgenommen und Glas, Becher oder Teller gründlich abgewaschen, oder aber sie hat das Gift woanders zu sich genommen. Wir müssen noch herausfinden, wo Nicole Mohr bis zu sechs Stunden vor Eintritt erster Symptome überall gewesen ist.«

»Das hilft uns nur weiter, wenn wir auch eine möglichst genaue Kenntnis über den mutmaßlichen Todeszeitpunkt haben«, warf Wilfried Kürschner ein. Ein paar der Kollegen sahen zu ihm hinüber. Er war in letzter Zeit bei den Dienstbesprechungen recht zurückhaltend gewesen.

»Nicht einmal dann. Wir wissen auch nicht, wie lange es vom Eintritt erster Symptome bis zum Tod der Frau dauerte.« Manfred Rist blätterte in dem Bericht wieder weiter nach vorn. »Der Todeszeitpunkt liegt laut Obduktionsbericht zwischen Sonntagabend und Montagmorgen. Genauer können sie es nicht eingrenzen. Damit erfolgte die Einnahme des Giftes vermutlich am Sonntag.«

»Das hilft uns nur dann, wenn es sich nicht sowieso schon in ihrem Haus befand«, sagte Juliane.

»Die Kriminaltechnik hat dort aber bisher keinerlei Spuren des Giftes gefunden«, entgegnete Rist.

»Der Täter könnte auch, nachdem die Frau das Gift zu sich genommen hat, noch einmal in ihrem Haus gewesen sein, um die verräterischen Reste zu entfernen«, sagte Broders.

»Was zu der Frage nach der nicht verschlossenen Hintertür und dem möglicherweise fehlenden zweiten Schlüssel führt«, ergänzte Pia. Laut Vivien Prange hatte die Hintertür des Öfteren offen gestanden. Demnach hätte jeder bei Nicole Mohr ins Haus gelangen, ein Nahrungsmittel mit Natriumfluoracetat vergiften und später die Spuren beseitigen können. Nur, wer?

Da sie es bei Nicole Mohrs Tod möglicherweise mit einem Tötungsdelikt zu tun hatten, organisierte Manfred Rist in Niensühn für die nächsten Tage die Einrichtung einer provisorischen Einsatzzentrale. Platz dafür fand sich im großen Saal des Gemeindehauses. Die Pastorin zeigte sich kooperativ und stellte auch die Mitbenutzung der Teeküche in Aussicht, doch mussten in der Zwischenzeit der Konfirmandenunterricht und andere regelmäßige Veranstaltungen in einen kleineren Raum oder in die Kirche verlegt werden, wie sie betonte.

»Falls Rist vorhat, wieder einen von uns vor Ort unterzubringen, kann er nicht auf mich zählen«, sagte Pia, als sie mit Broders und Gerlach den schlichten, nach Bohnerwachs riechenden Saal betrat.

»Hier im Ort gibt's ja nicht einmal ein Hotel«, sagte Gerlach. »Oder habt ihr eins gesehen? Nur ein paar Fremdenzimmer oder vereinzelt Ferienwohnungen. Aber in Weißenhaus an der Ostsee gibt es ein recht annehmbares Resort.«

»Resort? Meinst du das Fünf-Sterne-Dingens?«, fragte Broders. »Da hat Ralph mich mal für ein Wochenende hin eingeladen. Ich glaube, das könnte dir so gefallen, dort zu residieren.« Broders' Lebenspartner Ralph gab gern viel Geld für einen recht luxuriösen Lebensstil aus, was des Öfteren zu Beziehungsstress führte, weil Broders sich nicht ständig einladen lassen, Ralph aber auch nicht auf die Annehmlichkeiten verzichten wollte.

»Ein bisschen Wellness würde keinem von uns schaden.« Gerlach unterzog die kirchlichen Räumlichkeiten – den zerschrammten Parkettfußboden, die ausgeblichenen Vorhänge und die sparsame Dekoration mit billigen Drucken in düsteren Farben – einer kritischen Musterung. »Besonders, wenn wir länger hier festsitzen.«

»Ich spüre schon, wie sich eine Depression heranschleicht«, bemerkte Broders.

»Die Massagen und Wellness-Behandlungen überlasse ich euch.« Pia sicherte sich einen Platz am Fenster mit Blick in Richtung Pfarrgarten. »Ich für meinen Teil würde gern ein paar der Nachbarn von Nicole Mohr einen Besuch abstatten.«

Das Nachbarhaus rechts von Nicole Mohr schien baugleich mit ihrem zu sein. Zwei Häuser aus den Sechzigern, ein Bauunternehmer und ein Bauplan, wie es aussah. Von ihren Kollegen von der örtlichen Polizei wussten Pia und Broders, dass sie dort am Vortag bei den ersten Befragungen niemanden angetroffen hatten.

Die Fliesen auf der Eingangstreppe waren zum Teil rissig und knirschten, als Pia darauftrat. Sie sah sich nach Broders um, der mit gerunzelter Stirn an der Fassade hinaufblickte. Dann klingelte Pia.

Eine Frau Anfang bis Mitte zwanzig öffnete ihnen. Sie hatte kurzes, dunkles Haar, ein schmales Gesicht und blickte sie mit misstrauisch zusammengekniffenen Augen an.

Pia stellte Broders und sich vor, erklärte die Situation und sagte, dass sie in Anbetracht des Todes der Nachbarin ein paar Fragen hatten.

»Die Leute hier reden von nichts anderem mehr. Kaum zu glauben, dass sie tot sein soll. Ich kannte Nicole aber kaum«, wandte die Frau ein. Sie hatte sich Pia und Broders als Flora Laubner vorgestellt. »Na ja, was soll's. Kommen Sie rein.«

Sie drehte sich abrupt um und ging ihnen voraus ins Haus. Ihren schmalen Nacken zierten Tätowierungen bis hinauf zum Haaransatz, wohl chinesische Schriftzeichen.

Nachdem die Frau ihnen die Umstände ihres Aufenthaltes in Niensühn erläutert hatte – dass sie das Haus ihrer Mutter hüte, die im Krankenhaus lag –, kam Flora Laubner auf ihr Verhältnis zu Nicole Mohr zu sprechen. »Ich müsste sie wohl von früher kennen, aber ich erinnere mich nicht an sie. Dass Anneliese und Fridbert eine Tochter hatten, die älter ist als ich, weiß ich schon noch, doch viel mehr auch nicht. Als sie am Sonntag vor meiner Tür stand, hätte sie auch eine vollkommen Fremde sein können. Ich hab sie nicht wiedererkannt.«

»Was wollte Nicole Mohr hier?«

Flora Laubner erzählte von der Verletzung des Katers ihrer Mutter und dass sie zusammen mit Nicole Mohr einen Kaffee getrunken und Nicole eine Zigarette geraucht hatte.

Broders ließ sich genau schildern, was wer zu sich genommen hatte. Er warf Pia einen kurzen Seitenblick zu. »Wir schicken umgehend die Spurensicherung hierher«, sagte er. »Nur um auszuschließen, dass sich irgendwo in den Sachen Ihrer Mutter etwas Giftiges befunden hat.«

Flora riss die Augen auf. »Ist Nicole wirklich vergiftet worden?«

»Es deutet einiges darauf hin, ja. Sie tun gut daran, die Vorräte im Haus zu erneuern, bevor Sie wieder etwas essen oder trinken.«

»Sie vermuten, es kam von hier? Von dem lächerlichen Becher Kaffee, den sie bei mir getrunken hat? Denken Sie, dass ich sie vergiftet habe?!« Floras Stimme überschlug sich. Sie drehte den Kopf zur Seite. Pia sah, dass ihre Augen in Tränen schwammen. Zahlreiche Ringe und Stecker in ihren Ohrmuscheln glitzerten im Schein der Hängeleuchte über dem Tisch.

»Das sagt doch keiner«, versuchte Broders die junge Frau zu beruhigen. »Regen Sie sich bitte nicht unnötig auf.«

»Nur fürs Protokoll: Um wie viel Uhr hat Frau Mohr den Kaffee denn getrunken?«, fragte Pia.

»Nachmittags, so zwischen fünfzehn und sechzehn Uhr.« Flora Laubner wischte sich über das Gesicht und sah ihn an. »Bin ich vielleicht auch in Gefahr? Ist hier etwa Gift im Trinkwasser oder so?«

»Nein, danach sieht es im Augenblick nicht aus. Was wir hier tun, ist bisher reine Routine in einem ungeklärten Todesfall. Aber Vorsicht ist besser als Nachsicht, oder?«

»Und was ist mit der Durchsuchung?«

»Ebenfalls Routine. Nicht wahr, Frau Kollegin?« Er grinste Pia an.

»Natürlich. Wenn Sie uns einen Hausschlüssel zur Verfügung stellen können, vereinfacht das die Sache natürlich.«

»Und ich?«

»Am besten, Sie kommen jetzt mit uns ins Gemeindehaus, um Ihre Aussage zu Protokoll zu geben.«

»Ins Gemeindehaus?«

»Wir haben dort eine temporäre Einsatzzentrale eingerichtet«, sagte Broders mit sanfter Stimme.

»Oh, ganz großes Kino, was?«

Er nickte amüsiert. »Kommen Sie?«

Flora Laubner erhob sich. Pia staunte, wie Broders, der oftmals so grantig auftretende Kollege, so schnell das Vertrauen der jungen Frau gewonnen hatte.

Auf dem Rückweg von Niensühn, wo sie noch mit weiteren Personen aus Nicole Mohrs Umfeld gesprochen hatten, fuhr Pia direkt in die Lübecker Altstadt. Sie war mit ihrer Mutter und ihrer Schwester Nele verabredet. Felix war ausnahmsweise von Lars vom Kindergarten abgeholt worden. Ihr Sohn und ihr Freund würden sich einen netten »Männerabend« machen, da war sie sich sicher. Wie ihr Abend aussehen würde, wusste Pia noch nicht so genau. Nele und sie sahen sich nicht allzu häufig, daher hatte Pia das Angebot, gemeinsam ein Hochzeitskleid auszusuchen, nicht ausschlagen wollen.

Ich werde das einfach ganz entspannt und locker angehen, sagte Pia sich, als sie das Café in der Lübecker Altstadt betrat. Sie entdeckte ihre Mutter und ihre Schwester an einem der hinteren Tische und winkte ihnen kurz zu. Nele sah aufgekratzt und tatendurstig aus. Heute also nun ausgerechnet ein »Brautkleid« … Dabei sollte die Hochzeit gar nicht so eine große Sache werden, da waren Lars und sie sich doch einig. Und Klamotten kaufen war eh nicht Pias liebste Freizeitbeschäftigung. Da half nur Augen zu und durch.

»Was willst du trinken, Schwesterlein?«, fragte Nele nach der Begrüßung.

»Was trinkt ihr?« Pia ließ sich auf den freien Stuhl sinken.

»Prosecco, zum Anheizen!«, sagte Nele.

»Brauchen wir das?«

»Du siehst so aus, als bräuchtest du noch etwas Stärkeres.« Nele winkte der Kellnerin und bestellte. Pia musste ihr insgeheim recht geben. Was sie vorhatten, war wahrscheinlich vollkommen normal. Was nicht normal war, war ein Giftmord an einer jungen Frau, die auf den ersten Blick die Freundin, Tochter, Schwester von jedermann gewesen sein konnte. Die Heimtücke dieses Mordes ging Pia näher, als sie anfangs vermutet hatte. Sie fand es schwierig, von einem Moment auf den nächsten umzuschalten.

»Was ist eigentlich mit Felix?«, wollte ihre Mutter wissen. »Ist er bei seinem Vater?«

»Wir haben gerade eine Art Besuchspause bei Hinnerk und Mascha«, berichtete Pia. »Mascha fühlt sich überfordert.«

»Oje«, sagte ihre Mutter. »Armer Felix.«

»Heute bespaßt Lars ihn. Es fehlt ihm also an nichts.«

»Habt ihr noch mal überlegt, ob ihr nicht doch kirchlich heiraten wollt?« Nele legte eine Hand auf Pias Arm. »Dann hätten wir, was das Kleid betrifft, ganz andere Möglichkeiten …«

»Nein, nur standesamtlich. Und ein Kleid wäre wirklich der letzte Grund …«, sagte Pia. »Ich dachte sowieso an einen Hosenanzug oder so.«

»Oh nein, Pia!« Nele warf die Arme in die Luft. »Hab ich es nicht gesagt, Mama? Sie hat keinerlei Vorstellung …«

»Vorstellung von was?« Pia trank das »Anheizer-Getränk«, das Nele für sie geordert hatte, und hustete.

»Was du anziehen sollst, natürlich, Pia. Hier, eine Liste von Läden, wo wir heute schauen.« Sie schob einen eng beschriebenen Zettel über den Tisch.

»Hast du auch den tollen neuen Laden in der Hüxstraße mit drauf?«, fragte Pias Mutter.

»Nee, meinst du?«

Nele wollte den Namen der Boutique hinzusetzen, doch Pia nahm den Zettel an sich. »Also: *Breite Straße, Hüxstraße, Fleischhauerstraße, Königstraße* … Das schaffen wir doch nie an einem Abend.«

»Was hast du dir denn vorgestellt?«

Pia hob die Schultern. »Rein in einen Laden, zwei Dinger mit in die Umkleide, beide anprobieren, eins kaufen, fertig.«

Nele seufzte. »So kaufen Männer ein, Pia. Wo bleiben da der Spaß und die Aufregung?«

Aufregung war sicher nicht das, was ihr zu ihrem Glück noch fehlte. Sie hatte ihrer Familie noch nichts von den neuen Drohungen gegen sie erzählt.

»Nicht dass du das erstbeste Teil nimmst, nur weil es dir gefällt«, warnte Nele. »Also, auf gehts.«

Im vierten Laden war Pia einem Nervenzusammenbruch

nahe. Die weißen Ballroben hatte sie mit Hinweis auf die schlichte Feier gerade noch abwehren können, aber damit waren die möglichen Alternativen endlos und beschränkten sich nicht auf Lübecks Braut- und Abendmodengeschäfte.

Pia stand in einem sackartigen cremefarbenen Kleid mit schlappen applizierten Stoffblüten vor einem Spiegel und fand, sie sehe einer Wasserleiche nicht unähnlich.

»Du hast einen bläulichen Hautunterton«, stellte Nele fest. »Warme Farben gehen so gar nicht. Die saugen ja alle Farbe aus deinem Gesicht.«

»Das mit dem Hautunterton wusste ich noch nicht.« Bei all dem Schwarz, das sie sonst trug, war es wohl auch egal. »Jemand sagte mal, ich sei ein Frühlingstyp.«

Nele rollte mit den Augen. »Niemals. Du bist Sommer!«

»Okay.«

»Hier. Probier das mal!« Ihre Mutter hielt ihr ein kurzes hellblaues Kleid mit Volant hin.

»Ich sehe aus wie Queen Mum«, sagte Pia, als sie einen Moment später ihr Spiegelbild begutachtete. »Fehlt nur noch der Hut.«

»Zu schlicht«, befand Nele. »Hier, das ist toll!«

»Es ist *rosa*«, wandte Pia ein.

»Ja, aber ein kalter Farbton. Glaub mir, ich weiß, was dir steht!«

Und Pia wusste, dass es leichter war, in kleinen Dingen nachzugeben, als hier eine Grundsatzdiskussion zu beginnen. Sie nahm das Kleid mit in die Kabine und streifte es sich über. Vorsichtig öffnete sie die Augen.

»Kommst du raus?«, fragte Nele nach einer Weile erwartungsvoll.

Es war das Grauen: Bauschige Stoffwolken in Barbierosa umwogten Pias Hüften und Schultern. Sie stellte sich Lars'

Gesicht vor, wenn sie ihn damit vor dem Standesamt begrüßte. Ein unkontrollierbares Kichern brach sich Bahn.

»Weinst du etwa?« Nele riss den Vorhang zur Seite, und ihre Miene wechselte von erwartungsvoll zu erschrocken. Pia musste sich bei ihrem Anblick und dem Gesicht ihrer Schwester dazu vor Lachen an der wackligen Kabinenwand festhalten.

Auch Pias Mutter, die Nele über die Schulter sah, konnte sich ein Grinsen nicht verkneifen. »Zum Anbeißen, Pia. Rosa Sahnebaiser. Lecker!«

»Ich nehme alles zurück«, stotterte Nele. »Zieh es aus! Sofort! Ballonrock geht gar nicht.«

»So heißt das?«, gluckste Pia. »Ich kann nicht mehr, bitte! Lasst uns aufhören und lieber etwas essen gehen.«

»Aber was willst du denn anziehen?«, wandte Nele ein.

»Hat sich gestern noch etwas Neues ergeben wegen unseres Giftmordes?«, fragte Pia am nächsten Morgen, sobald sie das Büro betrat. Sie wusste, dass einige der Kollegen abends noch weiter an dem Fall gearbeitet hatten.

»Nein, kann man nicht sagen.« Broders rollte mit seinem Bürostuhl zurück und verschränkte die Arme vor der Brust. »Die Durchsuchung von Flora Laubners Haus war unauffällig. Keine Spuren von dem Gift. Wohl aber von Nicole Mohr, die tatsächlich dort gewesen zu sein scheint.«

»Warum sollte Frau Laubner sich das auch ausdenken?«

Broders zuckte mit den Schultern. »Aber es gibt ein paar weitere Erkenntnisse über unser Gift. Ich habe noch ein bisschen recherchiert. Compound 1080. Das ist ein Teufelszeug. Offenbar wurde und wird es nicht nur zur Schädlingsbekämpfung verwendet. Es heißt, dass die Nazis und auch

Saddam Hussein damit experimentiert haben und es als chemische Kriegswaffe einsetzen wollten. Und eine anscheinend ganz normale Frau in einem ganz normalen Dorf, die wohl nichts Böses geahnt hat, wird mit etwas so Teuflischem vergiftet? Ich habe ja schon einige Todesermittlungen durchgeführt, doch das gibt mir schon sehr zu denken …«

»Ja, es scheint eine besonders bösartige Methode zu sein, jemanden umzubringen. Eine offene Konfrontation mit einem Messer oder einer Pistole empfinden wir wohl als etwas fairer, oder? Auch wenn es das nicht unbedingt ist«, sagte Pia. »Und das Ergebnis ist das Gleiche: Jemand will einen anderen Menschen tot sehen und sorgt dafür, dass es auch so kommt.«

»Bei Gift macht mir die Planung zu schaffen, die dahintersteckt. Und die Unausweichlichkeit. Dass das Opfer nichts ahnend in die Falle läuft und rein gar nichts dagegen unternehmen kann.«

»Da kann sich der Täter dann immerhin nicht mehr vor Gericht damit herausreden, dass er vor Wut rotgesehen und zugeschlagen hat. Wir haben einen kaum widerlegbaren Vorsatz.«

»Man sagt ja, Giftmorde seien Frauenmorde«, deutete Broders an und duckte sich schon mal vorsichtshalber.

»Das ist, soweit ich weiß, statistisch nicht belegt. Also nichts als das Klischee der bösen Giftmischerin«, sagte Pia. »Da können wir auch gleich an Hexen glauben.«

»Das tue ich sowieso«, erwiderte Broders.

Pia verdrehte die Augen. »Komm, lass uns nach Niensühn fahren. Ich kann es gar nicht erwarten, deine kruden Theorien zu widerlegen. Und wir müssen noch mal mit Falk Stahnke sprechen.«

Broders begleitete Pia zur Tischlerei in Niensühn, während Gerlach und Juliane Timmermann in Oldenburg mit Nicole Mohrs Arbeitgeber reden sollten. Als Pia und Broders eintrafen, belud Falk Stahnke gerade seinen Transporter.

»Wir haben noch ein paar Fragen«, sagte Broders, nachdem er ihn begrüßt hatte. »Wir sollten zusammen reingehen und noch einmal miteinander reden.«

Stahnke sah auf seine Armbanduhr. »Ich muss gleich los zum Kunden.«

»Es hat sich etwas Neues ergeben«, sagte Pia. »Es ist wichtig.«

Stahnke musterte sie mit finsterer Miene. Dann lenkte er ein. »Also gut. Besser, ich bringe es hinter mich, oder?« Er führte sie wieder in sein Büro und setzte sich ihnen gegenüber.

»Es gibt leider keinen schonenderen Weg, es Ihnen zu sagen: Wir ermitteln jetzt nicht mehr nur in einem rätselhaften Todesfall. Ihre Frau wurde vergiftet. Es liegt unter Umständen ein Fremdverschulden vor.«

»Fremdverschulden«, echote Falk Stahnke. »Was meinen Sie damit? Wer hat Schuld? Hat jemand sie ermordet? Echt jetzt? Das glaub ich nicht.«

»Sie ist jedenfalls an einer Vergiftung gestorben.«

»Wie bitte? So was wie Strychnin oder Arsen oder so? Wie im Film?«

»So ähnlich.« Pia blieb absichtlich vage. »Wir wissen nicht, ob Ihre Frau sich das Gift selbst verabreicht hat, sei es bewusst oder unbewusst, oder ob sie vergiftet wurde. Um das herauszufinden, benötigen wir Ihre Hilfe.«

»Ich kann Ihnen nicht helfen. Ich sagte doch schon: Wir leben getrennt. Ich habe keine Ahnung, was in Nickis Kopf vor sich gegangen ist. Ob sie sich umbringen wollte oder ob das jemand anders getan hat.«

»Halten Sie einen Selbstmord für wahrscheinlich?«

Falk Stahnke starrte Pia an. »Eher nicht. Sie war auch nicht depressiv oder so. Im Gegenteil. Seit wir uns getrennt haben, scheint sie regelrecht aufgelebt zu sein«, sagte er.

»Wie kommen Sie darauf?«, wollte Broders wissen.

Stahnke zuckte mit den Schultern. »Nur so.«

»Vorausgesetzt, sie hat sich das Gift nicht selbst verabreicht: Wer könnte ein Interesse daran gehabt haben, ihr zu schaden?«, wollte Pia wissen.

»Keine Ahnung. Die Leute mochten Nicki.«

»Wann haben Sie Ihre Frau zuletzt gesehen?«, fragte Broders mit gezücktem Notizbuch.

»Bestimmt seit zwei Wochen nicht mehr. Neulich haben wir uns zufällig am Geldautomaten getroffen. Ich kann in den Kontoauszügen nachschauen, wann das genau war. Wir haben aber kaum geredet. Nur ›Hallo‹ und ›Man sieht sich‹. Geld ist ein brisantes Thema, wenn man sich trennt. Die Situation war etwas angespannt.«

»Ist das so?« Broders beugte sich ein Stück vor.

»Es geht doch immer ums Geld und um die Aufteilung des Hausrats und so. Anfangs hab ich gesagt: Behalte den ganzen Mist! Aber nun wohne ich hier in zwei kleinen Zimmern über der Werkstatt und sie in unserem schönen gemeinsamen Haus, das ich, nebenbei bemerkt, nach Feierabend komplett selbst renoviert habe. Da muss es doch einen Ausgleich geben! Wir müssen die Hütte verkaufen, damit ich meinen Anteil bekomme, aber Nicki sagt, wenn wir jetzt verkaufen, machen wir nur Verlust. So 'n Scheiß halt.«

»Ja, das mit den Immobilien ist ein Problem«, stimmte Pia zu. »Da wird es kaum eine wirklich gerechte Lösung geben.«

»Außerdem will – wollte – sie Unterhalt von mir. Ich bitte Sie: Wir haben keine Kinder, übrigens weil sie keine wollte, ich schon. Sie leistet sich den Luxus, nur in Teilzeit zu arbeiten, hat aber immerhin ein schönes, regelmäßiges Gehalt. Ich muss sehen, wo ich meine Aufträge herbekomme, und dann, dass die Kunden mir auch die Rechnungen bezahlen. Dauernd gibt es Ärger, weil die Leute ›vergessen‹ zu zahlen oder meinen, sie hätten noch eine Reklamation, die ich erst noch erledigen muss. Doch die Lieferanten muss ich trotzdem bezahlen, außerdem Miete, Strom, Wasser, Versicherungen. Nicki steht bestimmt manchen Monat besser da als ich, und trotz alledem will sie Geld von mir!«

»Das klingt ungerecht«, sagte Pia und goss bewusst Öl ins Feuer. »Wie haben Sie das geregelt?«

»Ach!« Er winkte ab. »Reden brachte nichts mehr. Wir hatten schon so eine Medi... Media...«

»Mediation«, half Broders aus. »Und was passiert jetzt mit Ihrem Haus?«

»Keine Ahnung. Ich hab noch nicht darüber nachgedacht. Die Situation ist noch vollkommen neu.« Er sah sie nicht an, sondern malte ein paar Kreise in den feinen Holzstaub auf dem Tisch. Ein Psychoanalytiker hätte seine Freude an dem Symbolgehalt seiner Kritzelei gehabt. Kreise wie Geldstücke ...

»Das wird sich finden«, sagte Pia. Wir werden es herausfinden, dachte sie. Steckte ein finanzielles Motiv seitens des Noch-Ehemanns hinter dem Giftmord? Oder aber Eifersucht, gekränkte Eitelkeit, verletzter männlicher Stolz? Der Mann wirkte schon wie jemand, der wütend werden und dann zuschlagen konnte. Doch es war schwer vorstellbar, dass einer wie Falk Stahnke zu Gift griff, weil er sich einen materiellen Vorteil davon versprach. Doch auszuschließen war es auch nicht, so aufgebracht und nervös, wie das Thema Stahnke offensichtlich machte.

»Wann waren Sie zuletzt im Haus Ihrer Frau?«, fragte Broders.

»Es ist eigentlich auch mein Haus, aber trotzdem: Ich war schon länger nicht mehr dort«, sagte der Tischler. »Sie hat das Schloss auswechseln lassen, nachdem ich mir einmal, als sie nicht da war, etwas rausgeholt habe, was mir gehört. Sie meinte, sie erträgt es nicht, dass ich ›ihr Zuhause‹ während ihrer Abwesenheit betrete.« Er sah von Broders zu Pia, als wollte er sie zum Widerspruch herausfordern.

»Was haben Sie sich aus dem Haus geholt?«

»Einen meiner Akkuschrauber.«

»Und wann genau war das?«

»Vor etwa drei, dreieinhalb Wochen. Danach hat sie das Schloss auswechseln lassen.«

»Welches Schloss?«

»Ich bin davon ausgegangen, dass sie damit die Eingangstür meinte.«

»Was ist mit der hinteren Tür? Hatten oder haben Sie dafür einen Schlüssel?«

»Nein. Für die Tür hatte ich sowieso keinen Schlüssel an meinem Bund.«

»Haben Sie jetzt noch Schlüssel für das Haus?«

»Wohl kaum. Der Zweck ihrer kostspieligen Übung war ja, mich nicht mehr reinzulassen, oder?«

»Muss bitter sein, aus dem eigenen Haus ausgesperrt zu werden.« Pia beobachtete Falk Stahnkes Reaktion.

»Ach, das hat mich gar nicht so gekratzt«, sagte er und gab sich nun betont gleichgültig.

»Was ist mit dem Schloss und dem Schlüssel der Hintertür?«

»Einer steckte von innen, einer hing immer am Schlüsselbrett.«

»Blieb die Hintertür in der Regel eher offen, oder war sie abgeschlossen?«

»Meistens war sie abgeschlossen. Die Zeiten der ›ewig offenen Türen‹ sind sogar in Niensühn vorbei.«

Vivien Prange hatte ausgesagt, die Hintertür von Nicole Mohrs Haus sei oft unverschlossen gewesen. So war sie angeblich ins Haus hineingekommen und hatte die Freundin tot in der Küche entdeckt. Hatte Nicole Mohr ihre Angewohnheiten in der Zeit nach Falk Stahnkes Auszug grundlegend geändert? Es erschien Pia unwahrscheinlich. Wahrscheinlicher wäre es andersherum gewesen, wenn Nicole die früher meist offen stehende Tür jetzt abgeschlossen hätte, weil sie nun ja allein in dem Haus gelebt hatte. Oder irrte Vivien Prange sich, was diese Gewohnheiten betraf, und die unverschlossene Tür war an diesem Morgen nur ein Zufall gewesen?

»Fällt Ihnen wirklich niemand ein, der Ihrer Frau schaden wollte?«, fragte Pia.

»Das wäre besser für mich, oder? Bisher hab nur ich ein Motiv«, sagte der Tischler.

»Vielleicht gab es ja schon einen neuen Freund im Leben Ihrer Noch-Ehefrau?«, warf Broders ein.

Falk Stahnkes Hände auf der Tischplatte ballten sich zu Fäusten. »Nein. Denn wenn es so wäre, wüssten es alle im Dorf. Nicole hatte nur die Nase voll von mir. Da steckte kein anderer Mann dahinter.« Er verzog das Gesicht.

»Seltsam«, sagte Pia. »Es sind nämlich ein paar Pflegeprodukte im Badezimmer gefunden worden, die wahrscheinlich einem Mann gehören.«

»Nicht meine jedenfalls ...«

»Trotzdem wissen Sie von keinem neuen Freund?«

»Nein. Und wenn, wäre es mir egal. Aber ... nein.«

Er krauste die Stirn. »Eines war allerdings schon komisch. Neulich Abend, so vor einer Woche, habe ich Hannes Schöttler im Distelweg getroffen. Er stand direkt am Zaun von unserem Haus, so halb im Gebüsch, und hat zu Nicole hineingesehen.«

»Wer ist Hannes Schöttler?«

»Ach, der Chorleiter. Er ist mit unserer Pastorin Thea Schöttler verheiratet. Hannes ist ein bisschen seltsam, aber harmlos. Das dachte ich zumindest bisher.«

Broders notierte sich etwas. »Inwiefern seltsam?«

»Er macht immer den Eindruck, als hätte er nur seine Musik im Kopf. Summt den ganzen Tag irgendwelche Lieder vor sich hin und guckt überrascht, wenn man ihn mal anspricht, verstehen Sie? Und dann erwische ich ihn, wie er bei meiner Ex ins Schlafzimmerfenster glotzt.«

»Sind Sie sich da sicher?«

Er seufzte. »Also, das war mein Eindruck, als ich ihn da stehen sah. Aber dafür meine Hand ins Feuer legen würde ich nicht.«

»Haben Sie ihn angesprochen?«

»Ja. Er hat sich mächtig erschreckt und sagte, er habe seinen Hausschlüssel verloren.« Falk Stahnke zog die Augenbrauen zusammen. »Vielleicht hat er auch gar nicht absichtlich gespannt. Drinnen brannte Licht, und man konnte hineinschauen wie in ein Schaufenster. Da konnte Hannes womöglich nur nicht widerstehen.«

»Und hat er seinen Schlüssel noch wiedergefunden?«, wollte Pia wissen.

»Ja. Aber so richtig geglaubt hab ich ihm trotzdem nicht.«

10. Kapitel

»Was hältst du nun von ihm?«, fragte Broders, nachdem sie sich noch die Adresse von Hannes Schöttler hatten geben lassen. Sie standen wieder an der Straße vor der Tischlerei.

»Bei einem Typen wie dem denkt man so ziemlich als Letztes an einen Giftmord«, sagte Pia. »Doch er hat ein starkes Motiv. Eigentlich sogar ein doppeltes.«

»Aber wer so verdächtig ist und plant, seine Ex zu ermorden, der würde doch Vorkehrungen treffen, nicht sofort geschnappt zu werden. Oder etwa nicht?«

»Wenn Gefühle im Spiel sind, handeln die Leute schnell mal unüberlegt. Und die meisten denken doch, dass man sie nie und nimmer erwischt.«

»Tja, das Motiv ist hier jedenfalls der Dreh- und Angelpunkt. Denn in das Haus hineinzukommen und dort das Gift zu platzieren, war ja anscheinend nicht das Problem.« Broders blickte die Dorfstraße hinunter. In einem der Nachbarhäuser stand eine Frau im ersten Stock im weit geöffneten Fenster und polierte die Scheibe. »Wer weiß, was für Motive sich hinter all diesen frisch geputzten Fenstern verbergen.«

»Broders, wirst du jetzt poetisch? Was ist los mit dir?«

»Nichts. Das ist nur die Landluft«, erwiderte er. »Lass uns diesem Hannes Schöttler auf den Zahn fühlen.«

Der letzte Ton des Orgelstücks *In dir ist Freude* schwebte durch die leere Kirche. Hannes Schöttler schloss die Augen.

Diese Musik bewirkte sonst immer, dass er sich besser fühlte. Doch als die Stille sich auf ihn senkte, wurde ihm der Brustkorb wieder eng. Er versuchte, gegen Beklemmung und Trauer anzuatmen. Das einzig Gute war, dass er hier nicht so tun musste, als beträfe ihn Nicoles Tod nicht mehr als der eines jeden x-beliebigen Dorfbewohners. Thea sah ihn sowieso schon immer so prüfend an. Er seufzte und nahm das Notenheft zur Hand. Er blätterte es auf, wohl wissend, dass das Ansehen des Fotos, das er suchte, einen ziehenden, süßen Schmerz verursachen würde. Doch das schien ihm erträglicher zu sein als diese dumpfe, hilflose Trauer.

Wo war das Foto von Nicole und ihm? Er bewahrte es vor der Seite mit seinem Lieblingsmusikstück auf; er hatte es mit einer Büroklammer befestigt, damit es nicht herausfiel. Doch die Büroklammer und das Bild waren verschwunden. Er blätterte alle Seiten um, tastete den Rand nach der Metallklammer ab. Dann spreizte er die Beine, bückte sich und suchte auf dem Fußboden unter der Orgelbank nach dem Foto. Es konnte sich doch nicht so einfach in Luft auflösen? Außer ihm spielte hier niemand Orgel. War Thea in letzter Zeit auf der Empore gewesen? Möglich wäre es, denn sie betrachtete die Kirche und das Inventar als ihren erweiterten Hausstand.

Unter ihm stieß jemand die Kirchentür auf. Schritte hallten von den Steinwänden wider. Kam da etwa Thea? Suchte sie ihn schon?

»Herr Schöttler?«

Er sah über die Balustrade in den Mittelgang der Kirche hinunter. Ein kräftiger Mann in den Fünfzigern und eine Frau Mitte dreißig sahen sich suchend um. Beide waren dunkel gekleidet; das blonde Haar der Frau war zu einem Zopf zusammengebunden. Sonnenstrahlen, die durch eines der bunten Glasfenster fielen, ließen es farbig aufleuchten.

»Ich bin hier oben!« Er stapelte die Notenhefte auf der Bank.

»Kriminalpolizei. Wir möchten mit Ihnen sprechen, Herr Schöttler.«

»Moment, ich komme zu Ihnen runter.« Wenn man die Gesellschaft der Polizei, die einen zum Tod eines geliebten Menschen befragen will, der der eigenen Ehefrau vorzieht, ist es ernst, dachte er.

Die Polizistin betonte, dass es sich um eine Routineangelegenheit handelte, und schlug ein Gespräch in einer ruhigen Ecke des Gemeindehauses vor. Dort fragten sie ihn nach Nicole. Wie sein Verhältnis zu ihr gewesen sei.

»Was für ein Verhältnis? Er legte die Hände auf die Oberschenkel, damit die Polizisten nicht sahen, dass sie zitterten. »Ich kannte Nicole natürlich. Sie singt hin und wieder bei mir im Chor.«

Die Kommissarin, die sich als Pia Korittki vorgestellt hatte, sah ihn mit ihren blaugrauen Augen so intensiv an, dass er trotz gegenteiliger Absicht den Blick abwenden musste. Verdammt, sie hatten ihn wirklich in einem schwachen Moment erwischt! Ihr Kollege, vierschrötig und mit einem kantigen Kopf und schweren Augenlidern, war ihm da schon sympathischer. Hannes versuchte, sich mehr auf ihn zu konzentrieren und die Frau links liegen zu lassen. Doch dieser Broders kam jetzt auf den Abend zu sprechen, an dem Falk Stahnke ihn vor Nicoles Haus überrascht hatte. Nur nicht schwitzen, dachte Hannes und spürte schon, wie ihm warm wurde.

»Das war Zufall«, sagte er. »Ich hab einen Abendspaziergang gemacht. Als ich mein Taschentuch aus der Tasche zog, ist mir mein Schlüssel herausgefallen. Ich hab den Schlüssel gerade gesucht, als Falk Stahnke vorbeikam und mich angesprochen hat.«

»Und das war vor Nicole Mohrs Haus?«, fragte die Kommissarin.

»Ja, der Weg, den ich abends oft gehe, führt an ihrem Haus vorbei.«

»Es war schon dunkel, oder? Was konnten sie dort sehen?«

»Sehen?«

»War im Haus von Nicole Mohr Licht an? Waren die Vorhänge offen oder zugezogen?«

Er versuchte, entrüstet zu klingen. »Also wirklich, was soll das? Ich nehme an, dass sie das Licht anhatte, denn schließlich war es ja schon dunkel.«

»Waren die Vorhänge offen oder zugezogen?«, wollte dieser Broders nochmals von ihm wissen.

»Auf alles Weitere habe ich, ehrlich gesagt, nicht geachtet.« Nicole in ihrem Schlafzimmer, nur mit einem Stringtanga bekleidet! Ein Schweißtropfen kitzelte auf seiner Stirn. Er tat so, als stützte er kurz den Kopf ab, und wischte ihn weg. Die Polizisten musterten ihn schweigend. »Falk Stahnke kam jedenfalls vorbei«, sagte er. »Er deutete an, ich würde seiner Frau hinterherspionieren. Aber ganz im Vertrauen gesagt«, er senkte die Stimme und beugte sich weiter vor, »ich glaube, er wollte selbst nach ihr schauen. Ich vermute, dass er nicht mit der Trennung klarkommt.«

»Haben Sie gesehen, dass er bei Nicole Mohr hineingeschaut hat?«, wollte die Kommissarin wissen.

»Also, nicht direkt. Ich meine, er würde es ja auch nicht in meiner Gegenwart tun. Doch ich habe mich schon gefragt, wohin er wollte, als er dort am Abend entlangmarschiert ist.«

»Wohin führt denn der Weg?«

»In eine andere Straße mit Wohnhäusern. Sonst nirgends hin.«

»Wieso denken Sie, dass Falk Stahnke nicht mit der Trennung von seiner Frau klarkommt?« Wieder dieser direkte Blick der Kommissarin, ohne mit der Wimper zu zucken.

»Also, wenn Sie schon so deutlich fragen: Neulich Abend in unserer Kneipe habe ich mitbekommen, wie Falk sich über Nicole beklagt hat. Ich konnte nicht sehen, mit wem er gesprochen hat. Doch es war mehr oder weniger ein Monolog, triefend vor Selbstmitleid. Dass sie alles bekommt, was sie will, und er trotzdem noch für sie bezahlen soll.«

»Gibt es dafür noch mehr Zeugen?«, wollte die Kommissarin wissen.

Hannes versuchte, sich zu entsinnen, wer an dem Abend noch in der Dorfkneipe gesessen hatte. »Vielleicht hat Uschi etwas gehört. Die stand hinter der Theke. Ansonsten erinnere ich mich nicht. Ich wollte nur in Ruhe ein Bier trinken.« Und weg von Thea, setzte er in Gedanken hinzu. Die Polizistin notierte sich den Namen. Er hoffte, dass Uschi ebenfalls etwas von Falks Worten mitbekommen hatte. Dass er selbst die Ohren spitzte, wann immer Nicoles Name fiel, bedeutete ja nicht, dass andere es auch taten.

Nachdem der Chorleiter das Gemeindehaus verlassen hatte, informierten Broders und Pia Manfred Rist darüber, was Falk Stahnke und Hannes Schöttler ihnen berichtet hatten.

»Das sollte für einen Durchsuchungsbeschluss von Stahnkes Wohnung ausreichen«, sagte Rist. »Ich werde das gleich mit Jantzen abstimmen.« Olaf Jantzen war der für den Fall zuständige Staatsanwalt, den die Mitarbeiter der Mordkommission schon von anderen Ermittlungen her kannten.

»Stahnke wohnt zurzeit in zwei Zimmern über seiner Werkstatt«, sagte Pia. »Die sollte sinnvollerweise auch gleich durchsucht werden.«

»Das ist wohl mit ein Grund für seinen Groll gegen seine Frau«, bemerkte Broders. »Wenn ich dort hausen müsste, wäre ich auch auf Zinne.«

»Warum nimmt er sich keine richtige Wohnung?«, fragte Rist.

»Finanziell scheint es wohl eng zu sein«, sagte Pia. Sie sah Stahnkes alten Transporter mit dem vollgestopften Laderaum vor sich. »Werkstatt, Wohnraum ... und sein Fahrzeug sollten wir auch durchsuchen.«

»Alles klar. Ich kümmere mich darum.« Rist wandte sich zum Telefonieren von ihnen ab.

Pia sah ihn auf und ab gehen und gestikulieren, während er mit Jantzen sprach. Sie packte ihre Sachen auf dem temporär eingerichteten Schreibtisch im Gemeindesaal zusammen, um zurück nach Lübeck zu fahren, als ihr privates Telefon vibrierte. In der Erwartung, dass es Lars wäre, meldete sie sich, ohne auf das Display zu schauen.

»Marten hier. Hi, Pia.«

»Hi.« War sie das letzte Mal, als sie sich gesehen hatten, nicht deutlich genug gewesen? So deutlich, dass sie nicht erwartet hatte, je wieder von ihrem früheren Kollegen und Freund zu hören.

»Es ist rein dienstlich«, sagte er.

»Oh, gut. Worum geht's?« Sie fuhr fort, ihre Sachen zu sichten und einzupacken.

»Um Mark Albrecht Lohse.«

»Wegen dem rufst du mich an? Lohses schmieriger neuer Anwalt war schon bei mir. Ich habe ihm gesagt, dass ich keinerlei Interesse daran habe, seinen Mandanten im Knast zu treffen. Weder jetzt noch in Zukunft!«

»He, Pia, ich bin nicht Lohses Anwalt. Dieser Marius Plassek hat sich auch mit mir in Verbindung gesetzt. Ich denke, wir sollten uns in dieser Angelegenheit miteinander abstimmen, damit wir am selben Strang ziehen.«

»Will Lohse dich etwa auch sehen?«, fragte Pia. »Du stehst doch angeblich ebenfalls auf seiner Liste.«

»Nein«, sagte Marten. Eine Pause entstand.

»Was dann?«

»Er will, dass ich dich dazu bringe, ihn zu treffen«, räumte Marten ein.

Erst als Broders sie verwundert anstarrte, wurde Pia klar, dass ihr vor Überraschung und Entrüstung der Mund offen stand. Sie schloss ihn und wandte sich in Richtung Fenster. »Hör zu, Marten«, sagte sie mit gepresster Stimme. »Ich weiß nicht, was Mark Albrecht Lohse bezweckt. Doch ich bin mir sicher, dass es nichts Gutes ist. Und ich werde mich gewiss nicht zum Affen machen und deswegen in der JVA antanzen. Das könnte Lohse und seinem Schleimanwalt so passen.«

»So einfach ist das nicht. Aber das können wir schlecht am Telefon besprechen, Pia.«

»Wieso?«

»Gib mir eine Viertelstunde, es dir persönlich zu erklären.«

Sie atmete tief ein und aus. Was hatte sie für eine Wahl? Blockte sie Marten ab und hörte sich nicht an, was er zu sagen hatte, würde sie sich ewig fragen, was er gewollt hatte und ob die Entscheidung richtig gewesen war. »Also gut.« Sie sah auf die Uhr. »In einer Stunde in Lübeck im Hofbistro. Ich habe aber nur eine Viertelstunde Zeit.«

11. Kapitel

Pia ignorierte die Essensdüfte im Lokal, so gut es ging, und bestellte sich einen Kaffee. Marten, der einen Tisch vor der langen Bank ganz in der Ecke des Raumes gewählt hatte, trank ein alkoholfreies Bier. Sie wollte nicht den Eindruck erwecken, dass dies etwas anderes als ein kurzer Informationsaustausch werden sollte.

»Willst du nichts essen?«, fragte er nach einer knappen Begrüßung. Er musterte sie. »Du hattest heute Mittag bestimmt noch nichts.«

»Ich habe nur fünfzehn Minuten Zeit, bevor ich Felix abholen muss.«

»Das sagtest du schon. Schön, dass du trotzdem gekommen bist. Schalte bitte deine Handys aus.«

»Wie bitte?«

Pia wollte protestieren, doch dann zuckte sie mit den Schultern und kam der Bitte nach. Wahrscheinlich war es nur Martens gewöhnlicher, berufsbedingter Verfolgungswahn. Sie würde während dieses kurzen Treffens bestimmt nichts Weltbewegendes verpassen.

»Also gut, Pia. Wir rangieren beide auf Lohses Liste seiner beliebtesten Feinde ganz weit oben, wie du weißt. Du bist auf Platz eins, was dir im Winter auch dein Rendezvous mit dem Stalker …«

»Andreas Bick«, ergänzte Pia.

»Richtig … mit Andreas Bick eingebracht hat. Aber mit seiner Festnahme und selbst mit einer möglichen Verurteilung ist in dieser Hinsicht nicht viel gewonnen. Du kannst davon ausgehen, dass Mark Albrecht Lohse die Zeit, die er in der JVA absitzen muss, dafür nutzt, weiter über seine Rache an dir nachzudenken.« Marten sprach, als redete er über seinen letzten Sommerurlaub oder das Wetter.

»Das ist mir schon klar. Doch Lohse sitzt ja noch einige Jahre im Gefängnis.«

»Genau. Aber Mark Albrecht Lohse im Knast, das ist, als sperrte man einen Alkoholiker im Schnapsladen ein. Er ist der Typ Insasse, der in der Gesellschaft seiner Mitgefangenen schlimmer und nicht besser wird. Die Gefängnismitarbeiter dort wissen kaum, wann sie ihn zum Hofgang einteilen sollen, weil die übelsten Kreaturen eine so große Anziehungskraft auf ihn ausüben.« Er zögerte einen Moment, senkte die Stimme. »Hast du mitbekommen, dass Waldemar Horgeff tot ist?«

»Horgeff? Der sogenannte Spielplatz-Mörder? Da war ich fast noch ein Kind, als das passiert ist. Der muss ungefähr hundert Jahre alt geworden sein.« Pia erinnerte sich nur dunkel. Ein Mann hatte nacheinander mehrere Kinder entführt und ermordet. »Mitschnacker« hatte man damals noch dazu gesagt. Was für eine harmlos klingende Bezeichnung für jemanden, der so grausame Verbrechen begangen hatte. Horgeff war überführt und verurteilt worden. Man vermutete jedoch, dass er nie alle seine Taten zugegeben hatte.

»Achtundsiebzig ist er geworden, bevor er vor zwei Wochen im Gefängnis in seinem Bett gestorben ist.«

»Ich kann nicht sagen, dass mich das traurig macht. Und was hat das mit mir zu tun?«

»Lohse behauptet nun, dass Horgeff ihm am Ende verraten hat, wo ein seit damals vermisstes Kind ist. Er brüstete sich damit, es ebenfalls ermordet zu haben.«

»Das ist nicht wahr!«, fuhr Pia auf.

Marten legte die Hand auf ihre. »Es ist widerwärtig.« Er sah sie an. »Ich kann deine Reaktion darauf gut verstehen. Aber ich vermute, dass es wahr ist. Wenn auch nur die geringste Chance besteht, dass Lohse etwas darüber weiß, dann haben die Angehörigen ein Recht darauf, es zu erfahren. Findest du nicht?«

Pia atmete tief ein und aus. Das war schlimmer als alles, was sie von diesem Treffen erwartet hatte. Die Entscheidung betraf nicht mehr nur sie und ihre Familie. Sie bekam eine Verantwortung zugeschoben, die sie nicht wollte, der sie sich nicht gewachsen fühlte. Pia wandte den Blick ab. Der Betrieb im Lokal ging weiter wie noch vor ein paar Minuten. Niemand achtete auf sie. Sie war froh, dass sie sich nichts zu essen bestellt hatte, denn der Duft von Gebratenem, von Kaffee und Bier verursachte ihr jetzt leichte Übelkeit. Am liebsten hätte sie etwas kaputt geschlagen oder wäre auf Marten losgegangen, damit er das Gesagte zurücknahm. Er tat so, als gäbe es nichts Wichtigeres auf der Welt, als in Ruhe ein Bier zu trinken. Er wollte ihr Zeit geben. Sie betrachtete Marten in dem Wissen, wie viel er ihr einmal bedeutet hatte. Doch inzwischen war eine Menge passiert. Wie gut kannte sie ihn noch? Konnte sie ihm überhaupt noch trauen?

»Ist es denn grundsätzlich möglich?«, erwiderte Pia. »Ich meine, hat Mark Albrecht Lohse unbeobachtet Zeit mit diesem Horgeff verbracht? Und warum hätte der ihm sein Geheimnis anvertrauen sollen – nach Jahrzehnten?«

»Das habe ich mich auch gefragt. Möglich zumindest ist es. Warum er das getan haben könnte?« Marten zuckte mit den Schultern. »Am Schluss war Waldemar Horgeff schon recht schwach. Es war klar, dass es irgendwann in absehbarer Zeit mit ihm zu Ende gehen würde. Aber sie haben ihm nicht erlaubt, in Freiheit zu sterben. Man wollte es den Angehörigen seiner Opfer wohl nicht zumuten. Die Schwere der Schuld sprach dagegen, und er hat nie ein vollständiges Geständnis abgelegt. Entweder Mark Albrecht Lohse hat ihn im Gegenzug für diese Information den Rest seiner Tage geschützt, vor wem auch immer, oder Horgeff wollte am Ende doch noch reinen Tisch machen.«

»Dann hätte er das doch besser über seinen Anwalt oder die Presse tun können.«

»Mit denen wollte er aber nichts zu schaffen haben. Nie. Meines Erachtens besteht eine Fünfzig-fünfzig-Chance, dass Lohse etwas über das Schicksal eines seit zweiundzwanzig Jahren vermissten Kindes weiß. Und er will nur dich sprechen, Pia.«

»Ich will ihn aber nicht sprechen!« Sie biss sich auf die Lippen, weil es sich so egoistisch anhörte. Was wäre, wenn sie eines Tages nicht wüsste, was mit Felix geschehen war? Der Preis, den sie zahlen sollte, war im Vergleich zu dem, was die betroffenen Eltern durchmachten, doch eher gering. Trotzdem sträubte sich ihr bei dem Gedanken zu tun, was Lohse von ihr forderte, alles.

»Das verstehe ich«, sagte Marten. »Es ist ein verdammt mieses Spiel. Du denkst jetzt auch an deinen Sohn, nicht wahr?« Er sah sie mit einem seltsamen Blick an. Forschend, reservierter als vorher.

»Felix ist mir am wichtigsten. Wenn ich ihn damit in Gefahr bringe, tue ich es nicht.«

»Ich nehme an, es spielt keine Rolle, wie du dich in diesem Fall entscheidest. Lohse scheint über dich und deine Lebensverhältnisse sowieso bestens im Bilde zu sein.«

»Warum hast du mir das nicht einfach auf der Dienststelle gesagt?«, wollte sie von ihrem ehemaligen Kollegen wissen.

»Dann wäre es offiziell. Ich möchte, dass du dich frei entscheiden kannst. Ohne dass dir dein Vorgesetzter oder sonst wer reinredet.«

»Frei entscheiden?« Pia lachte auf. »Toll, Marten. Ich fühle mich gerade unendlich frei.« Sie blickte ihn nachdenklich an, versuchte herauszufinden, wie viel von ihrer alten Verbindung zueinander noch da war. Vertraute sie ihm?

»Du musst es nicht heute entscheiden – aber bald.«

»Schon klar.« Sie trank ihren Kaffee aus, überlegte weiter. »Was bezweckt Lohse nur damit? Diese Informationen als Tauschware könnte er doch auch ganz anders einsetzen?«

»Das kannst nur du herausfinden, Pia.«

»Und warum hat der Anwalt, dieser Marius Plassek, neulich noch nichts von den Informationen gesagt?«

»Er sollte vielleicht erst mal vorfühlen?« Marten sah ihr nicht in die Augen. »Und Mark Albrecht Lohse hat sich bestimmt ausgerechnet, dass du dem Treffen eher zustimmst, wenn ich es dir erzähle.«

»Wie kommst du da überhaupt ins Spiel? Ich dachte, du stehst genauso auf Lohses ›Liste‹ wie ich.«

»Das tue ich auch. Nur nicht an so prominenter Stelle. Lohse hat zuerst mich mit Informationen über Horgeff geködert. Aber nur, um besser an dich heranzukommen, Pia.«

Wie viel weiß Lohse, ein Soziopath erster Güte, über mich?, fragte Pia sich. Wusste er etwas über ihre Vergangenheit, über Martens und ihre gemeinsamen Erlebnisse? Was sie verband und was sie unüberbrückbar voneinander trennte? Nutzte Lohse ihre verletzten Gefühle aus, indem er Marten vorschickte? Pia stand auf und legte einen Geldschein auf den Tisch. »Ich muss jetzt gehen, Marten. Du hörst von mir.« Sie verließ das Lokal, ohne noch einmal zurückzusehen.

Pia holte Felix vom Kindergarten ab, erledigte noch ein paar Einkäufe mit ihm und fuhr dann nach Hause. In ihrer Wohnung räumte sie auf, saugte Staub und aß mit ihrem Sohn Spaghetti zum Abendbrot. Während sie so beschäftigt war und sich auf Felix konzentrierte, gelang es Pia, Lohses unglaubliche Erpressung zu verdrängen. Sie brachte es nicht über sich, Lars am Telefon etwas davon zu erzählen. Er würde sich auch seine Gedanken dazu machen, und er hatte einen Abend mit alten Freunden vor sich, auf den er sich schon lange freute. Das wollte sie ihm nicht verderben – zumindest redete sie sich das ein.

Morgen war Freitag. Sie würde wahrscheinlich noch mal nach Niensühn fahren, vielleicht aber auch in Lübeck im Kommissariat arbeiten. Am Samstagnachmittag wollte sie sich mit Lars treffen. Dieses Wochenende, so hatte Hinnerk ihr versichert, klappte es mit Felix' Papa-Wochenende auf jeden Fall. Sie hoffte, dass sich die Lage bei Mascha und Hinnerk insgesamt wieder normalisierte. Falls es dieses Wochenende nicht funktionierte, wäre es für sie aber auch kein Problem. Sie hatte in den letzten Monaten so viele Überstunden angesammelt, dass sie nicht arbeiten musste. Jetzt waren mal wieder andere Kollegen dran.

Da Pia sowieso schlecht drauf war, schlich sich an dieser Stelle ihrer Überlegungen ungebeten ein ganz neuer Gedanke ein: Würde sie, wenn sie sich weigerte, bald wieder Vollzeit zu arbeiten, im K1 langsam kaltgestellt werden? Wäre das schon der Anfang vom Ende? Was ihre Arbeitszeit anbelangte, musste sie bald zu einer Entscheidung kommen. Und auch wegen des Treffens mit Lohse …

Sobald Felix im Bett lag und schlief, recherchierte sie zu dem, was Waldemar Horgeff damals zur Last gelegt worden war. Es war alles andere als eine beruhigende Nachtlektüre.

Falk Stahnke sollte mit der Durchsuchung der Tischlerei und der Privatwohnung überrascht werden, und so klingelten Pia und Broders den Schreiner am Freitagmorgen in aller Frühe aus dem Bett. Eine Ankündigung der Aktion wäre ihrem Zweck zuwidergelaufen. Trotzdem hatte Pia ein schlechtes Gewissen, als sie einem verschlafenen, nur mit T-Shirt und Unterhose bekleideten Mann gegenüberstanden, ihm den richterlichen Durchsuchungsbeschluss entgegenhielten und ihn zum Verlassen der Wohnung aufforderten. Er durfte sich im Beisein eines Beamten anziehen und Brieftasche und Handy einstecken, doch als Stahnke sich in seinen Transporter setzen und davonbrausen wollte, wurde ihm auch das verweigert. Falk Stahnke fluchte leise vor sich hin, während er ein Fahrrad aus dem angrenzenden Schuppen holte.

Pia trat näher. »Ich fürchte, das ist keine gute Idee, Herr Stahnke«, sagte sie und deutete auf das alte Herrenrad.

»Wieso das nicht?« Er schob das Rad weiter, dann stutzte er, und sein Blick ging in Richtung Hinterrad. »Verdammter Mist, platt. War ja klar!« Stahnke warf das Rad zur Seite in die Büsche und stapfte davon.

»Nicht sein Tag heute?«, fragte Broders.

»Und die dreihundertvierundsechzig anderen davor wahrscheinlich auch nicht«, mutmaßte Pia. »Kann nur noch besser werden …«

»Bis er entdeckt, dass er einen riesigen Riss in der Jacke hat.«

»Vielleicht sagt es ihm ja niemand.«

Es stellte sich heraus, dass Falk Stahnke aus dem Haus, das er mit seiner Frau Nicole zusammen bewohnt hatte, nicht viel mehr als seine persönlichen Sachen mitgenommen hatte. In den beiden Räumen über der Werkstatt wäre auch kein Platz für mehr gewesen. Stahnke schlief auf einer Matratze auf dem

Boden. Das Bettzeug zu durchsuchen, überließ Broders mit einigem Geschick und einem vorgetäuschten Hustenanfall seiner Kollegin. Stahnke lagerte seine Kleidung in zwei offen auf dem Boden liegenden Koffern und auf einer aus Holzlatten errichteten Kleiderstange. Er nutzte eine winzige Teeküche und eine Toilette im Erdgeschoss, die zur Werkstatt gehörten. Draußen entdeckten sie eine provisorische Dusche. Das war sicher auch zu dieser Jahreszeit schon kalt. Außer einem kleinen elektrischen Radiator gab es keine Heizung. »Für den Sommer mag das ja noch angehen«, sagte Broders mit einem Gesicht, das nahelegte, dass er keine einzige Nacht in Stahnkes Behausung hätte zubringen mögen, »aber spätestens zum Herbst muss der Mann sich was anderes überlegen.«

»Und wir haben schon September ... Hier oben ist nichts. Lass uns unten weitermachen«, sagte Pia.

Nacheinander stiegen sie die steile Treppe hinunter, Broders, Pia, dann ein Mitarbeiter der Amtsverwaltung, der die Aktion als neutrale Person überwachte.

Falk Stahnkes Tischlerbetrieb war weit weniger übersichtlich als die Wohnräume. Zwei ihrer Kollegen hatten schon den Schuppen, der hauptsächlich als Holzlager diente, durchsucht und rauchten nun, verstaubt und offensichtlich leicht angeschlagen, vor dem Werkstatttor eine Zigarette.

Pia und Broders durchkämmten derweil weiter die Werkstatt. Broders schnäuzte sich in sein Taschentuch. »Igitt! Dieser Staub! Pia, was ist das?«

»Galoppierende Schwindsucht?«

»Nein, nicht das im Taschentuch. Das Gerät hier.«

»Eine Drechselbank.«

»Sieht gefährlich aus.«

»Dann lass die Finger davon, Broders. Und auch von der

Kreissäge. Nimm du dir die Werkbank und den Schrank dahinten vor.«

Als Pia den Metallschrank öffnete, stöhnte sie auf. Sie glaubte nicht so recht daran, dass sie hier irgendwo ein Gefäß mit dem Gift finden würden. So dumm war niemand. Doch um das auszuschließen, mussten sie den gesamten Schrankinhalt mit diversen Lacken, Ölen, Holzschutzmitteln und Flaschen undefinierbaren Inhalts in Kartons packen und mitnehmen. Das Labor würde seine helle Freude daran haben.

»Hey, schau mal, Pia!«

Sie stellte eine ehemalige Colaflasche mit einer gelblichen Flüssigkeit darin zurück auf den Schrankboden.

Broders hielt einen Ring mit einem glänzenden Sicherheitsschlüssel daran in der behandschuhten Hand.

»Ups. Wo war der denn?«

»Der lag auf der Werkbank zwischen Feilen und dem Schraubstock.« Broders ließ den Schlüssel in eine Plastiktüte fallen. »Seltsamer Platz für einen solchen Schlüssel. Und er liegt auch noch nicht lange hier, der Staubschicht nach zu urteilen, die ansonsten alles bedeckt.« Er winkte einem anderen Kollegen, der daraufhin Fotos vom Fundort machte.

»Du hättest den Schlüssel besser liegen gelassen«, sagte Pia. »Dann hätte man noch feststellen können, wo genau er herkommt.«

»Wie bitte?«

Sie deutete auf das Stallfenster über der Werkbank, das ein Stück offen stand. »Wäre doch möglich, dass jemand den Schlüssel von außen hier reingeworfen hat.«

Seltsam, dachte Flora, als sie aus dem Fenster im ersten Stock in den Garten blickte. Sie war gerade aufgestanden und wollte sehen, was für ein Wetter draußen war. Doch wer zum Teufel saß da in einem Gartenstuhl auf der Terrasse des Nachbarhauses? Es war das Haus von Nicole Mohr. Sie war dort drinnen tot aufgefunden worden. Sicher lud sie keine Leute mehr zu sich ein …

Wer also war das? Ein Gaffer, der sich für mysteriöse Todesfälle interessierte? Ein Reporter, der herumspionierte und Fotos vom »Gifthaus« machen wollte? Ein Polizist, der das Haus bewachte?

Sie griff nach ihrem Telefon auf dem Nachttisch, zögerte jedoch, die 110 zu wählen. Es war helllichter Tag. Sie wollte sich nicht lächerlich machen. Flora lief die Treppe hinunter, schlüpfte an der Garderobe in die Gartenclogs ihrer Mutter und trat hinaus. Auf dem kürzesten Weg ging Flora zum Gartenzaun. Noch immer konnte sie nicht erkennen, wer dort saß, denn derjenige wandte ihr den Rücken zu. Sie sah von hier aus nur einen Hinterkopf über die Rückenlehne ragen. Eine Rauchwolke stieg auf.

»Hallo, Sie da!«

Keine Reaktion.

»Hallo, entschuldigen Sie! Aber was machen Sie da?«

Der Mann – es war ein Mann, wie sie nun feststellte – erhob sich. Sie kannte ihn. Falk Stahnke, Nicoles Ex.

»Keine Ahnung, was Sie das angeht.« Er ließ die Zigarette fallen und trat sie aus.

»Ach, Sie sind es! Guten Morgen erst mal. Sie hätten ja auch ein Reporter sein können, der hier herumschnüffelt …«

Er kam ein paar Schritte auf den Zaun zu. »Und da dachten Sie, Sie schützen mal eben die Privatsphäre meiner toten Frau. Nobel.«

»Ich kann Gaffer nicht ausstehen. Aber Sie sollten auch nicht hier sein.« Er sah aus wie aus dem Bett gefallen. Und hart aufgeschlagen ... Zudem war er blass, und seine Augen waren gerötet. »Kann ich Ihnen helfen?«, rutschte es Flora unbedacht heraus. Sie hatte Mitleid mit ihm, weil er so unglücklich und verloren wirkte, wie er da mit strubbeligem Haar und hängenden Armen im Garten seiner toten Frau stand. Die letzten Tage mussten ihm schwer zugesetzt haben. Als er wegen des kaputten Küchenfensters bei ihr gewesen war, hatte sie ihn nur arrogant und unsympathisch gefunden.

»Ich könnte wirklich einen Kaffee gebrauchen«, bekannte er.

War es klug, ihn hereinzubitten? Trotz seines derangierten Zustandes, oder gerade deswegen, strahlte er eine Unnahbarkeit aus, die Flora gleichzeitig abstieß und faszinierte. Und sie hatte immer schon einen Hang zu den hoffnungslosen Fällen gehabt. Seine Frau war ganz plötzlich gestorben. Das sollte sie bei aller Nächstenliebe lieber nicht vergessen.

12. Kapitel

»Ich habe Felix eben zu Hinnerk und Mascha gebracht«, sagte Pia am Telefon. »Aber ich weiß nicht, ob das richtig war.« Es war Samstagmittag, und die Stadt war so voll gewesen, dass die Fahrt hin und zurück beinahe eine Stunde gedauert hatte.

»Was ist los, Pia?« Lars klang angespannt.

»Ach, Hinnerk und Mascha sind wohl im Moment hauptsächlich auf das Baby fixiert, und Felix spürt das. Er ist es ja gewohnt, dass sich dort alles immer nur um ihn dreht. Ich hatte Hinnerk angeboten, dass wir das Vater-Sohn-Wochenende noch mal verschieben, aber das wollte er nicht.«

»Felix kommt schon klar, Pia. Er ist stärker, als du denkst. Erinnerst du dich an das Drama anfangs im Kindergarten?«

»Oh ja. Trotzdem ist es ein blödes Gefühl, ein weinendes Kind zurückzulassen, das sich an deinem Bein festklammert.«

»Was habt ihr gemacht?«

»Wir haben ihn mit Aioli bestochen. Felix liebt Aioli.«

Lars lachte auf. »Okay. Und womit kann ich dich nachher ablenken?«

Sie verabredeten sich um siebzehn Uhr in Lars' Wohnung. Er hatte so lange in der Agentur zu tun, und Pia musste bei sich zu Hause noch einiges erledigen. Sie freute sich darauf, später zu Lars zu fahren. Er wohnte in einem alten Lagerhaus, in dem er eine Etage selbst ausgebaut hatte. Wenn Felix seine Vater-Wochenenden hatte, waren sie meistens bei Lars. Doch die große Wohnung hatte kaum Zwischenwände und schon gar kein Kinderzimmer, und wenn Pia an die Zukunft dachte, sah sie Lars auch nicht mit in ihrer Wohnung wohnen. Was würde sein, wenn sie heirateten?

Als sie am späten Nachmittag bei Lars ankam, stand die italienische Espressokanne auf dem Gasherd, ein Topf mit Milch daneben, und zwei Becher warteten auf der Granitarbeitsplatte.

»Ich hab Cannoli aus der Agentur mitgebracht«, sagte er. »Das Geschenk eines dankbaren Kunden. Greif zu.«

»Oh, die sehen gut aus.« Pia setzte sich auf einen der Barhocker am Küchenblock, nahm sich eines der italienischen Cremeröllchen und sah ihrem Freund beim Kaffeekochen zu. Er schäumte die Milch auf, gab sie in die Becher und goss den Kaffee aus der Espressokanne darüber. Lars reichte Pia einen, stellte sich mit dem zweiten neben sie.

»Sehr gut. Den habe ich jetzt gebraucht«, sagte sie nach dem ersten Schluck.

»Na, so gut kenne ich dich schon, dass ich weiß, wie ich dich glücklich machen kann.«

»Kaffee und Cannoli sind schon mal ein guter Start.«

»Ich bin froh, dass du dieses Wochenende freihast«, sagte er. »Nachdem du mir von eurem neuen Fall erzählt hast, dachte ich schon, du müsstest wieder drei Wochen durcharbeiten.«

»Ich weiß nicht, ob das so gut ist«, bekannte Pia. Sie schilderte ihm ihre Befürchtungen, was ihre Zukunft beim K1 anging. Was würde passieren, wenn sie sich bezüglich ihrer Arbeitszeit nicht nach den Vorstellungen ihrer Vorgesetzten richtete?

»Aber dieser Kriminaldirektor Keller will dich doch zur stellvertretenden Leiterin machen, hast du mir neulich am Telefon erzählt. Und nun fürchtest du um deinen Job beim K1? Wie geht das zusammen?«

Pia zuckte mit den Schultern. »Wahrscheinlich bin ich paranoid. Spätestens seit Manfred Rist.«

Lars, der die Geschichte von Pias erster Begegnung mit Rist kannte, lächelte. »Er ist, was dich betrifft, wahrscheinlich auch paranoid. Ich wäre es jedenfalls. Hat er sich eigentlich zu der Anfrage dieses Anwalts geäußert, der bei dir war? Ist der wahnwitzige Termin im Knast vom Tisch?«

»Na ja.« Pia wurde warm, was sicher nur an dem Schuss besten Koffeins lag, der gerade durch ihre Adern kreiste. Sie hatte sich so auf ihr Treffen mit Lars gefreut. Alles, was mit Mark Albrecht Lohse zu tun hatte, wollte sie später klären. »Noch steht nichts fest.«

Lars zog eine Augenbraue hoch.

Pia setzte den Kaffeebecher ab und rutschte vom Barhocker.

»Willst du noch ein Cannolo?«, fragte Lars.

»Vielleicht.« Sie trat näher an ihn heran, schob sein Shirt ein Stück hoch und legte die Hand auf seinen Bauch.

»Oder willst du vom Thema ablenken?«

»Ja.«

»Aufgehoben ist nicht aufgeschoben, Pia.«

Flora schreckte aus einem wirren Traum auf. Es dauerte einen Moment, bis sie sich orientiert hatte. Sie befand sich im Haus ihrer Mutter, in ihrem alten Kinderzimmer, und das Telefon, das sie vor dem Einschlafen auf den Nachttisch gelegt hatte, läutete. Im Traum war sie durch Niensühn gelaufen, verfolgt von Falk Stahnke mit einem Fensterrahmen über der Schulter, und an jedem Haus, an dem sie vorbeigekommen war, rauschten die Rollläden herunter. Sie brauchte keinen Traumdeutungsexperten, um zu erkennen, was sie beschäftigte. Der

Kaffee am Freitagvormittag mit Falk Stahnke in ihrer Küche hatte in einem peinlichen Schweigen geendet. Nach zehn quälenden Minuten hatte Stahnke mit ein paar vagen Ausflüchten Reißaus vor ihr genommen. Sie tastete nach dem Telefon. »Laubner?«

»Spreche ich mit Flora Laubner? Hier ist die Elpis-Klinik Eutin, Stationsärztin Richter am Apparat.«

»Oh Gott! Was ist los?«

»Ihrer Mutter geht es sehr schlecht, Frau Laubner. Sie hatte heute Nacht einen Rückfall. Wir haben sie reanimieren können, doch ihre Werte sind nicht gut. Es wäre besser, wenn Sie bei ihr wären.«

»Oh nein! Gestern Nachmittag ging es ihr doch prima! Sie ist doch gerade auf die normale Station verlegt worden.«

»Ja, wir sind auch überrascht. Aber solche Fälle sind schwer vorhersehbar. Können Sie sofort herkommen?«

»Äh – ja, natürlich.«

»Haben Sie ein Auto zur Verfügung? Es eilt wirklich.«

»Ja, ich fahre sofort los.«

»Gut. Fahren Sie bitte vorsichtig, Frau Laubner.«

Dr. Richter legte auf.

Flora starrte auf den Wecker. Zwei Uhr dreißig. Es war mitten in der Nacht. Die dunkelste Stunde. Zitternd zog Flora sich an, überprüfte den Inhalt ihrer Umhängetasche und verließ das Haus. Tagsüber brauchte sie über Schönwalde am Bungsberg und Kasseedorf eine knappe halbe Stunde nach Eutin in die Klinik. Nachts sollte sie es in zwanzig Minuten schaffen.

Niensühn sah so leer und verlassen aus, als hätten Aliens sämtliche Bewohner entführt und dafür ein paar Solarlampen in den Gärten zurückgelassen. Als die letzten Häuser des Dorfes hinter ihr lagen, fuhr Flora zunächst eine schnurgerade

Straße durch den Wald. Vor sich sah sie in der Ferne oberhalb der Baumkronen die roten Lichter des Sendemastes auf dem Bungsberg aufblinken. Sie schaltete das Fernlicht ein, versuchte, die Straßenränder nach etwaigem Wild zu scannen, das hier in der Gegend oft und reichlich die Straßen querte. Flora wusste, dass sie zu schnell unterwegs war, so müde und nervös, wie sie war. Außerdem war sie keine geübte Autofahrerin. Sie nahm den Fuß etwas vom Gas.

Sie wird es schaffen!, sagte Flora sich beschwörend. Sie muss es schaffen. Es war ihr doch gestern viel besser gegangen!

Aber manchmal war das auch ein letztes Aufbäumen gegen das Unvermeidliche, wusste Flora. Dass es besser gewesen war, konnte auch bedeuten, dass es gestern Nacht mit ihr zu Ende ging. Die Stationsärztin würde sie nicht wegen nichts nachts aus dem Bett klingeln. Doch Ärzte konnten sich irren ... Floras Gefühle pendelten zwischen Hoffnung und Verzweiflung, während ihr Fuß wieder fest auf dem Gaspedal verharrte und ihre Hände das Lenkrad umklammerten.

In Schönwalde bog sie in Richtung Eutin ab. Hinter Kasseedorf beschleunigte Flora den Mietwagen, raste die Eutiner Straße hinunter, am Stendaler See vorbei, dann wieder durch dichten Wald. Es war nicht mehr weit. Mehr als die Hälfte der Strecke hatte sie schon geschafft. Hoffentlich lebte ihre Mutter noch! Sie musste rechtzeitig dort ankommen.

Es durfte einfach nicht so schlimm sein. Sie hatte ihre Mutter doch gerade erst wiedergefunden. Es gab noch so viel zu besprechen. Das konnte doch nicht schon wieder vorbei sein!

Hinter einer Rechtskurve sah Flora im Scheinwerferlicht ein kleines buntes Fahrrad und einen Menschen – ein Kind! – auf der Straße liegen. Das konnte doch nicht wahr sein! Sie reagierte instinktiv: trat auf die Bremse, riss das Lenkrad herum, kam ins Schleudern. Oh nein! Mama! Nicht ausgerechnet jetzt!, dachte Flora, als sie die Kontrolle über den Mietwagen verlor. Sie versuchte gegenzulenken, doch der Wagen wirbelte herum. Sie sah Lichter, Bäume, die schnell näher kamen, es folgten ein Knall und ein heftiger Ruck und ein Schmerz, der ihr den Atem nahm. Flora sah Lichtpunkte, ihr Blickfeld schrumpfte auf Stecknadelkopfgröße zusammen. Dann wurde es dunkel.

»Kannst du nicht schlafen, Pia?«

»Nein. Tut mir leid, wenn ich dich geweckt habe.«

»Das macht nichts.« Lars zog sie näher an sich. »Aber du wälzt dich herum wie ein Brummkreisel. Was ist los?«

Sie seufzte. Mitten in der Nacht, wenn rundherum alles schlief, war bestimmt ein guter Zeitpunkt, um Lars zu sagen, was sie bedrückte. Sein Geruch, seine Körperwärme ... In seinem Bett, so nah bei ihm, fühlte es sich so an, als könnten sie mit allem fertigwerden. »Ich fürchte, dass ich doch in die JVA muss«, bekannte sie. »Wenn ich es nicht tue, werde ich wohl ewig ein schlechtes Gewissen haben.«

»Wieso? Du bist diesem Lohse nichts schuldig. Es ist nicht deine Verantwortung, dass er im Gefängnis ist, sondern nur seine eigene.«

»Aber es hat sich was Neues ergeben: Lohse hat im Gefängnis einen Mithäftling kennengelernt, der inzwischen verstorben ist. Und er behauptet, dass er von diesem anderen Häftling Informationen erhalten hat, die er nur an mich weitergeben wird.«

»Was für Informationen?«

Pia erzählte ihm alles. Auch, was sie über Waldemar Horgeff

recherchiert hatte. Als sie geendet hatte, schwieg Lars. Seine Hand, die ihr beruhigend über den Arm gestreichelt hatte, verharrte in der Bewegung.

»Glaubst du das?«, fragte er endlich. »Ich meine, dass du die einzige Chance für die Angehörigen bist zu erfahren, was … was damals passiert ist?«

»Ich weiß nicht, was ich glauben soll. Aber ich muss zu einer Entscheidung kommen, sonst werde ich noch verrückt.«

Er nahm sie fester in den Arm. »Meinst du, dass dieser Mark Albrecht Lohse jemals lockerlassen wird, wenn er dich so manipulieren kann?«

Das war eine gute Frage, die sie ehrlicherweise mit Nein beantworten musste. Andererseits saß er im Gefängnis, und das noch hoffentlich für sehr lange Zeit. »Kann ich weiterhin in den Spiegel schauen, wenn ich es nicht tue?«

»Hm. Und was sagt Rist dazu? Irgendwie ist es ja auch seine Verantwortung, was da passiert. Schließlich ist er dein Vorgesetzter.«

»Ich bin mir nicht sicher, ob Rist es überhaupt schon weiß.«

»Und von wem weißt du es?«

»Von einem ehemaligen Kollegen. Marten Unruh. Er ist ebenfalls betroffen.«

»Ach so. Dieser Marten …«

Pia musterte Lars, sah in seinem Gesicht aber nur Interesse und den Wunsch, ihr zu helfen. In groben Zügen war er über die Ermittlungen in dem lange zurückliegenden Fall Mark Albrecht Lohse informiert. Auch Martens Verwicklung darin und Pias Freundschaft mit Marten waren ihm nicht unbekannt. »Ja, dieser Marten«, sagte sie. »Er steht ebenfalls auf Lohses Rache-Liste. Und er scheint auch beruflich noch mit dem alten Fall zu tun zu haben.«

»Arbeitet ihr noch zusammen?«

»Nein. Ich weiß nicht mal, was genau er momentan macht.«

»Und wie bist du dann an diese Informationen gekommen?«

»Ich habe Marten am Donnerstagnachmittag getroffen.«

Lars nickte langsam. »Du wirst ins Gefängnis gehen und mit diesem Lohse reden, nicht wahr?«

»Ich fürchte schon. Es geht dabei nicht nur um mich.«

»Verstehe. Denk bitte daran, dass es auch Felix betreffen könnte.«

»Was meinst du denn? Es könnte auch dich betreffen. Das macht es ja so verdammt schwer.«

Er schwieg einen Moment. »Letztlich musst du das entscheiden, Pia.«

Es fühlte sich so an, als wäre Lars in diesem Moment Hunderte Kilometer weit entfernt.

Flora blinzelte, sah die in winzige Stücke geborstene Windschutzscheibe. Ein feines Netz von Rissen, wie gestoßenes Eis. Auf dem Lenkrad lag schlaff der Airbag, der ihren Aufprall abgefangen hatte. Vorsichtig drehte Flora den Kopf, bewegte die Arme, die Hände, die Zehen. Ein dumpfer Schmerz zog in ihr Knie, und die Rippen taten ihr weh. Ihr Schädel dröhnte, und sie zitterte. Durch das Seitenfenster sah sie Grashalme bis fast zur Oberkante der Tür. Sie hing schief im Gurt, also musste sie in einen Graben gerutscht sein. Flora lauschte. Der Motor war aus und tickte leise, ansonsten war es bis auf das Klappern ihrer Zähne still.

Ein Unfall zum schlimmsten aller Zeitpunkte – doch was genau war passiert? Sie erinnerte sich an das kleine bunte Fahrrad, das hinter der Kurve mitten auf der Fahrbahn lag, und an den dunklen Schatten daneben, von dem sie fürchtete, dass es ein menschlicher Körper gewesen sein könnte. Ein Kind womöglich? Es war alles so schnell gegangen. Aber mitten in der Nacht konnte es doch wohl kein Kind gewesen sein!

Sie hatte alles versucht, um dem Hindernis, diesem dunklen Etwas neben dem bunten Fahrrad, auszuweichen. Dabei war sie ins Schleudern geraten, von der Fahrbahn abgekommen. Das alles lief noch einmal wie ein Film vor ihr ab. Es war ein Riesenglück, dass sie nicht gegen einen Baumstamm geprallt war. Sonst würde sie kaum hier sitzen und sich Gedanken machen …

Doch sie musste schnellstmöglich aus dem Auto raus! Schauen, ob jemand da draußen verletzt war. Oh Gott, sie glaubte nicht, dass sie das, was auf der Straße lag, erwischt hatte. Sie hätte den Aufprall doch spüren müssen, aber sie musste nachsehen gehen. Wenn die Türen nicht verklemmt waren. Oh mein Gott! Konnte der Wagen jetzt Feuer fangen?

Mit zitternden Fingern versuchte sie, das Gurtschloss zu öffnen. Es gelang ihr erst beim dritten Versuch. Sie zog am Türgriff, die Tür sprang auf, ließ sich jedoch nur wenige Zentimeter weit öffnen. Flora stemmte sich dagegen, doch die Autotür klemmte und bewegte sich nicht. Der Wagen lag zu schräg, die Tür stieß gegen etwas Festes. Auf dieser Seite kam sie nie und nimmer aus dem Wagen. Ganz ruhig, beschwor sie sich. Keine Panik. Da war kein Benzingeruch. Kein Rauch. Sie hatte Zeit. Zur Not würde sie Hilfe herbeirufen. Die Feuerwehr würde sie aus diesem Wrack herausschneiden. Sie unterdrückte ein hysterisches Auflachen, als sie an den Spruch auf dem Plakat der Freiwilligen Feuerwehr dachte, das an der Dorfstraße hing: *Überholen Sie ruhig – wir schneiden Sie raus. Ihre Feuerwehr.* Doch wo war ihre Umhängetasche mit dem

Handy, die auf dem Beifahrersitz gelegen hatte? Wahrscheinlich in den Fußraum gerutscht. Flora konnte sie nicht sehen, weil es zu dunkel war, und sie kam sowieso nicht daran. Ihr Knie schmerzte immer mehr, ebenso die Rippen, die bei jeder Bewegung scharfe Stiche aussandten.

Sie musste hier raus. Zu ihrer Mutter! Und sie musste nachsehen, ob sie jemanden verletzt hatte!

Flora hievte sich mühsam über die Mittelkonsole in Richtung Beifahrersitz. Sie hörte sich stöhnen, aber immerhin bewegte sie sich. Es gelang ihr nicht, die Beifahrertür aufzustoßen, doch als sie den Schalter des Fensterhebers betätigte, surrte die Seitenscheibe herunter. Verrückt, das ganze Auto war Schrott, aber die Elektronik funktionierte noch. Warum hatte sie nicht gleich daran gedacht?

»Hilfe!«, schrie Flora in die kalte, feuchte Dunkelheit. »Ich muss hier raus! Hilfe!«

Wie lange konnte es dauern, bis jemand hier vorbeikam, nachts um drei Uhr, mitten im Nichts der ostholsteinischen Wälder? Vermutlich sehr lange. »Hilfe!«

Es war sinnlos. Sie musste telefonieren oder sich selbst befreien.

Vom Seitenfenster der Beifahrerseite aus konnte sie ein Stück der Landstraße überblicken. Und da war jemand! Die Person war etwa fünfzig Meter von ihr entfernt. Sie war doch nicht allein hier draußen. Flora wollte rufen, aber das, was sie sah, konnte nicht sein. Die Gestalt war vollkommen weiß. Sie lud etwas in den Kofferraum eines Wagens, der halb verborgen auf einem Forstweg stand. Dann, als wüsste sie, dass sie beobachtet wurde, wandte sie sich zu Flora um.

Flora schnappte nach Luft. Der Großteil des Gesichts war mit einer Maske bedeckt, ähnlich wie Chirurgen sie trugen. Flora fuhr vom Fenster zurück. Wer oder was war das? Sie ließ das Schiebefenster wieder hochfahren, doch sie konnte den Blick nicht abwenden. Er – Es … die weiße Gestalt sah die Straße hinunter, lauschte anscheinend. Dann kam sie entschlossenen Schrittes auf Flora zu. Und als wäre das nicht grauenerregend genug, hielt sie dabei etwas in der Hand, das wie eine Brechstange aussah.

13. Kapitel

Flora riss sich von dem unheimlichen Anblick los. Instinktiv verschloss sie die Tür mit einem Knopfdruck, doch angesichts der Brechstange war das wohl sinnlos. Raus, sie musste raus hier! Sie ignorierte die Schmerzen und robbte wieder auf die Fahrerseite. Ihr Knie rammte den Schaltknüppel, und sie unterdrückte einen Aufschrei. Flora betätigte den elektrischen Scheibenheber, sodass das Fenster der Fahrerseite herunterfuhr.

Flora steckte zuerst den Kopf, dann die Schultern durch die Fensteröffnung. Das hoch wuchernde Unkraut des Grabens würde ihr Sichtschutz geben. Vielleicht gelang es ihr, ungesehen in die Dunkelheit zu fliehen? Sie streckte die Arme nach draußen und versuchte, sich vom Wagen wegzustemmen. Ihre Rippen stachen, der Schmerz nahm ihr fast den Atem. Über ihre heftigen Atemzüge hinweg hörte sie, wie jemand an der Beifahrertür rüttelte. Vielleicht wollte derjenige sie retten? Doch alles in ihr schrie, dass sie von hier verschwinden sollte. Das Auto lag zu tief im Graben. Flora kam nicht weiter. Einige Minuten lang hörte und sah sie nichts mehr von der Gestalt. Was machte derjenige? Flora blieb nicht mehr viel Zeit … Sie konnte es kaum glauben, als sich von vorn ein Paar Scheinwerfer näherte. Ein weiteres Auto? Flora schluchzte auf. Der Wagen hielt, das Licht blendete sie. Der Fahrer des gerade angekommenen Autos schaltete die Warnblinkanlage an.

»Hilfe!« Flora winkte.

Die Fahrertür öffnete sich, und ein Mann im dunklen

Anzug kam auf sie zu. »Oh Gott, oh Gott, sind Sie verletzt?«

»Bitte, helfen Sie mir hier raus!«

Sie sah, wie die weiße Gestalt im Unterholz verschwand.

»Sind Sie allein?« Der Mann kam zögernd näher.

»Ja, bin ich«, rief sie, »aber ich weiß nicht, ob dort hinten noch jemand verletzt ist.«

Da öffnete sich die Beifahrertür des eben angekommenen Fahrzeugs.

»Polizei und Rettungswagen sind unterwegs, Richard«, rief eine Frau. Es erschien Flora wie ein Traum, als die Frau in einem kurzen, glitzernden Kleid und Stöckelschuhen auf sie zukam. »Kann ich irgendwie helfen?«

Flora blickte noch einmal zur Seite, doch im Gebüsch war niemand mehr zu sehen. Das Paar befreite Flora aus dem Autowrack. Als sie sie ins feuchte, kalte Gras setzten, hörte sie, wie in einiger Entfernung ein Auto davonfuhr.

»Ich hole Brötchen. Was möchtest du haben?« Lars stand angezogen vor seinem großen Bett.

Pia blinzelte. »Oh, du bist schon auf. Wie spät ist es denn?«

»Halb neun.«

Sie setzte sich auf und lehnte sich gegen das hohe Kopfteil. »Ich hab gar nicht gemerkt, dass du schon aufgestanden bist. Warum hast du mich nicht geweckt?«

»Ich dachte, dass du den Schlaf brauchen könntest, Pia.«

»Da ist was dran. Ich möchte ein Franzbrötchen und ein Körnerbrötchen.«

»Alles klar.« Weg war er.

Pia hätte sich einfach wieder zurückfallen lassen und weiterschlafen können, stand aber auf. Es wäre nett, wenn sie schon mal den Tisch deckte und Kaffee kochte. Hatte sie das Gespräch mitten in der Nacht eigentlich nur geträumt? Angesichts seines unterkühlten Verhaltens heute Morgen war es wohl in etwa so gewesen, wie sie es in Erinnerung hatte: grauenhaft.

Nach der Fahrt mit dem Fahrrad zum Bäcker schien sich Lars' Laune gebessert zu haben. Pia vermied es, noch mal von ihren beruflichen Belangen anzufangen. Er hatte ihr neulich versichert, dass er sie unterstützte und die Risiken mittrug. Das hatte er nicht einfach nur so dahingesagt. Sie musste ihm vertrauen.

Nach dem Frühstück sah er sie mehrmals länger an, wenn er dachte, sie merke es nicht. Etwas beschäftigte ihn. Gleich sagt er, dass die Hochzeitspläne ein Fehler waren, dachte Pia. Er war wohl doch letzte Nacht richtig sauer geworden. »Was ist los, Lars?«

»Ein Freund von mir, Eric ... Ich glaube, du hast ihn mal auf einer Feier kennengelernt?«

»Ja, ich erinnere mich.« Und gut, das hörte sich nicht nach einer Einleitung zum Schlussmachen an. »Der nette Rothaarige, der ...«

»Genau. Ich weiß schon länger, dass er Krebs hat. Ein Gehirntumor. Er ist operiert worden, hatte eine Chemo, und es sah auch wieder ganz gut aus. Aber gestern hat er mich angerufen und gesagt, dass der Krebs zurück ist.«

»Oh Mist! Das tut mir leid. Wie schrecklich!«

»Er weiß nicht, wie viel Zeit er noch hat. Doch er wünscht sich, dass wir noch mal zu dritt segeln gehen. Das haben wir und ein anderer Kumpel von ihm schon einmal vor zehn Jahren zusammen gemacht.« Lars seufzte. »Es wäre schon nächste Woche.«

»Ja und? Wenn du es irgendwie einrichten kannst, musst du da natürlich mitsegeln.«

»Es passt mir nur gerade überhaupt nicht. Weder beruflich noch im Hinblick auf uns beide. Ich wäre gern bei dir, wenn diese Sache mit Lohse läuft. Außerdem planen wir doch gerade die Hochzeit.«

Pia schloss Lars in die Arme. »Das mit Eric ist aber wichtiger. Wir heiraten so oder so, und das andere bekomme ich auch irgendwie hin.«

»Ich wusste, dass du das sagen würdest. Und meine Leute in der Agentur werden das wohl auch ohne mich hinbekommen. Aber ganz ehrlich ... ich wäre im Moment lieber hier. Ich hab das Gefühl, dass es nicht gut ist, in dieser Situation so weit weg zu sein.«

»Stell dir vor, wie du dich eines Tages fühlen würdest, wenn du es nicht getan hättest?«

»Ja, das ist es eben. Doch Eric will wieder in Irland starten. Wir haben damals drei Wochen Zeit gehabt und sind von Irland nach Schottland gesegelt, nach Islay und Mull. Wahrscheinlich schaffen wir nur eine Teilstrecke. Na ja, darum geht es ja auch nicht. Doch selbst das ...«

»Wenn du meine Probleme aushältst, werde ich es auch aushalten, dass du dich unter Lebensgefahr auf den Weltmeeren herumtreibst. Ich wusste gar nicht, dass du so gut segeln kannst.«

»Kann ich auch nicht, aber die beiden anderen können es. Ich bin mehr so Deckhand und Kombüsenjunge.«

»Kombüsenjunge ist eine Tätigkeit, die ich voll und ganz unterstütze«, sagte Pia. Sie war traurig, dass es Eric so schlecht ging, und sie fand es nicht schön, dass Lars ausgerechnet jetzt so lange fort sein würde. Doch es hätte, was Lars und sie anging, auch weit schlimmer kommen können.

Während der Dienstbesprechung am Montagmorgen waren die Durchsuchungen von Falk Stahnkes Werkstatt und Wohnung sowie die seines Fahrzeugs das vorherrschende Thema. Der Sicherheitsschlüssel, den Broders in der Werkstatt gefunden hatte, passte zum Schloss der Hintertür von Nicole Mohrs Haus. Falk Stahnke beharrte jedoch darauf, nicht zu wissen, wie der Schlüssel in seine Werkstatt gekommen war. Angeblich waren die zwei Schlüssel für den Hintereingang immer im Haus geblieben. Seit seine Frau das neue Haustürschloss hatte einbauen lassen, habe er keinen Zugang mehr zum Haus gehabt. Obwohl es ja auch seines sei, wie er betonte. Und nun war es wohl wieder sein Haus, hatte die Polizei erfahren, denn Nicole Mohr und Falk Stahnke waren ja noch nicht geschieden gewesen, und es gab auch kein anderslautendes Testament, was Nicole Mohrs Anteil daran betraf.

Die Durchsuchung hatte aber keinerlei Hinweise auf das Gift ergeben, an dem Nicole Mohr gestorben war. Dafür gab es andere Neuigkeiten aus dem Labor:

»Zwei Spuren, auf die ich, ehrlich gesagt, einige Hoffnung gesetzt habe, haben sich als Fehlschlag erwiesen«, berichtete Rist. »Einmal eine Spur organischen Materials im Flur und auf dem Küchenfußboden in der Nähe des Opfers. Vermutlich Dreck, der sich unter einem Schuh befunden hat. Das organische Material enthält auch Schweinemist. Sie haben zwar noch keine Gegenprobe genommen, doch es handelt sich mit hoher Wahrscheinlichkeit um Stallmist aus den Ställen der Pranges. Wir werden versuchen, das nachzuweisen, aber da Vivien Prange das Opfer gefunden hat ...«

»Wird nicht normalerweise darauf geachtet, die Schuhe zu trennen: die, mit denen man den Stall betritt, und Straßenschuhe?«, wandte Gerlach ein.

»Wir müssen Vivien Prange das fragen«, sagte Rist. »Auch

ein hellblondes Haar, das an der Toten sichergestellt wurde, muss mit denen von Frau Prange abgeglichen werden.«

»Wenn es passt, hilft es uns also überhaupt nicht weiter«, stellte Broders fest.

»Was ist mit Fingerabdrücken?« Pia versuchte, sich auf die Besprechung zu konzentrieren. Sie hatte sich dabei ertappt, Fenster mit Gitterstäben auf ihren Block zu kritzeln. Sie musste sich entscheiden, ob sie in die JVA fahren und mit Lohse sprechen würde oder nicht. Oder sollte sie darüber besser auch mit Rist reden?

»Wie zu erwarten war, wurden viele unterschiedliche daktyloskopische Spuren sichergestellt. Wir werden sie mit den Fingerabdrücken der involvierten Personen abgleichen. Aber die meisten haben sowieso einen guten Grund dafür, dass ihre Fingerspuren sich im Haus befinden. Sie müssen deshalb noch nichts mit der Tat zu tun haben.«

»Fingerspuren an dem Behältnis, in dem sich das Gift befand, wären da schon nützlicher«, sagte Broders.

»Welches Behältnis?«, fragte Gerlach spöttisch.

»Was mich zum nächsten Punkt führt.« Rist blätterte eine Seite des Berichtes um. »Das Labor hat alle Lebensmittelproben aus Nicole Mohrs Haushalt untersucht, und keine einzige enthielt Natriumfluoracetat.«

»Wurde der Mageninhalt der Toten schon analysiert?«, fragte Pia. »Dann wüssten wir wenigstens, was das Opfer gegessen und getrunken hat, worin sich das Gift befunden haben kann.« Ausgerechnet Manfred Rist ihr Dilemma anzuvertrauen, widerstrebte ihr. Sie würde damit Ängste offenbaren, die ihn gar nichts angingen. Ihr Konflikt mit Mark Albrecht Lohse, Marten, Lars … Das alles war viel zu privat, als dass sie es mit Rist besprechen wollte …

»Ja und nein. Ich habe deswegen noch mal mit dem Rechtsmediziner gesprochen. Der Magen des Opfers war so gut wie leer. Vorher aufgenommene Nahrung war schon vollständig verdaut, als das Opfer starb. Was sie erbrochen hatte, bestand quasi nur noch aus Magensäure. Sie kann also direkt vor ihrem Tod nicht mehr viel gegessen haben.«

»Gar nicht schön«, sagte Broders und fing sich einen mahnenden Blick dafür ein.

»Also wissen wir nicht, worin das Natriumfluoracetat enthalten war«, stellte Pia fest. »Ein geruchloses, farbloses Pulver, das wasserlöslich ist. Die Möglichkeiten sind unendlich.«

»Und es muss auch nichts gewesen sein, das Nicole Mohr im Haus hatte. Sie kann genauso gut irgendwo anders das Gift zu sich genommen haben«, sagte Gerlach.

»Sie war doch am Sonntag auf einen Kaffee bei ihrer Nachbarin Flora Laubner.«

»Ja, die gehört damit zum Kreis der Verdächtigen.«

»Nicole Mohr kann aber auch noch woanders gewesen sein«, gab Wohlert zu bedenken.

»Bei ihren anderen Nachbarn war sie angeblich nicht. Und ihr Wagen stand vor ihrer Tür.«

»Wie werden eben alle Personen, die in fußläufiger Entfernung zu Nicole Mohr wohnen, noch einmal dazu befragen müssen«, sagte Pia.

»Ja, das werden wir«, stimmte Rist ihr zu und sah sie direkt an.

Pia ahnte, was das bedeutete. »Zu der zweiten Möglichkeit, dass der Täter das Gift in Nicole Mohrs Haus in ihren Nahrungsmitteln platziert hat«, fuhr sie ungerührt fort, »ist zu sagen, dass der Täter die Reste der vergifteten Nahrung ohne Weiteres wieder entfernt haben könnte, nachdem sein Opfer tot war. In der Nacht von Sonntag auf Montag, als Nicole Mohr gestorben ist, bis zum Dienstagmorgen, als Vivien Prange sie entdeckt hat, war die Hintertür ja anscheinend nicht abgeschlossen.«

»Ziemlich riskant«, sagte Broders. »Damit hätte der Täter riskiert, in der Zeit, als Nicole Mohr schon tot war, dort gesehen zu werden.«

»Der- oder diejenige hätte immer behaupten können, die Tote gerade gefunden zu haben«, warf Wohlert ein.

Pia musste an Vivien Prange denken, die die tote Nicole Mohr tatsächlich entdeckt hatte. Es wäre ein Leichtes für sie gewesen, die Reste eines vergifteten Nahrungsmittels aus der Küche zu entfernen. Vielleicht in der Hoffnung, dass der Tod der Nachbarin dann als ein natürlicher durchginge? Doch Vivien Prange hatte bisher kein erkennbares Motiv.

»Ein weiteres Problem ist, dass sich dieses Gift lange hält«, betonte Rist. »Es könnte durchaus in einem Getränk oder einem Nahrungsmittel enthalten gewesen sein, das sich schon Tage, wenn nicht Wochen, in Nicole Mohrs Küche befunden hat.«

»Nur vom Zeitpunkt der Aufnahme an ging es dann ziemlich schnell«, sagte Broders.

14. Kapitel

Pia und Broders trafen Nicoles Mutter Anneliese Mohr in ihrem Garten an. Sie kniete in Arbeitshose und geblümter Bluse vor einem Beet und jätete Unkraut. Als sie hochschaute, sah Pia, dass ihre Augen gerötet waren.

»Da haben Sie aber Glück, mich hier anzutreffen«, sagte Frau Mohr, als sie sich mit einem kleinen Schnaufen erhob. »Der Montag ist der einzige Tag, an dem ich nicht im Salon bin. Und sonntags natürlich.« Ihre Stimme war tränenerstickt und vibrierte.

»Sie arbeiten als Frisörin?« Pia strich sich das Haar zurück, das bei diesem windigen Wetter immerzu aus dem Zopf gerissen wurde und ihr ins Gesicht wehte.

»Mir gehört der Hoffrisörladen von Niensühn. Und wenn ich freihabe, dann bin ich im Garten oder beim Chor zu finden. Ich muss mich beschäftigen. Jetzt sowieso. Wenn ich herumsitze und grübele, werde ich noch verrückt.«

»Das kann ich gut verstehen«, sagte Pia.

Anneliese Mohrs Lippen zitterten. Dann sah sie an sich hinunter. »Sie wundern sich vielleicht, dass ich so bunt angezogen bin. Aber meine Nicki mochte kein Schwarz. Sie hätte auch nicht gewollt, dass auf ihrer Beerdigung alle in Schwarz herumlaufen.« Ihr Gesicht zuckte, und sie wischte sich unter den Augen entlang. Ein Schmutzstreifen blieb zurück.

»Wir müssen noch mal mit Ihnen über Ihre Tochter reden«, erklärte Pia. »Können wir uns irgendwo hinsetzen?«

Sie fanden Platz auf der windgeschützten Terrasse. »Hier

stört uns niemand«, sagte Anneliese Mohr. »Mein Mann ist sowieso beim Boot. Ich bekomme ihn kaum noch zu sehen.«

»Es nimmt ihn sicher auch sehr mit.«

»Ich weiß nicht, wie er damit klarkommen soll«, sagte Nicoles Mutter. »Wahrscheinlich werden wir beide es nicht packen. Sie ist unser einziges Kind.«

»Ich weiß, es ist schwer, immer wieder mit uns darüber reden zu müssen. Es tut mir sehr leid, das zu sagen, doch wir wissen inzwischen, dass Ihre Tochter höchstwahrscheinlich vergiftet wurde.« Pia erläuterte, was sie herausgefunden hatten, ohne näher auf das verwendete Gift einzugehen. Anneliese Mohr fragte auch nicht nach. Sie hatte sich eine Hand vor den Mund gepresst und schüttelte nur immer wieder fassungslos den Kopf. Pia wartete ab, bis sie sich einigermaßen gefasst hatte. Dass es ein Mord gewesen war, der ihr die Tochter genommen hatte, machte es sicher noch schlimmer für sie. Andererseits half es vielleicht ein bisschen, dass da Menschen waren, die das Verbrechen aufklären und den Täter finden wollten.

»In diesem Fall hat es wenig Sinn, Alibis zu erfragen, weil wir überhaupt nicht wissen, wie und wann der Täter das Gift bei Ihrer Tochter platziert oder ihr verabreicht hat«, sagte Pia. »Was uns weiterhelfen könnte, wäre, wenn wir wüssten, wie der Täter an das Gift herangekommen ist. Darum kümmern sich gerade ein paar Kollegen. Mindestens genauso wichtig ist aber das Motiv. Ich glaube, dass das unsere größte Chance ist, den Täter ausfindig zu machen.«

»Was ist mit Falk, ihrem Ex?«, fragte Anneliese Mohr. »Wenn der kein Motiv hat …«

»Wieso? Ist etwas vorgefallen?«

»Nicole hat uns nicht viel erzählt. Doch Falk war wohl immer wieder recht eifersüchtig. Und Nicki ist ein Mensch, der sich einfach mal amüsieren will. Ich war früher auch so.« Sie lächelte traurig. »Keine Tanzveranstaltung war vor mir sicher. Bis zum frühen Morgen ging das, bis die Schuhe durchgetanzt waren.«

»Fallen Ihnen konkrete Beispiele für die Eifersucht Ihres Schwiegersohns ein?«

»Nur das, was Nicki mir erzählt hat. Dass er ihr hinterher immer Vorhaltungen gemacht hat. Dass er nicht wollte, dass sie allein mit ihren Freundinnen so lange ausbleibt.«

»Oh, können Sie uns die Namen ihrer Freundinnen geben?«, fragte Broders, der es übernommen hatte, Notizen zu machen.

»Leider nein. Die alten Schulfreundinnen sind alle weggezogen, und die neuen, von ihrer Arbeit und so, die kenne ich nicht.«

»Was war denn der Grund für das Scheitern ihrer Ehe?«

»Soweit ich weiß, waren es Hunderte Kleinigkeiten. Auch die Eifersucht, Streit um Geld. Falk ist so wenig ehrgeizig. Nicki dachte, er würde die Tischlerei ausbauen, aber ihm genügt es, so vor sich hin zu basteln. Das Haus hat er ihr immerhin renoviert, doch auch da musste sie ständig hinterher sein. Von ihm aus hätte wohl alles so bleiben können, wie es war.« Sie schaute entrüstet. »Dann sähe es aus wie bei der Regina Laubner nebenan. Die Häuser sind beinahe baugleich.«

»Gab es sonst noch Streitpunkte?«

»Kinder«, sagte Anneliese Mohr. »Er wollte Kinder, Nicki wollte noch warten. Ich weiß nicht, worauf. Vielleicht auf einen Vater, der mehr Verantwortung übernähme und mit dem sie auch finanziell besser dastünde.«

»Wie war die finanzielle Situation überhaupt?«

»Nicht so gut. Nicki hatte als Goldschmiedin nur einen Teilzeitjob. Falks Betrieb wirft wohl auch nicht so viel ab. Sie sagte mal, dass er manchmal einfach vergisst, Rechnungen zu schreiben.« Sie schnaubte. »Das muss man sich mal vorstellen! Männer eben! Da war es ein Glück, dass ihnen das Haus wenigstens schon gehört hat. Dafür hatten sie beide gespart. Leider hat es in der Zwischenzeit an Wert verloren. Das liegt nur an der Lage, hat der Makler gesagt. Es ist zu weit abgelegen, sonst würde es viel mehr bringen.«

»Wir haben im Haus Ihrer Tochter Hinweise darauf gefunden, dass ein Mann dort übernachtet hat, zumindest zeitweise. Wissen Sie, wer das war?«

Anneliese schüttelte abwehrend den Kopf. »Keine Ahnung.«

»Vielleicht eine Vermutung? Ich meine, in einem Dorf bleibt doch nichts geheim.«

»Eigentlich nicht. Aber Nicki konnte eine ziemliche Geheimniskrämerin sein. Sie hat mir gegenüber Andeutungen gemacht, dass da wieder jemand wäre. Sie schien ... richtig verliebt zu sein. Doch selbstverständlich ist das erst passiert, nachdem sie sich von Falk getrennt hatte.«

»Bestimmt«, sagte Pia. »Aber derjenige weiß vielleicht etwas, was uns zum Täter führt. Wir müssen ihn finden.«

»Oder er war es sogar.« Eine Träne rann Anneliese Mohrs Wange hinunter. »Glauben Sie mir: Wenn ich es wüsste, würde ich es sagen.«

Der Weg von Niensühn zur Ostsee führte kurvenreich durch das ostholsteinische Hügelland. Pia und Broders passierten ein paar Höfe, sattgrünes Weideland, auf dem schwarzbunte Holsteiner und Pferde weideten, Stoppelfelder und dunkelbraune Äcker. Hinter einem Waldstück, durch das sich weit unter ihnen in einem schmalen Tal ein Fluss schlängelte, stießen sie auf eine Allee alter Kastanien. Rechts säumte eine

Backsteinmauer ein noch bewirtschaftetes Gut. Sie bogen nach links auf die Landstraße ab, die parallel zur Ostsee verlief, und dann wieder scharf nach rechts in eine kleinere Straße. Nach ein paar Minuten erreichten sie einen Parkplatz am Strand.

Pia entdeckte Fridbert Mohr zuerst. Sie war in Richtung Wasser gegangen und links dem Weg zum Steilufer gefolgt. An dem Strandabschnitt im Schatten des sich erhebenden Uferwaldes lagen mindestens zehn Boote auf ihren Trailern. Der Platz gehörte einem Sportfischerverein, wie an einem Schaukasten mit diversen Aushängen zu lesen war.

Fridbert Mohr lud gerade Angelzubehör aus einem blauweißen Kunststoffboot. Und er schien nicht begeistert zu sein, dass die Polizei ihn aufsuchte. Wortkarg und missmutig antwortete er auf ihre Fragen. Als Broders ihm sagte, dass seine Tochter an einem Gift gestorben war, versuchte Pia, im Gesicht des Mannes die Emotionen zu lesen. Doch es war von einem Gewirr tiefer Falten durchzogen und gab nichts preis. Die blaugrauen Augen mit den winzigen Pupillen wirkten wie erstarrt. Fridbert Mohr mochte vom plötzlichen Tod seiner Tochter schwer getroffen sein, aber er ließ sich seine Gefühle nicht anmerken. Pia bewunderte seine Beherrschung, doch ein bisschen unheimlich war sie ihr auch.

Meistens reagierten die Befragten entweder auf Broders oder auf Pia besser; so war es auch heute. Mohr war eindeutig ein »Männertyp«. Er beachtete Pia kaum.

»Wir haben auch mit Ihrem Schwiegersohn gesprochen«, sagte Broders und schien auf eine Korrektur von Falk Stahnkes Status zu warten.

Fridbert Mohr wandte den Kopf zur Seite und spuckte aus.

»Herr Stahnke scheint mit der vorläufigen finanziellen

Regelung zwischen ihm und Ihrer Tochter nicht glücklich gewesen zu sein.«

»Glücklich? Was ist das?«

»Können Sie uns mehr darüber sagen? Warum sie sich getrennt haben? Wie ihr jetziges Verhältnis war?«

»Nein. Sie haben mir nichts erzählt. Ich habe nicht gefragt. Ich will es auch nicht wissen.«

»Ihre Tochter wird sich doch irgendwie dazu geäußert haben, warum sie sich von ihrem Mann getrennt hat«, beharrte Broders.

»Nein. Wie gesagt, ich will es auch nicht wissen.«

»Hatte Ihre Tochter schon einen neuen Partner?« Die Befragung glich dem Spaziergang über ein Minenfeld.

Pia hielt unwillkürlich die Luft an, während sie winzige Regungen in Mohrs Gesicht verfolgte. Ein leichtes Zucken unter dem Auge verriet ihn.

»Passen Sie auf, wie Sie über meine Nicki reden! Sie hat sich nichts zuschulden kommen lassen.«

»Es geht hier überhaupt nicht um Schuld. Wir stellen nur Fragen, Herr Mohr, weil wir herausfinden wollen, ob Ihre Tochter ermordet wurde und, wenn ja, von wem. Daran sind Sie doch auch interessiert.«

»Passen Sie auf, dass ich den Kerl, der das getan hat, nicht vor Ihnen finde.«

»Sie sollten uns alles sagen, was Sie wissen, und die Ermittlungen ansonsten uns überlassen«, sagte Broders betont ruhig.

»Ich weiß zumindest, dass Falk Stahnke nicht der ist, der er vorgibt zu sein. Der hatte immer was laufen, und irgendwann hat meine arme Nicki es nicht mehr ausgehalten. Heute denken die Frauen, dass sie allein besser klarkommen. Die Emanzipation, nicht wahr?« Er sah Pia an.

»Was hatte Falk Stahnke denn ›laufen‹?«, fragte sie und erntete einen sehr bösen Blick.

»Gestern, als ihr seine Werkstatt auseinandergenommen habt, da hab ich ihn gesehen.«

»Wo denn?«

»Er ging in Regina Laubners Haus, als ich vorbeikam. Dabei hat er sich noch so komisch umgesehen. Zufällig ist Regina im Krankenhaus. Ihre Tochter Flora hat ihn zu sich reingelassen.«

Pia erinnerte sich an das Gespräch mit der jungen Frau.

»Flora Laubner spaziert ins Dorf, als wäre nie was gewesen«, ereiferte sich Fridbert Mohr. »Ohne Rücksicht auf irgendwen. Ingrid sieht aus wie ein Gespenst, seit sie es weiß.«

»Was meinen Sie damit? Wer ist Ingrid, und was weiß sie?«

»Ingrid Hertling. Gunnar und ihr gehört der alte Hertling-Hof hinter der Kirche. Ingrid weiß, dass Reginas Tochter wieder da ist. Und diese Flora Laubner läuft durchs Dorf wie das blühende Leben, während Ingrids und Gunnars Sohn für alle Zeiten tot ist! Verbuddelt auf dem Friedhof. Ingrid ist beinahe jeden Tag dort. Ist das etwa gerecht?« Er wuchtete einen Plastikkasten aus dem Boot. Die gewährte Audienz war wohl seiner Ansicht nach beendet.

»Was meinen Sie damit?« Pia trat einen Schritt näher.

Fridbert Mohr reckte das Kinn vor. »Ich sag nichts mehr. Hat eh keinen Zweck. Damals nicht und heute erst recht nicht.« Seine Augen glänzten verdächtig, und er machte sich wieder an seinem Boot zu schaffen.

Pia hob die Hand, um ihn am Arm zu fassen und seine Aufmerksamkeit wieder auf das Gespräch zu lenken, doch dann ließ sie sie sinken. Der Mann war nicht in der Verfassung, ihnen weiter Auskunft zu geben. Nicht jetzt.

Broders nickte ihr zu und sagte dann zu Fridbert Mohr: »Hier ist eine Karte mit meiner Telefonnummer. Falls Ihnen noch etwas einfällt.«

Fridbert Mohr beachtete ihn nicht. Broders steckte seine Visitenkarte in einen Spalt zwischen der Sitzbank und dem Rumpf des Bootes. Sie vibrierte im Takt von Fridbert Mohrs Arbeiten. Die Wahrscheinlichkeit, dass dieser Mann freiwillig mit der Polizei kooperierte, ging wohl gegen null.

»Was meinte er nur?«, fragte Pia, als Broders und sie sich wieder auf den Weg hinauf zum Parkplatz machten.

15. Kapitel

Wie es sich schon in der Dienstbesprechung angekündigt hatte, dehnte Manfred Rist die Ermittlungen in Niensühn, die Befragungen in der Nachbarschaft betreffend, auf weitere Straßenzüge aus. Was Fridbert Mohr mit seiner Aussage über Flora Laubners Vergangenheit gemeint haben könnte, stellte er erst mal zurück. Stattdessen teilte er Pia und Broders dazu ein, ihre Kollegen bei den Haus-zu-Haus-Befragungen zu unterstützen.

Die Leute, die sie vor Ort antrafen, kannten Nicole Mohr alle und hatten auch von ihrem plötzlichen Tod gehört. Einige wussten, dass ihr Ehemann vor einiger Zeit ausgezogen war. Hin und wieder klang Verachtung durch, weil Nicole und Falk Stahnke angeblich die Flinte zu schnell ins Korn geworfen hatten – jede Ehe habe schließlich ihre Höhen und Tiefen.

»Hör gut zu, Pia«, sagte Broders, als sie aus einem der Häuser traten. »Hier ist viel Lebenserfahrung im Spiel.«

»Wohl eher Resignation. Noch so ein Spruch, dass die Ehe kein Zuckerschlecken ist und man bloß nicht zu viel erwarten dürfe, schon gar nicht, zu zweit glücklich zu werden, und ich sage alles wieder ab.«

»Aber schau mal, hier! Ich habe noch Hoffnung für dich!«, sagte er halblaut, als sie in einem Vorgarten zwei turtelnde Schwäne, angefertigt aus alten Autoreifen, passierten, deren Hälse zu einem Herz gebogen waren. Sie standen vor einem Einfamilienhaus, das sich in einer Parallelstraße schräg hinter Nicole Mohrs Haus befand.

Eine zierliche, etwa sechzigjährige Frau in Leggins und einer bunt geblümten Tunika öffnete ihnen. An den Füßen trug sie Pantoffeln, auf denen weiße Federbäusche wippten.

»Polizei, nicht wahr?«, fragte sie. »Bettina hat mich schon angerufen und mir gesagt, dass Sie gleich kommen. Der Kaffee ist schon aufgesetzt, nur immer herein!«

»Bettina?«

»Bettina Hübner. Ihr gehört der Dorfladen.«

Pia und Broders sahen sich an, folgten ihr dann ins Wohnzimmer, wo bestimmt fünfzig Glasaugenpaare sie anstarrten.

»Bitte, nehmen Sie Platz! Es geht doch um Nicole, nicht wahr?« Sie senkte die Stimme. »Sie hätten gleich zu mir kommen sollen. Ich hatte schon überlegt, Sie anzurufen, aber man will sich ja nicht aufdrängen.«

Pia sicherte sich einen runden Hocker – einen Puff, sagte man wohl –, während Broders mit dem Sofa vorliebnehmen musste, wo er sich zwischen diverse Puppen drückte. Pia lächelte, als sie ihren Kollegen steif inmitten der reglosen Puppenschar sitzen sah.

Ihre Gastgeberin schenkte Kaffee in zarte Porzellantassen ein und setzte sich neben Broders auf das Sofa. Sie legte den Kopf schief.

»Was wollen Sie der Polizei mitteilen?«, fragte Pia. Sie holte ihr Notizbuch hervor, denn wenn Broders sich ruckartig bewegte, würde er damit womöglich eine Plastiklawine auslösen.

Die Frau starrte auf das Buch in Pias Händen. »Ja, also, ich kannte Nicole Mohr nicht besonders gut, aber ich wusste natürlich, wer sie war und so. Ihre Mutter macht mir immer die Haare.« Sie fasste sich in die steifen Löckchen. »Und dass sie sich mit ihrem Mann zerstritten hat, das wissen Sie bestimmt schon.«

»Nur dass er ausgezogen ist …«

»Ja. Das weiß ich auch. Aber nicht, warum.« Das schien sie zu bekümmern. Sie zwinkerte und wandte sich an Pia. »Ein ansehnlicher Mann, der Falk Stahnke, finden Sie nicht auch?«

Pia zuckte mit den Schultern.

»Also, ich bin ja leider seit zwanzig Jahren verwitwet, doch was ich Ihnen sagen will …«, sie sah Broders an, »ist, dass da schon recht bald ein Neuer bei ihr war. Das Bett war noch nicht ganz kalt vom Ehemann und schon … ts, ts.«

»Woher wissen Sie das?«, fragte Pia. Broders wirkte mit den Glasaugenpuppen im Nacken wie erstarrt.

»Ich hab ihn mehrfach gesehen! Er kam immer abends, und zwar hintenherum, durch den Garten. Er muss durch die Hintertür reingegangen sein. Alles habe ich natürlich nicht mitbekommen. Aber wenn Sie hier aus dem Fenster schauen …«

Pia erhob sich, schob die Tüllgardine zur Seite. Tatsächlich konnte sie einen Teil des Gartens von Nicole Mohr überblicken, bis hin zu der Hausecke, wo sich hinter einem Vorsprung die Hintertür befand.

»Wie oft haben Sie den Mann beobachtet?«

»Also, ich stehe natürlich nicht dauernd am Fenster. Aber drei-, viermal habe ich den schon gesehen?«

»Haben Sie ihn erkannt?«

»Leider nicht. Er war schlank und mittelgroß, hatte meistens was auf dem Kopf, eine Schirmmütze oder so. Ich hatte den Eindruck, dass er nicht gesehen werden will.«

»Könnte es nicht auch Nicoles Mann, Falk Stahnke, gewesen sein?« Pia ließ die Gardine wieder los. Der war schließlich mindestens einmal heimlich im Haus gewesen, wie er ihnen selbst gesagt hatte.

»Nein, der hat ja den Bart. Ihn hätte ich erkannt.«

»Also war derjenige bartlos?« Broders stupste eine Babypuppe mit Kussmund zurück, die ihm in den Nacken gefallen war.

»Zumindest hatte er keinen dunklen Vollbart.«

»Haben Sie irgendeine Idee, wer das war?«

»Leider nein.«

»Wann haben Sie den Mann zuletzt gesehen?«

»Oh, mal überlegen. So vor ungefähr zwei Wochen, würde ich sagen. Aber nageln Sie mich da bitte nicht fest.«

»Kennen Sie Hannes Schöttler?«, fragte Pia.

»Unseren Chorleiter?« Ihr Gesicht hellte sich auf. »Natürlich. Ich singe ja auch im Chor. Sopran.«

»Könnte es sein, dass Sie ihn gesehen haben?«, wollte Broders wissen.

»Was? Wo? Hannes in Nicoles Garten?« Sie rückte entrüstet von Broders ab. Die Babypuppe fiel bäuchlings auf seine Schulter, und die Glasaugenpuppe mit den Korkenzieherlocken kippte gegen seinen Arm. Er schüttelte sich und stand auf. Die Augen ihrer Gastgeberin weiteten sich. »Wie kommen Sie bloß darauf? Der Hannes war das auf keinen Fall!« Sie hob die Puppe auf und strich ihr mit vorwurfsvollem Blick über das zerzauste Haar.

»Verdammte Geheimniskrämerei«, sagte Pia, als sie wieder draußen standen. »Wer war Nicole Mohrs neuer Freund? Anscheinend weiß es ja nicht mal ihre Mutter.«

»Oder es will uns keiner sagen.« Broders kontrollierte seine Jackenärmel. »Hab ich noch ein Schleifchen oder ein knisterndes Puppenhaar an mir kleben?

»Nein, nur ein Glasauge ... Da!«

»Was!«

»Schau mal, wer dort drüben kommt.«

Durch einen Fußweg, der die Wohnstraßen miteinander verband, konnten sie zu Flora Laubners Grundstück sehen. Ein Kleinwagen rangierte rückwärts in die Einfahrt. Flora Laubner stieg langsam und ein wenig steif aus dem Wagen. Pia runzelte die Stirn.

»Komm mit«, sagte sie. »Das ist interessant.« Pia ging den Weg zwischen den Gärten entlang auf Flora Laubner zu.

Die junge Frau nahm eine Tasche vom Beifahrersitz und hielt sich dann die Seite. Sie trug eine Halskrause. Als Broders und Pia sich näherten, sahen sie, dass auf ihrer Stirn ein frisches Hämatom leuchtete.

»Hallo, Frau Laubner. Was ist Ihnen denn passiert?«

»Autounfall«, sagte sie und warf die Beifahrertür zu.

»Das sieht aber nicht gut aus«, bemerkte Broders.

»Geht schon wieder. Wenn Sie mich jetzt bitte durchlassen würden.«

»Wir würden gern einen Moment mit reinkommen«, sagte Pia.

Flora Laubner starrte sie beide an, gab sich dann geschlagen und winkte ihnen, ihr zu folgen. Sie humpelte ins Haus und steuerte direkt das Wohnzimmer an. Dort bot sie ihnen mit einer müden Handbewegung an, Platz zu nehmen. Sie selbst ließ sich vorsichtig auf dem Hocker neben dem Blumentisch nieder. Auf ihrer Stirn standen kleine Schweißtropfen.

Pia deutete auf die Halskrause. »Was ist denn da geschehen? Was war das für ein Unfall?«

»Ach, das war blöd von mir. Ich bin selbst schuld« war die Antwort. »Ich bin Samstagnacht von der Straße abgekommen und hab den Mietwagen zu Schrott gefahren. Aber sie haben mir schon einen neuen gegeben. Meinen Sie, dass das teuer wird?«

»Kommt auf die Versicherung an«, antwortete Broders. »Wie und wo ist das passiert?«

»Ich weiß nicht, ob ich das sagen soll. Sie glauben mir bestimmt sowieso nicht.«

»Versuchen Sie es«, schlug Pia vor. »Stellen Sie uns auf die Probe.«

»In der Nacht von Samstag auf Sonntag, so gegen halb drei, hat mich die Stationsärztin aus dem Krankenhaus angerufen, in dem meine Mutter liegt. Sie sagte, dass es meiner Mutter schlechter ginge. Ich hatte den Eindruck, sie stirbt.«

»Wie heißt die Stationsärztin?«

»Richter, meine ich.«

»Und weiter?«

»Die Ärztin sagte, ich solle so schnell wie möglich in die Klinik kommen. Also fuhr ich gleich los. Auf der Landstraße hinter einer Kurve lag plötzlich etwas auf der Straße. Es sah aus wie ein Kinderfahrrad ...« Sie kniff die Augen zusammen. »Das ist natürlich Blödsinn. Ich war furchtbar im Stress, weil ich dachte, ich sehe meine Mutter nicht mehr lebend wieder. Dass ich zu spät komme. Ich habe noch versucht auszuweichen, und dabei bin ich im Graben gelandet.«

»Das lässt sich doch sicher nachprüfen, das mit dem Kinderfahrrad«, sagte Pia.

»Es war aber kein Fahrrad da. Ich muss mir das eingebildet haben.« Sie zupfte an den Blättern eines Zimmerfarns neben sich.

»Gibt es Zeugen?«

»Ein Ehepaar, das mir mit seinem Wagen entgegengekommen ist, hat zum Glück angehalten und mir geholfen. Die waren vorher in einem Konzert oder so. Beide ganz schick angezogen. Die haben sich um alles gekümmert.«

»Haben Sie die Namen und die Adresse oder das Autokennzeichen dieser Leute?«

»Ich kann Ihnen ihre Visitenkarte geben«, sagte Flora. Zerriebene Farnblätter rieselten zu Boden.

»Wie geht es Ihrer Mutter jetzt?«

»Ganz gut. Das ist ja das Verrückte: Im Krankenhaus sagen sie, dass sie mich gar nicht angerufen haben. Aber es war eine Nummer von dort. Ich habe nachgeschaut. Jetzt denken Sie bestimmt auch, dass ich nicht ganz dicht bin.«

Pia stand auf. »Sie hätten uns sofort darüber informieren sollen, Frau Laubner. Ist Ihnen gar nicht in den Sinn gekommen, dass es einen Zusammenhang geben könnte zwischen Ihrem Unfall und dem, was Ihrer Nachbarin passiert ist?«

Flora erhob sich ebenfalls. »Nein. Wissen Sie, ich bin es gewohnt, meine Probleme allein zu lösen. Die Polizei hat mein Leben schon genug verpfuscht.«

»Wir werden auf jeden Fall mit den Leuten sprechen, die sich nach dem Unfall um sie gekümmert haben. Und diesem Anruf aus dem Krankenhaus gehen wir auch nach«, sagte Broders beim Aufstehen.

Flora nickte, schob mit der Schuhspitze die zerriebenen Blätter zusammen.

Pia fasste sie leicht am Arm. »War das wirklich alles, Frau Laubner?«

»Was soll denn noch sein?«

»Was meinen Sie mit: ›Die Polizei hat mein Leben schon genug verpfuscht‹?«

Flora Laubner schluckte. »Es hat nichts mit Ihren Ermittlungen zu tun.«

»Die Entscheidung sollten Sie uns überlassen«, sagte Broders.

Flora warf ihm einen schnellen Blick zu und sah dann Pia

an. »Was soll's. Sie werden es ja sowieso erfahren, wenn Sie hier weiter rumfragen.«

Pia musterte die Frau. Ihre Gesichtszüge waren wie eingefroren, doch ihre Augen glänzten. »Wovon sprechen Sie?«, fragte sie mit sanfter Stimme.

Flora atmete schwer. »Ich war noch ein Kind, als es passiert ist. Zwölf Jahre alt. Wir haben immer zusammen gespielt, meistens zu viert: Daniel und Vivien Prange, Simon Hertling und ich. Die anderen wollten dieses Würgespiel spielen, und dann ... dann ist Simon dabei ums Leben gekommen. Ich kann mich nicht mehr daran erinnern, wie es passiert ist, aber die Polizei hat ermittelt, und es hieß, dass ich ihn ... erwürgt habe.« Sie stockte, schluckte mehrmals. »Ich konnte zwar noch nicht bestraft werden, weil ich noch zu jung war, aber es ging trotzdem alles den Bach runter. Ich kam, angeblich zu meinem Schutz, in eine psychiatrische Einrichtung. Dann passierte das mit meinem Vater, Mutter erlitt einen Nervenzusammenbruch.« Sie seufzte tief. »Ich bin in ein Heim gekommen oder, besser gesagt, in eine stationäre Wohneinrichtung, eine Art betreute WG. Und später dann in Pflegefamilien.«

»Was war mit Ihrem Vater?«

»Er hat sich umgebracht.« Flora starrte Pia an. »Er war auch Polizist, genau wie Sie.«

»Das tut mir sehr leid.«

»Ach ja? Es ist lange her, wissen Sie? Nur, was ich nicht brauchen kann, ist, dass jetzt alles wieder aufgewühlt wird. Gerade jetzt ...«

»Was meinen Sie damit?«

»Ich bin wieder hier. Ich habe endlich wieder Kontakt zu meiner Mutter. Sie braucht mich, und ich überlege, ob ich nicht hierbleiben soll. Wenigstens so lange, bis es ihr wieder gut geht.«

»An den Ermittlungen im Todesfall Nicole Mohr führt aber leider kein Weg vorbei.«

»Ich weiß.« Flora starrte in die Ferne. »Da ist jedoch noch etwas ...«

»Erzählen Sie es uns«, forderte Broders sie auf.

»Es hat mit dem Unfall zu tun. Sie halten mich bestimmt für verrückt.«

Pia und Broders schwiegen.

»Wie ich schon sagte, ich sah etwas auf der Straße, das wie ein Fahrrad aussah. Und einen Schatten auf dem Asphalt, der ein Kind sein konnte, das daneben lag; als hätte es einen Unfall gehabt. Ich habe deswegen einen Riesenschreck bekommen. Aber nun weiß ich ja, dass es Einbildung war. Ich muss geträumt haben. Sekundenschlaf – das gibt es doch, oder? Ich hab das Lenkrad herumgerissen, der Wagen ist ausgebrochen. Ich sah Bäume auf mich zukommen, es gab einen heftigen Ruck, ich schlug mit der Stirn irgendwo an, und ... als ich wieder zu mir kam, lag ich mit dem Auto im Graben.«

»Das mit dem Kind hatten Sie uns noch nicht erzählt«, bemerkte Broders.

»Wie gesagt, es muss Einbildung gewesen sein. Da war ja nichts!«

»Und weiter?«, fragte Pia.

Flora Laubner sah zu Boden. »Es klingt total bescheuert, aber dann kam eine weiße Gestalt aus dem Wald auf mich zu.«

Das klang wirklich mehr als seltsam, doch Pia wollte wissen, wie die Geschichte weiterging, also nickte sie aufmunternd.

»Sie kam auf mich zu. Ganz in Weiß gekleidet. Ich dachte ... Ich weiß nicht, was ich dachte. Dass es der Arzt aus dem Krankenhaus ist, im OP-Kittel, der mir sagen will, dass meine

Mutter gestorben ist. Oder ein Geist, der mich zu ihr begleiten wird? Ich fürchtete, ich sei vielleicht schon tot. Aber dann sah ich …« Sie stockte wieder.

»Was sahen Sie?«

»Es war ein Mann, ganz in Weiß, und er trug eine Gesichtsmaske. Ich dachte noch, dann ist das doch kein Geist. Du bist nicht tot. Dann will der dir helfen. Doch da fiel mir auf, was er in der Hand hielt.«

16. Kapitel

»Sie denken bestimmt, dass ich völlig plemplem bin, aber der Typ hatte eine Art Brechstange in der Hand. Ich glaube, der wollte mich umbringen!«

»Oder er wollte Sie aus dem Autowrack befreien?«

Flora warf Broders einen vernichtenden Blick zu. »Er versuchte, die Beifahrertür zu öffnen, doch ich hatte sie noch rechtzeitig abgesperrt. Ich bin wieder rüber zur anderen Seite gekrabbelt. Ich wollte zum Fenster rausklettern, hab es aber nicht geschafft. Ich konnte den Mann nicht mehr sehen, weil die Frontscheibe ja zersplittert war. Zum Glück kam da der andere Wagen und hielt direkt vor meinem an. Die Leute stiegen aus. Erst der Mann. Dann rief die Frau, dass sie Polizei und Rettungswagen verständigt habe. Ich hab die weiße Gestalt noch kurz im Dickicht gesehen. Als ich mich später noch mal umsah, war sie verschwunden.«

»Könnte es nicht sein, dass Sie sich das mit dem Mann in Weiß nur eingebildet haben, weil Sie unter Schock standen? Oder weil Sie sich den Kopf angeschlagen haben?«, vermutete Broders.

Flora schnaubte. »Nein. Außerdem hörte ich kurz darauf ein Auto davonfahren.«

»Sind Sie sicher? Haben Sie die anderen Leute gefragt, ob sie den Mann auch gesehen haben?«

»Nein. Ich konnte nicht. Ich hab mir selbst nicht mehr getraut, denn da waren auch kein Fahrrad und kein Kind auf der Straße. Da war nichts.«

»Es könnte weggeschleudert worden sein«, sagte Broders. »Ist der Unfallort gründlich untersucht worden?«

»Glauben Sie mir doch: Da war nichts.«

Als sie schon auf dem Weg nach draußen waren, wandte Broders sich noch einmal in vertraulichem Ton an Flora. »Mir gefällt das mit dem Autounfall nicht. Nicht im Zusammenhang mit einer laufenden Mordermittlung.« Pia und Broders wechselten einen Blick. Dann sagte er: »Können Sie die nächsten Nächte vielleicht woanders schlafen? Sollen wir Ihnen eine Unterkunft besorgen?«

»Denken Sie, ich bin in Gefahr?«, fragte Flora.

»Ich kann es zumindest nicht ausschließen, nach allem, was hier passiert.«

»Was ist mit meinen Sachen aus der Küche, die Sie durchsucht haben?«

»Bisher nichts«, sagte Broders.

»Die Laboruntersuchungen sind noch nicht abgeschlossen«, ergänzte Pia. »So etwas dauert leider.«

Flora starrte erst sie, dann Broders an. Sie zuckte mit den Schultern. »Okay. Ich hab schon verstanden. Ich muss raus hier. Machen Sie sich keine Mühe. Ich krieg das hin.«

»Sie sollten sich aber auch nicht zu weit von hier entfernen«, mahnte Pia. »Wir werden noch mal mit Ihnen reden wollen.«

Die Polizisten hatten sie auf ihren Wunsch hin vor einer Ferienpension im Nachbarort abgesetzt. Als Flora eingecheckt hatte, waren sie in einem dunkelgrauen Mercedes davongebraust. Die Kommissarin, etwa zehn Jahre älter als sie, saß am Steuer, ihr Kollege hatte sich auf dem Beifahrersitz niedergelassen. Die beiden verständigten sich anscheinend auch ohne Worte, schienen ein eingespieltes Team zu sein. Es gab Flora einen Stich, die zwei Polizisten so zu sehen. Irgendwas an der Art dieses Broders erinnerte sie an ihren Vater. Ansonsten wäre sie vielleicht nicht so bereitwillig auf seinen Vorschlag eingegangen.

Flora rieb sich die schmerzenden Rippen. War schon Zeit für das Schmerzmittel, das man ihr in der Nacht auf Sonntag in der Ambulanz gegeben hatte? Sie könnte dringend was gebrauchen. Und die Halskrause scheuerte und war auch ansonsten mehr als hinderlich. Was sollte sie jetzt nur tun?

Bevor sie dieses Zimmer in der Pension gebucht hatte, hatte sie in ihrer früheren WG angerufen; doch dort war inzwischen wieder alles belegt. Ihren Platz dort zu räumen war voreilig und verdammt optimistisch gewesen. Sie hatte gehofft, nach Hause zu kommen, und nun saß sie in einem anonymen Zimmerchen in einer Fremdenpension fest, in der Nähe eines Dorfes, dessen Bewohner sie im besten Fall tolerierten.

Floras Zimmer befand sich im Erdgeschoss. Ein schmales Bett, bezogen mit hellgrünem Bettzeug, stand längs der Wand. Ein Nachttisch mit wackliger Lampe, ein abgenutzter Sessel und ein Gestell zum Ablegen des Koffers gehörten noch zur Einrichtung. Flora stellte ihre Tasche ab und suchte nach den Schmerztabletten, nahm zwei mit etwas Wasser aus dem Zahnputzglas ein. Dabei fiel ihr Blick auf ihr Gesicht im Spiegel. Sie war blass, mit Augenringen, so dunkel wie Autoreifen, und einem bunt schillernden, von Adern durchzogenen Hämatom auf der Stirn, das die Ponyfransen nur unzureichend verdeckten. Dazu die Halskrause. Kein Wunder, dass die Wirtin dieses Etablissements sie so seltsam angesehen hatte. Flora hätte sich selbst vielleicht kein Zimmer in ihrer Pension vermietet … Doch dieses Haus war kein Luxushotel mit Ostseeblick, und das Geld, das mit ihr zu verdienen war, hatte wie so oft den Ausschlag gegeben.

Was sollte sie nun tun? Eine Lobby oder einen Aufenthaltsraum gab es nicht, und selbst wenn, war der Gedanke daran, sich dort hinzusetzen, befremdlich. Flora hatte in der Eile nicht mal ein Buch mitgenommen, und der Fernsehapparat im Zimmer war zwar ein Flatscreen, doch so ungünstig oben in der Zimmerecke befestigt, dass man den Kopf verrenken musste, wenn man fernsehen wollte. Undenkbar mit der Halskrause.

Ein Blick durch die vergrauten Gardinen zeigte einen dicht bewölkten Himmel. Der Wind hatte aufgefrischt, aber immerhin war es trocken. Und sie hatte ein Auto zur Verfügung, das sie teuer bezahlte. Flora überlegte einen Moment, zögerte. Doch dann schüttelte sie den Kopf und griff nach dem Autoschlüssel. »Wann, wenn nicht jetzt?«, murmelte sie und verließ das Zimmer.

War sie verrückt geworden, sich ihren Erinnerungen und auch den Lücken darin zu stellen? Wollte sie die Tür zu der dunklen Kammer wirklich aufstoßen? Wenn ihr etwas beim Lesen der alten Aufzeichnungen ihres Vaters klar geworden war, dann war es das: Er hatte die Hoffnung darauf, dass sie unschuldig war an Simons Tod, nicht aufgegeben. Schon deswegen musste sie sich ihrer Vergangenheit endlich stellen. Es wenigstens versuchen ... Vielleicht würde sie sich erinnern, wenn sie erst dort war? Langsam und mit einem flauen Gefühl im Magen fuhr Flora bis zur Niensühner Kirche und nahm dann die Straße dahinter in Richtung Ostsee. Früher war sie die Strecke mit dem Fahrrad gefahren, und sie wunderte sich, wie weit ihre Eltern sie hatten herumstromern lassen.

Nachdem Flora Felder und Weiden und schließlich die Mauer entlang des alten Gutes passiert hatte, gelangte sie auf die Landstraße. Sie folgte ihr ein Stück, suchte die Abzweigung, die sie damals immer genommen hatten. Mit dem Fahrrad hatte es Abkürzungen gegeben, aber in den letzten Jahren war so viel verändert worden. Letztlich scheiterte der Versuch, die alten Wege wiederzufinden, und Flora stellte ihr Auto auf einem neu angelegten Parkplatz ab, wo sie zähneknirschend eine Parkkarte im Automaten an der Schranke zog.

Über ein weitläufiges Hotelgelände gelangte sie an den Strand. Ja, hier fühlte es sich schon mehr nach Kindheit an.

Mit spürbarem Magengrummeln marschierte sie am Wassersaum entlang. Je näher sie ihrem früheren Versteck kam, desto heftiger klopfte Floras Herz. Bei diesem Wetter, an einem Montagabend, waren nicht viele Spaziergänger unterwegs. Ein Mann mit einem Hund kam ihr entgegen, würdigte sie jedoch keines Blickes. Das Meer war unruhig, der Wind blies Flora salzhaltige feuchte Luft ins Gesicht. Sie hielt auf die Steilküste zu, wo sich oben an der Abbruchkante der Wald erhob, in dem das alles passiert war. Ihr Schicksalswald.

Nachdem sie an einem weiteren Parkplatz vorbeigekommen war, mit einem Kiosk für Strandbesucher, der aber längst geschlossen hatte, stieg der Weg zum Steilufer hin an. Linker Hand sah sie ein altes Backsteingebäude am Waldrand stehen. Ein Schild am Zaun besagte, dass man es als Feriendomizil mieten konnte.

Der Weg verlief parallel zur Abbruchkante, und die hohen Bäume links und rechts zogen Floras Blick automatisch nach oben zu den Baumkronen, die sich im Wind bewegten. Der Himmel war schon verdammt dunkel, obwohl die Sonne erst gegen acht Uhr unterging.

Wir mussten immer um sieben zu Hause sein, erinnerte sich Flora. Im Winter auch manchmal schon um fünf. Im Dezember war es tagsüber eigentlich überhaupt nicht mehr richtig hell geworden. Sie versuchte, sich an jenen letzten Sommer zu erinnern.

Vivien und Daniel. Vor Vivien hatte sie immer ein wenig Angst gehabt. Sie waren in etwa gleich alt, doch Vivien war die Größere, Stärkere und Schnellere gewesen. Auch mit dem Mundwerk. Flora hatte stets das Gefühl gehabt, dass sie in der Vierergruppe nur geduldet wurde, und andere Gleichaltrige hatte es im Dorf nicht gegeben. Ihre Eltern stammten nicht aus Niensühn, sondern waren Zugezogene, während Vivien und Daniel mit ihrem Bauernhof auf Generationen von ortstreuen Pranges zurückblicken konnten. Damit hatten sie immer angegeben. Warum man als »Zugezogener« schlechter war, blieb ein Rätsel. Das Altbekannte wurde dem Neuen vorgezogen, denn das Neue stellte eine potenzielle Bedrohung dar. Immer. Dabei war ihr Vater Polizist gewesen, der die Wahrung der Ordnung mit seinem Leben verteidigte. So hatte er das Flora gegenüber jedenfalls dargestellt.

Als die Zeiten noch besser gewesen waren, hatte ihre Mutter oft mit ihr an den abwesenden Vater gedacht. Ob er wohl heil nach Hause kommen würde? Ob ihm auch nichts passierte, wenn er gegen die bösen Mächte da draußen kämpfte? Ihre Mutter und sie hatten die Bitte um sein gesundes Nachhausekommen in Floras Nachtgebet eingeschlossen. »Lieber Gott, mach, dass mein Papa heute wieder heil und munter zu uns kommt! Dass ihm nichts passiert.« Er war ihr Held gewesen, dem ihre Mutter abends mit einem Lächeln sein Leibgericht gekocht hatte. Er, der stets betont hatte, dass Mutter und sie das Beste waren, das ihm hatte passieren können. Ab welchem Zeitpunkt hatte der liebe Gott ihnen eigentlich nicht mehr zugehört?

Geradeaus führte der Weg über einen kleinen Wall hinweg auf offenes Feld, von wo man hinunter auf die Ostsee blicken konnte. Wenn man links abbog, kam man zu ihrem Versteck. Ein dichtes Gebüsch mit einer Art Höhle darin, in deren Mitte ein Baum stand, dessen einer Ast ein U bildete, in dem man als Kind bequem hatte sitzen können. Sie hatten ein Seil in dem Baum befestigt, damit sie daran hochklettern konnten. Simon war klein und drahtig gewesen, superschnell und geschickt. Er hatte seine halbe Kindheit in irgendwelchen Baumwipfeln verbracht, aus denen er den anderen auf dem Waldboden zuwinkte. Er hatte nicht wachsen wollen, weil er dann nicht mehr so gut auf Bäume klettern konnte. Doch am Ende war er so groß gewesen wie Flora. Ungefähr.

Sie kannten sich aus Kindergartentagen. Simon war oft bei ihr zu Hause gewesen oder sie bei ihm auf dem Hof der Hertlings. Das war kein Bauernhof wie der der Pranges, ausgerichtet ausschließlich auf den wirtschaftlichen Erfolg. Bei den Hertlings hatte es noch fünf Schweine gegeben, die auf die Wiese durften, eine Schar Hühner, die im Garten pickten, große Kaninchen mit langen Ohren, die ab und zu Junge bekamen ... und die irgendwann auf dem Teller landeten.

»Heute haben wir Mohrle gegessen ...«

Ab welchem Zeitpunkt hatte sie Simon nicht mehr gemocht? Das mit Mohrle war ein Schock gewesen. Simon hatte gewusst, dass das schwarze Kaninchen immer ihr Liebling gewesen war. Aber Mohrles Tod war nicht Simons Schuld gewesen. Flora wusste, dass er früher selbst manchmal geweint hatte, wenn wieder eines der Kaninchen aus dem Stall verschwunden war. Sie mochte ihn nicht mehr, seit er gesagt hatte, dass ihr Vater ein »Roter« sei. Sie hatte nicht gewusst, was das hieß, ein »Roter«, und als sie ihren Vater danach gefragt hatte, hatte der nur gelacht. Ihre Mutter hatte ganz traurig geguckt und ihn vorwurfsvoll angesehen. Von da an war alles schlechter geworden.

Flora ging langsamer. Der Weg hatte sich gegabelt. Sie erkannte den halbkugelförmigen Hügel linker Hand wieder. Von hier aus war es nicht mehr weit. Zu Magendrücken und Herzklopfen kam nun auch noch das Gefühl von Beklemmung. Warum tat sie sich das an? Sie suchte den schmalen Pfad, der nach rechts zu ihrem Versteck geführt hatte, doch er war bestimmt längst zugewachsen. Sie musste abbiegen, bevor sie zu den dunklen, hochstämmigen Tannen kam.

Hinter der Buche mit den eingeritzten Initialen im Stamm schlug Flora sich durch Brennnesseln und Flieder ins Dickicht, nicht ohne vorher über die Schulter zurückzusehen. Sie schützte ihr Gesicht mit dem Unterarm, als ihr dornige Zweige entgegenschlugen. Hier war sehr lange niemand mehr gewesen. Wahrscheinlich verboten die Eltern der Gegend ihren Kindern inzwischen herzukommen, weil hier ein Junge beim Spielen gestorben war.

Und dann stand sie auf der höhlenartigen Lichtung. Der u-förmige Ast und der Kletterbaum waren noch da. Flora drehte sich auf der Stelle, sah nach oben in die Baumkrone, die Simon mit Geschick und Wagemut erobert hatte. Von dort könne er über das Meer sehen, hatte er geprahlt, wie Störtebeker im Krähennest seines Schiffs. Sie hatte das nie nachprüfen können, denn so hoch hatte sie sich nicht hinaufgewagt.

Wenn er doch nur einfach von dort heruntergefallen wäre! Dann wäre es niemandes Schuld gewesen, nur seine eigene. Dann wäre sie nicht die, die sie nun war.

Die Erinnerungen bedrängten sie, ihre Rippen stachen, die Halskrause scheuerte, und ihr wurde schwummrig. Flora sank in das Laub und trockene Gras. Sie wünschte, sie könnte weinen, alles herausschwemmen lassen, doch es tat nur weh: ein bohrender Schmerz ohne Hoffnung auf Erleichterung, ohne

Trost. Bei ihrem Plan, in Niensühn alles zum Guten zu wenden, das Schicksal auszutricksen, hatte sie nicht mit der Zähigkeit der Vergangenheit gerechnet. Ein klebriger Schleim, der an ihr haftete. Giftig. Flora musste sofort an Nicole denken. Wie es wohl war, an einem Gift zu sterben?

Nicole war zu alt gewesen, um mit ihr, Vivien oder den Jungs zu spielen. Vier, fünf Jahre Altersunterschied waren für Kinder eine ganze Welt. Flora fiel wieder ein, dass Nicole sich manchmal dazu herabgelassen hatte, mit dem etwas älteren, ruhigen Daniel herumzuhängen. Wenn sie Langeweile gehabt hatte. Meistens war sie aber ihrer eigenen Wege gegangen. Daniel war es, der ihnen das Würgespiel gezeigt hatte. Hatte er es von Nicole gehabt? Hier in der Dämmerung auf »ihrer« Lichtung erinnerte sich Flora wieder daran, wie alles angefangen hatte. Sie versuchte, gegen die immer heftiger werdende Beklemmung anzuatmen.

Vivien, damals frühreif, mit schnell wachsenden Brüsten und ersten Pickeln im Gesicht, hatte Szenen aus der *Bravo* mit ihnen nachspielen wollen. Das »Versteck«, wie sie es nannten, war dazu ideal. Hier verirrte sich nie jemand anders hin. Niemand konnte sie sehen.

Vivien suchte aus, wer was spielen sollte, denn es waren ihre Zeitschriften. Sie bildete ein Paar mit Simon, den sie wohl recht interessant fand. Oder hatte sie sich nur an Floras Qualen weiden wollen, wenn die etwas mit Daniel machen sollte? Ein flüchtiger Kuss, eine Berührung, alles hochpeinlich … Doch Daniel hatte sie gerettet und gesagt, dass es viel toller sei, wenn sie sich gegenseitig die Luft abdrückten. Zuerst nur mit den Händen.

Flora lag da und erinnerte sich mit einem Mal wieder an das Gefühl, wie sich warme, verschwitzte Hände um ihren Hals legten. Wie ihr schwindelig und sie schließlich ohnmächtig wurde. Wie sie mit Blick in die Baumkrone erwacht war, drei neugierige Augenpaare auf sich gerichtet. Der Schmerz, das Würgen, kein Hauch von Ekstase … Es hatte bei ihr nie funktioniert.

Dann hatte Simon einen Gürtel mitgebracht, den sie in einem Hohlraum im Stamm der Weide versteckten. Flora sah sich um, krabbelte zu dem Baum hinüber, steckte die Hand in die Öffnung und tastete umher. Doch bis auf feuchte Rinde war dort nichts mehr zu finden.

Der Sonntag, an dem Simon gestorben war, war ein strahlender Spätsommertag gewesen. Auf dem Weg mit dem Fahrrad zu ihrem Versteck hatte er sie wieder aufgezogen. Ihr Vater sei ein Feigling, ein »Roter« … Dass er, Simon, sich an ihrer Stelle schämen würde. Als sie nicht reagierte, hatte er sie während der Fahrt in die Seite gestoßen. Meistens hatte sie Stöße abfangen können, doch einmal war sie gegen die Mauer am Gutshof geprallt. Sie hatte ihn angeschrien, und er war abgestiegen und hatte sie weiter geschubst. Sie hatte sich gewehrt, getreten und gekratzt. Irgendwann hatte sie schluchzend im Gras gesessen. Wie hatte sie das vergessen können?

Daniel hatte ihr aufgeholfen und Simon nachgerufen, das gehe nun wirklich zu weit. Dann hatte er ihr Halstuch angesehen und gesagt, dass sich damit auch etwas anfangen ließe. Flora hatte es schrecklich gefunden, dass sie wieder dieses Spiel spielen wollten, aber die Alternative wäre gewesen, nach Hause zu fahren, wo ihre Mutter in der Küche saß und weinte.

Wieso fiel ihr das jetzt wieder ein? Jahrelang war die Erinnerung doch verschüttet gewesen.

Warum hatte ihre Mutter geweint?

»Was macht Simons Vater, dass er so viel besser sein soll?«, hatte sie trotzig gefragt, als sie sich den Dreck von der Hose gewischt hatte.

»Das weiß niemand so genau«, hatte Daniel leise gesagt. »Ich glaube, der war mal ein Agent im Kalten Krieg.« Und dann hatte er gelacht.

Ein Spion? Als »kleinen Biobauern« hatte ihr Vater ihn bezeichnet. Und Flora hatte die Zeiten zurückgesehnt, als sie noch Räuber und Gendarm, Pirat und James Bond zusammen gespielt hatten.

Die hohe Luftfeuchtigkeit am Meer war übergangslos in feinen Nieselregen übergegangen, der sich langsam seinen Weg durch die Baumkronen bahnte. Flora leckte sich die Feuchtigkeit von den Lippen. Sie blinzelte. Ein bisschen fühlte sich die Nässe so an, als könnte sie endlich weinen.

Im Versteck hatten sie wieder gestritten. Simon war weiterhin gemein zu ihr gewesen, auch Vivien und Daniel hatten sich gezankt. Daniel hatte an ihrem Halstuch gezogen. Hatte er ihr das Tuch abgenommen? Die Erinnerung an das, was dann passiert war, war wie weggewischt. Vielleicht aufgrund des Sauerstoffmangels in ihrem Gehirn, wegen des Würgespiels? Oder infolge des Schocks angesichts Simons Tod oder der anschließenden Kopfverletzung? Die Ärzte und Psychologen waren nie um eine Antwort verlegen gewesen. Doch was wussten die schon?

Inzwischen war es fast dunkel, und der Ring aus Büschen, der Flora umgab, schien näher zu kommen. Es knackte im Unterholz. Ein Käuzchen schrie. Flora blieb liegen. Dies war ihre Chance. Sie hatte das Gefühl, dass sich in ihrem Kopf etwas öffnete, wie eine Tür, die sie nun aufstoßen konnte. Eine Erinnerung, nach der langen Zeit …

Sie war allein auf der Lichtung. Bis auf Simon. Der lag am Boden im Gras, direkt vor ihr. Sein Gesicht war blau angelaufen, die Zungenspitze schaute zwischen seinen blassen Lippen hervor; seine Augen mit den gebogenen Wimpern waren starr in den wolkenlosen Himmel gerichtet. Es stank nach Urin. Seine Hose war nass. Und ihr Tuch lag eng um seinen Hals. Simon war tot.

17. Kapitel

Im Anschluss an die Dienstbesprechung am nächsten Morgen fuhren Pia und Broders wieder in Richtung Norden. Zuerst nach Schönwalde am Bungsberg, wo das Ehepaar Sandmann wohnte, das Flora in der Nacht von Samstag auf Sonntag nach dem Unfall geholfen hatte. Pia war nach der langwierigen und unergiebigen Besprechung nervös. Aber nicht nur deswegen. Ihre Finger trommelten auf das Lenkrad, und sie ertappte sich zum wiederholten Mal dabei, dass sie zu schnell fuhr. Sie nahm den Fuß ein Stück vom Gaspedal und atmete tief durch. »Was hältst du von unserer Theorie, dass der Anschlag auch Flora Laubner gegolten haben könnte?«

Broders hielt eine Packung Schokokekse in der Hand und futterte einen nach dem anderen in sich hinein. Er kaute und schluckte. »Sorry, hab kein Frühstück bekommen. Ich hoffe mal, dass wir bald irgendwas finden, das diese Annahme erhärtet oder eben widerlegt.«

»Ich habe das Gefühl, dass da jemand äußerst planvoll vorgegangen ist. Egal, ob der Täter das Gift bei Nicole Mohr oder in Flora beziehungsweise Regina Laubners Haushalt platziert hat. Er hat hinterher alle Spuren beseitigt.«

»Unsere beste Chance ist immer noch das Motiv.« Broders griff wieder in die knisternde Tüte. »Bei Nicole Mohr sind ihr Noch-Ehemann, ihr unbekannter Freund und dieser Hannes Schöttler, der wohl verschossen in sie war, die heißesten Kandidaten.«

»Was für ein Motiv könnte der unbekannte Freund von Nicole Mohr gehabt haben? So ein Giftmord ist ja keine Affekthandlung, zu der es kommt, wenn man sich in der Beziehung streitet und einer rotsieht. Dieser Mord ist von langer Hand geplant gewesen.«

»Ihr Freund könnte verheiratet sein, und Nicole hat gedroht, es seiner Frau zu sagen.«

»Wie schön altmodisch ...« Pia überholte auf einem geraden Stück Landstraße einen Trecker. »Wir müssten diesen Freund nur langsam mal finden.«

»Oder es war dessen Ehefrau, vorausgesetzt, der Freund ist verheiratet«, setzte Broders hinzu.

»Ja, und es gibt sogar noch eine Frau, die infrage kommt. Die Pastorin Thea Schöttler.«

»Gewagte These«, sagte Broders kauend.

»Geradezu Blasphemie. Ich mag das.«

Sie passierten das Ortsschild von Schönwalde und bogen zweimal rechts ab, um in die Straße zu gelangen, in der das Haus der Sandmanns stand. Richard Sandmann, in Anzughose, weißem Hemd und Lederpantoffeln, öffnete ihnen die Tür. Broders stellte seine Kollegin und sich vor.

»Wunderbar. Ich bin ja bereits vorgewarnt«, sagte Sandmann. »Sonst hätten Sie mich auch nicht angetroffen. Meine Frau musste allerdings schon zur Arbeit fahren. Ich konnte zum Glück ein paar Dinge von zu Hause aus erledigen. Kommen Sie rein. Mögen Sie einen Kaffee?«

Nur ja nicht den Eindruck erwecken, man habe nichts zu tun, dachte Pia, als sie ihm folgte.

Richard Sandmann führte sie durch Diele und Wohnzimmer in den Wintergarten. Auf dem Tisch standen noch zwei

Frühstücksgedecke und eine Thermoskanne Kaffee. Im Brotkorb lag ein einsames Croissant.

»Wir haben nur ein paar Fragen, dann sind wir auch schon wieder weg.« Pia setzte sich und zog ihr Notizbuch heraus. Sie ließen sich von Herrn Sandmann den Verlauf der Nacht schildern, als er Flora Laubner nach dem Unfall gefunden hatte.

»Wir waren auf einem Konzert in Eutin und haben danach mit Freunden noch ein bisschen Wein getrunken – ich, meine Frau nicht«, setzte er eilig hinzu. »Sie ist natürlich gefahren. Wir haben schon von Weitem den Wagen im Graben liegen gesehen, weil die Landstraße dort schnurgerade durch den Wald führt.«

»Um wie viel Uhr war das?«, warf Pia ein.

»Hm. Kurz vor drei Uhr nachts. Ungefähr …«

»Könnten Sie uns die Stelle noch zeigen?«

»Ich denke schon. Hinter der Unfallstelle folgt eine lange Kurve, die der Frau wohl zum Verhängnis geworden ist. Überhöhte Geschwindigkeit, würde ich sagen, oder sie ist am Steuer eingeschlafen.«

»Haben Sie sonst noch etwas gesehen, was den Unfall verursacht haben könnte?«, fragte Pia.

»Nein, nichts.«

»Lag irgendwas auf der Straße, am Randstreifen oder im Graben, das außergewöhnlich war?«

Er zögerte. »Nein, nicht dass ich wüsste.«

»Was passierte weiter?«

»Wir hielten sofort an. Meine Frau hatte Angst. Sie meinte noch, es könnte ja auch eine Falle sein. Aber ich bitte Sie: Hier bei uns auf dem Land? Ich bin also ausgestiegen. Meine Frau hat von ihrem Handy aus Hilfe gerufen. Die Frau im Wagen war zum Glück nur leicht verletzt, doch sie wirkte ziemlich verstört. Es hat etwas gedauert, bis ich sie aus dem Auto bekommen habe. Ich habe ihr rausgeholfen und sie zu unserem Wagen gebracht. Meine Frau hatte schon die Unfallstelle abgesichert. Wir haben noch auf den Rettungswagen gewartet. Deshalb waren wir erst um Viertel vor vier zu Hause. Der Abschleppwagen muss später gekommen sein. Tja, das war es eigentlich.«

»Und ansonsten war nichts auffällig?«

»Mir ist nichts aufgefallen. Nur ...«

»Bitte erzählen Sie uns alles. Es könnte wichtig sein. Jede Kleinigkeit.«

»Ich war ja nicht mehr ganz nüchtern und habe wohl während der Fahrt schon ein bisschen gedöst, bis meine Frau scharf bremste und sagte, da vorn sei was.«

»Was meinte sie?«

»Sie meinte den Unfallwagen, aber ich dachte im ersten Moment, ich hätte auch jemanden im Wald gesehen.«

Pias Rückenmuskeln spannten sich an. »Das könnte relevant sein. Was genau haben Sie gesehen?«

»Also, ich hatte etwas zu viel Wein intus, und ich war müde nach einer langen Arbeitswoche. Es klingt so lächerlich. Doch ich habe etwas Helles gesehen. Eine hell gekleidete Gestalt, die dann im Wald verschwunden ist. Und normalerweise sehe ich keine Gespenster«, setzte Richard Sandmann eilig hinzu.

»Aber Sie hatten etwas getrunken?«, fragte Broders.

»Also hören Sie, ich hatte noch keine Halluzinationen!«

»Hat Ihre Frau die Gestalt auch gesehen?«

»Nein. Das hat sie nicht.«

»Dann hatte Flora Laubner vielleicht doch recht, dass dort jemand war, als sie in dem verunfallten Wagen saß. Ich habe das bis eben nicht geglaubt«, sagte Broders. »Schade, dass der Zeuge etwas getrunken hatte …«

»Ich denke nicht, dass der schon Gespenster gesehen hat.«

»Aber seine Frau hat niemanden weiter bemerkt.«

»Ja, leider.«

Pia gab Gas. Sie waren auf dem Weg von Schönwalde zurück nach Eutin, wo sie einen Termin in der Klinik hatten, in der Floras Mutter behandelt wurde.

»Eine weiße Gestalt, mitten im Wald. Es fällt aber auch schwer, das zu glauben.« Broders griff wieder nach den Keksen. »Die weiße Kleidung kann allerdings auch ganz praktische Gründe haben. Vielleicht war es ein Angestellter aus dem Krankenhaus?«

»Nachts im Wald?«

»Wenn er oder sie nur schnell die Klinik verlassen hat, um diesen Unfall zu inszenieren, und dann dorthin zurückgekehrt ist«, überlegte Broders.

»Oder jemand wollte keine Spuren hinterlassen«, sagte Pia. »Ein Maleroverall. Oder einer von denen, die wir bei der Tatortarbeit tragen, nebst dazugehörigem Mundschutz.«

»Wie hässlich.« Broders versuchte, buttrige Krümel von seiner Hose zu wischen.

»Darauf hätten wir auch eher kommen können.«

»Komm. Diese Flora Laubner ist schon ein bisschen schräg. Was noch einmal zu folgender Frage führt: Wer könnte sie umbringen wollen?«

»Wenn man ihre Geschichte bedenkt, ein ganzes Dorf«, sagte Pia. »Und die Eltern dieses toten Jungen im Speziellen.«

»Warum hältst du an?«

»Hier muss der Unfall passiert sein. Ich möchte mir das selbst noch mal anschauen.«

Die Bremsspuren waren noch deutlich sichtbar. Ebenso die Stelle, an der Flora Laubners Mietwagen im Graben gelandet war. Das hohe Gras war niedergedrückt, der Boden stellenweise aufgewühlt. Ein kleiner Busch, der im Weg gestanden hatte, war stark in Mitleidenschaft gezogen worden.

Pia sah in das Dickicht neben der Straße. »Die Gegebenheiten hier sind ideal. Ein paar Schritte, und man ist quasi unsichtbar.«

»Im Dunklen sowieso«, sagte Broders.

Sie ging langsam zu der Stelle, wo Flora Laubner von der Straße abgekommen war. »Hier irgendwo lag dann das Fahrrad.«

»Unsere Leute haben aber keine Spuren davon entdeckt. Und die haben hier wirklich schon alles abgesucht.«

»Guck mal. Wenn der Täter genau hier stand, konnte er schon von Weitem sehen, wer sich aus Richtung Niensühn näherte«, bemerkte Pia.

»Ja, man sieht Autoscheinwerfer, aber mehr auch nicht. Wie soll man feststellen, wer dort kommt?«

»Darüber denke ich noch mal nach.«

Der Eingangsbereich der Elpis-Klinik in Eutin hatte Ähnlichkeit mit einer gut besuchten Einkaufspassage. Pia und Broders fragten sich durch und gelangten auf die Station, auf der Floras Mutter lag.

Der Zugang zu Regina Laubner wurde ihnen vorerst verwehrt, weil die Patientin für eine Befragung noch nicht belastbar genug war, wie es hieß. Doch Pia und Broders sprachen mit der Oberschwester und fragten nach einer Stationsärztin namens Richter.

Die stand ihnen kurz darauf gegenüber, versicherte der

Polizei jedoch, dass es in der Nacht von Samstag auf Sonntag keine Verschlechterung bei Regina Laubner gegeben habe und dass sie die Tochter der Patientin auch nicht angerufen habe. Frau Dr. Richter war zu der Zeit gar nicht im Dienst gewesen. Soweit es noch feststellbar war, hatte niemand vom Personal in der Nacht von Samstag auf Sonntag bei Flora Laubner angerufen. Der Zustand der Patientin sei stabil gewesen. Es habe keine besonderen Vorfälle gegeben.

Broders zeigte ihr die Nummer, von der aus in Regina Laubners Haus angerufen worden war.

»Ja, das ist die Klinik«, bestätigte die Stationsärztin. »Der Anruf kam aber aus dem Schwesternzimmer dieser Station. Das sehe ich an den letzten Ziffern.«

»Wer hat alles Zugang zu diesem Zimmer?«

»Nur das Klinikpersonal.«

»Sind Sie sich da ganz sicher?«

»Nein. Wenn es jemand darauf anlegen würde, sich dort reinzuschleichen ...« Sie hob die Schultern.

»Diese Frau, die Flora Laubner mitten in der Nacht angerufen hat, um sie hierherzulocken, hat es vom Krankenhaus aus getan, damit Flora im Zweifelsfall sieht, dass es die ›richtige‹ Nummer ist. Danach könnte sie zu der Stelle gefahren sein, an der der Unfall passierte«, sagte Broders, als sie über den Parkplatz zu ihrem Wagen gingen.

»Oder es waren zwei. Der eine tätigte den Anruf, der andere hat ein Kinderfahrrad so auf die Straße gelegt, dass Flora Laubner es erst im letzten Moment sehen konnte. Das Ausweichmanöver ist provoziert worden. Doch es ging glimpflicher aus, als der Täter es sich vielleicht erhofft hatte. Flora Laubner fuhr nicht gegen einen Baum, sondern landete nur im Graben.«

Broders nickte. »Also versuchte er oder sie, die Sache mit der Brechstange zu Ende zu bringen. Nur wurde er dabei von den Sandmanns gestört, die zufällig in diesem Moment ankamen.«

»Ja, Flora Laubner hatte Glück. Viel Verkehr dürfte dort um diese Uhrzeit nicht geherrscht haben. Und das Fahrrad?«

»Das muss der Täter gleich nach dem Unfall wieder entfernt haben. Und er hat darauf geachtet, ja keine Spuren zu hinterlassen. Deshalb der weiße Overall. Ich verstehe aber immer noch nicht, wie der Täter sicherstellen konnte, dass nicht vorher ein anderes Auto in seine Falle fährt.«

»Ich habe da eine Idee«, sagte Pia und ließ den Motor an.

Sie fuhr zu der Autowerkstatt in Eutin, in die Floras demolierter Mietwagen gebracht worden war. Der Polo stand auf einer der Bühnen. Pia und Broders wiesen sich aus, und Pia fragte nach dem Mechaniker, der an dem Wagen arbeitete.

Der Werkstattmeister kümmerte sich persönlich um das Fahrzeug, vielleicht, weil die Mietwagenagentur ein guter Kunde war.

»Die Frau hat enormes Glück gehabt«, sagte er. »Die meisten Unfälle auf der Landstraße gehen weniger glimpflich aus. Wir haben hier viele Wildunfälle, manchmal sogar mit Todesfolge. Neulich ist ein kapitaler Hirsch mitten ...«

»Uns interessiert, ob Ihnen an dem Mietwagen etwas aufgefallen ist«, sagte Pia schnell.

Er warf einen Blick zu der Bühne. »Die Spur ist verzogen, die Frontpartie und der linke Kotflügel haben etwas abbekommen. Der Motor ist heil geblieben. Doch das wird trotzdem nicht ganz billig.«

»Könnten Sie den Wagen bitte ein wenig herunterfahren?«

»Wenn Sie meinen ...«

Pia hatte ihre Taschenlampe aus dem Dienstwagen mitgenommen, um sich den Polo genauer ansehen zu können. Sie leuchtete die Front des Mietwagens ab. Broders und der Werkstattmeister standen wortlos daneben und schauten ihr zu. Pia zog einen Handschuh an und fuhr vorsichtig mit den Fingern über den Lack, den Kühlergrill, das Nummernschild und die Scheinwerfer. »Broders, komm doch mal her«, sagte sie.

Er zuckte mit den Schultern und ging zu ihr.

Sie deutete auf den linken Frontscheinwerfer. »Siehst du das? Man kann es besser fühlen als sehen.«

»Dreck?«

Pia schüttelte den Kopf. »Es klebt noch ein Grashalm daran. Ich würde sagen, das ist Klebstoff.«

»Klebstoff auf dem Scheinwerferglas, du meinst …«

Pia konnte sehen, wie bei Broders der Groschen fiel. »Ich vermute, dass etwas auf dem Scheinwerfer klebte. Ein Aufkleber oder so. Irgendeine Markierung, die nicht sehr auffällig war …«

»… aber auffällig genug, dass man sie mit dem Fernglas von Weitem sehen konnte«, ergänzte Broders. »Nicht schlecht. Da muss er schnell gewesen sein. Doch so könnte er es gemacht haben. Er hat ihr Auto markiert.«

18. Kapitel

Zurück im Polizeihochhaus fing Rist Pia und Broders im Flur vor ihrem Büro ab. »Da seid ihr ja endlich. Wart ihr erfolgreich?«

»Kann man sagen.«

Sie setzten sich in Rists Büro. Pia schilderte, was sie herausgefunden hatten.

»Na gut. Darüber werden wir morgen früh mit allen zusammen noch mal sprechen«, sagte Rist. »Hier hat sich auch etwas Neues ergeben. Neuigkeiten aus dem Labor. Was meint ihr, was die Kriminaltechnik in Regina Laubners Haus noch gefunden hat?«

»Etwa Natriumfluoracetat?«, riet Pia. Rists zufriedener Miene nach zu urteilen, konnte es nichts anderes sein.

»Genau! Die Kriminaltechnik hatte noch ein kleines Briefchen mit Pulverrückständen entdeckt.«

»Und wo genau war das?«, wollte Pia wissen.

»In einem Karton unter der Spüle, in dem Papiermüll gesammelt wird.«

»Seltsam«, murmelte Pia.

»Auf den ersten Blick gibt es da zwei Möglichkeiten«, sagte Rist. »Die eine ist, dass Flora Laubner Nicole Mohr absichtlich vergiftet hat, als die bei ihr war. Es ist jedoch relativ unwahrscheinlich, weil sie dann das Briefchen mit den Giftrückständen leicht hätte entsorgen können. Zum Beispiel, indem sie es verbrennt. Die zweite Möglichkeit ist, dass jemand Regina oder Flora Laubner vergiften wollte und es nur aus Zufall Nicole Mohr getroffen hat, die auf einen Kaffee vorbeigeschaut und Milch oder Zucker dazu genommen hat. Der Täter müsste demnach die Milch oder den Zucker im Haus vergiftet und das leere Briefchen in den Papiermüll geworfen haben, damit es nach einem Selbstmord aussieht.«

»Oder aber Flora Laubner hat das Briefchen dort platziert, damit wir denken, jemand anders wollte den Verdacht auf sie lenken«, erwiderte Pia. »Dazu passt auch, dass sie uns sofort gesagt hat, dass Nicole Mohr auf einen Kaffee bei ihr war.«

»Tatsächlich?«, fragte Rist.

Broders stöhnte. »Pia, jetzt habe ich einen Knoten im Kopf. Und was Flora Laubner unseres Wissens fehlt, ist ein Motiv, Nicole Mohr zu vergiften.«

»Sind irgendwelche Fingerabdrücke auf dem Briefchen sichergestellt worden?«, fragte Pia.

»Nein.« Rist erhob sich. »Ich muss los. Alles Weitere morgen früh, pünktlich um acht! Und, Pia ...«

»Was ist?«

»Ich hatte heute ein Telefonat mit Raimund Keller. Du musst dich langsam entscheiden.«

»Wann wollt ihr denn nun eigentlich nach Irland zum Segeln?« Pia hatte es sich mit Lars auf dem Balkon ihrer Wohnung gemütlich gemacht. Der Abend war überraschend warm. Sie hatten sich eine Flasche Wein und einen Teller mit Oliven mit nach draußen genommen. Pia saß in einem Korbsessel und hatte die nackten Füße auf die Balkonbrüstung gelegt. Der Wein schmeckte leicht und fruchtig und machte sie benommen, nicht zu sehr, nur so, dass sie merkte, wie sie langsam zur Ruhe kam. Pia vertrug Wein nicht besonders gut. Sie wusste, dass sie das am nächsten Morgen unter Umständen mit Kopfschmerzen bezahlen würde, aber im Augenblick war es ihr egal.

Lars saß im zweiten Korbsessel, den sie aus dem Flur geholt hatten und der den Balkon beinahe gänzlich ausfüllte. Seine Füße ruhten auf Pias Armlehne. »Eric will so schnell wie möglich los. Das Boot hat er für Ende der Woche gechartert. Eine hochseefähige Elfmeterjacht, Baujahr 2015. Feines Teil. Wir haben alle für Donnerstagmorgen einen Flug nach Dublin gebucht.«

»So bald schon? Schaffst du es denn, bis dahin alles zu organisieren?«

»Toll ist das nicht«, gab er zu. »Aber ich will auf jeden Fall mitfahren. Eric war heute bei mir in der Agentur. Er sagt, seine Ärzte haben ihm das Okay für die Reise gegeben. Und er scheint sich wahnsinnig darauf zu freuen.« Lars sah Pia in die Augen. »Das ist wichtig, und gleichzeitig macht es mir Angst. Ich weiß nicht, ob ich gut damit umgehen kann.«

Es gab Pia einen Stich, ihn so verzweifelt zu sehen. Sie legte die Hand auf sein Bein. »Du schaffst das. Ihr schafft das.«

»Hinzu kommt noch, dass ich eigentlich lieber bei dir sein würde. Verdammt, nun haben wir einen Termin für die Hochzeit, aber immer noch nichts Konkretes geplant. Nicht dass du mir wieder abspringst ...«

Sie lächelte. »Und wovon träumst du nachts? Ich hab sogar schon nach einem Brautkleid geschaut.«

»Echt jetzt? So ganz in Weiß?« Seine Augen funkelten.

Sie hatte gewusst, dass er das amüsant finden würde.

»Ich dachte, du reißt am Hochzeitstag nur deinen Kleiderschrank auf und entscheidest dich zwischen dem, was da hängt«, sagte Lars.

»Auch eine Möglichkeit. Fändest du das schlimm?«

»Nein. Wenn ich dort allerdings im Frack oder Smoking stehe …«

»Nicht dein Ernst, Lars!«

Er lachte leise. »Du wirst schon sehen. Was ist denn mit einer Hochzeitsreise?«

»Oh ja«, antwortete Pia. »Ich kann jetzt nur nicht drüber nachdenken.« Sie trank noch einen Schluck Wein.

»Was ist dir denn heute quergekommen?«

»Du meinst, wer? Rist hat gesagt, dass ich mich langsam entscheiden muss, ob ich in nächster Zeit weiter Teilzeit oder wieder Vollzeit arbeiten werde.«

»Was Besseres, als dass du Teilzeit arbeitest und tausend Überstunden machst, kann denen doch eigentlich nicht passieren.«

»Ich hab auch schon überlegt, ob ich da nicht sinnvollerweise gleich wieder voll arbeiten soll. Aber Felix ist noch so jung. Einerseits heißt es, dass es mehr darauf ankommt, wie man die Zeit gestaltet, die man mit seinem Kind verbringt. Aber ich finde auch das Alltägliche wichtig. Und dafür braucht es gemeinsame Zeit.«

Lars sah sie nur an.

»Du hast recht, eigentlich habe ich mich schon entschieden. Ich will es nur noch nicht wahrhaben«, sagte sie. Und den Abend mit weiteren Grübeleien verderben wollte sie auch nicht. Sie hatten nur noch heute und morgen, wenn Lars am Donnerstagmorgen schon nach Dublin flog. Ihre Hand strich langsam sein Bein hinauf. »Es wird frisch hier draußen. Wir sollten langsam mal reingehen.«

Am nächsten Morgen erschien Schelling vom K6 zur Dienstbesprechung im siebten Stock und schilderte den Kollegen vom K1, was die Durchsuchung von Regina Laubners Haus insgesamt ergeben hatte. Inzwischen lagen auch sämtliche Laborberichte vor. Das Briefchen mit den Pulverrückständen, das sie im Papiermüll gefunden hatten, hatte ohne jeden Zweifel Natriumfluoracetat enthalten. Was man darauf nicht entdeckt hatte, waren Fingerspuren.

»Wäre ja auch zu schön gewesen«, sagte Broders halblaut. »Und so einfach.«

»Das Leben ist eben kein Wunschkonzert, Broders. Aber uns ist noch etwas aufgefallen«, erklärte Schelling und sah in die Runde, um herauszufinden, ob er auch die volle Aufmerksamkeit genoss. »Regina Laubners Haus ist ja quasi baugleich mit dem von Nicole Mohr. Einige Häuser in der Straße sind in den Sechzigern wohl von ein und demselben Bauunternehmer errichtet worden. Es gibt bei Regina Laubner ebenso eine Hintertür, und das Türschloss ist alt. Wahrscheinlich ist es sogar noch das, was ursprünglich verbaut wurde. Doch wir haben frische Kratzspuren daran entdeckt. Ich lege mich noch nicht hundertprozentig fest, bis wir alles ausgewertet haben, aber dieses Schloss ist ohne einen Schlüssel geöffnet worden. Wie es aussieht, mit einem Pickset – vor nicht allzu langer Zeit.«

»Ist Flora Laubner etwas aufgefallen? Hat sie die Vermutung geäußert, dass sich jemand unrechtmäßig Zutritt zu dem Haus verschafft hat?«, wollte Rist sofort wissen.

»Nein, nichts dergleichen. Sie war allerdings auch noch ziemlich verstört wegen des Unfalls.«

»Tja, da müssen sich wohl gewisse Kollegen heute noch einmal mit Flora Laubner unterhalten«, sagte Rist.

Nach der Besprechung fuhr Pia jedoch zunächst mit dem Fahrstuhl hinauf zu Raimund Kellers Büro. Sie hatte schon vor der Dienstbesprechung eine kurze Unterredung mit ihm vereinbart.

»Ich freue mich, dass ich als stellvertretende Leiterin in Betracht gezogen werde«, sagte sie nach der Begrüßung und ein paar einleitenden Worten. »Ich fühle mich der Herausforderung gewachsen und würde sie sehr gern annehmen. Doch ich werde zumindest das nächste Jahr noch in Teilzeit, also dreißig Stunden, arbeiten, wie gehabt.«

»Das ist aber sehr enttäuschend. So kann ich Sie nicht für den Posten in Betracht ziehen, Frau Korittki. Doch es ist Ihre Entscheidung. Sehr schade«, sagte er.

»Ich kann diesem Gedankengang nicht ganz folgen. Ich bin für diese Stelle qualifiziert, und meine Arbeitszeit stellt keinen Nachteil für die zu bewältigende Aufgabe dar. Eher im Gegenteil ...«

»Nein, ich brauche einen stellvertretenden Leiter, der stets voll verfügbar ist.«

»Das ist doch auch bei einer Vollzeitkraft nicht der Fall. Und es kommt mehr auf die Qualität als die Quantität der Arbeit an, denken Sie nicht? Wie die Aufgabe erfüllt wird, nicht wann sie erfüllt wird.«

»Beides muss stimmen. Zeit und Qualität.«

»Ich halte das eher für ein traditionelles Denkmuster. Bei genauerer Betrachtung zeigt sich doch: Auch Führungskräfte müssen nicht mehr ununterbrochen an Ort und Stelle sein. Und es geht hier um die Position des stellvertretenden Leiters, nicht des Leiters.«

»Aber was ist, wenn Sie ausgerechnet dann nicht verfügbar sind, wenn Sie dringend benötigt werden?«

»Das war bisher doch auch nie ein Thema. Ich handhabe das flexibel und bin, wenn es darauf ankommt, immer zur Stelle. Das war so, und das würde in Zukunft ebenso zutreffen.«

Keller seufzte. »Ich muss das noch mal durchdenken, Frau

Korittki. Aber machen Sie sich keine zu großen Hoffnungen.« Er griff zum Telefon. Das Gespräch war beendet.

Als sie allein im Fahrstuhl nach unten fuhr, schlug Pia mit der flachen Hand gegen die Innenseite der Kabine. Der Knall ließ sie zusammenfahren, und sie rieb sich verwundert die Hand. So also hatte Lars sich gefühlt, als er ihretwegen seinen Kühlschrank demoliert hatte. Der Fahrstuhl schwankte leicht, setzte seine Fahrt jedoch fort. Stecken zu bleiben wäre ein passender Seitenhieb des Schicksals gewesen, um mir meine augenblickliche Situation zu demonstrieren, dachte Pia. Doch so einfach funktionierte das Leben nicht. Und manchmal kam es noch viel schlimmer, als man es sich ausdenken konnte.

Pia war froh, als sie mit Broders im Auto saß und die Schleswig-Holsteinische Landschaft an ihnen vorbeizog. Sie wollte nicht reden, und er schwieg ebenfalls. Da er dieses Mal den Wagen fuhr, nahmen sie die Autobahn hinauf bis nach Oldenburg, um von dort auf die B202 abzubiegen. Schon hinter Neustadt leerte sich die Straße merklich. Sie glitten in gleichmäßigem Tempo durch das grüne Hügelland.

»Siehst du, ist doch viel netter und entspannter, hier entlangzufahren«, bemerkte Broders nach einer Weile.

»Ist mir alles recht.« Pia starrte aus dem Fenster.

»He, was ist denn los mit dir?«

»Ich hab mich nur gerade geärgert. Hat nichts mit dir zu tun.«

»Willst du darüber reden?«

»Nein.«

»Klare Ansage.«

Pia zog ihr Smartphone heraus und rief in der Klinik in Eutin an. »Na immerhin: Wir dürfen Regina Laubner nachher noch sprechen«, sagte sie, nachdem sie telefoniert hatte. »Die behandelnde Ärztin gibt grünes Licht dafür.«

In Niensühn angekommen, teilten sie sich auf, um alle Personen auf ihrer Liste zeitnah befragen zu können. Broders sollte zusammen mit ihrer Kollegin Juliane Timmermann, die mit Gerlach ebenfalls nach Niensühn gefahren war, noch einmal mit Flora Laubner reden. Sie hatte die Polizei informiert, dass sie sich nicht mehr in der Pension aufhielt, sondern auf eigenes Risiko in das Haus ihrer Mutter zurückgekehrt war. Da die Arbeiten der Spurensicherung dort abgeschlossen waren, hatten sie keine Handhabe, sie daran zu hindern. Anschließend wollten Juliane und Broders mit Vivien und Daniel Prange sprechen. Pia hatte Simon Hertlings Eltern sowie Tanja und Piet Prange auf ihrer Liste. Gerlach würde sie begleiten. So war jedes Mal ein Polizeibeamter dabei, der schon einmal mit dem jeweiligen zu Befragenden gesprochen hatte. Trotzdem konnten sie es weitestgehend vermeiden, dass die Vernehmungen alle nacheinander stattfanden. Gerade die Pranges, die Kinder und die Eltern, sollten zwischendurch nicht unbedingt die Gelegenheit bekommen, sich untereinander abzustimmen. Den Besuch bei Floras Mutter plante Pia für die Rückfahrt nach Lübeck ein.

Der Hof der Hertlings lag etwas abseits des Dorfes, wie das Navigationsgerät ihnen anzeigte. Pia fuhr einen etwa einen Kilometer langen Feldweg entlang, der von zwei hoch bewachsenen Wällen, den typisch holsteinischen Knicks, flankiert wurde. Sie folgte dem Weg durch eine scharfe Rechtskurve und landete auf einem matschigen Hofplatz. Das Wohngebäude war aus rotem Backstein mit graugrün gestrichenem Fachwerk. Auf der Wetterseite bedeckte dunkelgrünes Moos das tief herabgezogene Wellblechdach. Während sie noch schauten, ob sie wohl an der richtigen Adresse waren, schoss etwas Dunkles um die Ecke. Ein großer Hund sprang bellend am Auto hoch.

»Ich wusste, mit dir würde es ein Abenteuer werden«, sagte Gerlach.

»Schaffst du es durch den Matsch, oder soll ich dich direkt vor der Tür absetzen?« Pias Blick streifte die teuren Wildlederschuhe des Kollegen.

»Wenn, dann koste ich dieses Abenteuer auch von A bis Z aus«, erklärte Gerlach.

Ein scharfer Pfiff ertönte, und der Hund ließ von dem Wagen ab und lief zu einem Mann, der mit einem Mal in der Eingangstür stand. Er war sehr groß, trug ein graues, kittelartiges Hemd, eine Pluderhose und Ledersandalen. Der Mann war braun gebrannt, hatte dichtes weißes Haar, und sein Gesichtsausdruck war nicht gerade freundlich.

Kaiser Nero, dachte Pia, als sie auf ihn zuging. Die Locken fielen ihm in die Stirn, seine Lippen waren voll, die Augenlider schwer. Sein Gesicht hatte einen harten Zug. Bestimmt gab es einen Schauspieler, der ihm ähnlich sah und der sich als Kaiser Nero in Pias Gedächtnis gebrannt hatte.

Pia verdrängte den Gedanken und besann sich ihrer Aufgabe. »Guten Tag, wir sind von der Kriminalpolizei. Korittki mein Name, und das ist mein Kollege Gerlach. Sind Sie Gunnar Hertling?«

Hertling musterte sie. »Bin ich. Was wollen Sie denn hier?«

»Wir wollen mit Ihnen und Ihrer Frau sprechen. Es geht um den Todesfall Nicole Mohr.«

»Nicole Mohr. Ach so. Meine Frau hat aber im Stall zu tun«, sagte er. »Sie müssen also mit mir vorliebnehmen.«

Die Küche war zwar alt, doch penibel sauber und aufgeräumt und stellte so einen bemerkenswerten Kontrast zum Hofplatz und zum Äußeren des Gebäudes dar.

»Also die Kriminalpolizei, wahrscheinlich aus Lübeck. Welch seltener Glanz in meiner Hütte.« Hertling bot ihnen mit einer lässigen Handbewegung an, Platz zu nehmen.

Pia berichtete ihm, was er zum Stand der Ermittlungen im Fall Mohr wissen durfte. Während die meisten Menschen in so einer Situation erst einmal ihr Bedauern über den Todesfall oder ihr Mitleid mit den Angehörigen zum Ausdruck brachten, kam Hertling gleich ungerührt zur Sache. Er wisse nichts, kenne Nicole Mohr nur vom Sehen, halte ihren Vater für einen Nichtsnutz, über die Mutter könne er auch nicht viel sagen. »Ich lebe hier absolut zurückgezogen«, behauptete er. »Meine Frau ist ab und zu im Ort, weil sie gern im Chor singt und um sonntags in der Kirche den lieben Gott anzubeten. Außerdem geht sie regelmäßig auf den Friedhof zu unserem Sohn. Aber«, er musterte Pia scharf, »die Geschichte kennen Sie vermutlich auch schon.«

»Wir haben gehört, dass Ihr Sohn bei einem Unfall ums Leben gekommen ist.« Pia beobachtete ihn, gespannt, ob er von sich aus auf Flora Laubner zu sprechen kommen würde. »Das tut uns sehr leid.«

Hertling winkte ab. »Unfall? Sie haben überhaupt keine Ahnung. Also lassen Sie uns damit in Ruhe.«

»Dies hier ist eine polizeiliche Ermittlung, kein Kaffeeplausch«, sagte Pia.

»Mein Sohn ist nicht nur ›bei einem Unfall ums Leben gekommen‹. Er wurde umgebracht. Von seiner damaligen ›Spielkameradin‹ Flora Laubner. Sie ist übrigens kürzlich wieder in ihr Elternhaus gezogen. Ihre Mutter befindet sich nämlich zurzeit im Krankenhaus. Das alles hat man uns natürlich sofort zugetragen.«

»Wer hat Ihnen das zugetragen«, wollte Pia wissen.

»Tanja Prange war hier. Sie ist die Mutter der beiden Kinder, die damals auch in Mitleidenschaft gezogen worden sind. Sie war besorgt. Aber ich konnte ihr da nicht helfen.«

»Inwiefern war sie besorgt?«, fragte Gerlach.

»Dass nun alles wieder hochkocht. Dass der ganze Ärger, das ganze Leid wieder aufgewärmt werden. Flora Laubner hat meinen Sohn umgebracht. Angeblich war es nur ein Spiel, ein tödlicher Unfall. Und sie war damals noch ein Kind, deshalb ist ihr auch nichts passiert. Man fragt sich aber trotzdem, was sie für ein Mensch sein muss ... Ihr Vater zum Beispiel konnte nicht mit der Schuld leben. Er hat sich mit seiner Dienstpistole erschossen. Recht so. Die Mutter ist ebenfalls nicht darüber hinweggekommen. Und auch die Prange-Kinder wird das nie ganz loslassen. Ebenso wenig wie uns.« Er starrte vor sich hin.

Sein »Recht so«, was Joachim Laubners Suizid betraf, stimmte Pia besorgt und machte sie auch wütend. Wenn Polizisten sich etwas mit ihrer Dienstwaffe antaten, war sie empfindlich. Der Gedanke daran war wie ein frei liegender Nerv an einem Zahn. »Glauben Sie, dass der Gerechtigkeit damals nicht Genüge getan worden ist?«

»Gerechtigkeit gibt es nicht«, sagte Hertling. »Wer das denkt, ist ein Narr.«

»Aber es gibt so etwas wie eine Annäherung daran«, erwiderte Gerlach. »Darauf beruht unsere Gesellschaftsordnung.«

»Ich halte mich lieber von allem fern. Ist besser für die Gesundheit und den Seelenfrieden.« Er saß ihnen gegenüber, die Arme vor der Brust verschränkt, das Gesicht regungslos. Einen Moment sagte niemand etwas.

Pia erhob sich. »Wenn Sie uns jetzt erklären, wo wir sie finden, wollen wir auch noch kurz mit Ihrer Frau sprechen.«

Hertling starrte sie an. »Die kann Ihnen auch nichts anderes sagen.«

»Wir lassen es auf einen Versuch ankommen.«

Er ging ihnen voraus und deutete dann quer über den Hofplatz zu einem der Nebengebäude, dessen Dach nur notdürftig mit einer Plane geflickt war. »Dort hinten. Und ich habe ein Auge auf Sie.«

»Sagen Sie noch: Wo waren Sie in der Nacht von vergangenem Samstag auf Sonntag, Herr Hertling?«

»Warum fragen Sie? Frau Mohr ist doch schon länger tot.«

Pia verzog nun ebenfalls keine Miene.

»In meinem Bett, wo sonst?« Sein Gesicht sagte: Beweisen Sie mir doch das Gegenteil!

19. Kapitel

Sie fanden Ingrid Hertling wie angekündigt in dem flachen, dunklen Stall, wo sie sich um ein Zicklein bemühte, dessen Mutter verstorben war. Der Geruch hier war so durchdringend, dass Pias Augen brannten. Das Jungtier verweigerte die dargebotene Flasche und sah so mager aus, als würde es die nächste Nacht nicht mehr überstehen. Nach einem weiteren vergeblichen Versuch, es zu füttern, wandte die Bäuerin sich ab, um mit Pia und Gerlach hinauszugehen. Gerlach atmete hörbar auf.

Sie sei auf dem Hof geboren und aufgewachsen, erzählte Ingrid Hertling . Ihr Mann und sie hatten ihn nach dem Tod ihrer Eltern übernommen und zum Großteil auf biologische Landwirtschaft umgestellt. Als sie von Nicole Mohr auf Flora Laubner und auch auf ihren Sohn zu sprechen kamen, färbten sich Ingrid Hertlings Wangen rosa. Es fiel ihr sichtlich schwer, über den Tod ihres Sohnes zu reden, doch sie schien Flora Laubner weniger die Schuld daran zu geben als Gunnar Hertling. Sie bezeichnete die junge Frau als »armes Ding«, deutete aber auch an, dass sie nichts mit ihr zu tun haben wolle. Und sie sagte, dass ihr Mann und sie in der Nacht von Samstag auf Sonntag zu Hause in ihrem Bett gewesen seien. »Wir müssen immer sehr früh raus. Da können wir es uns nicht leisten, nachts durch die Gegend zu ziehen. Die Arbeit macht sich nicht von allein. Und ich habe einen leichten Schlaf, wissen Sie? Wenn etwas anders gewesen wäre als sonst, hätte ich es gemerkt.«

»Sie hat versucht, ihrem Mann ein Alibi zu geben, bevor wir sie überhaupt darauf angesprochen haben«, sagte Pia zu Gerlach.

»Na ja, wir haben sie danach gefragt, wo sie in der Nacht von Samstag auf Sonntag war. Sie hatte es allerdings recht eilig, die Anwesenheit ihres Mannes zu bezeugen.«

»Dem würde ich es auch zutrauen, seiner Frau ein Schlafmittel zu verabreichen, wenn er nachts etwas zu erledigen hat, von dem sie nichts wissen soll.«

»Ach. Du magst ihn nicht?« Gerlach lachte auf. »Aber mal ehrlich: Warum sollte er Flora Laubner ausgerechnet jetzt, nach so vielen Jahren, umbringen wollen? Wenn er auf Rache aus gewesen wäre, dann doch wohl gleich nach Simons Tod.«

»Da war es vielleicht noch zu gefährlich. Zu offensichtlich«, sagte Pia. »Und Flora war angeblich danach sehr schnell in stationärer psychiatrischer Behandlung. Da kam er nicht mehr so ohne Weiteres an sie heran.«

»Ein paar Jahre später, als sie in einer Pflegefamilie und einer Wohneinrichtung gelebt hat, sollte es aber möglich gewesen sein.«

»Hm. Ein seltsamer Typ. Er könnte Floras Rückkehr nach Niensühn als Provokation empfunden haben. Als Wink des Schicksals, sich endlich an ihr zu rächen.«

»Er kommt mir eher wie jemand vor, der die direkte Konfrontation sucht«, sagte Gerlach. »Erst dieses Gift, dann der Versuch, einen Autounfall zu provozieren ... Das passt irgendwie nicht so recht zu so einem ...«

»Zu so einem tatkräftigen Mann?«, provozierte Pia ihn.

»Die Vorgehensweise war beide Male ausgesprochen hinterhältig.«

»Irgendjemand hat es getan. Und wir saßen eben mit der

Reinkarnation von Kaiser Nero zusammen in der Küche. Die Römische Geschichte ist voll von perfiden Intrigen.«

Gerlach lachte auf. »Nero? Dann hattest du die gleichen Bilder im Kopf wie ich.«

»Sieht so aus. Nur dass Ingrid Hertling wenig Ähnlichkeit mit der in Eselsmilch badenden Poppaea Sabina hat.«

»Eher Ziegenmilch, oder?«

In Tanja Pranges Küche roch es nach Kartoffelsuppe mit Speck, die auf dem Herd vor sich hin köchelte. Die Fensterscheiben waren beschlagen, obwohl die Dunstabzugshaube surrte.

Frau Prange bot Pia und Gerlach an, an dem großen Tisch Platz zu nehmen, und fragte, ob sie Kaffee oder Tee wollten. Als sie beide ablehnten, bereitete sie sich einen einzelnen Becher Kaffee in einem Vollautomaten zu. »Die Frühstückspause ist heute ausgefallen. Aber jetzt brauche ich einfach Koffein«, sagte sie.

Tanja Prange war wie ihre Tochter Vivien eine stämmige Frau mit einem großflächigen Gesicht und hellen, leicht vorstehenden Augen.

»Es war bestimmt ein Schock für Ihre Tochter, Nicole Mohr tot aufzufinden«, bemerkte Gerlach.

»Das kann man wohl sagen! Obwohl die Kinder, die auf dem Land aufwachsen, noch etwas anders drauf sind als Stadtkinder«, meinte sie. »Sie sehen Tiere sterben, sie sind früh bei den Beerdigungen dabei. Es gibt hin und wieder sogar noch Aufbahrungen in Privathäusern. Bei meinen Eltern war es auch so. Da konnte man vor dem Frühstück schon mal einen Blick auf den toten Großvater im Esszimmer werfen …«

»Im Ernst?«, fragte Gerlach.

»Was glauben Sie? Trotzdem war es unschön für Vivien. Nicole Mohr war nur ein paar Jahre älter als sie. Sie kannte sie von Kindheit an. Und es kam ja völlig unerwartet.«

»Und wo waren Sie und Ihr Mann an dem Dienstagmorgen?«, wollte Pia mit dem Notizbuch in der Hand wissen.

»Ich war bei Verwandten in Satrup. Mein Mann war aber hier. Im Stall, nehme ich an.«

»Und Ihr Sohn?«

»Daniel war übers Wochenende auf einem Seminar. Er kam erst am Montagabend zurück. Dienstagmorgen war er im Baumarkt, um Fliesen für das neue Bad auszusuchen, hat er mir erzählt. Wir renovieren nämlich gerade.«

»Was war das für ein Seminar?«, wollte Gerlach wissen.

»Es ging um ökologische Schweinehaltung.«

»Ihre beiden Kinder wohnen noch zu Hause, oder?«

»Ja. Für Vivien bedeutet das allerdings eine ziemliche Fahrerei. Sie arbeitet ja in Plön und kommt abends oft erst spät nach Hause. Aber sie kann sich einfach nicht vorstellen, von hier wegzuziehen. Manchmal frage ich mich, ob sie den richtigen Beruf gewählt hat: in einer Arztpraxis zu sitzen, anstatt an der frischen Luft zu sein. Von klein auf wollte sie immer mit in den Stall, schon morgens vor der Schule. Das war für sie das Größte …«

»Wer wird den Hof denn mal übernehmen?«

»Oh, Daniel macht das. Er ist der Ältere. Piet dachte früher manchmal, es wäre vielleicht besser, wenn Vivien den Hof weiterführen würde, einen entsprechenden Ehemann, der da mitzieht, vorausgesetzt. Leider hat sie nie einen in dieser Richtung kennengelernt. Ewig wollen Piet und ich das hier nämlich nicht weitermachen. Ehrlich gesagt, wir würden langsam gern etwas kürzertreten, auch mal verreisen können und so.

Inzwischen zeigt Daniel aber Interesse an der Landwirtschaft. Er hat sich letztes Jahr zu unserer großen Überraschung mit Ann-Katrin verlobt. Sie ist das einzige Kind von Uta und Bendix Lemcke aus Bokkamp. Sie wird mal einen ansehnlichen Betrieb erben. Unser Land und ihres grenzen hinten am Galgenberg aneinander.«

»Na, das trifft sich ja gut«, sagte Gerlach.

»Ja, alles fügt sich.« Tanja Prange ignorierte den ironischen Unterton. »Unser Notar beschäftigt sich schon damit, wie das alles genau ablaufen wird, wenn Daniel übernimmt.«

»Und Ihre Tochter?«

»Die wird verzichten. Das Land unter Geschwistern aufteilen, das geht nun mal nicht. Aber Vivien wird hier immer ihren Platz haben. Unsere Kinder stehen sich nämlich sehr nahe. Spätestens seit ...« Sie sah in ihren Kaffee und trank einen Schluck.

»Seit Simon Hertlings Tod?«, fragte Pia.

Tanja Prange verzog das Gesicht. »Schlimm war das damals. Die vier waren als Kinder unzertrennlich. Unsere beiden und Simon vom Hertling-Hof und auch Flora Laubner. Auch wenn Flora schon immer etwas schwierig war. Launisch und introvertiert.«

»Erzählen Sie bitte, was damals genau passiert ist.«

»Oje. Es war ein Sonntag. Ich sehe das immer alles noch vor mir, als wäre es gestern gewesen. Ich habe den Vormittag in der Küche verbracht und gekocht. Unsere Pastorin Thea und ihr Mann Hannes sollten zum Mittagessen kommen. Thea hatte damals ihre Stelle in Niensühn neu angetreten. Wir wollten sie gern ein wenig kennenlernen. Die Kinder sind vormittags noch mit ihren Fahrrädern zum Strand gefahren. Das war damals noch anders als heute. Die haben kurz Bescheid gesagt und sind einfach losgefahren. Kein Mensch hat sich deswegen

Gedanken gemacht. Sie sollten nur um halb eins pünktlich zum Essen wieder hier sein. Ich denke manchmal, wenn es nicht so gewesen wäre, wenn sie Flora und Simon nicht allein gelassen hätten ...«

»Wann fuhren die Kinder los?«

»So gegen halb elf. Es lohnte sich eigentlich kaum noch, aber sie wollten unbedingt zu ihrem Versteck im Wald.«

»Wo war das?«

»Oberhalb der Steilküste in dem Wäldchen. Ich war nie dort, doch Daniel und Vivien und auch mein Mann würden die Stelle wohl noch finden. Meine Kinder kamen schmutzig und erhitzt, aber sehr pünktlich um kurz vor halb eins zurück. Ich weiß das noch, weil ich auf die Uhr gesehen habe, als Thea sagte, wie wunderbar es sei, dass man sich auf meine Kinder so verlassen kann. Das sei heutzutage nicht mehr selbstverständlich. Und auch nicht, dass die Kinder zu Hause ein frisch gekochtes Mittagessen erwarte.«

»Erzählten Vivien und Daniel irgendwas darüber, was am Strand oder im Versteck passiert war?«

»Nein, das taten sie aber nie, wenn sie draußen gewesen waren. Sie waren ›spielen‹ und fertig. Simon und Flora mussten nicht pünktlich zu Hause sein oder erst später, jedenfalls sind Daniel und Vivien zuerst aufgebrochen. Sie hatten jedoch keine Lust auf unsere Gäste und waren während des Essens recht schweigsam. Danach sind sie gleich nach oben in ihre Zimmer gegangen.«

»Wie erfuhren Sie von Simons Tod?«

»Ingrid rief mich abends an und fragte, ob Simon bei uns sei. Sie klang komisch, deshalb habe ich nachgefragt. Sie sagte, Flora sei auch schon seit dem Nachmittag zu Hause, nur Simon komme und komme nicht heim. Es war bereits halb sieben. Sie machte sich große Sorgen. Ich habe meinem Mann

Bescheid gesagt. Gunnar und er sind gegen neunzehn Uhr los, um Simon zu suchen. Es dauerte nicht lange, bis sie ihn in dem Versteck gefunden haben. Die Vögel hatten ihn auch schon entdeckt. Er war tot«, schloss sie düster.

»Furchtbar«, sagte Pia. »Aber warum ist Simon erst so spät vermisst worden?«

»Bei den Hertlings gab es sonntags nicht so feste Essenszeiten. Die haben das alles etwas lockerer gesehen. Und er hatte wohl auch etwas Obst dabei. Simon sollte um fünf Uhr nachmittags wieder zu Hause sein. Zunächst dachten Ingrid und Gunnar wohl, er habe einfach nur die Zeit vergessen und würde jeden Moment auftauchen. So wurde es dann halb sieben, bis sie sich echte Sorgen gemacht haben.«

»Hm. Hat es lange gedauert, bis die Polizei gekommen ist?«, erkundigte sich Pia.

»Das weiß ich nicht mehr. Die Polizei braucht normalerweise zehn bis fünfzehn Minuten, bis sie hier draußen ist. Piet hatte bei der Suchaktion sein Handy mit. Er wird die Polizei sofort informiert haben.«

»Wissen Sie, wie der Vater reagiert hat?«

»Er war wohl äußerlich sehr gefasst, sagte Piet. Gunnar Hertling ist ja eine Klasse für sich.« Sie schüttelte nachdenklich den Kopf. »Alle waren schon sehr verwundert, als Ingrid mit dem ankam. Er war nicht ganz gesund, hatte sich irgendwo schwer an der Schulter verletzt, aber keiner weiß, was passiert war. Es hat lange gedauert, bis die Leute ihm vertrauten. Nun ja, einige tun das bis heute nicht. Er ist ein sehr verschlossener Mensch. Beteiligt sich nie an irgendetwas. Ich hab nur einmal erlebt, dass er aus sich herausgekommen ist.«

»Tatsächlich?«

»Wir hatten einen Austauschschüler aus Frankreich hier. Emile Gauthier. Netter Junge, doch er konnte kaum Deutsch und wir kein Französisch. War alles sehr zäh und mühsam. Dann kam Gunnar eines Tages vorbei, weil er sich ein Werkzeug von Piet leihen wollte. Er traf Emile auf dem Hof, und ich habe gehört, wie sie sich unterhalten haben – auf Französisch! Wie ein Wasserfall hat Gunnar plötzlich geredet.«

»Interessant. Vielleicht hat er mal in Frankreich gelebt?«

»Das habe ich ihn auch gefragt, und er sagte nur: ›In einem anderen Leben, Tanja.‹ Mehr nicht, obwohl ich versucht habe nachzuhaken. Und dann …« Sie machte eine kleine Pause. »Dann meinte Emile später, auf Englisch natürlich, sonst hätte ich es nicht verstanden, dieser Gunnar ›ertling‹ könne erstaunlich gut Französisch, aber er rede ein bisschen wie jemand aus der Gosse.«

Pia sah keinen Zusammenhang zu ihrem Fall, doch sie merkte es sich, weil sie es ungewöhnlich fand.

Piet Prange, den sie kurz danach befragten, hatte der Aussage seiner Frau nicht viel hinzuzufügen. Er schilderte in knappen Worten, wie Gunnar und er Simon gefunden hatten. Die Erinnerung an das Erlebnis machte ihm selbst viele Jahre danach immer noch sichtlich zu schaffen. »Aus Sicht der Polizei haben wir wohl den Tatort zerstört und mögliche Spuren vernichtet«, sagte er bitter. »Joachim Laubner hat mich einige Tage später deswegen angemacht. Unmöglich, der Kerl. Hat sich aufgespielt wie sonst was. Er hat es nicht verwunden, dass es seine Tochter war. Kann man irgendwie ja auch verstehen. Aber wer denkt beim Anblick eines toten Kindes schon an Spuren und Beweise? Erst wollten wir helfen, obwohl mir sofort klar war, dass Simon tot war. Und dann musste ich mich um Gunnar kümmern, der wie erstarrt wirkte, und gleichzeitig die Polizei dorthin lotsen. Es war schlimm – der schlimmste Tag meines Lebens, glaube ich.«

Broders, Juliane, Gerlach und Pia trafen sich in Niensühn am Gemeindehaus. Sie verabredeten, dass Broders und Pia noch zu Regina Laubner ins Krankenhaus fahren sollten. Gerlach und Juliane machten sich schon auf den Weg nach Lübeck ins Kommissariat.

Regina Laubner war eine Frau Ende fünfzig, die in dem Krankenhausbett zwischen den Apparaturen klein und hilflos aussah. Die Stationsschwester, die sie schon kannten, mahnte Pia und Broders, nicht zu lange zu bleiben und die Patientin nicht aufzuregen.

Regina Laubner sah ihrer Tochter Flora ähnlich. Das gleiche dunkle Haar, das schmale Gesicht, die großen Augen, die etwas verschreckt in die Welt blickten.

Pia zog sich einen Stuhl nah an das Kopfende des Bettes, während Broders sich an den einzigen Tisch im Krankenzimmer setzte und Pia damit signalisierte, sich im Hintergrund halten zu wollen. Das zweite Bett im Raum war gerade nicht belegt, sodass sie ein wenig Privatsphäre hatten. Regina Laubner war schon über den Tod ihrer Nachbarin Nicole Mohr und den Unfall ihrer Tochter im Bilde. Pia befragte sie zunächst zu Nicole Mohr, ihrem Verhältnis – rein nachbarschaftlich – und möglichen Feinden der jungen Frau.

»Undenkbar, sie war so eine Nette!« Falk Stahnke hingegen kam bei Regina Laubner weniger gut weg. Unstet, faul, vielleicht sogar gewalttätig sei er, behauptete sie. Doch Regina Laubner wollte sich nicht weiter dazu äußern, als dass sie manchmal »lauten Streit« gehört habe. Danach war Falk Stahnke meistens türenknallend und mit quietschenden Reifen von dannen gefahren. »Ihn loszuwerden war die einzig richtige Entscheidung, die Nicole treffen konnte.«

»Wir haben Grund zu der Annahme, dass es schon einen neuen Mann in Nicole Mohrs Leben gab.«

»Nein. Das kann ich mir kaum vorstellen. Ich meine, das hätte ich ja wohl mitbekommen, oder? Die Leute reden viel zu viel, wissen Sie?«

»Haben Sie trotzdem mal jemanden gesehen oder bemerkt, vielleicht einen Mann, von dem sie nicht dachten, dass es Nicoles Freund sei?«

»Nein. Ich bin nicht so eine, die am Fenster steht und ihre Nachbarn beobachtet.«

»Das glaube ich Ihnen. Aber manchmal bekommt man ja zufällig etwas mit, oder Nicole hat mal jemanden erwähnt?«

»Nein.« Regina Laubner schloss erschöpft die Augen.

Pia warf Broders einen Blick zu. Sie wollte jetzt auf den Tod des Jungen zu sprechen kommen. Bestand ein Zusammenhang zwischen dem Mord an Nicole Mohr, dem mutmaßlichen Mordanschlag auf Flora Laubner mithilfe eines fingierten Unfallszenarios und dem Tod ihres Kinderfreundes? Dieser Frage nicht nachzugehen wäre ein grobes Versäumnis. Trotzdem fiel es Pia schwer, die kranke Frau nach dem Jungen zu fragen. Wenn es Regina Laubner zu sehr aufregte, würden sie aber sowieso abbrechen müssen.

»Wir haben bei unseren Ermittlungen auch von Simon Hertlings Tod erfahren«, sagte Pia. »Und von dem Selbstmord Ihres Mannes.«

Regina Laubner nickte matt.

»Fühlen Sie sich in der Lage, mit uns darüber zu sprechen?«

»Wenn es notwendig ist, möchte ich es lieber gleich hinter mich bringen.«

»Was war der Grund für den Suizid Ihres Mannes?«

Ihr Gesicht verzog sich. »Das frage ich mich schon seit zwölf Jahren jeden Tag. Wie er mir das antun konnte! Unser Kind eine Mörderin, auch wenn Flora es nicht mit Absicht getan hat. Das ganze Dorf gegen uns, und er erschießt sich mit seiner Dienstwaffe. Ich bin auch seinetwegen durch die Hölle gegangen.« Sie atmete nun schneller, und ihre Wangen hatten sich gerötet.

»Das glaube ich Ihnen«, sagte Pia sanft. »Hat Ihr Mann sich wegen dem, was Flora getan hat, umgebracht?«

»Er wollte nicht wahrhaben, dass es Floras Schuld war. Er wollte ihre Unschuld beweisen. Und dann, ohne Vorwarnung, bringt er sich um und lässt mich das alles allein ausbaden.«

Regina Laubners Augen glänzten, doch ansonsten wirkte sie jetzt wieder gefasster. Pia warf Broders einen Seitenblick zu und riskierte es dann, vorsichtig fortzufahren. »Könnte Ihr Mann etwas herausgefunden haben, was Floras Schuld bewies, und deswegen auf diesen ›Ausweg‹ gekommen sein?«

»Wenn es so war, hat er mir nichts gesagt. Die Beweise gegen Flora waren erdrückend. Was soll er da noch herausgefunden haben?«

»Was wurde als so erdrückend angesehen?« Pia ärgerte sich, dass sie noch keine Einsicht in die alten Akten hatte nehmen können. Das sollte sie unbedingt tun, und wenn auch nur zu dem Zweck, um ausschließen zu können, dass die beiden Fälle etwas miteinander zu tun hatten.

»Sie war dort allein mit Simon. Vivien und Daniel waren schon zu Hause, als Simon von Fridbert Mohr noch lebend am Strand gesehen wurde. Simon und Flora hatten sich auf dem Weg zum Strand gestritten. Und es war ihr Halstuch, mit dem er erwürgt worden ist. Ich habe es ihr gekauft, weil sie es unbedingt haben wollte. Da waren Hautspuren und Haare von ihr an … an dem toten Körper. Hautfetzen mit ihrer DNA unter seinen Fingernägeln. Simon muss sich gewehrt haben, als … Oh Gott!«, sie schloss die Augen, »als sie ihn erwürgt hat.«

»War Flora denn verletzt. Hatte sie Kratzer oder so?«

»Ja, hatte sie«, sagte Regina Laubner gepresst.

»Dieses ›Würgespiel‹ ist eigentlich ein Spiel auf freiwilliger Basis«, bemerkte Broders. »Hat Flora Ihnen mal gesagt, dass sie und die anderen Kinder es spielten?«

»Nein. So etwas erzählen Kinder ihren Eltern doch nicht!« Sie sah nun aus dem Fenster, die kleinen Hände auf der Bettdecke zusammengekrampft. »Wissen Sie, ich musste mir wieder und wieder vorstellen, wie sie es getan hat. Wie sie nicht aufhörte, ihn zu würgen, obwohl er sich gewehrt haben muss.« Regina Laubners Stimme war jetzt so leise, dass Pia sich vorbeugen musste, um sie zu verstehen. »Ich träume noch heute davon. Sie muss doch gemerkt haben, was sie da tat!«

20. Kapitel

Als Pia und Broders auf dem Kommissariat eintrafen, waren der Flur im siebten Stock und die meisten Büros verwaist. Sogar Manfred Rist war ausnahmsweise schon gegangen. Pia nahm sich vor, morgen während der Dienstbesprechung zu klären, ob und wie sie schnellstmöglich an die alte Ermittlungsakte zum Fall Flora Laubner herankamen. Sie mussten herausfinden, für welche der beiden Frauen das Gift bestimmt gewesen war. Ob der Mörder sein Ziel schon erreicht hatte oder ob er es womöglich ein zweites Mal versuchen würde. Die Zuständigkeiten für Niensühn und Umgebung, was die kriminalpolizeilichen Ermittlungen betraf, waren noch dieselben wie damals. Das K1 der Bezirkskriminalinspektion Lübeck hatte auch im Fall Simon Hertling ermittelt. Floras Vater war bei der BKI Kiel gewesen. Er war also nicht zuständig für Niensühn im Kreis Ostholstein gewesen, und er hätte aus Gründen der Befangenheit sowieso nicht mit ermitteln dürfen. Die eigene Tochter unter Mordverdacht ... Das Opfer ein Kind aus der Nachbarschaft, ein Junge, den Laubner kannte, ebenso die Eltern. Schlimmer ging es wohl kaum. Doch Flora Laubner war damals noch nicht strafmündig gewesen. Wenn eine Jugendkriminalakte über sie angelegt worden war – und Pia ging nach allem, was sie gehört hatte, davon aus –, dann hatten diese Informationen in der Zwischenzeit längst gelöscht werden müssen. Es sei denn, Flora hatte sich erneut etwas zuschulden kommen lassen.

Auf der Fahrt nach Lübeck hatte Pia sich schon mit Broders

darüber unterhalten. Im K1 war keiner ihrer Kollegen so lange dabei, dass er die damaligen Ermittlungen in Niensühn miterlebt hatte. Die einzige Ausnahme bildete ihr früherer Chef, der ehemalige Leiter des K1, Horst-Egon Gabler.

Abends, als Felix im Bett lag, schaute Pia nach und sah, dass die private Telefonnummer ihres früheren Chefs noch in ihrem Smartphone gespeichert war. Das war doch ein Wink des Schicksals, oder?

Sie wählte die Nummer, ohne lange nachzudenken. Als das Freizeichen erklang, durchfuhr sie die Erkenntnis, dass es schon viel zu spät sein könnte für diesen Anruf. Es war vielleicht nicht der beste ihrer Einfälle gewesen …

»Gabler!«

Pia zuckte zusammen, als sie die harsche und doch vertraute Stimme vernahm. Sie entschuldigte sich für die späte Störung, doch es schien Horst-Egon Gabler nichts auszumachen. Im Gegenteil, er hörte sich so an, als freute er sich, von ihr zu hören.

»Du rufst mich um diese Uhrzeit bestimmt nicht an, um nur Hallo zu sagen«, kam es nach einigem Hin und Her trocken von ihm. »Ich bin gespannt, worum es geht, Pia.«

Sie erklärte es ihm.

»Der alte Hertling-Fall! Natürlich erinnere ich mich«, sagte Gabler. »Simon Hertling.« Er hatte schon immer ein Gedächtnis wie ein Elefant gehabt. »Der Vater der Kleinen, übrigens ein Kollege von uns, hatte sich daraufhin erschossen. Mit seiner Dienstwaffe! Verdammt schlimme Sache.«

Wie auch Pia schien Gabler die Tatsache, dass es ein Kollege gewesen war, der seine Polizeipistole für einen Selbstmord benutzt hatte, an die Nieren zu gehen.

»Ich brauche da mehr Informationen. Der Fall könnte mit einer aktuellen Ermittlung zusammenhängen«, sagte sie.

»Mit dem Tod dieser Frau in Niensühn. Hab davon gehört und gelesen.«

»Ein Giftmord. Sehr hässlich«, ergänzte Pia, um Gabler zu motivieren, was aber offenbar gar nicht nötig war.

»Was wisst ihr schon darüber?«

»Noch nicht viel.«

»Hm, ja. Die Täterin war ja minderjährig. Pia, ich würde dir gern alles sagen, an das ich mich erinnere. Aber was die Details betrifft, ist mein Gedächtnis nach so vielen Jahren doch recht unsicher. Außerdem fliege ich morgen früh in den Urlaub und muss noch packen, sonst bringt meine Frau mich um.« Er schien kurz zu überlegen. »Ich kann dir aber einen Ansprechpartner nennen und ihn vorwarnen, dass du ihn wegen des Laubner-Falls kontaktierst.«

»Jemanden, der damals ermittelt hat?«

»Nicht direkt. Doch er dürfte noch am meisten wissen. Sein Name ist Bernhard Altmann. Ist wie ich im Ruhestand. Netter Kerl. Ich hab ihn neulich zufällig getroffen. In voller Fahrradmontur. Er scheint das Radeln für sich entdeckt zu haben. Soll ich ihn darauf ansprechen?«

»Ja, bitte. Ich muss unbedingt mit ihm reden.«

»Ha! So kenn ich dich. Wie ein Terrier. Wirst es noch weit bringen.« Er lachte.

Wohl eher nicht. Pia dachte an ihr Gespräch mit Raimund Keller. Aber das war nicht mehr Gablers Thema.

»Ich frag mal bei Bernhard an und schick dir dann eine Mail, okay? Spätestens morgen Vormittag. Danach bin ich weg.«

»Wunderbar. Wo soll es denn hingehen?«

»Meine erste Kreuzfahrt. Mittelmeer. Venedig und griechische Inselwelt. Das volle Programm.« Er klang ehrlich begeistert.

»Hört sich großartig an«, sagte Pia, die sich Gabler partout nicht auf einem Kreuzfahrtschiff mit einem Cocktail mit buntem Schirmchen darin vorstellen konnte, oder bei der Morgengymnastik an Deck. Doch die Dinge änderten sich. So oft, wie Gabler während dieses Telefonats gelacht hatte, hatte er früher nicht während eines ganzen Monats gelacht.

Nachdem sie aufgelegt hatte, zögerte Pia, ob sie Marten auch noch anrufen sollte. Morgen war Donnerstag. Nicht nur Gabler, auch Lars wollte am nächsten Morgen früh aufbrechen. Mit dem Flugzeug nach Dublin und dann auf das Segelschiff mit Eric und einem weiteren Freund. Dies war ihr letzter gemeinsamer Abend vor Lars' Abreise. Aber morgen war auch der Tag, an dem sie Albrecht Lohse im Gefängnis treffen sollte. Sie hatte dazu noch ein paar Fragen an Marten. Schließlich wollte sie mit dem Besuch etwas erreichen. Nur so aus Spaß an der Freud würde sie diesen Psychopathen bestimmt nicht aufsuchen.

Pia hörte den Schlüssel im Schloss. Lars kam gerade, also entschied sie sich gegen das Telefonieren. Der gemeinsame Abend mit ihm war ihr wichtiger.

»Dieser Bernhard Altmann hat die damaligen Ermittlungen im Fall Laubner torpediert! Was hast du dir dabei gedacht, einen Termin mit dem abzusprechen, Pia?«

Sie hatte Manfred Rist ihr Telefonat mit dem ehemaligen Leiter des K1 schon in dem Bewusstsein geschildert, dass dieses eigenmächtige Vorgehen nicht in Ordnung gewesen war. Aber nun war es zu spät.

Manfred Rist reagierte entsprechend sauer. »So geht das nicht, Pia. Ist dir Kellers Angebot zu Kopf gestiegen? Auch du musst dich hier an gewisse Regeln halten.«

»Ich weiß. Es ging mir aber einzig um die Sache. Der alte

Fall und der neue hängen vielleicht zusammen, das weißt du so gut wie ich. Wir brauchen Informationen darüber, nicht nur von den Betroffenen. Deshalb benötigen wir auch die alten Ermittlungsunterlagen.«

»Du bist der ungeduldigste Mensch, den ich kenne. Aber gut: Ich sehe zu, was ich da machen kann.«

Pia atmete tief durch. »Das freut mich. Und wer hat gesagt, dass Bernhard Altmann die Ermittlungen damals torpediert hat? Gabler klang so, als wäre der Kollege insgesamt ganz nützlich gewesen.«

Rist schnaubte. »Es war doch gar nicht sein Fall! Und er war mit dem Vater der Täterin befreundet. Es heißt, Altmann habe eigenmächtig Ermittlungsdetails an ihn weitergegeben. Das ging alles gar nicht.«

»Verstehe«, sagte Pia. »Und woher weißt du das? Mit wem hast du darüber gesprochen?«

»Ich kenne zufällig den Staatsanwalt, der damals zuständig war.«

»Das ist auch hilfreich.«

»Seiner Meinung nach war der Fall Laubner eine glasklare Angelegenheit. Keinerlei Zweifel seinerseits. Das Mädchen hat es getan, war aber schuldunfähig und nicht strafmündig. Er fragte mich sofort, was aus dieser Flora Laubner geworden ist, als er von dem neuen Mordfall in Niensühn hörte. Die sollten wir im Auge behalten, meinte er.«

»Da stimme ich ihm zu. Allerdings nicht, weil ich sie für die Täterin halte. Doch für alles Weitere müssen wir wissen, was damals genau passiert ist. Schließlich könnte der Giftanschlag Flora Laubner gegolten haben, aus Rache. Das würde bedeuten, dass der Täter es noch einmal versuchen könnte.«

Pia, du nervst, sagte Rists Blick. »Sprich meinetwegen mit Bernhard Altmann. Vorher gibst du ja eh keine Ruhe.

Und berichte mir hinterher alles. Ansonsten keine Alleingänge mehr.«

Bernhard Altmann bestätigte Pia eher widerstrebend, dass an Floras Schuld an Simon Hertlings Tod damals kaum Zweifel bestanden hatten. Doch schien er das Mädchen beziehungsweise die junge Frau nicht für eine »Ausgeburt des Bösen« zu halten wie Gunnar Hertling, sondern für das Opfer widriger Umstände. »Ein gefährliches Spiel ist ausgeufert und schiefgegangen, so sehe ich das. Jeder der vier, die mitgemacht haben, hätte einem der anderen dabei Schaden zufügen können«, sagte Altmann. Er sah durch die bodentiefe Fensterfront seines Wohnzimmers hinaus in den Regen. »Unter anderem hat wohl Simon Hertlings schwache Konstitution mit dafür gesorgt, dass er etwas mit dem Tod bezahlt hat, was meistens glimpflich abging. Damit will ich das, was passiert ist, nicht verharmlosen.« Altmann blickte Pia in die Augen, wie um zu prüfen, ob sie seinem Gedankengang folgte. »Aber Flora war noch ein Kind. Sie war nicht strafmündig. Aufgrund einer Verkettung ungünstiger Umstände endete es für Flora dennoch mit der Unterbringung in einer psychiatrischen Klinik und später einer stationären Wohneinrichtung, also einer Art WG mit Rund-um-die-Uhr-Betreuung.«

»Hast du Kontakt zu ihr?« Pia duzte ihn, wie es unter Polizisten üblich war. Trotz des Altersunterschieds fühlte es sich bei Altmann selbstverständlich an. Sie hatten denselben Beruf gewählt, waren augenscheinlich auf einer Wellenlänge.

Er schüttelte den Kopf. »Nein, kann man nicht sagen. Ich hielt es für besser, mich rauszuhalten. Vielleicht war ich auch nur feige? Ich habe sie seit damals nur einmal kurz gesprochen.«

»Wann war das?«

»Ich war kürzlich in Niensühn, weil sie mich angerufen und um Hilfe gebeten hat.«

»Wobei denn?«

»Sie wollte wissen, an welche der damaligen Ereignisse ich mich noch erinnere. Ihre eigenen Erinnerungen sind wohl recht verschwommen.«

»Und wie verlief das Treffen?«, fragte Pia.

»Ganz normal. Nett. Ich fand, sie habe ein Recht darauf, alles zu erfahren. Schließich ist ihr Leben dadurch so verpfuscht worden.« Er öffnete die Hände, die auf seinen Oberschenkeln lagen. »Und ehrlich gesagt, ich war neugierig, was aus der Tochter meines sehr guten Kollegen geworden ist. Ich war übrigens angenehm überrascht. Sie scheint mir wirklich eine nette und stabile junge Frau zu sein. Flora sollte sich allerdings von Niensühn fernhalten und irgendwo neu anfangen, finde ich. Dieses Dorf tut ihr nicht gut.«

Pia schilderte ihm, dass die Möglichkeit bestand, dass der Giftanschlag sowie ein weiterer Anschlag Flora gegolten haben könnte. Die Details dazu behielt sie jedoch für sich.

Bernhard Altmann kratzte sich am Kopf. »Verdammt hässliche Vorstellung. Aus Rache etwa? Und das nach so vielen Jahren? Habt ihr euch die Eltern des toten Jungen schon genauer angesehen?«

»Ja. Was für einen Eindruck hatten die ermittelnden Kollegen damals?«

»Die Eltern des Jungen waren natürlich außer sich vor Kummer, hieß es. Verständlicherweise!«

»Und wie ist Joachim Laubner damals damit umgegangen?«

»Er wollte nicht wahrhaben, dass seine Tochter irgendwie am Tod des Jungen mitschuldig sein könnte. Er hat versucht, sich in die Ermittlungen einzuschalten, was ihm natürlich offiziell verwehrt werden musste. Aber ich habe ihn auf dem Laufenden gehalten, so gut es ging.« Bernhard Altmann sah auf seine Hände. »Er war ja mein Freund. Seine Zweifel an der Beteiligung seiner Tochter waren zwar verständlich, doch leider unbegründet. Dadurch, dass Piet Prange und Gunnar Hertling den Jungen tot aufgefunden haben und es etwas dauerte, bis die Polizei eintraf, waren die Spuren am Tatort zum Teil zerstört worden. An diesen Umstand hatte Joachim sich geklammert.«

Pia nickte.

»Ich habe auch gehört, dass dieser Gunnar Hertling Joachim gegenüber ganz schön unangenehm geworden ist. Der hat sofort einen Schuldigen gesucht.«

»Denkst du …« Pia spürte, wie es zwischen ihren Schulterblättern kribbelte. »Denkst du, dass Gunnar Hertling etwas mit Joachim Laubners Tod zu tun gehabt haben könnte?«

»Der Gedanke kam mir tatsächlich ganz kurz nach Joachims Tod. Aber es war Joachims Dienstwaffe, die er von der Dienststelle mit nach Hause genommen haben muss. Und es waren nur seine Fingerabdrücke darauf. Das wurde sehr genau untersucht. Der Tod meines Kollegen war eindeutig Selbstmord. Nur …«

»Ja?«

Bernhard Altmann rieb sich das Kinn. »Ich dachte damals, dass dieser Gunnar Hertling ihn vielleicht irgendwie in den Suizid getrieben hat. Mir erschien Floras Schuld, von der Joachim übrigens nie richtig überzeugt war, nicht ausreichend als Motiv für seinen Selbstmord.«

»Wie hätte Gunnar Hertling das bewerkstelligen sollen?«

»Den Schilderungen nach zu urteilen, schien er ein Mensch mit einer sehr starken Persönlichkeit zu sein. Er könnte ihn manipuliert haben, in der schlechten Verfassung, in der Joachim damals war.«

»Gab es dafür irgendwelche Anhaltspunkte?«

»Nein. So etwas kann man doch beinahe nie beweisen, oder? Und es passiert bestimmt viel öfter, als wir vermuten. Ich habe übrigens niemals erfahren, wo dieser Gunnar Hertling herkam und was er gemacht hat, bevor er sich auf dem Bauernhof in Niensühn niedergelassen hat. Vielleicht ist das auch noch ein Ansatzpunkt?«

Pia näherte sich der Justizvollzugsanstalt in Lübeck-Marli über die Geniner Straße und die Kronsforder Allee. Sie brauchte im Feierabendverkehr eine knappe Viertelstunde. Das Gefängnis, das schon zu Kaiser Wilhelms Zeiten erbaut worden war, wurde von den Lübeckern auch »Lauerhof« genannt. Das letzte Mal, als sie hier gewesen war, hatte sie ihren Bruder Tom besucht, der unschuldig in Untersuchungshaft gesessen hatte. Das war lange her, erinnerte Pia aber daran, dass sie sich mal wieder bei Tom und seiner Frau Marlene melden sollte …

Die Justizvollzugsanstalt lag in einem Wohngebiet, und Pia fand am Straßenrand nahe dem Eingang einen Parkplatz. Sie schloss ihre Tasche und alles, was sie nicht unbedingt benötigte, im Kofferraum ein, denn sie durfte es eh nicht mit ins Gefängnis nehmen. Ihre Ausweise brauchte sie – und ihre volle Aufmerksamkeit, wenn sie einen Nutzen aus diesem Termin ziehen wollte.

Mark Albrecht Lohse. Er konnte scheinbar normal, ja geradezu charmant auftreten. Das war wohl das Bezeichnende an einem Soziopathen wie ihm. Doch Pia war sich sicher, dass er, anders als andere Menschen, kein Gewissen hatte. Er betrachtete alles und jeden einzig unter dem Gesichtspunkt, wie es oder er ihm von Nutzen sein konnte – und ging dabei auch über Leichen. Pia hielt ihn außerdem für narzisstisch. Selbst Jahre nach seiner Festnahme und Verurteilung wollte er diejenigen, die dafür gesorgt hatten, dass er verurteilt worden und ins Gefängnis gekommen war, dafür noch bestrafen. Bei sich selbst suchte er keine Schuld. Und sie, Pia, stand angeblich ganz oben auf seiner Liste der Personen, die ihm ein Leid zugefügt hatten.

Pia atmete tief durch und ging auf den Eingangsbereich zu. Sie wandte sich an den Beamten hinter dem Fenster. Der prüfte sorgsam ihren Ausweis, telefonierte kurz und gab ihr ein paar Verhaltensregeln mit auf den Weg. Entgegen der landläufigen Ansicht genossen Kriminalbeamte hier keine Sonderrechte und spazierten auch nicht hinein und heraus, wie es ihnen gefiel, sondern hatten sich im Großen und Ganzen wie normale Besucher zu verhalten.

Das hohe Metalltor schloss sich hinter ihr. Das vordere war noch nicht geöffnet. Pia war in der Schleuse gefangen, ein paar Sekunden zwar nur, doch es reichte ihr schon. Wie mussten sich Menschen fühlen, die in diesem Moment wussten, dass sie das Gefängnis für lange Zeit nicht würden verlassen können?

Ein JVA-Bediensteter empfing Pia auf der anderen Seite der Schleuse und führte sie in den Raum, in dem das Treffen stattfinden sollte. Pia hatte einen Besuchsschein für einen Einzelbesuch unter Aufsicht. Dreißig Minuten durfte dieser Besuch dauern, länger nicht. Es ist alles in Ordnung, sagte sie sich. Wenn es dir nicht passt, kannst du jederzeit wieder gehen.

Sie fühlte sich gut vorbereitet. Dennoch versetzte ihr der Anblick Mark Albrecht Lohses, als er dann tatsächlich durch die offene Tür trat, seine durchtrainierte Gestalt in der Anstaltskleidung und sein glattes, leicht ausgezehrt wirkendes Gesicht, einen Schock. Es war jedoch vor allem seine Mimik, die Art, wie er sie ansah: emotionslos und trotzdem interessiert. Wie damals ... Nicht daran denken!

Er setzte sich elegant, betont langsam. Lächelte dem JVA-Beamten zu, der sie beobachtete, als wäre der sein Verbündeter. Dann verschränkte er die Arme vor der Brust und sah Pia aufmerksam an. »Pia Korittki«, sagte er. »Manchmal träume ich von dir. Wie du an dem Strick baumelst.«

»Ich ziehe die Realität irgendwelchen Träumen vor«, erwiderte sie. »Und ich kann mich direkt davon überzeugen, wie Sie hier Ihre Strafe absitzen.« Pia siezte ihn, obwohl er sie duzte. In Vernehmungen war das Du manchmal ein Mittel, um eine angenehme und dem Zweck zuträgliche Vernehmungsatmosphäre zu schaffen. Doch bei diesem Treffen sah sie keine Notwendigkeit, sich zu verstellen. Pia ließ den Blick durch den trostlosen Raum mit dem vergitterten Fenster schweifen. Sie wollte Lohse die Distanz zwischen ihnen spüren lassen, ihm klarmachen, dass sie im Gegensatz zu ihm jederzeit gehen konnte, wohin sie wollte.

In seinen Augen blitzte etwas auf. Amüsement über die Retoure vielleicht. Der Spaß daran, Katz und Maus zu spielen.

»Jetzt, da ich mich davon überzeugt habe, wird es aber auch schon wieder langweilig«, sagte Pia. »Um meine Aufmerksamkeit zu fesseln, braucht es schon ein bisschen mehr.«

Lohse blieb ruhig. »Diese Ungeduld. Du bekommst ja, was du willst. Aber erst, wenn ich es für richtig halte.«

»So läuft es nicht. Ich habe das schon mit Ihrem Anwalt geklärt. Ich will die Informationen, die Sie von Waldemar Horgeff erhalten haben. Für alles andere ist mir meine Zeit zu schade.« Pia legte die Hände auf die Tischplatte, im Begriff, sich zu erheben. Der Beamte, der das Wortgeplänkel bisher gelangweilt verfolgt hatte, blickte sie überrascht an.

»Das sollte es aber nicht, Pia. Dein kleiner Sohn ist so ein reizendes Kind. Schade, dass er mit der Ankunft der kleinen Schwester nicht zurechtkommt. Rike, nicht wahr? Du müsstest seinem Vater mal Bescheid geben, dass er das anständig regelt. Oder soll ich das tun?«

»Noch ein Wort über meine Familie oder Freunde, und ich bin weg.« Sie erhob sich.

»Warte! Horgeff war ein unangenehmer Zeitgenosse. Du glaubst nicht, mit was für Monstern man es hier zu tun hat. Ich spreche wirklich ungern über ihn. Aber er hatte noch etwas Wichtiges zu sagen, was er nur mir anvertraut hat. Also setz dich!«

Sie nahm wieder Platz. »Na gut. Was genau hat er Ihnen gesagt?«

»Du fällst mit der Tür ins Haus, Pia. Das funktioniert so nicht.«

»Ich bin nicht zu Ihrer Unterhaltung hier. Erzählen Sie mir, was ich wissen will, oder ich gehe.«

»Du neigst immer noch zur Selbstüberschätzung. Das ist gefährlich.«

Er würde ihr nichts sagen. Die Erkenntnis war plötzlich da. Pia war sich nicht sicher, ob er überhaupt etwas wusste, doch er war nicht in der Stimmung, ihr zu geben, was sie haben wollte. Mark Albrecht Lohse spielte mit ihr. Und sie würde dieses Spielchen nicht mitmachen. Pia erhob sich zum zweiten Mal. »Der Besuch ist beendet«, erklärte sie dem Bediensteten. Sie sah auf ihre Uhr. »Die Fahrt hierher hat sich nicht gelohnt.«

Etwas zuckte über Lohses Gesicht. Kaum kontrollierbare Wut verzerrte für einen Sekundenbruchteil seine ebenmäßigen Züge. Doch er hatte sich schnell wieder unter Kontrolle. Es waren seine Augen, die sie erschreckten. Sein Blick. Pia erinnerte sich, wie er sie angeschaut hatte, als sie mit einer Schlinge um den Hals auf einem Stuhl gestanden hatte, in einem Raum, der jeden Moment von der Polizei gestürmt werden würde. Lohses zwei Kumpane waren schon geflohen, und er hätte das Gleiche tun sollen. Doch er hatte sie angesehen, mit diesem Blick, und den Stuhl noch weggetreten, nur weil er die Macht dazu gehabt hatte.

21. Kapitel

Mit jedem Schritt, den sie sich der Kirche näherte, wurde das flaue Gefühl in Floras Magen stärker. Wenn das so weiterging, würde sie sich vor dem Kirchenportal krümmen und ihr Abendbrot, bestehend aus einer Scheibe Schwarzbrot, etwas Mettwurst und drei Stückchen Gurke, auf die alten Steinplatten erbrechen. Immerhin hatte sie weitestgehend ihre Bewegungsfreiheit wieder. Die Rippen schmerzten zwar noch, aber die Halskrause hatte sie sich schon abnehmen lassen. Ihrem Nacken ging es gut.

Die Polizei hatte noch einen Stützpunkt im Saal des Gemeindehauses, deshalb sollte der Chor heute in der Kirche proben. Flora hatte den Anschlag im Glaskasten vor dem Gemeindehaus gelesen und sich gedacht, dass es eine gute Möglichkeit wäre, Kontakt zu finden ... Sie liebte Musik und bedauerte, dass sie nie ein Instrument erlernt hatte. Aber singen konnte sie. Trotz ihres schwierigen Neustarts in Niensühn, dem mehr oder weniger offen zur Schau getragenen Misstrauen einiger Leute, wollte sie nicht klein beigeben. Sie musste einfach alles versuchen, um wieder hier Fuß zu fassen. Niensühn war ihr Heimatdorf. Ihre Mutter lebte hier, und sie wollte länger bei ihr wohnen bleiben, wenigstens, bis ihre Mutter ganz wiederhergestellt war. Nein, eigentlich hoffte Flora, wieder sesshaft zu werden. Das Leben in Kiel war nichts für sie. Sie war mehr der Typ »Landei«, wie eine WG-Mitbewohnerin ihr mal attestiert hatte, als Flora im Balkonkasten im vierten Stock Salat und Radieschen gezogen hatte.

»Lass dir niemals anmerken, dass du Angst hast«, hatte ihr Vater mal zu ihr gesagt. »Die Menschen um dich herum werden gemein, wenn sie Angst wittern, oder sie nutzen es aus.« Wie lange hatte sie nicht mehr an seine Lebensweisheiten gedacht? Dieser Ort ließ alles wieder aufleben, als wäre es gestern gewesen. Nein, Paps, mir schlottern zwar die Knie, doch ich beiß mich da durch. Versprochen. Mit einem Ruck zog Flora die schwere Kirchentür auf.

Alle starrten sie an, als sie den Mittelgang in Richtung Altarraum entlangging. Die Chormitglieder standen in kleinen Grüppchen zusammen, doch als Flora näher kam, verstummten die Gespräche.

»Hallo. Bin ich hier richtig bei der Chorprobe?« Schnell musterte sie die Anwesenden. Sie erkannte Vivien, die mit ihrer hellen Haut und dem weißblonden Haar überall herausstach. Neben ihr stand eine Art ältere Ausgabe von ihr. Tanja Prange, erinnerte sich Flora mit einem Mal, Daniels und Viviens Mutter. Die Pastorin war da und ... Floras Magen krampfte sich zusammen, als sie auch Ingrid Hertling im Hintergrund entdeckte. Verdammt, warum hatte sie nicht daran gedacht, dass Simons Mutter hier sein könnte?

Ein Mann trat vor. Es war Hannes Schöttler, der Chorleiter, der mit der Pastorin verheiratet war. Mit ihm hatte sie gerechnet, ihn aber beinahe nicht wiedererkannt. Oje, war der gealtert!

»Flora? Flora Laubner? Wie schön, dich mal wiederzusehen!« Er gab ihr die Hand, beobachtet von ungefähr zwanzig aufmerksamen Augenpaaren. »Wie kann ich dir helfen?«

»Ich hab überlegt, ob ich vielleicht mitsingen könnte. Ich bin wieder bei meiner Mutter eingezogen.«

»Wie geht es ihr denn jetzt, Flora?«

»Oh, etwas besser. Aber ich werde wohl eine Zeit lang bei ihr wohnen bleiben, deshalb …«

»Nun ja«, er warf einen schnellen Blick über seine Schulter, »warum nicht? Wir sind für Verstärkung natürlich dankbar. Was singst du denn?«

»Sopran.«

»Hm. Dann müsstest du dich gleich zu Brigitte und … Ingrid stellen.« Zwei rote Flecken erschienen in seinem ansonsten blassen Gesicht.

Vivien trat vor. »Ich dachte, wir proben heute speziell für das Konzert, Hannes?« Und zu Flora sagte sie: »Das konntest du natürlich nicht wissen. Aber wir haben bald zwei größere Konzerte. Eins davon in der St.-Jakobi-Kirche in Lübeck! Wir üben schon seit Monaten dafür. Da können wir Neue leider nicht gebrauchen. Deshalb passt es gerade nicht.« Sie starrte Flora an, ohne auch nur einmal zu blinzeln.

»Da hat sie natürlich leider recht.« Der Chorleiter leckte sich verlegen die Lippen. »Wie dumm. Ich bin mir sicher, dass du eine tolle Ergänzung gewesen wärst.«

Flora suchte bei den anderen Chormitgliedern nach einem Anflug von Widerspruch, wenigstens Mitleid wegen der unverblümten Absage, doch sie sah nur peinlich berührte Gesichter. Anneliese, Nicoles Mutter, wie Flora sich erinnerte, nahm Ingrid Hertling in den Arm und drückte sie leicht. Ingrid hatte sich von ihr abgewandt. Je länger das Schweigen andauerte, desto unbehaglicher wurde die Situation. Flora räusperte sich. Die Tränen über die Zurückweisung und die Schmach saßen in ihrer Kehle und wollten nach oben. »Oh, dann … na ja, dann will ich nicht länger stören. Einen schönen Abend noch.« Sie drehte sich auf dem Absatz um, spürte die Blicke in ihrem Rücken. Der Gang zwischen den Bankreihen dehnte sich endlos. Nur nicht stolpern, nicht anfangen, laut zu weinen …

Die Tränen rannen ihr über die Wangen, und beim Hinaustreten kühlte ihr der Abendwind das feuchte Gesicht. Er erfasste die alte Tür, riss sie ihr aus der Hand und ließ sie krachend ins Schloss fallen.

»Kommt Lars heute Abend her?«

»Nein, Spatz. Lars ist mit zwei Freunden in den Urlaub gefahren. Sie sind mit einem Segelboot unterwegs.«

»Und da bist du traurig?« Felix sah sie mit großen Augen an.

»Ja, ein bisschen. Aber er kommt ja bald wieder. Möchtest du ein Brötchen zum Abendbrot?«

»Ja, mit Aioli.«

»Du bekommst ein bisschen Aioli dazu, Felix. Das Brötchen belege ich dir mit Käse.«

»Na gut.«

Manchmal war es einfach. Pia schnitt den Leerdammer in Scheiben, als ihr Telefon klingelte.

»Hey, alles in Ordnung bei euch?«, fragte Lars.

»Ja, ganz gut so weit. Und bei dir?«

»Die Wetterprognose ist nicht so toll, und das Boot ist so … na ja. Wir wissen noch nicht, wie weit wir morgen kommen.«

»Ihr habt es doch nicht eilig.«

»Die anderen beiden denken noch, dass wir alles wie geplant schaffen. Und wie ist es heute bei dir gelaufen? Wie war es«, er senkte die Stimme, »im Knast?«

Pia sah zur Tür. Felix war außer Hörweite. »Sch…limm. Ich bin so blöd, dass ich mich darauf eingelassen habe! Ich hätte auf dich hören sollen.«

»Was ist denn passiert?«

»Dieses Arschloch, entschuldige bitte, Lohse, denkt gar

nicht daran, irgendwas Nützliches von sich zu geben. Der will nur sehen, inwieweit er die Leute manipulieren kann. Ich bin richtig sauer!«

»Und was sagt dein ehemaliger Kollege dazu, der dich dazu überredet hat, dorthin zu fahren?«

»Was heißt ›überredet‹? Marten hat mir ausgerichtet, was Mark Albrecht Lohse mich wissen lassen wollte. Es war schon meine Entscheidung.«

»Und was ist im Gefängnis passiert, dass du so wütend bist?«

Lars hatte sie durchschaut. Sie regte sich natürlich nicht nur über die vergeudete Lebenszeit auf. »Lohse weiß anscheinend bestens über mein Leben Bescheid. Er weiß von Felix, von Hinnerk und Mascha, sogar, dass Felix eifersüchtig auf Rike ist.«

Lars schwieg.

»Bist du noch dran?«

»Das gefällt mir nicht, Pia.«

»Meinst du, mir?«

»Versuch bitte, besonders vorsichtig zu sein.«

»Ja, ich pass gut auf. Ich will nur nicht Hinnerk warnen müssen, weil das wieder Wasser auf seine Mühlen wäre. Du weißt ja, was er von meinem Job hält.«

»Denkst du, die drei sind irgendwie in Gefahr?«

»Nein. Lohse will nur mich in Panik versetzen.«

»Lass uns in Ruhe darüber sprechen, wenn ich wieder da bin.« Lars seufzte. »Es passt mir gerade gar nicht, hier herumzugondeln, wenn zu Hause so viel los ist.«

»Kann ich endlich Kä-se-bröt-chen?!«, rief Felix in die Küche.

»Gleich, Spatz! Ich telefoniere gerade.«

»Ist das Lars? Ich will auch!«, forderte Felix.

»Einen Augenblick noch, du kommst gleich dran«, sagte Pia zu ihrem Sohn. Und zu Lars: »Felix möchte dich auch noch sprechen.«

»Geht klar.«

Sie verabschiedete sich von Lars, der gerade viel zu weit weg war, und gab ihr Telefon in die kleine, leicht klebrige Hand ihres Sohnes.

Am Samstagvormittag würde die Trauerfeier für Nicole Mohr stattfinden. Ihr sagte ja niemand etwas, aber Flora hatte zufällig ein Gespräch mitbekommen, als sie am Bankautomaten gestanden und Geld abgehoben hatte.

Immerhin hatte sie Nicole, wenn auch nur kurz, gekannt – und Nicole war nett zu ihr gewesen. Vielleicht war diese Frau an ihrer Stelle gestorben. Der Gedanke war so unheimlich, dass Flora ihn so schnell wie möglich wieder verdrängte. Nichtsdestotrotz sollte sie wohl an der Trauerfeier teilnehmen, wenn sie im Dorf irgendwann einmal dazugehören wollte. Es versprach eine Veranstaltung zu werden, vor der man eigentlich nur weglaufen konnte.

In der Nähe des Friedhofs gab es einen Blumenladen. Flora ging hin, um ein kleines Gesteck zu bestellen. Als sie aus dem Laden trat, steuerte Falk Stahnke direkt auf sie zu. Beinahe wäre er in sie hineingerannt.

»Oh«, sagte er. »Auch hier? Ich muss noch …«

»Ja, es ist nicht mehr viel Zeit.« Flora kam sich altklug und gemein vor. Doch immerhin war er Nicoles Ehemann gewesen. Und die letzte Begegnung mit ihm hatte Flora noch als reichlich ungemütlich in Erinnerung. Dieser Mann benahm sich einfach unmöglich. Kein Wunder, dass Nicole sich von ihm getrennt hatte.

Er starrte sie an. »Hatten Sie einen Unfall?«

»Ja. Ich hab meinen Mietwagen demoliert.«

»Hm. Aber Sie sind so weit okay?«

»Es geht schon«, sagte Flora. »Ich hatte Glück im Unglück.«

»Kommen Sie auch ... morgen?« Die Frage klang fast Hilfe suchend.

»Ich weiß nicht, ob es so passend ist ...«

»Warum denn nicht? Wenn Sie sie kannten und ... mochten.«

»Ich werde wohl kommen, ja. Sollen die Leute reden, was sie wollen.« Sie versuchte ein Lächeln.

»Wieso? Was reden die denn?«

»Ich weiß nicht genau. Aus dem heiligen Chor bin ich gestern jedenfalls achtkantig rausgeflogen.«

»Und ich bin aus meinem Computerprogramm achtkantig rausgeflogen«, sagte Falk Stahnke. »Alles abgestürzt, das ganze Abrechnungsprogramm.«

»Soll ich es mir mal ansehen?« Flora biss sich auf die Lippen. Professionelle Hilfe umsonst anbieten, *pro bono*, das machten nur Idioten. Doch Falk Stahnke sah so hilflos und unglücklich aus, dass die Worte beinahe von selbst aus ihrem Mund herausgesprudelt waren.

»Kennen Sie sich denn aus?«

»Erstaunt?«

»Nö. Warum? Ich hab heute noch ein paar Auswärtstermine, aber ich bin ab neunzehn Uhr wieder in der Werkstatt. Wenn Sie absolut nichts Besseres vorhaben ...«

»Die charmanteste Einladung *ever*«, murmelte Flora, als er im Blumenladen verschwunden war.

Pia hatte angeboten, auf ihren freien Tag zu verzichten, doch Rist hatte nichts davon wissen wollen. »Du kannst dafür am Samstagvormittag die Trauerfeier für Nicole Mohr übernehmen«, hatte er gesagt. »Broders und Timmermann wollen da freihaben, und Gerlach und Wohlert brauche ich noch für eine andere Sache. Ich will aber, dass einer von uns dabei ist.«

So war Pia am Freitagvormittag einkaufen gewesen, hatte ihre Wohnung endlich einmal wieder auf Vordermann gebracht und Wäsche gewaschen. Den Nachmittag hatte sie mit Felix im Dräger-Park verbracht. Ihr Sohn hatte auf den Klettergerüsten herumgeturnt und im Sand gebuddelt, während Pia auf der Wiese auf einer Decke den Blick über die Wakenitz auf die Lübecker Kirchtürme genossen hatte. Auf der Hinfahrt, am Stadtteil Marli vorbei, hatte sie an Mark Albrecht Lohse denken müssen, der ihr sowieso ständig im Kopf herumspukte, hier jedoch mit einer gewissen Genugtuung. Während er hinter den grauen Mauern des Lauerhofes festsaß, konnte sie mit ihrem Kind einen Nachmittag im Grünen verbringen.

Abends bereitete Pia für Felix und sich Pannfisch zu und richtete einen bunten Salat dazu an. Zwischendurch kontrollierte sie mehrmals ihre Telefone. Noch kein neuer Anruf von Lars. Seine Freunde und er hatten heute lossegeln wollen. Da war es eigentlich kein Wunder, dass Lars sich noch nicht wieder gemeldet hatte. Pia hoffte, dass sie eine schöne Zeit zusammen an Bord hatten – und dass das Wetter mitspielte.

»Ich hab eigentlich nicht geglaubt, dass Sie kommen«, sagte Falk Stahnke, als er Flora die Tür öffnete.

»Wieso denn? Ich habe gesagt, ich helfe Ihnen mit Ihrem Computer. Dann tue ich das auch.«

»Schon gut, kommen Sie rein.« Er wich zur Seite, sodass sie die dunkle Werkstatt betreten konnte. »Ich war vorhin echt schlecht drauf. Das mit Nicole macht mich fertig.«

Flora nickte. »Kann ich mir denken. Und da sollen Sie zu allem Unglück nicht auch noch pleitegehen, weil Sie keine Rechnungen mehr schreiben können.«

Er führte sie zu seinem Arbeitsplatz, einem Tisch zwischen vollgestellten Regalen im Obergeschoss. Flora vermied es, die Matratze mit dem Bettzeug und die herumliegenden Klamotten näher zu betrachten. Anscheinend wohnte er im Moment hier. Falk zeigte ihr, was nicht mehr funktionierte. Für die nächste Stunde war Flora beschäftigt, während Falk sich im Hintergrund hielt und bloß ab und zu Fragen beantwortete oder Passwörter eingab.

Dann reckte Flora sich, rollte mit dem Bürostuhl zurück und sah Falk an. »Nun sollte alles wieder funktionieren. Das war nur total zerbastelt. Sie sollten ab und zu mal die Updates machen oder jemanden draufschauen lassen, der Ahnung hat.«

»So jemanden wie Sie?«

Flora verdrehte die Augen. »Ein einfaches Dankeschön würde genügen. Und dieses Sie ist allmählich echt albern.«

»Stimmt. Und … danke.«

»Schon gut, ich gehe dann mal.« Sie erhob sich mit einem kleinen Ächzen.

»Tut es noch weh?« Er stand ebenfalls auf. »Ich komme mit nach vorn. Ich muss dir aufschließen.«

Die Treppe war steil. Flora gab acht, dass sie nicht an den Metallschienen hängen blieb, die an den Vorderkanten der Stufen angebracht waren. Die Werkstatt im Erdgeschoss der alten Schmiede war stockdunkel. Durch zwei kleine Fenster fiel der matte Schein einer Straßenlaterne, erreichte jedoch nicht einmal den Fußboden. Flora tastete sich vorwärts. »Kannst du nicht mal Licht anmachen?«

»Sorry. Der Schalter ist vorn am Eingang.«

»Vorhin war es aber nicht so dunkel.«

»Da war es ja draußen auch noch hell.«

Na klasse. Sie prallte gegen einen harten Gegenstand, der polternd umfiel. Falk ging direkt hinter ihr. Flora war sich seiner körperlichen Präsenz deutlicher bewusst, als wenn sie ihn hätte sehen können. Sie stieß einen Schrei aus.

»Was hast du?«

»Da vorn ist etwas über den Balken gehuscht. Ich hab Augen leuchten gesehen.«

»Eine Maus oder vielleicht eine kleine Ratte. Die tun nichts.«

»Igitt!«

Warme, schwere Hände legten sich auf ihre Schultern. »Ich dachte, du bist mutig, Flora. Immerhin triffst du dich hier mit mir ganz allein.«

Sie drehte sich zu ihm um. »Ich habe dir nur bei einem Computerproblem geholfen. Das ist kein Rendezvous.«

Er stand so nah vor ihr, dass sie sein Gesicht nun als hellen Fleck in der Dunkelheit ausmachen konnte. Sie spürte die Wärme, die von ihm abstrahlte, und roch ihn, vermischt mit dem Duft von frischem Sägemehl. »So recht werde ich nicht schlau aus dir, Flora.«

Ihr Herz hämmerte, doch ihre Stimme klang ruhig. »Was meinst du?«

»Immerhin sind wir die beiden Hauptverdächtigen.« Seine Augen funkelten. »Oder sehe ich das falsch?«

»Wieso ich?«

»Die Polizei hat zwei Häuser durchsucht. Meines und das deiner Mutter.«

»Das hat nichts zu sagen. Das haben sie nur getan, weil ich auch angegriffen worden bin.«

»Was meinst du? Ich dachte, das war ein Autounfall.«

»Ein Autounfall, von dem ich annehme, dass er provoziert worden ist. Und die Polizei glaubt es anscheinend auch.«

»Echt jetzt? Du meinst ...« Er berührte den blauen Fleck auf ihrer Stirn.

Sie zuckte leicht zusammen.

»Also doch: Du hast Angst vor mir.«

»Nein, das tat weh.«

»Die verdächtigen mich, meiner Ex etwas angetan zu haben. Ich profitiere von Nicoles Tod. Fragst du dich denn gar nicht, ob ich ein Mörder bin?«

»Unsinn. Du bist niemals ein Mörder.«

Er ließ sie los und wich einen Schritt zurück. »Ach ja? Wie kannst du dir da so sicher sein?«

Eine Pause entstand, in der sie sich in der Dunkelheit ansahen.

Flora räusperte sich. »Denkst du jetzt, wenn ich weiß, dass du es nicht warst, dann vielleicht nur deshalb, weil ich es getan habe?«

»So ein Quatsch!« Seine Empörung klang nicht echt. »Allmählich glaube ich aber, die Niensühner haben recht.«

»Womit?«

»Ach, gar nichts.« Er war mit drei langen Schritten an der Eingangstür und riss sie auf. Das Licht der Straßenlaternen fiel auf sein blasses Gesicht mit den dunklen Augen. »Danke für deine Hilfe, Flora.«

»Gern geschehen. Bis morgen dann.«

Ein Windstoß ließ trockene Blätter rascheln. Die Tür schloss sich mit einem Knall.

22. Kapitel

Ganz Niensühn schien am Samstagvormittag auf den Beinen zu sein. Pia war spät dran und parkte den Wagen in einer Seitenstraße, sodass sie noch ein Stück zu Fuß zur Kirche gehen musste. Sie hatte Felix zuvor zu ihrer Mutter gebracht, und dann war der übliche Baustellenstau auf der A1 länger gewesen als erwartet. Die Leute fuhren wohl noch mal an die Ostsee, solange das schöne Wetter anhielt.

Sie fand in der Kirche keinen Sitzplatz mehr, sondern stand mit einigen anderen Trauergästen im Vorraum, wo sie nicht viel von der Zeremonie mitbekam. Erst als alle die Kirche verließen, sah Pia bekannte Gesichter. Die Eltern, Fridbert und Anneliese Mohr, deren Anblick ihr ins Herz schnitt, so sehr sie sich auch von ihren Gefühlen zu distanzieren versuchte. Eltern, die ein Kind verloren hatten – das war einfach zu grausam. Pia sah auch die Hertlings, Ingrid mit nassen Wangen, Gunnar stocksteif, den Blick über seine Mitmenschen hinweg geradeaus gerichtet. Es folgten die Pranges, erst Tanja und Piet Prange. Ihre Augen waren zwar gerötet, aber sie nickten vielen Leuten zu und lächelten schon wieder. Ihre erwachsenen Kinder verließen die Kirche ein paar Reihen nach ihnen.

Als alle noch vor dem Portal standen, um der Pastorin die Hand zu schütteln und den Eltern zu kondolieren, stellte Pia eine gewisse Anspannung unter den Mitgliedern der Familie Prange fest. Sie schien von der Frau an Daniels Seite auszugehen, die Pia erst draußen auffiel. Sie war eine kleine, eher unscheinbare Mittzwanzigerin mit kurzem braunen Haar und einer Brille. Pia war ihr bisher noch nicht begegnet. Die junge Frau trug ein schwarzes, offensichtlich teures Kostüm, und obwohl sie sich bei Daniel eingehakt hatte, beachtete er sie nicht. Er war ungesund blass und wirkte auch seltsam deplatziert. Als wäre er am Abend zuvor abgestürzt und hätte sich am Morgen mit einem grässlichen Kater in den schlecht sitzenden Trachtenanzug gequält. Seine Augen waren verquollen, seine Nase rot, und er hatte eine frische Schnittwunde am Kinn. Vivien hielt sich abseits ihrer Familie, unterhielt sich mit allen möglichen Leuten, wirkte dabei aber angestrengt. Ein älteres Ehepaar gesellte sich zu den Pranges. Aufgrund einer gewissen Ähnlichkeit mit Daniels Begleiterin vermutete Pia, dass es sich bei ihnen um die Eltern der jungen Frau handelte. Der Mann trug ein weißes Hemd, das über dem mächtigen Bauch spannte; das glänzende Kleid seiner Frau sah zwar teuer aus, war aber nicht vorteilhaft.

Bei ihren Beobachtungen, die Familie Prange betreffend, hatte Pia nicht weiter auf Fridbert Mohr geachtet. Doch er schob sich nun in ihr Blickfeld, als er auf Daniel und seine Begleiterin zuging.

Sein Gang war unsicher. Anneliese Mohr hielt sich im Hintergrund, schaute ihrem Mann hilflos zu und umklammerte dabei ihre Handtasche. Fridbert Mohr fasste Daniel am Oberarm und riss ihn ein Stück zu sich herum. Seine Augen waren zu Schlitzen verengt. Er sagte etwas zu dem jungen Mann, das diesen zurückzucken ließ, doch Fridbert Mohr hielt ihn fest. Daniels Begleiterin löste die Hand von seinem anderen Arm und starrte den älteren Mann erschrocken an. Die Frau, die vermutlich ihre Mutter war, zog sie fort, bis sie im Menschengewühl verschwunden waren.

Pia konnte nicht hören, was gesprochen wurde, doch es trieb Daniel das Blut ins Gesicht. Er antwortete nicht, sah sich nur Hilfe suchend um. Seine Schwester Vivien, die gerade mit der Pastorin geredet hatte, verfolgte die Szene, machte jedoch keinerlei Anstalten, ihrem Bruder zu helfen.

Fridbert wurde lauter, und Pia, die ein paar Schritte näher gekommen war, um gegebenenfalls eingreifen zu können, fing nun ein paar Wortfetzen auf.

»Meine Tochter!«, hörte sie Fridbert Mohr sagen. »Du hast sie belogen ... Du hattest also nie die Absicht ...« Dabei ruckte er an Daniels Arm, während sein erhobener Zeigefinger vor dem Gesicht des Jüngeren tanzte.

»Das war doch alles ... nicht so ernst ...«, stammelte Daniel und versuchte, sich aus Fridbert Mohrs Griff zu befreien.

Tanja Prange schritt entschlossen auf ihren Sohn und Fridbert Mohr zu. Sie redete leise auf Fridbert ein. Er war kurz irritiert, stieß Tanja Prange dann jedoch mit der freien Hand weg, sodass sie stolperte und gegen ihren Mann fiel, der schräg hinter ihr stand. Langsam kam Bewegung in die Menschenmenge. Ein Teil drängte sich nach vorn, um ja nichts zu verpassen, andere wichen zurück, um nicht in das kleine, aber peinliche Drama hineingezogen zu werden.

Piet Prange half seiner Frau auf die Füße. Als er sah, dass sie offensichtlich unversehrt war, schob er sie jedoch zur Seite und ging ebenfalls auf Fridbert zu.

Der redete immer lauter auf Daniel Prange ein. »Nicht mal ein persönlicher Abschiedsgruß, du erbärmlicher Mistkerl!« Speicheltropfen flogen dem jungen Mann ins Gesicht. »Nur euer unpersönlicher Familienkranz! Ich ...«

Pia, die befürchtete, dass Fridbert Mohr gleich ernsthaft handgreiflich werden würde, trat auf die beiden zu. Doch Piet Prange war schon bei ihnen, stellte sich vor seinen Sohn und hielt Fridbert an den Oberarmen auf Abstand. Pia verstand nicht, was er sagte, aber Fridbert Mohr beruhigte sich. Daniel entfernte sich mit hektischen Blicken in die Runde und mischte sich unter die anderen Trauergäste. Viele sahen ihn an. Niemand stand ihm bei. Pia entdeckte nun auch Falk Stahnke im Hintergrund, der verstört und todunglücklich aussah. Nicht weit entfernt von ihm stand Vivien Prange, die sich von dem Disput ferngehalten hatte. Ihre Augen blitzten triumphierend auf, als ihr Bruder sich davonschlich, doch sie verbarg es sofort wieder hinter einer Miene aus Kummer und Sorge.

Pia hatte Fragen, sowohl an Fridbert Mohr als auch an Daniel Prange und einige andere. Sie musste sich jedoch noch gedulden. Erst einmal würden die Trauergäste zum Leichenschmaus im Gasthof einkehren, und dort wollte sie nicht stören. Pia ging zurück in die nun leere Kirche. Sie sah vereinzelt Blütenblätter und Zettel mit den Liedtexten am Boden liegen. Es roch nach feuchtem Stein und süßlich nach überreifen Blüten. Sie betrachtete schweigend den hellen Sarg, die Kerzen, Gestecke und Kränze, die Inschriften auf den Schleifen. Der Kranz der Pranges war einer der größten. *Ein letzter Gruß*, stand auf dem Band, dazu die Vornamen der vier Pranges, *Tanja, Piet, Vivien* und *Daniel*. Das, was man von guten Nachbarn erwarten würde …

Zwei Leute vom Bestattungsinstitut kamen herein und begannen, Blumen und Kränze zusammenzupacken. Der Sarg würde ins Krematorium gebracht und die Urne später im engsten Familienkreis bestattet werden. Pia machte sich auf den Weg zum Gasthof, ging jedoch nicht in den Saal, sondern blieb vorn an der Bar und bestellte sich einen Kaffee. Sie hörte sich die Kommentare von weniger in das Geschehen involvierten Leuten an. Ein paar spekulierten, warum Fridbert Mohr Daniel Prange so angegangen war. Wahrscheinlich sei er einfach außer sich vor Trauer, wurde allgemein vermutet.

Pia folgte Daniel Prange, als der sich mit einer Zigarette

allein vor die Tür begab. »Was wollte Fridbert Mohr von Ihnen?«, fragte sie nach ein paar einleitenden Sätzen.

»Nichts Besonderes. Er ist einfach fertig wegen dem, was mit seiner Tochter passiert ist. Kann man ja auch verstehen, oder?«

»Sicher, sein Gemütszustand ist absolut nachvollziehbar. Aber ich hätte eher vermutet, dass er Falk Stahnke angeht. Warum hat sich seine Wut gegen Sie gerichtet?«

»Ich war wohl gerade zur falschen Zeit am falschen Ort. Falk hat sich ja gleich aus der Schusslinie gebracht«, stieß er hervor.

Doch so einfach ließ Pia ihn nicht davonkommen. »Inwiefern sollen Sie Nicole Mohr belogen haben?«

»Ich weiß nicht, was der Alte meinte.«

»Sie haben geantwortet, das sei doch alles nicht so ernst gewesen.«

»Hab ich das? Weiß ich nicht mehr. Ich wollte ihn nur loswerden. Alle guckten ja schon.« Er nahm noch einen tiefen Zug und warf den Zigarettenstummel in einen Blumenkübel, der allem Anschein nach schon öfter auf diese Weise zweckentfremdet worden war.

»Und was meinte er damit, dass es nur einen ›unpersönlichen Familienkranz‹ von Ihnen gab?«

»Keine Ahnung. Irgendwas passte dem alten Kauz wohl nicht. Ist nicht meine Baustelle ...«, setzte er hinzu.

»Und wer ist Ihre charmante Begleiterin heute?«

»Das geht zu weit. Lassen Sie mich in Ruhe!« Er floh förmlich zurück in das Gasthaus.

Das war schon mal aufschlussreich. Als Nächstes passte Pia Vivien Prange ab und erfuhr, dass die Begleiterin ihres Bruders Ann-Katrin Lemcke hieß und seine Verlobte war. Sie stammte aus dem Nachbarort. Pia erinnerte sich, schon von ihr und den beiden Höfen gehört zu heben, deren Land irgendwo aneinandergrenzte. Zu dem Benehmen Fridbert Mohrs oder wodurch ihr Bruder Mohrs Zorn auf sich gezogen hatte, wollte Vivien Prange sich aber nicht äußern.

Fridbert Mohr an diesem für ihn schweren Tag anzusprechen und zu stören, fiel Pia schwer. Er schien jedoch über den Vorfall reden zu wollen, was die Sache vereinfachte.

»Ach, der ist es doch nicht wert!«, sagte er zunächst, als Pia ihn auf Daniel Prange ansprach. »Ein Feigling, der seinem Vater nichts entgegenzusetzen hat.«

»In welcher Hinsicht sollte er sich Ihrer Meinung nach gegen seinen Vater durchsetzen?« Pia war inzwischen bei der dritten Tasse starken Filterkaffees angelangt, den sie schwarz hinunterstürzte, weil nur Kondensmilch dazu angeboten wurde.

Fridbert Mohr sah sich kurz um und senkte die Stimme. »Ich sollte nicht darüber reden. Nicki hat mich beschworen, es niemandem zu sagen. Aber nun ist sie tot. Also, was soll's? Einmal hab ich die beiden zufällig zusammen gesehen, als ich ihr den Vertikutierer zurückgebracht habe und sie bei ihr im Garten waren.«

»Wen haben Sie gesehen und wobei?«

»Nicki und Daniel Prange. Beim Herumturteln. Sie hat mir gesagt, dass es noch nicht offiziell ist, aus bestimmten Gründen, doch dass sie und Daniel heiraten wollten. Später, wenn Piet seinem Sohn den Hof überschrieben hat und ihre Scheidung von Falk durch ist.«

Pias Herz schlug schneller, und das lag nicht nur an dem Übermaß an Koffein. »Nicole hat Ihnen erzählt, dass sie und Daniel heiraten wollten. Glauben Sie, dass das die Wahrheit war, oder hat Ihre Tochter es vielleicht nur gesagt, um Sie zu beruhigen, als Sie sie in einer kompromittierenden Situation überrascht haben?«

»In einer kompro… was?« Er schüttelte heftig den Kopf. »Nee, nee, so eine war meine Nicole nicht. Grundehrlich. Die hätte nicht gelogen, nur weil was peinlich war oder jemandem nicht gefiel, was sie sagte. Auch nicht für ihren Vater …«

»Da sind Sie sich sicher?«

»Mädel. Nichts für ungut: Ich sag Ihnen das, weil ich Sie leiden kann.«

Pia roch seine Fahne, bedachte die Situation und schluckte eine Entgegnung zu dem »Mädel« hinunter.

»Sie sind meiner Nicki ähnlich, so in Ihrer direkten Art. Außerdem steht mir die Prange-Sippe gerade bis hier.« Er machte eine bezeichnende Geste auf Höhe seiner Kehle. »Daniel und meine Nicki waren ein Paar. Es war nur noch geheim, aus finanziellen Gründen. Weil Daniel nicht den Mumm hatte, sich mit seinem Vater auseinanderzusetzen, der diese Ann-Katrin als Schwiegertochter will. Und dann ist da ja auch noch die Vivien, die infrage käme, den Hof zu übernehmen. Also hat Daniel Nicki gebeten zu warten, bis das mit dem Hof in trockenen Tüchern ist, und es dann erst offiziell zu machen.«

»Ich kann das nicht ganz glauben: Sie haben das Verhältnis Ihrer Tochter zu Daniel Prange geheim gehalten, obwohl sie ermordet wurde und wir hier mitten in einer Mordermittlung stecken?«

Fridbert Mohr starrte sie an. »Der Daniel war es nicht. Da bin ich mir sicher. Und wenn er auch ein Feigling ist, ist er doch ein anständiger Kerl.«

»Trotzdem verstehe ich nicht, warum Sie geschwiegen haben.«

»Wir kennen uns hier seit der Geburt. Wir halten zusammen, auch wenn uns mal was nicht so gefällt. Was passiert, wenn die Polizei sich einmischt, das haben wir ja hautnah miterlebt – und das war nichts Gutes, verstehen Sie!«

Pia sprach an diesem Tag noch mit Anneliese Mohr, mit Daniel Pranges Eltern und mit Falk Stahnke. Alle behaupteten steif und fest, nicht zu wissen, wer Nicoles Freund gewesen war. Fridbert Mohr blieb der Einzige, der aussagte, dass der gesuchte Freund seiner Tochter Daniel Prange war. Und Pia war geneigt, ihm zu glauben.

Sie telefonierte mit Rist, besprach mit ihm, dass sie die Beteiligten schnellstmöglich zur Vernehmung einbestellen wollten. Außerdem sollten Daniel Pranges Fingerabdrücke mit denen auf dem Deo und anderen Gegenständen in Nicole Mohrs Haus verglichen werden. Pia hoffte, dass sie etwas fanden, was Daniel Pranges Verhältnis zu der Ermordeten beweisen würde. Doch damit war er noch nicht ihr Mörder.

Den Sonntag verbrachte Pia mit Felix an der Ostsee. Das Wetter war noch sonnig, obwohl sich zum Abend eine Gewitterfront nähern sollte. Sie fuhren mit der kleinen Fähre von Travemünde auf den Priwall, was Felix liebte, liefen am Wassersaum entlang und warfen Steine ins Meer. Pia baute ein Raumschiff aus dem Sand, weil Autos oder Boote nicht mehr gefragt waren. Eigentlich war Lars der Bauspezialist, und Felix beschwerte sich, dass Pias Raumfähre nicht groß genug für zwei Astronauten war. Als am Horizont erste dunkle Wolken aufzogen, überredete sie ihn zur Rückfahrt und zu einem Eis auf der Hafenpromenade. Eis zog zum Glück immer.

Nachdem sie unter heftigem Gewitterregen wieder in Lübeck eingetroffen waren, versuchte Pia vergeblich, Lars zu erreichen. Er hatte sich noch nicht wieder bei ihr gemeldet. Wahrscheinlich war das auch schwierig, wenn seine Freunde und er auf dem Wasser unterwegs waren. Sie hoffte, dass das Wetter in Irland besser war.

»Treffer – versenkt!«, begrüßte Rist Pia am nächsten Morgen im Büro.

»Ach ja?«

»Wir haben die Fingerspuren auf dem Deo in Nicole Mohrs Haus und noch einige andere dort mit denen von Daniel Prange verglichen. Sie stimmen überein!«

Pia hängte die nasse Jacke an den Garderobenständer. Seit dem Gewitter am vergangenen Tag regnete es immer wieder, und so auch eben, als sie vom Parkdeck ins Polizeigebäude gelaufen war. »Dann hatte Fridbert Mohr also recht. Daniel Prange scheint Nicole Mohrs heimlicher Liebhaber gewesen zu sein. Einer, der anscheinend partout nicht wollte, dass sein Umfeld von dieser Beziehung erfährt. Ein Rätsel weniger zu lösen.«

»Aber dafür auch ein Haufen Vernehmungen heute und morgen. Ich habe schon alles eingeteilt.« Rist verschränkte die Hände und ließ die Gelenke knacken. »In fünf Minuten ist Besprechung. Sei bitte pünktlich. Oder musst du erst föhnen?«

Pia fuhr sich durch das vom Regen feuchte Haar. »Idiot«, murmelte sie. Sie hatte ihren Schirm in der Eile in Felix' Kindergarten liegen gelassen.

23. Kapitel

Daniel Pranges Vernehmung wollte Rist durchführen zusammen mit Michael Gerlach.

»Der Schöne und das Biest«, kommentierte Broders die Zusammensetzung des Teams und entlockte Pia damit zum ersten Mal seit ihrer Ankunft im Polizeihochhaus ein Lächeln. Sie würden parallel dazu Vivien Prange befragen. Pia fand die Rolle seiner Schwester in dem Fall mindestens ebenso spannend wie die des nun Tatverdächtigen Daniel Prange. Ein Geschwisterpaar, das ein Geheimnis hüten konnte, auch und insbesondere dann, wenn es dabei um Leben und Tod ging.

Vivien Prange betrat das Vernehmungszimmer mit erhobenem Kinn und gleichgültiger Miene. Von der Haltung her eher eine Königin, die eine Audienz gab, als eine Zeugin, die vielleicht mit ihren falschen Angaben eine Mordermittlung behindert hatte. Sie befragten Vivien Prange noch einmal zu ihrem Verhältnis zu Nicole Mohr und dazu, wie sie die Tote gefunden hatte. Sie wiederholte, was sie bei ihrer ersten Befragung zu Protokoll gegeben hatte.

Pia seufzte vernehmlich. »Frau Prange. Da stimmt doch was nicht. Jetzt ist der richtige Zeitpunkt, Ihre Aussage zu korrigieren. Strafvereitelung, also die absichtliche oder wissentliche Vereitelung der Bestrafung eines Täters, kann mit einer Geldstrafe oder einer Freiheitsstrafe bis zu fünf Jahren geahndet werden. Wollen Sie sich das wirklich antun?«

»Ich weiß nicht, was Sie meinen.« Vivien Pranges Wangen röteten sich.

»Bedenken Sie auch, dass Ihr Bruder zu diesem Zeitpunkt ebenfalls vernommen wird. Er sitzt nur ein paar Zimmer weiter mit dem Leiter der Mordkommission zusammen«, sagte Broders.

»Wissen Sie, weshalb dieser Computer hier steht, Frau Prange? Sie können nicht auf den Bildschirm schauen, aber wir schon. Falls sich nebenan etwas interessantes Neues ergibt, erfahre ich es sofort«, fügte Pia hinzu. Es gefiel ihr gerade, den weniger netten Part bei der Befragung zu übernehmen.

»Wäre unschön für Sie, wenn Ihr Bruder die Wahrheit sagt, während Sie hier weiterhin falsche Aussagen machen«, bemerkte Broders in vertraulichem Ton.

Vivien Prange atmete tief ein und aus. »Geben Sie mir ein paar Minuten«, bat sie. Nach kurzer Bedenkzeit räumte sie ein, dass es »etwas« anders gewesen sei, und wollte ihre Aussage revidieren. Menschen, die selten mit der Polizei zu tun hatten, hatten in Vernehmungen meist nicht die Nerven, über längere Zeit die Unwahrheit zu sagen. »Ich habe es für meinen Bruder getan«, begann sie. »Für meine Familie. Wir haben Nicole aber nichts angetan!«

Broders nickte verständnisvoll, damit sie endlich zur Sache kam.

»Daniel hatte mich gebeten, es nicht herumzuposaunen, dass er sich ab und zu mit Nicole trifft. Es war nichts Ernstes, wissen Sie? Er wollte nur etwas Spaß haben, bevor er Ann-Katrin heiratet.«

»Warum sollten Sie es nicht ›herumposaunen‹?«, hakte Broders nach.

»Na, Ann-Katrin und ihren Eltern hätte es bestimmt nicht gefallen.«

»Und warum wollte Ihr Bruder diese Ehe überhaupt eingehen, wenn er doch offensichtlich mehr an Nicole Mohr interessiert war?«

»Also das ist jetzt wirklich nicht meine Baustelle«, sagte Vivien.

»Sie haben Ihren Bruder das nicht gefragt?«

»Nein, es ging mich nichts an. Es interessierte mich auch nicht sonderlich. Er hatte mich nur gebeten, es niemandem zu erzählen, da es eh bald vorbei sein würde.«

»Was genau hat Ihr Bruder gesagt? Was würde eh bald vorbei sein?«

»Seine Treffen mit Nicole natürlich.«

»Ah ja.« Pia beließ es zunächst dabei und ließ sich von Vivien Prange schildern, was an dem Morgen wirklich passiert war, als sie die Tote gefunden hatte.

Vivien kniff die Lippen zusammen und sah nach schräg oben, bevor sie stockend zu erzählen begann. »Es war ganz schrecklich. Ich war zu Hause, weil ich Urlaub hatte. Ich wollte an dem Tag nach Lübeck zum Einkaufen fahren. Darauf hatte ich mich echt gefreut. Daniel hatte die Tage zuvor ein Seminar besucht und währenddessen bei Freunden in Hannover übernachtet. Er war erst abends spät nach Hause gekommen. Ich hab ihn morgens nur kurz in der Küche gesehen, dann ist er rüber zu Nicole gegangen.«

»Um wie viel Uhr ist Ihr Bruder weggegangen?«

»So gegen acht, kurz nach acht.«

»Wo waren Ihre Eltern da?«

»Meine Mutter war bei Verwandten in Satrup, mein Vater im Stall oder so.«

»Hat Daniel Ihnen gesagt, dass er zu Nicole geht, oder haben Sie es nur vermutet?«

»Gesagt hat er nichts, doch es war klar. Er war … ziemlich verrückt nach ihr. Daniel kam aber nach wenigen

Minuten zurück in die Küche gestürzt. Er war leichenblass und meinte, irgendwas sei mit Nicole passiert. Sie liege bei sich zu Hause auf dem Küchenfußboden und er glaube, sie sei tot! Ich fragte nach, ob er sich sicher sei. Aber er schüttelte nur den Kopf und bat mich, noch mal rüberzugehen. Er sagte, sie könne doch nicht so da liegen bleiben und ob ich sie nicht ›finden‹ könne. Die Leute würden sich sonst wundern, was er frühmorgens bei ihr wollte. Verstehen Sie? Wir haben nicht im Traum gedacht, dass sie ermordet wurde. Es sah nach einem Unfall aus, einem schrecklichen Unglück, und da musste Daniel doch nicht mit reingezogen werden.« Sie sagte es beinahe trotzig, blickte von Pia zu Broders und wieder zurück.

»Und was taten Sie beide dann?«

»Ich fragte Daniel, ob ihn jemand gesehen habe. Er antwortete: ›Nein, bestimmt nicht. Ich passe immer auf und gehe durch die Gartentür rein.‹ Ich riet ihm, erst mal zu verschwinden. Er war vollkommen durch den Wind. ›Wohin denn?‹, wollte er wissen. Ich sagte: ›Besorgungen machen. Der Baumarkt in Lütjenburg hat schon geöffnet. Kauf etwas. Irgendwas fällt dir schon ein.‹ Ich sah ihm nach, wie er davonbrauste. Dann bin ich selbst zu Nicole rübergegangen. Für mich war es nicht ganz so schlimm, denn ich wusste ja, was mich dort erwartet. Ich sah Nicole schon durch das Küchenfenster dort liegen. Die Hintertür hatte mein Bruder offen gelassen, so kam ich rein. Ich habe nachgesehen, ob Nicole auch wirklich tot war … Ich hab es nicht verstanden. Sie war doch noch so jung, ihr fehlte nichts …« Vivien schluckte verkrampft. Die Erinnerung an den Moment schien ihr nun doch zuzusetzen. »Und dann lag sie da. Sie war so blass und starr. Ich hab nach ihrem Puls gesucht, trotz allem. Doch da war nichts. Ihre Haut fühlte sich kühl und irgendwie gummiartig an. Gar nicht mehr ... echt. Es war grauenhaft! Dann bin ich wieder raus und habe die 112 gewählt.«

»Ich kann nachvollziehen, warum Sie es in dem Moment für Ihren Bruder getan haben, Frau Prange. Diese Lüge schien zuerst ja noch belanglos zu sein. Aber als Sie mitbekamen, dass wir wegen Mordes ermitteln, du meine Güte! Wäre es da nicht an der Zeit gewesen, die Wahrheit zu sagen?«, fragte Broders.

»Das war nicht so einfach«, antwortete Vivien Prange in klagendem Ton. »Wenn man sich da erst mal reingeritten hat ... Daniel hat mich angefleht, bei unserer Version zu bleiben. Schon wegen unserer Eltern. In Wahrheit«, ihr Gesicht verzog sich, »ging es ihm natürlich nur um sich selbst. Darum, dass er nun doch noch die Ann-Katrin heiraten kann, wenn ihm danach ist, und er später alles bewirtschaftet. Letztlich geht es doch immer nur um Geld und um Hektar, oder?«

»Sie haben das doch nicht aus purer Geschwisterliebe getan«, sagte Pia, die heute in der richtigen Stimmung war, den »bösen Bullen« zu geben. Draußen ballten sich erneut dunkle Gewitterwolken zusammen. »Irgendeinen Vorteil werden Sie sich von dem Theater versprochen haben.«

»Was denn für einen Vorteil?«, fragte Vivien Prange.

Pia zuckte mit den Schultern. »Was wird mit Ihnen, wenn Ihr Bruder den schönen Hof übernimmt?«

»Ich werde ausbezahlt. Das weiß ich aber schon lange.«

»Finden Sie das gerecht?«

»Natürlich. Daniel ist der Ältere. Das ist nun mal so. Außerdem ist der Hof eine Riesenverantwortung. Die wollte ich gar nicht.«

Pia rieb sich die Stirn. So kamen sie nicht weiter. »Okay, aber Ihrem Bruder liegt augenscheinlich sehr viel an dem elterlichen Hof ...«

»Natürlich. Das ist doch normal.«

»Was wäre passiert, wenn Ihre Eltern von dem Verhältnis zu Nicole erfahren hätten?«

»Nichts. Er ist ein freier Mensch.«

»Sie hätten ihm den Hof auch überschrieben mit Nicole als Ehefrau?«

»Das kann ich nicht sagen, weil es auch nie zur Debatte stand. Nicole war nur ... eine lose Freundin.«

»Und wenn diese Ann-Katrin es erfahren hätte?«

»Keine Ahnung. Ich vermute, sie hätte die Verlobung gelöst. Das zumindest hätte ich getan.«

»Okay.« Eine Windböe ließ das Fenster erzittern. Pia sah wieder Vivien Prange an. »Hat Ihr Bruder Ahnung von Giften, Frau Prange?«

Die junge Frau starrte sie mit offenem Mund an. Doch sie fasste sich schnell. »Natürlich nicht. Warum sollte er?«

»In der Landwirtschaft hat man ja mit den verschiedensten Substanzen zu tun.«

»Kann schon sein. Aber damit vergiftet man doch niemanden. Haben Sie eine Ahnung, wie sehr wir da überwacht werden? Über alles müssen wir genauestens Buch führen, und die wirklich giftigen Sachen sind auch gar nicht mehr auf dem Markt.«

Am Nachmittag erfuhren Pia und Broders von Manfred Rist, dass Daniel Prange vorläufig festgenommen worden war und am nächsten Morgen dem Haftrichter vorgeführt werden sollte. Daniel Prange hatte während der Vernehmung zugegeben, mit der Ermordeten eine geheim gehaltene Beziehung geführt zu haben. Es sei sein Wunsch gewesen, dass niemand davon erfuhr. Offiziell war er mit Ann-Katrin Lemcke verlobt und hatte wohl auch geplant, diese tatsächlich irgendwann zu heiraten, hauptsächlich weil er sich einen wirtschaftlichen Vorteil davon erhoffte. Nicole Mohr hatte er jedoch erzählt, die Verlobung mit Ann-Katrin nur so lange aufrechterhalten zu wollen, bis seine Eltern ihm den Hof überschrieben hätten. Doch Nicole war ungeduldig geworden und hatte ihn gedrängt, endlich offen mit ihrem Liebesverhältnis umzugehen. Deswegen hatte es mehrmals Streit zwischen ihnen gegeben, auch bevor Daniel an dem Wochenende zu seinem Seminar nach Hannover aufgebrochen war. Unter anderem, wie er sagte, um sich darüber klar zu werden, wie es mit Nicole und ihm weitergehen sollte. Doch er bestand darauf, dass er nichts mit dem Giftanschlag auf seine Freundin zu tun hatte. Auch die mehrstündige Vernehmung in Beisein seines Anwalts hatte daran nichts geändert. Letztlich hatte Daniel Prange jedoch zugegeben, dass er den Schlüssel zur Hintertür, den Nicole ihm überlassen hatte, einen Tag nach dem Auffinden ihrer Leiche abgewischt und durch das Fenster in Falk Stahnkes Werkstatt geworfen hatte. Damit hatte er von sich als Nicoles Liebhaber – oder vielleicht auch von sich als ihrem Mörder – ablenken wollen. Diese Vorgehensweise belastete ihn stark. Von dem Briefchen mit Spuren des verwendeten Giftes, das in Regina Laubners Küche gefunden worden war, wollte Daniel Prange keine Kenntnis haben. Da er jedoch bei dem Schlüssel Maßnahmen ergriffen hatte, den Verdacht auf andere zu lenken, waren seine diesbezüglichen Beteuerungen nicht überzeugend. Er konnte durchaus auch das Briefchen mit den Giftspuren im Haus der Laubners deponiert haben.

»Daniel Prange hat ein Motiv, und er hatte die Gelegenheit. Daniel Prange war oft genug in Nicoles Haus, um das Gift in einem der Lebensmittel dort platzieren zu können. Dass er zu dem Zeitpunkt, als sie gestorben ist, nicht in Niensühn war, ist ein weiterer Punkt, der für ihn als den Schuldigen spricht.

Ebenso, dass Daniel Prange die Tote gefunden hat. Er konnte es wohl nicht ertragen, dass ihre Leiche zu lange unentdeckt in der Küche herumliegt. Das ist nicht ungewöhnlich für einen Mörder. Da er es nicht sein wollte, der die Tote entdeckt, hat er seine Schwester mit eingespannt, damit sie offiziell diejenige ist, die die Tote findet ...«, erläuterte Rist.

»Aber warum ist er dann vorher selbst in das Haus gegangen und hat Vivien danach gebeten rüberzugehen«, fragte Broders. »Wäre es nicht schlauer gewesen, seine Schwester einfach unter einem Vorwand ins Nachbarhaus zu schicken, damit sie die Tote entdeckt? Oder, besser noch, einfach abzuwarten?«

»Abwarten war für ihn möglicherweise keine Option. Hätte er Vivien hinübergelockt, hätte sie später Verdacht gegen ihn geschöpft. Da er selbst zuvor dort war und sie dann – anscheinend unter Schock stehend – gebeten hat, das Auffinden für ihn zu übernehmen, ließ ihn das in ihren Augen unschuldig erscheinen.«

»Vorausgesetzt, Daniel Prange ist unser Täter, so wusste er nach seiner Rückkehr ja nicht, ob und wann Nicole das Gift zu sich genommen hat«, sagte Pia. »Diese Unsicherheit veranlasste ihn, in Nicoles Haus zu gehen und nachzuschauen. Erst danach wurde ihm klar, wie schlecht es sich macht, wenn er die Tote findet, und so wandte er sich an seine Schwester.«

»Und wie ist er an das Gift herangekommen?«, fragte Broders. »Wir brauchen Motiv, Mittel und Gelegenheit. Das Mittel fehlt noch.«

Rist nickte. »Wir werden Daniel Pranges Computer, seine Telefone, den Familienrechner, alles, womit er recherchiert und bestellt haben könnte, untersuchen. Das hab ich gerade eben noch organisiert.«

Pia konnte Rists Hoffnung auf einen Beweis, dass Daniel

Prange das Gift besorgt hatte, gut nachvollziehen. Bisher war die Beweislage eher dünn. Und doch glaubte sie daran, dass sie auf der richtigen Spur waren. Immerhin hatten sie schon ein Teilgeständnis.

Eine leise Stimme in Pias Kopf wandte ein, dass mit der mutmaßlichen Schuld Daniel Pranges Flora Laubners Verwicklung in die Ereignisse noch nicht aufgeklärt war. Das Türschloss im Haus ihrer Mutter war höchstwahrscheinlich unrechtmäßig geöffnet worden. Das konnte natürlich mit dem Briefchen mit den Giftspuren zusammenhängen, die der Mörder dort möglicherweise platziert hatte. Doch wenn der Mordanschlag Nicole Mohr gegolten hatte, wieso hatte der Täter dann ausgerechnet die gerade erst in ihr Elternhaus zurückgekehrte Flora Laubner in Verdacht bringen wollen? Vielleicht, weil Nicole Mohr kurz vor ihrem Tod dort zu Besuch gewesen war? Doch das hätte der Täter ja irgendwie erfahren haben müssen. Und dann waren da noch Flora Laubners Autounfall und der Aufkleber auf ihrem Scheinwerfer. Beides passte so gar nicht ins Bild. Es wäre gut, gut auch für sie, wenn sie den Fall bald lösten. Pia fühlte sich unruhig und nicht gerade in Bestform. Sie sah aus dem Fenster. Am Horizont türmten sich blaugraue Gewitterwolken.

24. Kapitel

Mit einem unangenehmen Druckgefühl im Kopf klappte Flora den Laptop zu. Das, was sie sich an Arbeit vorgenommen hatte, hatte sie erledigt, und sie würde jetzt nicht noch etwas Neues beginnen. In ihrer rechten Schläfe pochte ein dumpfer Schmerz, wie so oft, wenn ein Gewitter aufzog. Und ihr knurrte der Magen. Außer einem Mettbrötchen vom Bäcker und ein paar Äpfeln hatte sie noch nichts gegessen. Einen Großteil der Vorräte ihrer Mutter hatte sowieso die Polizei mitgenommen. Sogar etwas von dem Katzenfutter … Duffie mit der gigantischen Halskrause lag auf dem Sideboard und döste. Sein Hals zumindest tat nicht mehr weh, denn er konnte wieder ohne Weiteres den Kopf drehen.

Hinter der Terrassentür stand eine der beiden anderen Katzen ihrer Mutter auf den Hinterbeinen, die große rot getigerte, deren Namen Flora nicht wusste. Das Tier tänzelte aufrecht an der Scheibe entlang, fixierte Flora mit vorwurfsvollem Blick. Sie sah das empörte Maunzen wie in einem Stummfilm. Es war auch schon wieder Abendbrotzeit.

Das Klingeln des Telefons schreckte sie auf. Auf dem Festnetz rief hier nur selten jemand an. Das letzte Mal neulich in der Nacht … »Ja, bitte?«

»Tischlerei Stahnke. Hallo? Flora, bist du das?«

»Ja, ich bin am Apparat.«

Falk Stahnke räusperte sich. »Tut mir leid wegen Freitag«, sagte er.

»Was? Wieso?«

»Ich hatte den Eindruck, dass wir irgendwie ... dass ich nicht sehr freundlich zu dir war. Wo du mir doch geholfen hattest.«

»Noch alles in Ordnung mit deinem Rechner?«

»Oh ja – ja.«

Wahrscheinlich hatte er ihn noch nicht wieder angefasst.

»Bist du sauer?«, fragte er.

»Schon vergessen.« Das war es natürlich nicht. Aber jemand wie Falk, der sein Misstrauen offen zum Ausdruck brachte, war ihr immer noch lieber als viele andere Niensühner mit ihren kleinen nonverbalen Anfeindungen, den abweisenden Blicken und dem abrupten Schweigen, wenn sie irgendwohin kam.

»Gut.« Die Pause dehnte sich. Er war nicht gerade ein Meister der Kommunikation.

»War das alles?« Flora ging mit dem Telefon am Ohr zur Terrassentür.

»Nein. Dein Fenster ist fertig. Ich meine, euer Fenster ... oder das deiner Mutter. Keine Ahnung.«

»Schön. Wann kannst du es einbauen?« Flora kämpfte einhändig mit dem Griff der Terrassentür. Sie zog sie auf, und die Katze schoss mit ein paar Blättern, die der aufziehende Gewittersturm hereinwirbelte, an ihr vorbei.

»Wenn du willst, gleich.«

»Oh, heute Abend noch?« Die Katze kehrte zurück und strich um Floras Beine. Duffie war vom Sideboard gesprungen und schloss sich an.

»Also ... Ich hab für morgen und übermorgen schon Termine vereinbart. Ansonsten Donnerstagnachmittag?«

»Nein, dann lieber heute noch.« Flora beugte sich hinunter und streichelte die Katzen. »Ich schlafe nicht so gut, solange das alte Fenster quasi offen steht und jeder hier reinkann.«

»Okay. Ich komm dann gleich rum.«

Zehn Minuten später fuhr Falk mit seinem Lieferwagen an ihrem Haus vorbei. Es war kein Parkplatz davor frei, deshalb musste er den Wagen ein paar Meter weiter abstellen.

»Du kannst das allein?«, fragte sie, als er nach und nach die Sachen hereintrug.

»Sicher. Ich habe eine Sackkarre dabei. Und das Fenster ist ja nicht besonders groß.«

»Brauchst du irgendwas?«

»Nein, nein. Lass mich mal machen.«

Sie ließ ihn allein, wanderte ziellos durch die Räume. Die Anwesenheit eines anderen Menschen, oder gerade Falks Anwesenheit, irritierte sie. Sie hatte dieses Haus bereits in Besitz genommen. Als sie hergekommen war, war sie gespannt und beunruhigt gewesen, was es mit ihr machen würde: ihr Elternhaus. Der Ort ihrer Kindheit und all das Schreckliche, das hier passiert war. Jedes Zimmer, viele der Möbelstücke, der Ausblick in den Garten … All das barg unverarbeitete Erinnerungen, schöne und furchtbare. Sie wusste nicht, wo genau ihr Vater sich erschossen hatte. Im Wohnzimmer, in der Küche oder anderswo? Tränen stiegen Flora in die Augen. Es gab keinen Trost und keine Wiedergutmachung. Nichts war mehr daran zu ändern. Der Vater, der sie verlassen hatte, indem er sich umbrachte, die Mutter, die sich nicht mehr in der Lage gefühlt hatte, für sie zu sorgen. Welcher Verrat war der schlimmere? Konnte sie da überhaupt unbeschadet herangewachsen sein? Oder stimmte etwas nicht mit ihr?

Was tat sie hier, in diesem Haus, in dem Dorf? Was erwartete sie, was geschehen sollte? Sie würde nie dazugehören. Sie konnte die anderen nicht dazu zwingen, sie zu akzeptieren. Und doch …

Flora hörte Falk in der Küche arbeiten. Allein die Vorstellung war schön. Da war jemand, der etwas für sie tat. Er kam nach Feierabend, um ihr ein Fenster einzubauen. Sorgte er sich um ihre Sicherheit? Mochte er sie? War ihm das Gerede der Leute gleichgültig? Vielleicht bestand ja Hoffnung, weil er im Ort ebenfalls nicht so recht dazugehörte? Aber möglicherweise brauchte er auch nur dringend Geld.

Sie machte ihr Bett, strich die Bettdecke mit dem bunten Bezug glatt: Sonne, Mond und Sterne auf hellblauem Grund. Ihre Mutter hatte ihre Kinderbettwäsche tatsächlich aufbewahrt, und Flora hatte sie in dem rührseligen Moment nach ihrer Ankunft aufgezogen. Denk ja nicht, dass es etwas zu bedeuten hat!, sagte sie sich. Von unten klang ein dumpfes Hämmern zu ihr herauf. Sie sah Falk vor sich, wie er in der Arbeitshose und dem weißen T-Shirt arbeitete. Mach dir seinetwegen keine Hoffnung! Warum sollte es ausgerechnet hier, in diesem Dorf, anders sein? Floras Erfahrungen mit Männern waren mäßig bis schlecht. Der Erste, Dominik, war ein Nerd gewesen, der seine Finger kaum von der Tastatur hatte lassen können, sehr wohl aber von ihr, sobald er bekommen hatte, was er wollte. Der Zweite war etwas älter als sie, arbeitete als Versicherungsmakler, fuhr einen dicken Wagen und hatte ihr erst hinterher erzählt, wie glücklich verheiratet er doch war. Und ihr letzter Freund, ein Student der Psychologie, hatte während der kurzen Phase ihres »Zusammenseins« herausgefunden, dass er schwul war.

Beim Hinausgehen fiel Floras Blick auf die mittlere Schranktür und somit auf ihr Spiegelbild. Ihre Wangen waren gerötet, und ihre Augen leuchteten. Das Haar stand ihr wirr vom Kopf ab. Sie strich darüber, zupfte am Saum ihres Rocks und ging wieder hinunter.

Falk hockte in der Küche und räumte sein Werkzeug in den Metallkoffer. »So, das wars«, sagte er, ohne sich umzudrehen.

»Das Fenster hat einen höheren Einbruchschutz und einen abschließbaren Griff. Da kommt ungebeten so schnell niemand mehr rein.«

»Sieht gut aus.« Flora betrachtete seine Rückseite.

Er richtete sich auf und stieß dabei gegen sie. »Entschuldigung. Verdammt eng hier.«

»Ja, die Wand zum Esszimmer stört«, sagte Flora. »Man könnte sie rausnehmen, dann wäre es gleich viel offener.«

Er zog die dunklen Augenbrauen zusammen. »Ist nicht schwer, das ist keine tragende Wand.«

Klar, dieses Haus war wohl baugleich mit dem nebenan, in dem er mit seiner Frau gelebt hatte. Wie blöd von ihr! »Es ist ganz schön schwül. Möchtest du was trinken?«

Falk sah auf die Uhr. »Ist ja schon lange nach sechs. Ich hab also Feierabend. Hast du ein Bier da?«

»Tut mir leid. Nur Weißwein oder Wasser. Der Wein ist aber gut und auch schön kühl.«

»Okay, wenn du ein Glas mittrinkst. Ich räume nur erst noch die Sachen zurück ins Auto.«

Sie turnten umeinander herum. Flora holte den Wein aus dem Kühlschrank, Falk trug sein Werkzeug und die übrigen Arbeitsmaterialien durch den Flur und brachte sie zum Wagen. Sie stellte die Weinflasche und die Gläser ins Esszimmer. Die Türen des Lieferwagens schlugen zu. Flora konnte sich die Blicke der Nachbarn, verborgen hinter Topfpflanzen und Gardinen, lebhaft vorstellen. Alle wussten nun, dass Falk Stahnke bei ihr war. Aber ein neues Fenster war doch ein guter Grund dafür, auch abends nach sechs Uhr?

Falk schloss die Haustür hinter sich und kam ins Esszimmer. »Ulkig, wie anders es so aussieht«, sagte er, nachdem er sich kurz umgesehen hatte.

»Tut mir leid, das mit der Wand.«

»Wieso denn?«

»Es hat dich an dein früheres Haus erinnert. Und an Nicole, an bessere Zeiten.« Obwohl, es war doch jetzt wieder sein Haus, oder etwa nicht?

»Die ›besseren Zeiten‹ liegen schon eine ganze Weile zurück. Ich erinnere mich mehr an den Stress und Frust der letzten Monate. An die Streitereien.«

Flora reichte ihm ein gefülltes Glas. »Auf das neue Fenster!«, sagte sie, weil ihr nichts Besseres einfiel.

»Auf alles, was neu ist!«, antwortete er und sah schnell zur Seite. Sie standen sich gegenüber, und die Kante des Esstischs drückte gegen Floras Po. Sie konnte nicht ausweichen. Er war anders als die meisten Männer, die sie kannte. Seine Arme hatten beinahe den doppelten Umfang wie ihre. Er war dunkelhaarig, und sie sah schwarze Härchen auf seinen Armen und am Kragen seines T-Shirts. Falk hatte geschwitzt, aber das störte sie nicht. Er hatte gearbeitet. Als er gekommen war, hatte er nach einem intensiven Duschgel oder Deo gerochen. Einen Anflug davon nahm sie immer noch wahr.

Sie trank ein paar Schlucke Wein und bildete sich ein, die Wirkung beinahe sofort als leichte Schwummrigkeit zu spüren. »Wollen wir nicht rausgehen? Noch regnet es nicht, aber es geht bestimmt bald los.«

Sein Blick wanderte über ihr Shirt und den Rock. »Wenn du meinst.« Falk trat einen Schritt zurück, um ihr den Vortritt zu lassen.

Sie öffnete die Terrassentür, blieb jedoch abrupt stehen. »Warte mal.«

»Was ist denn?«

Flora Stimme zitterte. »Ich weiß nicht.«

Falk schaute ihr schräg über die Schulter. »Was liegt denn da? Fütterst du die Vögel?«

»Nein. Vielleicht meine Mutter ...«

»Was? Unsinn! Dann wären die Maiskörner längst weg.«

»Ich hasse diesen Ort! Das alles hier!« Abrupt drehte Flora sich um. Falk hielt sie an den Oberarmen fest.

»Was ist denn so schlimm an ein bisschen Mais, Flora?«

Sie sah ihm in die Augen. »Als Simon starb, auf der Lichtung am Maisfeld ... Wir hatten vorher Maiskolben geklaut. Verstehst du?«, fragte sie beinahe flehend. »Da war auch Mais.«

Er zog sie ins Haus, schloss die Terrassentür. »Du meinst, jemand hat hier absichtlich Mais hingestreut? Wozu?«

»Um mich daran zu erinnern. Als ob das nötig wäre!«

»Was hat derjenige davon?«

»Vielleicht will mich jemand warnen. Vielleicht soll ich von hier verschwinden. Oder es geht darum, mir Angst einzujagen.« Wütend fuhr sie sich über das Gesicht. »Ja, das ist ihnen gelungen! Ich habe Angst, verdammter Mist!«

Falk zog sie an sich, legte die Hand auf ihren Hinterkopf, sodass ihr Gesicht nah an seinem Hals war.

»Ruhig«, sagte er, so wie man ein nervöses Pferd beruhigen würde. »Du musst keine Angst haben, Flora.«

Sie verharrte einen Moment, ließ sich gegen ihn fallen. Seine Körperwärme, die breite Brust, die sich an ihre drückte, in der ihr Herz wie verrückt schlug, beruhigten sie. Flora schlang die Arme um ihn. »Ich glaube, dass mich jemand umbringen will«, flüsterte sie. »Es klingt vollkommen paranoid, aber das glaube ich wirklich.«

»Das bildest du dir nur ein. Kein Wunder, nach allem, was passiert ist.«

Sie schüttelte den Kopf.

»Kann ich irgendetwas für dich tun, außer dem neuen einbruchhemmenden Fenster natürlich?«

Machte er sich lustig über sie? Verunsichert wollte sie ihn von sich schieben, doch er hielt sie fest. »Flora. Das war ernst gemeint. Ich möchte ... ich meine, ich will ...«

Mit Worten war er nicht so gut. Aber vielleicht ... Sie hob den Kopf, sah ihm in die Augen und küsste ihn auf den Mund. Erst kurz, wie zur Probe, er zuckte überrascht zusammen, dann küsste sie ihn länger.

»Wir sind verrückt«, murmelte Flora, als sie sich einen Moment voneinander lösten. »Das ist verrückt, oder?«

»Nein, ist es nicht. Ich mochte dich von Anfang an. Wie du gestammelt hast und rot geworden bist, als du ›mir einen runterholen‹ wolltest.«

»Ich wollte dir einen Zollstock aus der Besenkammer holen ...«

Er grinste.

Sie nahm seine Hand, zog ihn hinter sich her zur Treppe in den ersten Stock. Ihr altes Kinderzimmer war der einzige Raum, der relativ unbelastet war und den sie als den ihren betrachtete. Als sie die Stufen halb erklommen hatte, hielt Falk sie fest. Sie spürte seine warme Hand zwischen ihren Beinen. Flora drehte sich um. Er drückte sie auf die Treppenstufen, schob eine Hand unter ihr Top. Oh Gott, wir machen es gleich auf dieser Treppe!, dachte sie noch. Und: Das gibt ein paar hübsche blaue Flecken ...

Nach dem Sex, etwas Wasser und Wein, einer weiteren Runde auf dem Sofa im Wohnzimmer und noch mehr Wasser und Wein tobte draußen ein Gewitter, und es war stockdunkel. Flora sah in Richtung Fenster. Sofort war die Erinnerung wieder da. Dort lagen Maiskörner auf dem Boden. Jemand musste sie da hingelegt haben. Jemand, der wusste, dass sie damals Mais gegessen hatten.

»He, was hast du?« Falk drehte ihr Kinn zu sich herum.

»Nichts. Nur der blöde Mais.«

»Vergiss ihn einfach. Wenigstens heute Nacht.«

»Willst du hierbleiben?«

»Ich weiß nicht. Mein Wagen steht für alle Welt sichtbar an der Straße.«

»Was interessiert mich ›alle Welt‹?«

»Oh, das sollte es schon. Zumindest wenn du hier länger wohnen willst.«

Warum währte das Vergessen nur so kurz? Warum war die Entspannung so schnell wieder verflogen? Gleich würde er sagen, dass es toll gewesen war mit ihr, und dann wäre er fort. Sie würde hierbleiben müssen, mit ihren Gespenstern, den lebenden und den toten.

25. Kapitel

Flora erwachte zitternd und verschwitzt. Eine diffuse Angst machte ihre Glieder bleischwer, und ihr Herz pochte spürbar. Das war bloß ein Traum, sagte sie sich. Beruhige dich wieder – das ist nur deine Fantasie, nicht die Realität.

Sie hatte Simon wiedergesehen.

Vorhin hatten Falk und sie auf dem Teppich im Wohnzimmer eine Art Lager aufgeschlagen, mit Decken, Laken und Kissen, die Flora herbeigeschafft hatte. Er war nicht gegangen. Sie lag nah bei ihm, lauschte seinen regelmäßigen Atemzügen. Durch die Vorhänge hindurch sah sie, dass es schon dämmerte.

Falk bewegte sich, drehte sich zu ihr um. »He, Flora, ist irgendwas?«

Er hatte doch nicht mehr so tief geschlafen, wie sie angenommen hatte. »Ich hab nur schlecht geträumt.«

Falk stützte sich auf einen Arm. »Willst du darüber reden?«

»Hm, es geht immer um dasselbe, aber dieses Mal bin ich später aufgewacht.«

»Träumst du von … deinem toten Spielkameraden?«

»Seit ich hier wohne, beinahe jede Nacht. Als wäre in meinem Gehirn etwas freigelegt worden. Es sind immer nur einzelne Bildsequenzen. Vieles von dem, was ich sehe, verstehe ich nicht.« Sie konnte sein Gesicht mit den dunklen Augen nur schwach erkennen. »Ich habe Mais gegessen, von einem Maiskolben abgenagt. Die anderen auch. Wir haben sie geklaut. Da war ein Maisfeld neben unserem Versteck im Wald. Simon ist in das Feld gelaufen, um noch mehr für uns zu holen. Ich gehe weg, lasse die anderen allein dort zurück. Aber ich kann auch nicht nach Hause. Meine Mutter weint. Ich sehe sie weinend in der Küche sitzen, und das macht mir Angst.« Flora atmete tief durch. »Danach bin ich am Wasser, unten an der Steilküste. Ich sammle Maiskolben auf, die am Strand liegen, und werfe sie ins Wasser. Ist das nicht verrückt? Und dann ist da plötzlich ein Boot. Darauf ist jemand, aber ich kann nicht erkennen, wer es ist. Im Traum kommt das Boot immer näher, und ich weiß, dass ich weglaufen sollte, doch ich kann nicht ... Meine Füße stecken im Sand fest, und das Wasser steigt und steigt, und das Boot kommt näher und ... Dann bin ich aufgewacht«, schloss sie etwas atemlos.

»Es war aber nur ein Traum.« Falk nahm Flora in die Arme. »Und jetzt ist es vorbei.«

»Ich habe das bestimmt geträumt, weil ich diese Maiskörner gefunden habe.«

»Vergiss sie einfach.«

Flora drückte sich von ihm weg. »Jemand aus diesem Dorf hat den Mais dorthin gelegt, um mir Angst zu machen oder um mir zu drohen. Das ist doch krank.«

»Hast du eine Ahnung, wer das sein könnte?«

Sie schüttelte den Kopf. Dann, nach kurzem Nachdenken, sagte sie: »Ich glaube aber nicht, dass viele Leute von dem Mais wissen. Ich selbst hatte es ja schon vergessen.«

Der Dienstag im Kommissariat verging mit weiteren Vernehmungen und Nachforschungen bezüglich des Giftes. Sie mussten abwarten, was die Durchsuchung der Computer erbrachte, mit dessen Hilfe Daniel Prange sich vielleicht Informationen über Gifte und sogar das Natriumfluoracetat selbst besorgt hatte. Straftäter waren schon weitaus ungeschickter vorgegangen.

Pia, die reichlich Überstunden angesammelt hatte, ging etwas früher als sonst, um den Nachmittag mit Felix zu verbringen. Seit Rikes Geburt brauchte er sie mehr als sonst. Er schien es zu genießen, wenn sie sich voll auf ihn konzentrierte, was Hinnerk zurzeit wohl nicht so gut möglich war. Am Abend fuhr Pia mit Felix zu ihren Eltern nach Stockelsdorf.

»Seid ihr mit euren Planungen, was die Hochzeit betrifft, schon weitergekommen, Pia?«

Sie saß mit ihrer Mutter auf der Terrasse hinter dem Haus, um die letzten Sonnenstrahlen auszunutzen, die über die Baumkronen fielen. »Wir haben immer noch kein festes Datum«, sagte Pia. »Hauptsächlich, weil Lars' Eltern mit ihren Reiseplänen für nächstes Frühjahr nicht in die Pötte kommen. Wir können ja leider nicht ausgerechnet dann heiraten, wenn die beiden gerade durch die Karibik schippern.«

»Leider?«

»Ich hab dir doch schon erzählt, dass unser Verhältnis etwas schwierig ist. Lars' Vater hat etwas gegen die Polizei, und seine Stiefmutter sorgt sich um Enkelkinder.«

»Wieso sorgt sie sich? Ich sehe da gerade einen Enkel durch das Blumenbeet pflügen.«

»Sie erwartet, dass Lars und ich zusammen noch ein Kind bekommen. Oder sie hofft es zumindest.« Pia hielt ihr Glas mit dem Alsterwasser gegen das Sonnenlicht und kniff die Augen zusammen.

»Und ihr? Wollt ihr noch?«

Pia zuckte mit den Schultern. »Tja, gute Frage. Klar, wenn ich mir das so vorstelle, schreit jede meiner Körperzellen: ›Ja, sofort! Ich will schwanger sein, ich will ein Baby!‹ Verdammte Hormone! Aber wenn ich die Konsequenzen bedenke: Mit zwei Kindern würde es jobmäßig verdammt schwierig werden. Das ist es ja so schon oft genug. Und Lars ist auch nicht der Typ Mann, der auf Dauer glücklich zu Hause sitzen und den Hausmann geben würde. Der braucht auch Herausforderungen und Erfolgserlebnisse und so ...«

»Aber deswegen auf ein Kind zu verzichten? Das könntet ihr irgendwann bereuen«, wagte ihre Mutter einzuwenden.

»Ich weiß.« Pia trank ihr Glas in einem Zug aus und wischte sich über den Mund.

Sie schwiegen einen Moment. Pia dachte an Lars, der jetzt irgendwo in der Irischen See herumsegelte. Sie hatte das Bedürfnis, mit ihm über dieses Thema zu reden.

»Wir würden Lars' Eltern gern noch vor dem großen Ereignis kennenlernen«, sagte ihre Mutter.

»Ja, daran haben wir auch schon gedacht. Vielleicht an einem Wochenende im Oktober? Oder allerspätestens während der Weihnachtstage oder zwischen den Jahren. Seid ihr hier?«

»Ja, Weihnachten mit Felix lassen wir uns nicht entgehen. Die Zeit, wo sie noch klein sind und sich noch richtig freuen können, geht so schnell vorbei.«

Pia sah zu Felix in den Garten. Er war vom Blumenbeet zum Apfelbaum gewechselt und versuchte, sich an der Seilschaukel hochzuhangeln, die ihr Stiefvater für seine drei Enkelkinder dort angebracht hatte. Felix zog sich mit Armen und Beinen hoch wie ein Äffchen und machte das gar nicht mal schlecht.

»Oh Gott, er wird da doch nicht runterfallen?«, sagte Pias Mutter, die ihrem Blick gefolgt war.

»Wenn er nicht gestört wird, höchstwahrscheinlich nicht.«

»Ist das nicht ein bisschen zu hoch für ihn, Pia?«

Felix, der merkte, dass er nun ein Publikum hatte, schwang

hin und her. Dann waren seine Füße plötzlich hoch in der Luft, umklammerten das Seil, der Kopf hing nach unten.

»Pia!« Ihre Mutter fasste sie am Arm.

Alles, was sie jetzt taten, würde umso eher einen Absturz provozieren. »Sieh lieber nicht hin«, bat Pia ihre Mutter leise. »Sonst winkt er uns auch noch ...«

Sie überstanden die endlosen Sekunden, bis Felix sich wieder umdrehte. Er ließ sich langsam hinunter, bis er auf dem Schaukelbrett stand.

Pia atmete aus und stand auf. »He, Felix! Willst du schaukeln? Soll ich dir Anschwung geben?« Sie ging über den gepflegten Rasen. Dieser Garten, früher ein Universum, heute auf Wohnzimmergröße zusammengeschrumpft, barg viele glückliche Erinnerungen an ihre Kindheit. Sie gab Felix Anschwung.

»Durchlaufen, du sollst durchlaufen!«, juchzte er.

»Heute nicht zu doll, Felix. Schau mal, sonst fallen noch die ganzen schönen Äpfel runter.«

Felix sah nach oben. »Woher weißt du, dass das ein Apfelbaum ist?«, fragte er, als er langsamer wurde und zum Stoppen kam.

»Weil er voller roter Äpfel hängt.«

»Wo sind die Äpfel?«

Pia sah ihre Mutter an, die inzwischen neben ihnen stand. »Da und da. Und an dem Zweig dort. Siehst du sie?«

Felix saß nun ganz ruhig auf der Schaukel, hatte den Kopf in den Nacken gelegt und schaute angestrengt nach oben. »Nee, seh keine Äpfel.«

Pia bekam ein flaues Gefühl im Magen. »Komm, ich hebe dich hoch zu dem Ast.« Sie nahm Felix auf den Arm, wirbelte noch einmal mit ihm um die eigene Achse und ging dann mit ihm zu einem tief hängenden Ast voller Äpfel. Sie blieb davor stehen. »Und nun?«

Felix kniff die Augen zusammen. »Nö.«

»Felix, du veralberst mich? Du siehst doch die roten Äpfel.«

»Ich weiß nicht.«

Pia ging noch einen Schritt näher, nahm seine kleine Hand und führte sie direkt an einen rotbackigen Apfel heran.

»Da! Ich sehe den Apfel!«, rief ihr Sohn. »Darf ich ihn abpflücken?«

»Sind die schon reif?«, fragte Pia ihre Mutter, die die Szene aufmerksam verfolgt hatte.

»Ja, sind sie. Natürlich darf Felix sich einen Apfel pflücken«, antwortete sie mit belegter Stimme.

Am Mittwoch schickte Manfred Rist Pia zusammen mit Broders nach Lütjenburg. Sie hatten in dem Baumarkt nachgefragt und einen Zeugen gefunden, der Daniel Prange an dem Tag, als Nicole Mohrs Leiche entdeckt worden war, dort gesehen haben wollte.

»Was soll das bringen?«, beschwerte Pia sich, als sie wieder einmal gen Norden fuhren. Die Beschaulichkeit der sich sanft wellenden Landschaft, die Dörfer und einsamen Höfe – all das ging ihr heute auf die Nerven. Sie machte sich Sorgen um Felix und hatte auch schon einen Termin beim Kinderarzt vereinbart. Solange sie nichts Genaues wusste, wollte sie aber mit niemandem über diese Sache reden, so, als könnten Befürchtungen, die nicht ausgesprochen wurden, auch nicht wahr werden.

»Es ist eine Spur, und wir gehen ihr nach«, erwiderte Broders. »Das ist unser Beruf.«

»Wen interessiert es, wo der Tatverdächtige war, nachdem das Opfer tot aufgefunden wurde?«

»Möchtest du wieder zurückfahren? Oder soll ich dich in Lütjenburg bei einem Bäcker absetzen, damit du so lange Kaffee trinken kannst, wie ich den Zeugen befrage?«

»Entschuldigung«, sagte sie. »Ist nicht mein Tag heute.«

Sie fanden den jungen Mann, der Daniel Prange gesehen haben wollte, in der Abteilung für Sanitärbedarf. Ein Mitarbeiter am Informationsschalter hatte ihnen den Weg gewiesen. Der Gesuchte sortierte gerade in einem Seitengang WC-Bürsten. Sie stellten sich ihm vor. Pia bemerkte, wie der junge Mann verstohlen einen Kaugummi in die Backentasche schob. Er fragte einen anderen Mitarbeiter um Erlaubnis und nahm sie dann mit in den Personalraum.

»Erzählen Sie uns bitte, was Sie am Dienstag vor zwei Wochen gesehen und gehört haben«, sagte Pia nach ein paar einleitenden Sätzen. Es gelang ihr nur mit Mühe, einen genervten Unterton aus ihrer Stimme herauszuhalten. Was konnte der junge Mann dafür, dass sie schlecht drauf war?

»Ich hatte Frühstückspause und war draußen, um eine zu rauchen. Eigentlich sollen wir das nicht im Sichtbereich der Kunden tun, aber ich habe mich hinter eines der Häuschen gestellt, in denen die Einkaufswagen stehen, weil ich vorher sowieso noch die Zigaretten aus dem Auto hatte holen müssen.«

»Um wie viel Uhr war das?« Broders hatte Notizblock und Stift in der Hand.

»Um Viertel vor zehn«, sagte der Mann fest. Er holte den Kaugummi hervor und begann wieder zu kauen. »Ich hatte schon um acht Uhr im Lager angefangen.«

»Sie standen also hinter dem Häuschen auf dem Parkplatz und rauchten. Und weiter?«, fragte Pia.

»Der Typ fiel mir auf, weil er in seinem Auto saß und gar nichts tat. Ich meine, normalerweise steigen die Leute ein oder aus, laden was ein oder so und sitzen hier nicht bloß herum. Doch der Typ hockte hinter dem Steuer und hat immer wieder die Hände vors Gesicht geschlagen. Ich wollte schon hin, ihn fragen, ob er sich nicht gut fühlt. Da steigt der aus, geht zu den Büschen dahinten und kotzt.« Er sah sie an. »Mitten am Vormittag«, setzte er hinzu.

»Wussten Sie da schon, wer er ist?«

»Nö, aber er kam mir irgendwie bekannt vor. Ich musste wieder reingehen und hatte ihn fast vergessen. Da sehe ich ihn eine Stunde später an dem Regal mit den Mischbatterien entlanglaufen.«

»Haben Sie auf die Uhr gesehen?«

»Ich sehe hier laufend auf die Uhr«, gab er zu und grinste schief.

»Warum fanden Sie den Mann bemerkenswert?«, fragte Pia.

»Wenn ihm übel war, warum fuhr er dann nicht nach Hause? Überhaupt, wer hält sich so lange im Baumarkt auf?«

»Okay. Ein Punkt für Sie«, sagte Pia.

»Später fiel mir dann ein, woher ich ihn kannte. Daniel Prange aus Niensühn, der war zwar viele Klassenstufen über mir, aber wir waren an derselben Schule. Mein großer Bruder war mit ihm in der Jugendfeuerwehr aktiv.«

»Und da sind Sie sich sicher? Es war Daniel Prange?«

»Klar doch.« Der Kaugummi wurde heftig traktiert. »Da bin ich mir sogar ziemlich sicher.«

»So sicher, dass Sie es vor Gericht bezeugen würden?«

»Ist ja krass«, sagte er. »Aber ja.«

»Wo willst du hin?«, fragte Broders, als Pia vom Parkplatz des Baumarktes nicht in Richtung Lübeck, sondern zurück nach Niensühn abbog.

»Wir haben noch ein bisschen Zeit. Da können wir doch ausnutzen, dass wir hier sind.«

Broders hob die Hände. »Oh, wenn das so ist, lasse ich mich gern überraschen!« Er blickte zur Seite aus dem Fenster.

Pia hatte ein schlechtes Gewissen und überlegte, ob sie ihm erklären sollte, was los war. Doch es war zu viel, das in ihrem Leben gerade aus dem Ruder zu laufen drohte. Sie hatte nichts wirklich Konkretes, eher das Gefühl, dass sich Unheil zusammenbraute. Sie fuhr schnell die Landstraße hinunter, etwas zu schnell, und bog wieder in den gewundenen Weg nach Niensühn ein. Bei trübem Wetter wie heute wirkte die Umgebung nicht romantisch oder märchenhaft, sondern sah eintönig und verlassen aus. Nach etwa zehn Minuten, die sie beide beharrlich schwiegen, hielt Pia vor Regina Laubners Haus.

»Was willst du schon wieder hier? Wie es aussieht, haben wir doch unseren Mann«, sagte Broders.

Pia starrte zu dem Haus mit der vernachlässigten Fassade, den alten Fenstern und zugezogenen Vorhängen. Unkraut spross inzwischen aus allen Fugen, und der Regen hatte den hohen Rasen hinuntergedrückt. Ein Apfelbaum – der Anblick versetzte Pia einen schmerzhaften Stich ins Herz – hing voller Äpfel, die zum Teil schon heruntergefallen waren. Es musste sich dabei um eine andere Sorte handeln als bei den Äpfeln im Garten ihrer Mutter. »Ich weiß nicht«, sagte Pia. »Allein Flora Laubners Anwesenheit ist in diesem Dorf eine Provokation. Findest du nicht?«

26. Kapitel

Als sie den unebenen Plattenweg zur Eingangstür hinaufgingen, spürte Pia Broders' Unwillen, Flora Laubner jetzt noch einmal außerplanmäßig zu befragen. Sie waren schon so lange ein Team, dass es da nicht vieler Worte bedurfte. Ein Blick, eine etwas zu langsame Bewegung, ein beinahe unhörbares Stöhnen genügten.

»Sie können wohl Gedanken lesen«, begrüßte Flora Laubner die Kriminalbeamten. »Wollen Sie nicht reinkommen? Die Nachbarn von gegenüber gucken schon wieder.«

Im Vorbeigehen zog Flora Laubner rasch die Tür zum Wohnzimmer zu, doch zu spät. Pia hatte das Matratzen- und Deckenlager bereits gesehen. In der Küche war es für drei Personen klaustrophobisch eng. »Oh, ein neues Fenster?«, fragte Pia. Inmitten der alten Einrichtung, dem rissigen Fliesenspiegel und der vergilbten Tapeten war es nicht zu übersehen. Und Flora Laubner war offensichtlich noch nicht dazu gekommen, nach dem Einbau sauber zu machen.

»Oh ja. Von der Tischlerei Stahnke – Falk Stahnke. Nicole hatte ihn mir am Sonntag noch empfohlen.« Sie sah Pia dabei offen ins Gesicht, so als wäre nicht mehr vorgefallen, als dass ihre Nachbarin auf ein Schwätzchen vorbeigekommen war.

»Wann hat Herr Stahnke das Fenster eingebaut? Um wie viel Uhr?« Aus den Augenwinkeln sah Pia, dass Broders ob der seltsamen Frage die Stirn krauste.

Flora wandte sich ab und zog die Kühlschranktür auf. »Wollen Sie etwas trinken? Wasser, Saft, Kaffee, Tee?«

»Oh nein, danke!«, antwortete Broders schnell.

»Ich auch nicht. Aber danke«, sagte Pia. »Wann war Herr Stahnke also hier?«

»So gegen achtzehn Uhr. Meinen Auftrag hatte er wohl noch schnell hinten drangehängt, weil es ja dringend war. Das alte Fenster ließ sich nicht mehr richtig schließen. Tja, meine Mutter hat offensichtlich lange nichts mehr an dem Haus machen lassen.«

Pia nickte. In Zusammenhang mit dem Lager im Wohnzimmer war die Information über Stahnkes »Spätschicht« recht aufschlussreich, auch wenn Pia nicht wusste, was diese Sache mit ihren Ermittlungen zu tun hatte. Es passte zu Fridbert Mohrs Beobachtung, der seinen Noch-Schwiegersohn hier gesehen haben wollte.

Broders, der mit verschränkten Armen an der Arbeitsplatte lehnte, schwieg. Er sah Pia erwartungsvoll an. Mach du, ich weiß nicht, was du hier willst, schien er damit sagen zu wollen.

»Wie geht es Ihrer Mutter?«

»Mit ein bisschen Glück kommt sie nächste Woche in die Reha. Das steht aber noch nicht fest. Wussten Sie, dass man dafür ›rehafähig‹ sein muss?«

Pia nickte.

»Ich war gestern bei ihr, aber sie war nicht gut drauf.« Floras Miene verdüsterte sich. »Ich hatte gehofft, die Aussicht auf die Reha würde sie aufmuntern. Doch im Nachbarzimmer war gerade eine Patientin gestorben. Das hat meine Mutter ziemlich aufgeregt.«

»So etwas passiert ja leider in Krankenhäusern«, sagte Pia. Und nicht nur dort.

»Ja, aber die Patientin war wohl noch ganz jung. Meine Mutter meinte, erst Ende zwanzig. Sie ist aus dem Fenster gesprungen. Da war eine Heidenaufregung.«

»War die Patientin unheilbar krank? Oder depressiv?«

Flora zuckte mit den Schultern. »Ich weiß nicht. Meine Mutter glaubt, dass sie ein Junkie war. Oder ein bisschen verrückt. Die lief immer auf der Station herum und hat versucht, den anderen Patienten ein Gespräch aufzudrängen.«

Pia zog ihr Notizbuch heraus.

»Glauben Sie, dass da etwas nicht stimmt?«

»Ich weiß es nicht«, sagte Pia. »Eutin ist nicht unser Zuständigkeitsbereich. Da sind die Kieler Kollegen gefragt. Aber wir werden uns danach erkundigen.«

Flora rieb sich die Arme. »Das alles macht mir Angst. Ich hab gehört, dass Daniel Prange im Verdacht steht, Nicole etwas angetan zu haben.«

»Können Sie uns etwas dazu sagen?«

»Ich begreife das nicht. Wenn er Nicole umbringen wollte, dann hätte er ja wohl kaum etwas in diesem Haus vergiftet. Er konnte ja nicht ahnen, dass Nicole zu mir rüberkommen würde. Ich habe Angst, dass jemand mich vergiften wollte.«

»Warum sind Sie dann nicht mehr in der Pension, wie wir es Ihnen empfohlen haben?«, fragte Broders.

Flora starrte ihn an. »Dort habe ich mich noch schlechter gefühlt als hier. Ich war auch an der Steilküste, in unserem alten Versteck, wo Simon ...«

»Wenn Sie wegen dieser alten Geschichte Hilfe brauchen, sollten Sie nicht zögern, sich welche zu suchen, Frau Laubner«, sagte Broders beunruhigt.

»Falls Sie mich eines Tages vom Baum schneiden müssen, weil ich es nicht mehr ausgehalten habe, wissen Sie zumindest, wo Sie mich suchen müssen. Aber keine Sorge, es ist ja auch noch Gift im Umlauf, nicht wahr?«

»Es ist nicht sicher, dass Nicole Mohrs Vergiftung von einem Lebensmittel aus diesem Haushalt herrührt«, sagte Pia, um das Gespräch wieder auf eine sachlichere Ebene zu führen.

»Und was ist mit dem Briefchen mit den Giftrückständen?«

»Ihr Türschloss ist wahrscheinlich gepickt, also ohne einen Schlüssel geöffnet worden. ›Lockpicking‹ nennt man das, Frau Laubner. Es wäre kein Geniestreich gewesen, das Giftbriefchen hier zu verstecken, um den Verdacht auf Sie zu lenken«, sagte Broders.

»Warum ausgerechnet auf mich?«

»Denken Sie nach.«

»Weil ich eine Außenseiterin bin? Oder wegen Simon Hertlings Tod?«

Pia sah sie nur an.

»Ich habe Sie vorhin gefragt, ob Sie Gedanken lesen können, weil mir jemand Angst machen will«, sagte Flora. »Gestern Abend habe ich das hier vor der Terrassentür gefunden.« Sie griff hinter sich auf die Arbeitsplatte und hielt Pia eine Plastikdose entgegen. Broders reckte den Hals, als Pia sie öffnete und ratlos hineinsah.

»Maiskörner?«

»Es war Spätsommer, als Simon starb, und neben dem Wäldchen, wo wir immer gespielt haben, war ein Maisfeld. Wir haben uns an dem Tag jeder ein paar Maiskolben geklaut und den Mais gegessen. Als sie Simon tot dort gefunden haben, müssen noch die abgenagten Maiskolben herumgelegen haben.«

»Denken Sie, das ist eine Anspielung darauf?« Pia schüttelte den Mais in der Dose.

»Was sonst?«

»Wozu? Damit wird man Sie doch kaum von hier vertreiben können, oder?«

»Zermürbungstaktik. Jemand im Dorf hat es auf mich abgesehen.«

»Und wer sollte das sein?«

»Finden Sie das doch heraus!«, brach es aus Flora hervor.

»Da müssen Sie uns schon ein bisschen mehr helfen, Frau Laubner.«

»Für das K1 ist der Fall Mohr übrigens so gut wie abgeschlossen, mit einem dringend Tatverdächtigen, der bereits in U-Haft sitzt«, bemerkte Broders.

»Und mein Autounfall?«

»Sie waren gestresst und übermüdet. Das war vielleicht nur ein Zufall?«, antwortete er.

Pia dachte an die »weiße Gestalt«, von der auch Richard Sandmann berichtet hatte. Broders machte es sich hier etwas zu einfach, fand sie.

»Ich weiß doch, was ich gesehen habe«, beharrte Flora Laubner. Sie starrte von Pia zu Broders und wieder zurück.

»Wir haben inzwischen auch mit Ihrer Mutter über den Fall Simon Hertling und den Tod Ihres Vaters gesprochen«, sagte Pia, die sich auf den eigentlichen Grund ihres Besuchs besann.

Flora wurde blass. »Sie ist noch zu schwach. Sie könnten Sie umbringen mit … diesen Themen.«

»Im Gegensatz zu Ihrem Vater scheint Ihre Mutter Ihnen die Schuld an Simon Hertlings Tod zu geben. Sie ist der Meinung, dass die Beweise gegen Sie erdrückend waren. Und bis jetzt ist es ja wohl auch nie wieder zu einer Annäherung zwischen Ihnen beiden gekommen.« Pia beobachtete Flora Laubners wechselndes Mienenspiel. Was sie hier tat, war grausam, doch es schien ihr der einzige Weg zu sein, endlich die Wahrheit zu erfahren.

»Welche Beweise meinte sie?«, fragte Flora Laubner.

»Fridbert Mohrs Aussage, er habe Simon Hertling zu einer

bestimmten Uhrzeit noch am Strand gesehen, als die beiden anderen Kinder schon zu Hause waren.«

Flora nickte langsam.

»Warum sind Sie in diesen Ort und dieses Haus zurückgekehrt, Frau Laubner, nach allem, was hier passiert ist?«, fragte Pia.

»Glauben Sie an Träume?«

»Menschen träumen, ja. Und hin und wieder erinnern sie sich sogar daran. Doch das beantwortet nicht meine Frage.«

»Aber ich habe etwas geträumt, was vielleicht wichtig ist.« Flora kniff die Augen zusammen. »Es betrifft Simons Tod. Ich war wieder in unserem Versteck …« Sie schilderte ihnen den Traum.

»Sie haben also geträumt, dass Sie die drei anderen Kinder verlassen haben und zum Strand hinuntergegangen sind.«

»Ja.«

Vielleicht war es Wunschdenken? Dann wäre ja alles anders gekommen, überlegte Pia. »Warum sind Sie gegangen?«

»Ich mochte das nicht spielen, das Würgespiel.«

»Hm. Kann ich verstehen. Aber warum sind Sie nicht einfach nach Hause gefahren?«

»Weil meine Mutter in letzter Zeit so viel weinte. Sie dachte wohl, ich würde es nicht merken. Ich hab sie im Traum weinen gesehen, genau dort, wo Sie jetzt sitzen.«

Pia fühlte sich unbehaglich, doch gleichzeitig war die Sache spannend. »Warum hat Ihre Mutter geweint?«

»Ich glaube, es hatte mit meinem Vater zu tun.«

»Was hat er gesagt oder getan?«

»Daran erinnere ich mich doch nicht mehr!«

»Haben Ihre Eltern sich gestritten?«, fragte Broders.

»Nicht in meiner Gegenwart.«

»Also gut.« Pia zwang sich zu einem beruhigenden Lächeln.

»Nehmen wir mal an, Ihr Traum bedeutet, dass Sie tatsächlich allein unten am Strand waren, nachdem Sie zusammen mit den anderen Kindern in Ihrem Versteck gewesen sind. Könnte der Mann im Boot, der in Ihrem Traum vorkam, Fridbert Moor gewesen sein? Hat er Sie damals am Strand gesehen und nicht Simon Hertling?«

»Oh Gott!« Flora blinzelte. »Hat er *mich* da gesehen? Vielleicht bin ich ... doch nicht schuld.«

Pia beobachtete die Gefühle, die sich in Floras Gesicht abzeichneten. Ihre Furcht und Verzweiflung, die die Gedanken an Simons Tod anscheinend immer noch in ihr auslösten, und wie sich ihre Züge veränderten in der Hoffnung darauf, dass sie vielleicht doch unschuldig war. Konnte sie ihnen das nur vorspielen? Oder wusste Flora wirklich nicht, was damals passiert war? Und falls ja, wusste sie es nicht, weil sie es verdrängt hatte oder weil sie Simon tatsächlich nicht getötet hatte?

»Und das willst du wirklich noch mal offiziell zu Protokoll nehmen?«, fragte Broders, als sie wieder im Auto saßen.

»Das war doch hochspannend.«

»Vielleicht hat Flora Laubner uns auch nur einen Riesenbären aufgebunden.«

»Möglich. Aber wir müssen es nachprüfen. Ich werde es nachprüfen. Ich werde noch mal mit Fridbert Mohr darüber reden. Ich hoffe nur, er ist jetzt nicht in Gefahr.«

»Wieso?«

»Seine damalige Aussage befreite die Prange-Sippe von der Schuld an Simon Hertlings Tod.«

»Vergiss nicht die Spurenlage am Tatort. Floras Schuld war eindeutig.«

»Das werde ich mir genauer anschauen. Eventuell kann ich auch noch mal mit jemandem reden, der sich besser auskennt.«

»Pia, glaubst du, Rist lässt dich in einem alten, längst abgeschlossenen Fall ermitteln nur aufgrund eines Traumes, den die Schuldige uns mit einem Mal erzählt – eine Schuldige, die damals sowieso noch ein Kind war?«

»Er wollte mir eh Zugang zu der alten Akte verschaffen. Die beiden Fälle könnten zusammenhängen. Vielleicht hat Nicole Daniel und Vivien gedroht, dass sie etwas aussagen könnte, dass beide oder einen der Geschwister im Fall von Simons Tod belastet? Oder jemand wollte Flora den Mord an Nicole Mohr anhängen, um sie endgültig loszuwerden? Es könnte ein Rachemotiv sein, da Flora ja für Simons Tod nie im klassischen Sinne bestraft wurde, und jetzt läuft sie wieder in Niensühn frei herum und erfreut sich des Lebens.«

»Ich weiß nicht, Pia.«

»Sag, dass du mich unterstützt! Du hast Flora Laubner doch auch gehört? Klang das, was sie uns erzählte, so unglaubwürdig?«

»Nein«, gab Broders zu. »Ich frage mich nur die ganze Zeit, wovon du dich eigentlich ablenken willst, Pia.«

Vivien war nicht gern in der Stadt. Schon nach zwei Stunden fühlte sie sich schmutzig, und ihr dröhnte der Kopf. Die Straßen kamen ihr zu eng vor, die Autos stanken und waren zu laut. Die Menschen erschienen ihr austauschbar, wie sie scheinbar gleichgültig ihre Ziele verfolgten oder an Häuserecken herumlungerten und sie anstarrten. Niemand grüßte den anderen. Unvorstellbar, hier leben zu müssen, in einer dieser Schuhschachtel-Wohnungen, oder gar seine Kinder hier großzuziehen. Was die Leute alle an Lübeck fanden? Oder gar an Hamburg? Vivien war vor zwei Jahren mal in ein Nachbardorf von Niensühn gezogen, nur wenige Kilometer entfernt, und hatte es gerade mal sieben Monate lang dort ausgehalten.

Vivien sah ihre Mutter über die Breite Straße auf sich zukommen. Da waren Springbrunnen in das Pflaster der Fußgängerzone eingebaut, zwischen denen Kinder umherliefen und zur Freude ihrer Mütter klitschnass wurden. Tanja Pranges Bewegungen waren steif, und als sie näher kam, sah Vivien, dass ihre Gesichtszüge hart und unbewegt waren. Ihr wurde flau. Das bedeutete, dass der Anwaltstermin nicht gut gelaufen war. Den Anwalt hatte ihnen ein alter Freund speziell für so einen Fall empfohlen. Was war eigentlich »so ein Fall«? Vonseiten der Polizei erfuhren sie ja nichts. Vivien und ihre Eltern waren beunruhigt wegen Daniels vorläufiger Festnahme. Eine Vernehmung war das eine, doch wenn ihr Bruder jetzt tatsächlich in Untersuchungshaft saß, würde es bald jeder in ihrer Umgebung wissen.

Vivien hatte ihren freien Mittwochnachmittag in Lübeck damit verbracht, Geschäfte abzuklappern und sich nach einem Paar Stiefeletten für den Herbst umzusehen. Bei Schuhgröße 42 musste sie rechtzeitig losgehen, damit sie überhaupt noch so etwas wie eine Auswahl hatte. Doch sie war nicht fündig geworden. Sie hatte die mitleidigen oder überheblichen Blicke der Schuhverkäuferinnen satt, die meinten, Größe 37 zu tragen sei eine persönliche Leistung, auf die sie stolz sein konnten.

»Komm mit«, sagte ihre Mutter und steuerte auf ein Café zu, in dem nur ein paar Touristen saßen, die sich auf Dänisch oder Schwedisch unterhielten. Sie bestellten Kaffee, Vivien dazu ein Stück Marzipantorte mit Sahne, da sie fürchtete, dass sie gleich Nervennahrung würde brauchen können.

»Sag mir bitte eins, Vivien«, forderte ihre Mutter, nachdem sie sich vergewissert hatte, dass ihnen niemand zuhörte.

Herrje, was kam denn jetzt?

»Warum hast du die Polizei angelogen?«

27. Kapitel

»Was meinst du denn?« Vivien schob sich ein Stückchen Torte in den Mund.

»Du hast der Polizei gegenüber ausgesagt, dass du Nicole gefunden hast. Und nun höre ich von Daniels Anwalt, dass es anders war. Dass Daniel sie tot aufgefunden hat! Weißt du, wie das jetzt aussieht? In was für Schwierigkeiten er nun steckt? Hast du eine Ahnung, was du da angerichtet hast?«

»*Ich* hab etwas angerichtet?« Vivien deutete mit der Kuchengabel auf sich. »Ich wollte meinem Bruder helfen. Er hat mich angefleht, das zu tun. Und es hat ja auch funktioniert. Wie konnte ich ahnen, dass er als Nächstes seine Aussage widerruft und mich als Lügnerin hinstellt?«

»Ihr habt euch beide sehr dumm verhalten.« Laut klappernd rührte Tanja in ihrer Kaffeetasse.

»Daniel ist gleich morgens zu Nicole rübergegangen, weil er sie ja ein paar Tage lang nicht gesehen hatte. Das hat er übrigens des Öfteren gemacht. Er hat sich hintenherum zu ihr geschlichen, damit niemand ihn sieht …«

»Wie konnte er nur?« Tanja Pranges Schwarzwälder Kirschtorte stand unangetastet vor ihr.

»Wieso? Nicole hatte sich schon vor einiger Zeit von Falk getrennt. Daran war Daniel übrigens nicht schuld, das zwischen den beiden entwickelte sich erst später. Und er war wohl echt verrückt nach ihr, obwohl alles dagegensprach. Er wusste weder ein noch aus. Ich habe es zufällig mitbekommen, und Daniel hat mich angefleht, es niemandem zu sagen.«

»Aber er ist doch mit Ann-Katrin verlobt.«

»Er liebt Ann-Katrin nicht. Das ist doch nur euer Wunschdenken, weil es so gut passt.«

»Vivien, das stimmt nicht!«

»Mutti, wie soll ich es dir erklären, wenn du mir nicht glaubst? Hör doch erst mal zu!«

»Na gut.« Tanja Prange verschränkte die Arme vor der Brust und lehnte sich zurück. »Ich will jetzt alles wissen, da du ja anscheinend viel besser Bescheid weißt als wir.«

Vivien kratzte den Rest Marzipan vom Teller und leckte die Gabel ab. »Daniel hat nicht vor, Ann-Katrin zu heiraten. Er mag sie nicht mal besonders. Er wollte den Schein nur wahren, bis …« Vivien sah zur Seite. Sollte sie jetzt alles verraten? Es war klar, dass sie das Donnerwetter abbekäme, da Daniel ja im Knast saß. Na ja, tauschen wollte sie auch nicht mit ihm, aber wieso war es überhaupt ihr Problem?

»Ich höre«, sagte Tanja Prange leise.

»Bis Vater ihm den Hof überschrieben hat.«

»Nein.«

»Doch, das war sein Plan. Dann wollte er die Verlobung offiziell lösen und Nicole heiraten.«

»Das kann doch nicht sein Ernst sein.«

»Warum nicht?«

»Also, schon weil es unmöglich ist. Allein der Gedanke! Nicole ist die Tochter der Mohrs! Unsere Familien haben nichts gemein. Außerdem ist – war – sie vier Jahre älter als Daniel und noch verheiratet. Sie passt überhaupt nicht zu ihm.«

Vivien hob die Hände. »Nicht meine Baustelle. Jedenfalls hatte ich zufällig mitbekommen, dass da was läuft. Ich habe ihn darauf angesprochen, und Daniel hat mich ins Vertrauen gezogen. Er brauchte ja auch ab und zu mal ein Alibi. An dem

Morgen, als er Nicole tot aufgefunden hat, hat er mich unter Tränen angefleht, rüberzugehen und dann die Polizei zu rufen. Er sagte, er könne es nicht tun, euch zuliebe, weil dann ja alles rauskäme. Bei mir wäre es kein Problem, ich könnte irgendeinen Vorwand suchen. Also hab ich es getan. Ich meine, sie war ja schon tot. Es änderte nichts mehr.«

»Ihr habt uns beide belogen. Und die Polizei.«

»Das tut mir auch leid. Aber wenn ihr weniger dahinterher gewesen wärt, dass der Lemcke-Hof und der Prange-Hof eins werden, dann hätte Daniel sich vielleicht getraut, euch reinen Wein einzuschenken.«

»Das hätte er so oder so tun müssen.«

»Von wem er das wohl hat? Ihr wart der Polizei gegenüber ja auch nicht immer so ganz ehrlich.«

»Was soll das denn heißen?«

»Damals, als Simon starb ...«

Das »Ja?« ihrer Mutter klang unheilvoll.

Vivien nahm ihren Mut zusammen. »Was war mit meiner Zahnspange? Ich hatte sie an dem Vormittag, als Simon starb, in unserem Versteck liegen lassen. Es ist mir später siedend heiß eingefallen. Ich hab mich aber nicht getraut, es euch zu sagen, weil ihr ja immer betont habt, dass das Ding tausend Euro gekostet hat. Doch abends lag die rote Klammerdose mit meiner Spange darin wieder auf dem Waschbeckenrand.«

»Da täuschst du dich. Das muss an einem anderen Tag gewesen sein. Ich glaube, dein Vater hatte deine Zahnspange mal im Stall gefunden und mit reingenommen.«

»Nein, ich habe sie im Versteck zum Maisessen rausgenommen, das weiß ich genau.«

»Vivien, das ist jetzt zwölf Jahre her.«

»Ich erinnere mich aber genau. Papa war mit Gunnar in

unserem Versteck. Sie haben Simon dort tot aufgefunden. Und Papa muss meine Klammerdose mit der Spange eingesteckt haben, obwohl es doch ein Tatort war und sie nichts hätten verändern dürfen.«

»Du schaust zu viele Krimis.«

Vivien schüttelte den Kopf. »Nein. Aber wenn ich mir vorstelle, warum er das getan hat ... Hat er ernsthaft gedacht, Daniel oder ich hätten Simon etwas angetan?«

Tanja Prange schwieg.

»Und jetzt fürchtet ihr, Daniel könnte auch Nicole etwas angetan haben?«

»Wieso sagst du das? Er ist dein Bruder.«

»Vielleicht, weil ich ihn besser kenne als ihr. Und euch auch.«

Tanja Prange beugte sich vor. »Ich weiß, dass mein Sohn nichts Böses getan hat. Aber mit Lügen kommen wir nicht weiter.«

Vivien zuckte mit den Schultern, obwohl sie mit den Tränen kämpfte. Sie war es leid, stets an allem schuld zu sein. Ab heute also nur noch die Wahrheit. Und nach ihr die Sintflut.

Pia stand in der Küche und spülte das Geschirr von Frühstück und Abendbrot. Endlich war sie fertig und ließ das Wasser aus dem Spülbecken laufen. Sie lauschte. Aus Felix' Kinderzimmer drang seit ein paar Minuten kein Laut mehr. Nachdem Pia ihm bis vor einer Viertelstunde vorgelesen und er sich danach selbst noch eine Geschichte erzählt hatte, war er wohl endlich eingeschlafen. Pia trocknete sich die Hände ab und griff zum Telefon. Wie schon die Abende zuvor versuchte sie, Lars zu erreichen, doch wieder hatte sie kein Glück. Es war Mittwochabend, und am Samstag wollte er spätestens zurück sein. Warum meldete er sich nicht bei ihr? Pia verstand nicht viel vom Segeln, vermutete aber, dass die Crew zwischendurch sicher mal einen Hafen anlaufen musste, von wo aus Lars sich bei ihr hätte melden können. Warum zum Teufel tat er das nicht? Brauchte er eine Auszeit von ihr? War das so ein Männerding? Dann hätte er das vorher sagen sollen. Oder war er sauer auf sie? Dafür sah sie eigentlich keinen Grund. Hatte er womöglich wegen der Hochzeit kalte Füße bekommen? War irgendwas mit seinem Freund?

Doch nur in der Wohnung herumzulaufen und zu grübeln brachte nichts. In der Küche gab es nichts mehr zu tun. Zum Wäschefalten hatte sie keine Lust. Sie musste sich ablenken, und die beste Ablenkung wäre Arbeit. Die erforderlichen Unterlagen dazu standen schon im Flur.

Rist hatte ihr die alten Ermittlungsakten zum Fall Simon Hertling übergeben, soweit sie dazu offiziell Zugang hatten. Von »mit nach Hause nehmen« war nicht direkt die Rede gewesen, doch sie schaffte es einfach nicht, das alles während des normalen Betriebes in der Dienststelle durchzusehen.

Pia stellte den Karton mit den Akten im Wohnzimmer neben das Sofa, schaltete die Stehlampe ein und sprudelte sich in der Küche noch eine Flasche Mineralwasser auf, die sie ebenfalls neben dem Sofa deponierte. Ihr war zwar mehr nach einem Bier oder etwas Stärkerem, doch für die Durchsicht der Akten wollte sie hellwach und aufmerksam sein. Nach kurzer Überlegung holte sie sich noch eine Tafel Schokolade aus dem Küchenschrank. Als Nervennahrung.

Es war alles im Wesentlichen so beschrieben und dokumentiert, wie Pia es auch schon von verschiedenen Seiten gehört hatte: dass die vier Kinder vormittags mit dem Fahrrad an die Ostsee zum Spielen aufgebrochen waren, Vivien und Daniel Prange mit der Anweisung, um halb eins zum Mittagessen wieder zu Hause zu sein. Dann die Aussagen der Kinder Vivien und Daniel, dass sie zuerst zu viert in ihrem »Versteck« neben dem Maisfeld gewesen waren, der Lichtung im Wald. So weit deckten sich die Aussagen. Die Geschwister Prange sagten unabhängig voneinander aus, dass sie sich gemeinsam auf den Rückweg gemacht und Simon und Flora zusammen im Versteck zurückgelassen hatten. Die beiden hatten nicht zu einer bestimmten Uhrzeit zu Hause sein müssen.

Das Vernehmungsprotokoll von Flora hingegen lieferte keine Angaben zu diesem Zeitraum. Sie erinnerte sich, mit den anderen drei Kindern im Versteck angekommen zu sein. Außerdem erinnerte sie sich laut dem Vernehmungsprotokoll an einen Streit mit Simon, wusste aber von den darauffolgenden Ereignissen quasi nichts mehr. Sie war später mit einer Kopfverletzung zu Hause eingetroffen und hatte von da an angeblich unter einer retrograden Amnesie gelitten, wie zwei unabhängige Mediziner bestätigten.

Die Kinder gaben zu, das »Würgespiel« früher mal gespielt zu haben, aber ein Kind beschuldigte das andere, damit angefangen zu haben. Interessant war, dass an dieser Stelle auch die einige Jahre ältere Nicole Mohr erwähnt wurde, die Daniel angeblich von dem »Spiel« erzählt hatte.

Es gab weiterhin Einschätzungen eines Kinderpsychologen zu den jeweiligen Elternhäusern und Umständen, unter denen die Kinder aufwuchsen. Alles unauffällig. Die Tragödie hatte sich durch nichts angekündigt, wie es schien.

Es folgten die Berichte über den Tatort und Fundort von Simons Leiche, zusätzlich die Zeugenaussagen von Piet Prange und Gunnar Hertling, die den toten Jungen aufgefunden hatten. Es gab keinerlei Spuren, die auf einen Fremden hindeuteten, der das Versteck aufgesucht hatte. Keinerlei fremde Spuren an Simon Hertlings Leiche.

Fotos ergänzten die Beschreibungen. Pia betrachtete sie eines nach dem anderen. Floras Halstuch, mit dem Simon erdrosselt worden war, war ein wichtiges Beweisstück. Kratzer auf seinen Händen und Hautfetzen unter Simons Fingernägeln, die Flora zugeordnet werden konnten. Und Mais, abgenagte Maiskolben und lose Körner, die herumlagen. Wer wusste alles von diesem Detail? Die beteiligten Kinder, Gunnar Hertling, Piet Prange, die Polizisten und alle, die ermittlungsbedingt am Tatort gewesen waren. Kein Hinweis, dass auch Inge Hertling oder Tanja Prange dort gewesen waren, aber sie konnten natürlich trotzdem von dem Mais erfahren haben.

Pia las, dass Simon Einlagen getragen hatte. Das war so erschreckend banal. Er war ein ganz normales Kind gewesen, dessen Eltern sich Gedanken um seine Gesundheit gemacht hatten. Man wollte vorbeugen, alles Erdenkliche tun, damit es dem Jungen auch in Zukunft gut erging. Sie hatten für ihn geplant und gehofft, wie Eltern das nun mal tun.

Pia wandte sich wieder den Unterlagen zu. Eine Aufzählung der Kleidungsstücke und Gegenstände, die Simon Hertling bei sich gehabt hatte, fiel ihr in die Hände. Nichts Ungewöhnliches, nur … Gedankenverloren fuhr Pia sich mit dem Fingerknöchel über die Schneidezähne, hielt inne, als sie sich dessen bewusst wurde. Der Junge hatte eine olivgrüne Sommerjacke getragen, die auch auf einigen Fotos gut zu erkennen war.

Was hatte Flora an dem Tag angehabt? Pia wühlte sich durch die Papiere, bis sie fündig wurde. Das Mädchen hatte Jeans, ein langärmeliges blaues T-Shirt und eine leichte dunkelrote Jacke getragen. Dazu das gemusterte Halstuch, das sie aber später nicht mehr umgehabt hatte, weil es um Simons Hals geschlungen worden war.

Zwei dünne Kinder mit kurzen, strubbeligen Haaren, bekleidet mit Jeans und Turnschuhen, doch eines trug eine olivgrüne und das andere eine dunkelrote Jacke.

28. Kapitel

Bei der Dienstbesprechung am nächsten Morgen drehte es sich hauptsächlich um die Frage, wie Daniel Prange an das verwendete Gift herangekommen sein könnte. Die Untersuchungen an seinem Computer, dem Familienrechner und dem Smartphone, etwaige Recherchen über Natriumfluoracetat oder Bestellungen dieses Giftes betreffend, hatten nichts ergeben. Beim K1 kamen erste Zweifel auf, wie Daniel Prange es wohl bewerkstelligt haben könnte und wo er die nötigen Kenntnisse herhatte. Eine Verbindung von ihm zu dem verwendeten Gift wäre vor Gericht ein wichtiger, ja ausschlaggebender Beweis. Ohne diesen war sogar zweifelhaft, ob es überhaupt zu einer Anklage kommen würde. Eine Möglichkeit war, dass das Gift, das auch Bestandteil einiger Pestizide war, Daniel Prange während seiner Ausbildung oder bei seinem Studium der Agrarwissenschaften begegnet sein könnte. Auch ein Auslandsaufenthalt oder persönliche Kontakte in ein Land, in dem Compound 1080 verwendet wurde, kamen infrage. Doch das war ein weites Feld.

Pia war nicht richtig bei der Sache und hatte ein schlechtes Gewissen deswegen. Felix und sein Problem, die Äpfel am Baum zu erkennen, spukten ihr im Kopf herum. Bis zu dem Kinderarzttermin musste sie sich noch gedulden. Sie überlegte, ihre Freundin Susanne anzurufen, die auch Medizinerin war. Außerdem war da noch der andere Aspekt dieser Entdeckung. Was bedeutete es für ihre Ermittlungen, sollte Fridbert Mohr sich als farbenblind erweisen?

Als sie ihre diesbezüglichen Überlegungen schilderte, reagierten die Kollegen zurückhaltend. Der Mord an Nicole Mohr hatte Priorität, und ein direkter Zusammenhang zu dem Fall Simon Hertling war weiterhin zweifelhaft. Doch Pia insistierte, bis Rist schließlich einwilligte, dass sie diese Spur weiterverfolgte. Floras Reaktion auf die Aussicht, möglicherweise doch unschuldig zu sein, motivierte Pia, nicht lockerzulassen. Sie musste allerdings allein nach Niensühn fahren, da Rist die übrigen Mitarbeiter für andere Aufgaben benötigte. Doch das war ihr ganz recht.

Als sie wieder in den Ort hineinfuhr, hingen dunkle Regenwolken über den Dächern und Baumkronen. Der Turm der Dorfkirche schien direkt in die graue Decke hineinzuragen, und der nächste Regen war nicht weit.

Pia traf Fridbert Mohr zu Hause an. Die Begrüßung fiel nicht gerade freundlich aus, doch er ließ sie ohne weitere Nachfragen herein. Er schlurfte ihr voraus in die kleine Küche.

»Ist Ihre Frau auch da, Herr Mohr?«

»Nein, Anneliese ist nach der Trauerfeier zu ihrer Schwester gefahren. Sie sagte, sie hält es hier im Haus mit all den Erinnerungen nicht aus. Sie wollte, dass ich mitkomme, aber ich kann nicht weglaufen … Außerdem quasselt mir meine Schwägerin zu viel.« Er setzte sich mit einem Ächzen, deutete auf den zweiten Küchenstuhl, und Pia nahm Platz.

Sie stellte ihm noch ein paar Fragen zu seiner Tochter, deren Antworten sie sich notierte. Er betonte nach wie vor, dass Nicole und Daniel Prange vorgehabt hatten zu heiraten. Die ganze Geheimniskrämerei sei einzig und allein Schuld seiner Eltern gewesen! Überhaupt schienen Piet und Tanja Prange ein Reizthema für ihn zu sein. Pia hörte aus seinen Worten heraus, dass die Abhängigkeit von den Pranges, die über die

Jahre sein Hauptarbeitgeber gewesen waren, einen stillen Groll in Mohr geweckt hatten. Mit der Trennung seiner Tochter von ihrem Ehemann hatte Fridbert Mohr offensichtlich aber immer noch seine Probleme, denn seine Hände ballten sich zu Fäusten, und sein Gesichtsausdruck wurde noch verschlossener, als Pia darauf zu sprechen kam. Doch so, wie Mohr sich ausdrückte, machte er seine Tochter genauso für das Scheitern der Ehe verantwortlich wie ihren Mann. Und Falk Stahnke war in den Augen seines Noch-Schwiegervaters zumindest sein eigener Herr. Anders als Daniel, ließ er sich von niemandem vorschreiben, was er zu tun und zu lassen hatte.

»Ich habe noch etwas mitgebracht«, sagte Pia, als sie zum Thema Nicole Mohr keine nützlichen Informationen mehr erwartete. Sie zog die präparierten Bilder aus der Tasche und legte sie vor Friedbert Mohr auf den Tisch. »Bitte schauen Sie sich die Fotos genau an und sagen Sie mir, was Ihnen daran auffällt.«

Er zog eine verschmierte Lesebrille aus der Brusttasche seines Hemdes und beugte sich darüber.

Pia wartete gespannt.

»Was soll das?«, fragte er.

»Es hängt mit den Ermittlungen zusammen.«

»Hm … hm. Wo ist das?«

»In Lübeck.«

»Ich kenne die Ecke nicht. Und die Leute darauf auch nicht. Nie gesehen. Was soll das? Wer ist das?«

»Die Leute sind nicht wichtig. Ansonsten fällt Ihnen nichts auf? Die Ampel? Die Verkehrsschilder?«, fragte Pia.

Er schob die Fotos von sich weg. »Nee. Was soll das werden?«

»Können Sie Farben sehen, Herr Mohr?«

»Natürlich! Was hat das mit Nicki zu tun?«

»Wie sieht es mit Rot und Grün aus. Können Sie die beiden Farben unterscheiden?«

»Ich fahre Auto und habe seit vierzig Jahren den Führerschein.«

»Bei einer Ampel weiß man, dass man anhalten muss, wenn das obere Licht leuchtet. Aber auf dem Foto, das ich Ihnen gerade gezeigt habe, sind die Farben auf der Ampel verkehrt herum abgebildet. Und das Stoppschild ist da grün und nicht rot, nur der Grauwert ist derselbe.«

»Na und? Bei schlechtem Licht kann ich Rot und Grün manchmal nicht so gut unterscheiden. Das ist vererbbar. Mein Großvater hatte das auch. Verhaften Sie mich jetzt?«

»Nein. Aber ich nehme es zu Protokoll.« Vererbbar, tönte es in Pias Kopf. So viel wusste sie darüber auch schon. Sie musste sich dringend Klarheit verschaffen.

Da Bernhard Altmann, Pias pensionierter Kollege, nur etwa zehn Minuten Autofahrt von Niensühn entfernt in Kaköhl wohnte, rief sie ihn an und fragte, ob sie noch einmal vorbeikommen dürfe. Es habe sich etwas Neues ergeben, und sie wolle ihn noch etwas fragen. Sie hörte die Neugierde in seiner Stimme, als er ihr sagte, das sei kein Problem. Im Grunde seines Herzens war er wohl immer noch Polizist.

Als Pia in der Wohnstraße vor dem rot geklinkerten Einfamilienhaus mit den Sprossenfenstern hielt, regnete es in Strömen. Sie lief zum Eingang, klingelte, wartete unter dem Vordach, bis Altmann ihr öffnete. Er führte sie wieder ins Wohnzimmer, von wo man über die hell glänzenden Holzdielen hinweg auf die Terrasse mit den ausladenden Korbmöbeln und in den dahinter liegenden Garten schauen konnte.

»Ihr habt es wirklich schön hier«, sagte Pia zur Einleitung. »Und die Ostsee ist ja auch nicht weit. Nett.«

»Wir genießen es auch sehr, hier zu wohnen. Ich empfinde es immer wieder neu als ein Privileg.« Er senkte die Stimme: »Ehrlich gesagt, ich habe im Laufe meines Berufslebens so viel Mist gesehen, dass ich mich den Rest meiner Zeit nur noch mit schönen Dingen umgeben will. Aber wem sage ich das? Kaffee?«

»Gern. Mit Milch bitte.«

Der Kaffee kam aus einem Vollautomaten, wie sie aus dem Geräusch schloss, das aus der Küche drang. Altmann stellte zwei Becher sowie Milch und Zucker auf den Couchtisch. Der Kaffee schmeckte fantastisch.

»Also«, sagte Bernhard Altmann nach den ersten Schlucken, »womit kann ich dir helfen?«

»Ich war eben bei Fridbert Mohr. Du erinnerst dich an ihn?«

»Der Landarbeiter der Pranges? Knorriger, wortkarger Kerl.«

»Ja, das ist er. Er hat damals ausgesagt, dass er Simon Hertling zu einer bestimmte Uhrzeit am Strand gesehen hat. Für wie glaubwürdig hältst du seine Zeugenaussage?«

»Nun, er war Floras Hauptbelastungszeuge, beziehungsweise er hat die Prange-Kinder entlastet. Nach allem, was ich gehört habe, war er ein grundanständiger und zuverlässiger Typ. Fantasielos und ehrlich. Keiner, der den Mund aufreißt, wenn er nicht genau weiß, dass er etwas zu sagen hat. Nur …«

»Ja?« Pia beugte sich vor.

»Eine Sache hinterließ einen … nun ja, faden Nachgeschmack. Er war als Landarbeiter auf die Pranges angewiesen. Was anderes als diesen Beruf hatte er nicht gelernt, und sonderlich flexibel kam er den Kollegen damals auch nicht vor. Das sind enge Verbindungen, noch dazu in so einem kleinen Ort. Ich glaube, in dem Fall hatte sogar schon sein Vater für Piet Pranges Vater gearbeitet.«

»Ach ja?« Pia beugte sich vor.

»Dieser Umstand macht die Annahme, die Pranges könnten versucht haben, Einfluss auf seine Aussage zu nehmen, nicht ganz abwegig. Ich will damit nicht sagen, dass es auch so war. Schließlich waren da auch noch diese Pastorin und ihr Mann, die seine Aussage gestützt haben.«

»Ist getestet worden, ob Mohr von seinem Boot aus überhaupt genug hat sehen können, um ein Kind sicher zu identifizieren?«

»Er hat den Kollegen damals gezeigt, wo er geankert hatte. Es war zwar recht weit vom Strand entfernt, sodass er das Gesicht wohl nicht mehr genau sehen konnte, aber er konnte noch genug erkennen. Statur, Kleidung, Frisur und Haarfarbe.«

»Waren sich die Kinder im Grunde nicht recht ähnlich, was Statur, Haarfarbe und Kleidung betrifft? Bis auf die Farbe der Jacken natürlich. Die von Simon war grün, Floras rot.«

»Hm. So genau erinnere ich mich nicht mehr. Es war ja nicht mein Fall.« Bernhard Altmann trank den Rest Kaffee aus seiner Tasse. »Hat sich sonst noch etwas Neues ergeben?«

»Wir können nicht gerade von einem Durchbruch sprechen«, sagte Pia vorsichtig.

Altmann lächelte verständnisvoll. »Tja, das ist das perfide an Gift. Dass der Zeitpunkt der eigentlichen Tat, also das Platzieren des Giftes, meistens nicht mit dem Todeszeitpunkt übereinstimmt. Dass der Giftanschlag auch Flora gegolten haben könnte, sagtest du ja letztes Mal schon. Und ich habe immer wieder darüber nachgedacht, ob die alte Sache das Motiv dafür sein könnte. Von Gunnar Hertling und davon, wie er Joachim Laubner für alles verantwortlich gemacht hat, hab ich dir ja schon erzählt?«

»Zumindest, dass er Joachim Laubner vielleicht in den Selbstmord getrieben hat. Du hattest seine starke Persönlichkeit erwähnt.«

»Kennst du ihn inzwischen?«

»Ja. Ich kann nachvollziehen, was du damit meinst. Aber wie soll er einen unserer Kollegen so beeinflusst haben, dass der sich deswegen das Leben nimmt?«

Altmann zuckte mit den Schultern. »Hertlings alleinige Schuld war das sicher nicht. Da kam bei Joachim wohl eins zum andern.«

»Was war denn da noch außer dem Verdacht, der auf Flora lastete?«

»Reicht das nicht? Joachim wollte unbedingt beweisen, dass sie unschuldig ist, doch alles sprach gegen sie. Er war wie besessen, fand aber nichts, das Flora entlastete. Darüber ist er verzweifelt.«

»Hat seine Frau ihn in dieser schwierigen Situation nicht unterstützt?« Je mehr Pia über Floras Familie erfuhr, desto verwunderter war sie über Regina Laubners Verhalten. Hatte sie denn nicht für Flora gekämpft? In all den Jahren danach war es anscheinend nie zu einer Aussprache oder Annäherung zwischen Mutter und Tochter gekommen.

»Doch. Soweit ich es mitbekommen habe, war es eine wunderbare Ehe. Joachim hielt große Stücke auf Regina. Er sagte, er könne mit ihr über alles reden, auch wenn ihm mal ein Fall zu schaffen mache … Regina fange ihn immer auf. Der ruhende Pol in seinem Leben. Anders als bei mir und Sabrina damals.«

»Ach ja?«

»Meine erste Frau wollte nichts von meinen Erlebnissen im Job wissen. Sie war ja Sängerin, eine Künstlerin, hochsensibel. Ich war da der ruhende Pol. Oder habe zumindest versucht, es zu sein. Aber jede Ehe funktioniert anders. Bei den einen ist es das eingespielte Team, das sich in jeder Lebenslage aufeinander verlassen kann, bei anderen die Amour fou. Himmelhoch jauchzend, zu Tode betrübt. Die Liebe, die einem den Verstand rauben kann.« Er lächelte reumütig. »Nimm mich bitte nicht allzu ernst. Heute ist Sabrinas Todestag. Da werde ich immer sentimental.«

Pia nickte.

»Eine Sache ist da noch«, sagte Bernhard Altmann, als sich das Gespräch dem Ende zuneigte.

»Und zwar?«

»Vielleicht war Joachim auch deshalb so darauf aus, Floras Unschuld zu beweisen, weil er Angst hatte, dass sie sich sonst etwas antun könnte. Immerhin sollte sie im Falle ihrer Schuld für eine gewisse Zeit in eine psychiatrische Klinik eingewiesen werden.«

»Hat er das zu dir gesagt?«

»Er hat mal eine Andeutung gemacht, Selbsttötungen lägen in seiner Familie ... Du weißt ja auch, mit was für Tragödien wir in unserem Job konfrontiert werden.«

»Er sagte wörtlich, Selbsttötungen lägen in der Familie?«

»Irgendein Verwandter von ihm, ein Onkel oder Großonkel, hat wohl mal Suizid begangen. Joachim glaubte offenbar an eine vererbbare Neigung dazu.«

Pia runzelte die Stirn. »Aber Flora hat sich nichts angetan, sondern er hat sich umgebracht.«

»Vielleicht wurde das bei ihm zu einer Art sich selbsterfüllenden Prophezeiung?«

29. Kapitel

Bevor sie sich auf den Rückweg von Kaköhl nach Lübeck machte, versuchte Pia, ihre Freundin Susanne Herbold zu erreichen. Der Kinderarzttermin war noch ein paar Tage hin. Pia hoffte, dass Susanne ihre Fragen zum Thema Farbenfehlsichtigkeit beantworten konnte. Susanne war Ärztin und konnte ihr hoffentlich mehr sagen, als sie am vergangenen Abend bei ihren Recherchen im Internet herausgefunden hatte. Auf jeden Fall würde es ihr guttun, mit jemandem über diese Angelegenheit zu sprechen, der ihre Sorge verstehen würde. Da Susanne nicht erreichbar war, hinterließ Pia ihr eine Nachricht und machte sich auf den Weg zurück nach Lübeck.

Im Wetterbericht hieß es, dass sich der Sommer für dieses Jahr wohl endgültig verabschiedete. Es sollte in den nächsten Tagen nicht besser, sondern eher noch kälter und stürmischer werden. Pia fuhr die Milchstraße hinunter, die von Schönweide am Bungsberg zur Autobahn-Anschlussstelle »Neustadt–Pelzerhaken« führte, als Susanne zurückrief. Pia meldete sich über die Freisprechanlage und hielt nach einem Parkplatz Ausschau. Sie bog auf einen Waldparkplatz ein und erzählte Susanne von ihrem Erlebnis mit Felix und dem Apfelbaum.

»Das ist wirklich seltsam«, sagte Susanne. »Ist dir früher schon mal etwas in dieser Richtung aufgefallen?«

»Höchstens, dass Felix beim ›Mensch ärgere dich nicht‹-Spielen immer auf den gelben Spielfiguren besteht.«

»Wart ihr schon mal zusammen Erdbeeren pflücken?«

»Wieso?«

»Ein Körbchen voll hellgrüner Erdbeeren wäre auch ein Zeichen für eine Rotgrünschwäche oder Rotgrünblindheit.«

»Und der Kinderarzt kann das feststellen?«

»Ja, das kann man einfach testen. Mach dir nicht zu viele Sorgen, Pia. Sollte Felix das haben, wird er trotzdem prima damit leben können. Es gibt ein paar Einschränkungen. Er wird dann vielleicht nicht Pilot werden können ...«

»Ich weiß. Aber seltsam ist es schon.«

»Es kommt häufiger vor, als du denkst. Es gibt auch Erwachsene – meistens sind es Männer –, die gar nicht wissen, dass sie so eine Farbenschwäche haben.«

Pia rieb sich die Stirn. »Es sieht so aus, als wäre das gerade in meiner Ermittlung der Fall.«

»Oh, spannend.«

»Es könnte ein wichtiger Hinweis sein. Aber noch mal zu Felix. Wenn er diese Rotgrünschwäche hat, von wem hat er sie dann?«

Susanne hob zu einer ausführlicheren wissenschaftlichen Erklärung an.

»Willst du mir damit sagen, dass er es von mir geerbt hat?«, fragte Pia.

»Wahrscheinlich. Wenn weder du noch Felix' Vater eine Farbenfehlsichtigkeit haben, wird sich der Gendefekt in einem der beiden mütterlichen X-Chromosomen ›verstecken‹. Eine Tochter wäre nicht betroffen, ein Sohn vielleicht, wenn er dasjenige der beiden mütterlichen X-Chromosomen mit verstecktem Defekt erhält. Wenn deine Mutter keine Sehschwäche hat, hatte sie wahrscheinlich dein Vater ...«

Sie brach ab. »Du kennst deinen Vater nicht, oder?«

»Nein. Ich weiß nicht, ob er Rotgrünblind ist oder nicht. Ich weiß so gut wie gar nichts über ihn.«

»Mach dir bitte nicht so große Sorgen, Pia. Warte den Termin bei deinem Kinderarzt erst mal ab.«

Am nächsten Morgen wurde Pia vom Prasseln des Regens gegen ihr Schlafzimmerfenster geweckt. Es war draußen noch dunkel. Auf den zweiten Blick sah sie, dass es nicht mehr Nacht war, sondern dass dunkelgraue Regenwolken über der Stadt hingen. Sie tastete benommen zur Seite, doch da war niemand. Da fiel es ihr wieder ein: Lars war noch unterwegs und würde erst am Wochenende wieder zurück sein. Aber heute war erst Freitag. Pia drehte sich um, wollte am liebsten weiterschlafen und die Gegenwart aussperren, doch das durchdringende Piepen des Weckers riss sie endgültig aus dem Schlaf.

Normalerweise fiel ihr das Aufstehen nicht so schwer. Was war gestern noch passiert? Sie hatte mit Lars' Eltern telefoniert, nachdem sie Lars wieder nicht erreicht hatte. Vorher war sie etwa eine halbe Stunde durch die Wohnung getigert und hatte das Für und Wider dieses Telefonats abgewogen. Als sie sich endlich dazu durchgerungen hatte, hatte sie erfahren, dass die beiden jedoch auch noch nicht wieder von ihrem Sohn gehört hatten. Um sich zu beruhigen, hatte Pia sich einen Wodka mit Orangensaft gemixt, mit dem Ergebnis, dass sie überhaupt nicht hatte einschlafen können.

Die seltsame Stimmung und die Müdigkeit dauerten an, auch als Pia anderthalb Stunden später auf dem Kommissariat eintraf. Sie erläuterte während der Dienstbesprechung, was sie über Fridbert Moors Farbensehen herausgefunden hatte.

»Interessant. Aber der alte Fall hat im Moment keine Priorität«, sagte Rist zu ihrer Enttäuschung, kaum dass sie geendet hatte.

»Wir wissen immer noch nicht, ob der Giftanschlag vielleicht Flora Laubner gegolten hat«, wandte Pia ein.

»Nur weil das Opfer in ihrem Haus gewesen ist und dort Kaffee getrunken hat?«

»Das Türschloss von Laubners Haus wurde gepickt, ein leeres Briefchen, in dem das Gift enthalten war, lag in der Küche versteckt. Und nicht zu vergessen, jemand will Flora Laubner Angst machen, indem er sie an die Umstände von Simons Tod erinnert und Maiskörner in ihrem Garten verstreut. Man hat versucht, sie durch einen Autounfall auszuschalten.«

»Das sind nur Spekulationen«, versetzte Rist. »Der Fall Simon Hertling liegt viele Jahre zurück. So lange wartet niemand mit seiner Rache.«

»Es sei denn, dass ihm derjenige, an dem er sich rächen will, unverhofft wieder vor die Füße läuft.«

»Es gibt keinen Beweis dafür, dass es so ist.«

»Was ist mit dem nächtlichen Telefonanruf aus der Elpis-Klinik in Eutin, dass es Floras Mutter plötzlich schlecht geht?«, wandte Broders ein.

»Das könnte Flora Laubner fingiert haben ... Ebenso den Mais.«

»Moment«, sagte Broders. »Ich habe mit den Kollegen in Kiel gesprochen, die den Suizid in der Eutiner Elpis-Klinik untersuchen. Die Patientin, die aus dem Fenster gesprungen ist ...«

»Ja, und?«

»Sie sagen, die Tote könnte gesprungen oder aber auch gestoßen worden sein. Bisher sehen sie nur kein Motiv für ein Tötungsdelikt.«

»Und du siehst eines?«

»Falls diese Frau diejenige war, die nachts Flora Laubner aus der Klinik angerufen hat – zum Beispiel, weil es ihr von jemandem aufgetragen wurde –, dann hat derjenige sie vielleicht anschließend zum Schweigen gebracht, um seine Spur zu verwischen.«

Pia sah zu Broders hinüber. »Die Kieler ermitteln in der Sache?«

Er schüttelte kaum wahrnehmbar den Kopf. »Noch gibt es zu wenige Anhaltspunkte. Außer dem, was wir haben.«

Rist erhob sich und ging auf und ab. »Nein, das führt gerade zu nichts. Wenn ich das richtig sehe, haben wir im Fall Nicole Mohr zwei Hauptverdächtige: Daniel Prange, ihren Liebhaber, der die Verbindung zu ihr unbedingt geheim halten wollte, unter anderem aus finanziellen Gründen, und Falk Stahnke, bei dem verletzter Stolz, Rache oder Eifersucht als Tatmotiv infrage kommen, außerdem auch finanzielle Motive. Was Daniel Prange angeht, hat sein Anwalt gerade erwirkt, dass er aus der U-Haft freikommt. Uns fehlen die Beweise, Leute. Wir müssen quasi noch mal auf Start zurück.«

»Unser Hauptverdächtiger ist wieder frei?«, fragte Gerlach.

»So sieht es aus«, sagte Rist. »Also los, wir können uns keine Experimente mehr leisten. Wir nehmen uns alles noch mal vor, was wir bisher herausgefunden haben. Irgendetwas haben wir übersehen.«

Am Samstagmorgen wollte Hinnerk Felix früh abholen und mit ihm und seiner Familie in ein langes Wochenende fahren. Pia musste noch seine Sachen packen. Sie sprang aus dem Bett, duschte eilig und zog sich an. Zwischendurch weckte sie Felix, bereitete das gemeinsame Frühstück vor und packte seine Reisetasche. Die ganze Aktion lenkte sie wenigstens von ihren Grübeleien ab. Zum Glück schien Felix seine Vorbehalte gegen seine kleine Schwester Rike für den Moment abgelegt zu haben. Pia thematisierte diese Angelegenheit nicht erneut und widerstand auch der Versuchung, noch einmal zu testen, ob ihr Sohn Rot und Grün unterscheiden konnte.

Als Hinnerk da war und Felix noch mal in seinem Zimmer verschwand, um etwas zu suchen, das er unbedingt mitnehmen wollte, erzählte sie ihm jedoch von ihren Befürchtungen.

»Vielleicht wollte Felix dich mit den Äpfeln auch nur ein bisschen hochnehmen«, sagte Hinnerk. »Er hat ja manchmal seine drolligen fünf Minuten.«

»Ich habe das Gefühl, dass er die Äpfel wirklich nicht sehen konnte. Und sie waren knallrot.«

»Wenn es wirklich so war, kann er den Farbkontrast Rot vor Grün nicht sehen. Rotgrünblindheit wird doch rezessiv über die Mutter vererbt«, sagte Hinnerk mit gerunzelter Stirn. Klar, er wusste Bescheid, er war auch Mediziner. »Also wenn, dann hat er das von dir.«

»Ändert das irgendwas?«

»Äh, nein. Aber dann müssen wir auf meiner Seite ja nicht nach irgendwelchen Erbkrankheiten suchen.«

»Ach so. Bereitet dir das Sorgen?«

Er sah mit einem Mal ziemlich angespannt aus. »Natürlich nicht.«

»Wir behalten es im Auge, okay?«, sagte Pia. »Ich musste es nur gerade mal loswerden. Mir geht im Moment einiges im Kopf rum.«

»Was ist denn noch?«

Pia zögerte. Dann sagte sie: »Lars ist auf einem Segeltörn

um Irland, und ich habe länger nichts von ihm gehört. Das Wetter ist miserabel. Ich hoffe, ihm ist nichts passiert.«

»Wahrscheinlich hat er einfach nur kein Netz«, versuchte Hinnerk, sie zu beruhigen.

Pia nickte wenig überzeugt.

Felix kam angesaust und hatte sich den Kopf einer Riesenstoffschlange unter den Arm geklemmt, die noch etwa drei Meter hinter ihm herschleifte. Felix hatte mit Pias Eltern im letzten Jahr auf dem Jahrmarkt Lose gezogen und das Plüschungetüm gewonnen.

»Soll die Riesenschlange etwa mit?«, fragte Hinnerk. »Dann ist ja der ganze Rücksitz schon voll.«

»Damit kann Rike spielen!«, erklärte Felix. »Ich schenke sie ihr.«

»Und wo soll Rike dann sitzen?«

Felix zuckte mit den Schultern.

»Gute Taktik«, murmelte Pia.

Den Samstagvormittag verbrachte Pia in der Dienststelle und nutzte die Zeit, um in Ruhe und ungestört Berichte zu schreiben und ihre Notizen über den aktuellen Fall noch einmal durchzugehen. Am frühen Nachmittag fuhr sie los, um Lebensmittel einzukaufen, und trug sie nach oben in ihre Wohnung. Nach der arbeitsreichen Woche sah es dort entsprechend unaufgeräumt und staubig aus. Lustlos begann Pia, Sachen wegzuräumen und staubzusaugen, wobei sie zwischendurch immer wieder auf ihr Telefon schaute.

Sie sortierte gerade den Berg Schmutzwäsche, der sich in den vergangenen Tagen angesammelt hatte, als ihr Smartphone klingelte. Auf dem Weg in die Küche rutschte Pia auf einer Socke von Felix aus, die auf den Dielen im Flur lag. Sie fing sich im letzten Moment, erwischte ihr Telefon auf der Küchenarbeitsplatte.

Erleichtert blies sie die Luft aus, als sie Lars' Stimme hörte. »Hey, ich dachte schon, der Kahn, den ihr gechartert habt, hätte sich als irgend so ein Seelenverkäufer entpuppt und du wärst längst Fischfutter«, bekannte sie.

»Nein. Das Schiff war großartig, nur das Wetter war grauenhaft. Und wir mussten bei der geplanten Route zweimal umdisponieren. Ich bin, ehrlich gesagt, auch froh, dass alles gut gegangen ist«, gab er zu. »Ich war die Tage auf See durchgehend nass und habe nur kalte Baked Beans aus der Dose gegessen.« Er senkte die Stimme. »Tut mir wirklich leid, dass ich mich so lange nicht melden konnte. Ich hab deine Nachrichten gerade erst erhalten.«

»Wo seid ihr jetzt?«

»Wieder in Dublin. Aber wir haben wegen der Verzögerung durch das schlechte Wetter unseren Flieger verpasst.«

»Und nun?«

»Wir nehmen erst die Fähre und dann einen Mietwagen bis Heathrow, weil die nächsten Flüge von hier aus alle ausgebucht sind. Ist bei dir alles in Ordnung?«

»Oh ja, schon.« Es war nicht der richtige Moment, ihm von ihrem Apfelbaum-Erlebnis mit Felix zu erzählen. »Viel Arbeit, wie immer. Felix ist dieses Wochenende mit seinem Vater unterwegs, und ich schaffe hier ein bisschen Ordnung.«

»Ich freu mich wahnsinnig auf dich, Pia!«, sagte er.

»Ich mich auch auf dich.«

»Der nächste Urlaub, das werden unsere Flitterwochen. Und ich garantiere dir, wir machen sie nicht auf einem Schiff!«

»Einverstanden«, sagte sie. »Darf ich mir etwas wünschen?«

»Alles, wenn es mit dir und einem großen, weichen Bett zu tun hat. Sonne und warmes türkisblaues Meer wären auch nicht schlecht … Ach ja, und bitte keine *Baked Beans!*«

»Ich denk drüber nach. Und, Lars: Ich hab dich vermisst.«

»Ich liebe dich, Pia.«

Sie blieb noch einen Moment an der Balkontür stehen und sah in den Regen hinaus, als die Verbindung zu Lars schon wieder unterbrochen war. Pias Knie fühlten sich weich an, und sie merkte, wie sich die Beklemmung in ihrer Brust löste, von der sie gar nicht gewusst hatte, wie stark sie gewesen war. Sie hatte sich richtig Sorgen um ihn gemacht. Doch nun war alles gut.

Pia schreckte vom Läuten ihres Telefons aus dem leichten Dämmerschlaf eines Sonntagmorgens. Sie konnte heute ausschlafen. Seit langer Zeit einmal wieder. Sie blinzelte. Es war gerade mal Viertel nach acht. Wer rief denn sonntags um diese Uhrzeit an? Ein neuer Fall? Siedend heiß durchfuhr sie der Gedanke, dass der Anruf etwas mit Felix zu tun haben könnte. War er krank geworden, oder war etwas anderes passiert? Das Display zeigte eine ihr unbekannte Handynummer an. In der Erwartung, gleich mit Hinnerk verbunden zu sein, setzte sie sich auf und presste das Telefon ans Ohr.

»Hallo, spreche ich mit … äh … Pia?«, hörte sie eine männliche Stimme.

Es war nicht Hinnerk. Doch sie konnte den Anrufer nicht gleich zuordnen. »Ja, wer ist denn da?«

»Hier ist Georg. Georg Kuhn, Lars' Vater. Es ist …« Die Stimme brach.

Pias Herz begann, wie wild zu trommeln. »Ist etwas geschehen?«, brachte sie atemlos hervor.

Stille am anderen Ende der Leitung. Sie hörte ein Stöhnen oder Schluchzen. »Ich bin eben angerufen worden. Es ist etwas passiert. Ein Autounfall auf der M6 bei Birmingham.«

»Oh Gott! Wie geht es Lars?«

»Es hat ... es hat zwei Tote gegeben in dem Mietwagen, den sie genommen haben ... Und einen Verletzten ...«

»Was ist mit Lars?«, brachte Pia krächzend hervor.

»Wir wissen es nicht genau.« Wieder schien er um Fassung zu ringen. »Aber es sieht nicht gut aus. Wir fahren sofort los. Heide hat schon zwei Flüge nach London gebucht.«

»Ich ... ich muss mitkommen«, sagte Pia. »Wo genau ist das passiert? Ich will auch dorthin kommen!«

»Aber ... du kannst da nicht viel tun, Pia. Du hast doch dein Kind zu Hause. Wir melden uns bei dir, sobald wir mehr wissen.«

»Nein«, sagte Pia. »Ich muss auch dorthin. Gib mir die genaue Adresse.«

Die nächsten Stunden verliefen wie ein Albtraum. Pias Eltern, die sie ebenfalls mit einem Telefonanruf aus dem Bett schreckte, buchten für sie einen Flug ab Hamburg; ihr Stiefvater brachte sie zum Flughafen. Er bot ihr an, sie zu begleiten, doch sie wollte lieber allein sein. Sie sprachen nicht viel. Ihre Mutter hatte ihr versichert, sich mit Hinnerk in Verbindung zu setzen und sich mit ihm zusammen um Felix zu kümmern, bis Pia wieder zurück war.

Pia hatte nur eine Tasche mit dem Nötigsten dabei, saß am Gate, kontrollierte minütlich ihr Handy und wartete auf das Boarding. Am Flughafen London Stansted mietete sie sich einen Wagen, um zu dem Krankenhaus in Birmingham zu gelangen, das Georg Kuhn ihr als Adresse angegeben hatte. Um sich zu beschäftigen, hatte sie nachgeschaut, wann die Flüge von Bremen nach London gingen. Wie es aussah, würden die Kuhns vor ihr in Birmingham ankommen. Bei Lars … War er derjenige, der überlebt hatte?

Während des kurzen Fluges war Pia wie betäubt gewesen. Sie konnte sich eine halbe Stunde später kaum noch an Einzelheiten erinnern, weder an andere Passagiere noch daran, ob sie etwas zu sich genommen hatte. Als sie endlich in einem Mietwagen mit Navigationssystem, einem kleinen Rover, saß, zwang sie sich, ihre volle Aufmerksamkeit auf die Straße zu richten. So aufgewühlt und verzweifelt, wie sie war, wollte sie im Linksverkehr nicht auch noch einen Unfall bauen. Es war schlimm genug, dass sie nicht wusste, was mit Lars geschehen war. Sie musste sich konzentrieren.

30. Kapitel

Sie bog auf den Parkplatz der Klinik, stellte den Mietwagen ab, folgte mit weichen Knien und einem dumpfen Gefühl im Herzen der Beschilderung. Schon an der Information kam sie nicht weiter, da sie keine Familienangehörige war. Der Geruch von Krankenhaus, die vielen Menschen, die Unruhe und die durch Angst und Hoffnung aufgeladene Atmosphäre ließen ihren Magen rumoren. Pia schluckte und zog ihr Handy hervor, um Lars' Vater anzurufen. Sie konnte aber kaum das Display erkennen, weil ihre Hände so zitterten und ihre Augen in Tränen schwammen.

»Pia!«

Georg Kuhn kam aus Richtung der Fahrstühle auf sie zu. Sie lief ihm entgegen. Er sah schlimm aus. Blass, wie kurz vor einem Zusammenbruch. Ein Blick in sein Gesicht ließ Pia aufschluchzen. »Nein«, sagte sie und blieb abrupt stehen.

Georg nickte. »Er hat es nicht geschafft, Pia. Der Unfall, ein Lkw … Er war gleich tot.«

Am Montag reiste Pia mit dem ersten Flugzeug aus Birmingham zurück nach Hamburg. In England gab es für sie nichts mehr zu tun. Georg und Heide Kuhn kümmerten sich um die Formalitäten. Einerseits war sie ihnen dankbar, dass sie das erledigten, andererseits kam sie sich ausgeschlossen vor. Als wäre sie ein Eindringling, als hätte es ihre Heiratspläne, nun, da Lars tot war, gar nicht gegeben.

Als Pia zum zweiten Mal innerhalb von vierundzwanzig Stunden durch den Terminal ging, diesmal hinunter zum Ausgang, kamen ihr die beschäftigten Menschen, die Anzeigetafeln und Leuchtreklamen der Geschäfte wie Hohn vor. Es war beinahe genau das gleiche Bild wie am Tag zuvor, jedoch mit einer völlig neuen Bedeutung. Wie vergleichsweise gut es ihr hier gestern noch gegangen war! Wo vorher verzweifelte Hoffnung gewesen war, das Beharren darauf, dass ihr, ihr und Lars, nicht so ein schreckliches Unglück widerfahren könne – schon gar nicht gerade jetzt, da sie heiraten wollten –, war nun nur noch dunkle, quälende Gewissheit. Es herrschte die gleiche Betriebsamkeit, aber gleichzeitig für Pia nun auch absolute Hoffnungslosigkeit. Eigentlich musste man ihr auf den ersten Blick ansehen, dass sie sich in einer Ausnahmesituation befand. Dass seit ein paar Stunden, seit sie Lars mit den schweren Verletzungen reglos vor sich gesehen hatte, nichts für sie je mehr so sein würde, wie es gewesen war. Die Menschen müssten vor ihr zurückweichen, eine Gasse bilden, sie anstarren, doch man bemerkte sie kaum. Sie trug kein sichtbares Zeichen auf der Stirn; nur ihr Inneres war wie zerfetzt, und in ihren Augen brannten trockene, ungeweinte Tränen.

Pia hatte nicht die Kraft zu widersprechen, als ihre Mutter und ihr Stiefvater sie am Flughafen abholten, und so fuhr sie zunächst mit nach Stockelsdorf, berichtete ihnen, von Schluchzern geschüttelt, was sie erlebt hatte. Felix war noch bei Hinnerk und Mascha, und darüber war Pia froh. Wie sollte sie ihm das beibringen?

Der Tag rauschte in einer seltsam beklemmenden Eintönigkeit an ihr vorbei, und als es Abend wurde, bestand sie darauf, in ihre eigene Wohnung zurückzukehren. Sie wollte allein sein.

Am Dienstagmorgen klingelte der Wecker um dieselbe Zeit wie immer, und im Halbschlaf gab Pia sich einen Moment der Illusion hin, es sei ein Morgen wie jeder andere. Umso härter traf sie die Erkenntnis, dass nun alles anders war. Für wie selbstverständlich sie genommen hatte, was gewesen war, als noch alles in Ordnung war. Allein die Möglichkeit, Lars' Stimme zu hören, wann immer sie zum Telefon griff. Wie schön war es gewesen, wenn er ihr etwas erzählte, sie neckte, nach ihren Erlebnissen fragte ... Die Aussicht, ihn am Abend zu treffen, mit ihm zu essen, zu reden, mit ihm zu schlafen, das war so gut gewesen. Ihre Pläne für ihr weiteres Leben, gemeinsam mit Lars ...

Pia schleppte sich unter die Dusche, wusch sich beinahe automatisch die Haare, zog sich irgendetwas an, föhnte sich kurz, trank ein Glas Wasser aus der Leitung.

Als sie mit ihrem Wagen auf das Parkdeck des Polizeihochhauses fuhr, erschien ihr das, was sie sah, wie die Persiflage ihres eigenen Lebens. Oder als wäre sie unpassender Besuch in einem fremden Leben. Das hier hatte sie einmal unbedingt gewollt. Diesen Job bei der Mordkommission, noch dazu in Lübeck, ihrer Heimatstadt. Sie war ein Teil von etwas ... gewesen. Denn heute fühlte sie sich so fremd, wie sie es nicht mal an ihrem ersten Tag hier empfunden hatte.

Nachdem sie in eine Parklücke am Ende des Parkdecks gefahren war, blieb Pia einfach im Auto sitzen. Ihre Augen brannten. Nicht schon wieder weinen! Sie wischte sich über das Gesicht. Sie musste weitermachen, einfach weitermachen. Ablenkung würde helfen. Wenn sie in diesem Zustand in ihrer Wohnung saß, würde sie wahnsinnig werden. Ihre Mutter hatte ihr geraten, sich ein paar Tage krankschreiben zu lassen. Doch sie war nicht krank. Gegen diese Art von Trauer und Wut und das Gefühl der Leere half keine Erholung, dagegen gab es keine Medizin.

Sie hatte mal etwas über die Dreharbeiten eines berühmten, mehrfach Oscar-prämierten Filmes gelesen. Die Hauptdarstellerin hatte nicht gewusst, wie sie eine Szene spielen sollte. Der Regisseur hatte ihr gesagt: »Spiel es einfach irgendwie runter.«

Genau. Nur das tun, was erforderlich war. Irgendwie. Sie würde dort hineingehen, so wie früher, wie vorvorgestern genau genommen, in den siebten Stock hinauffahren, in ihr Büro gehen und arbeiten. Einfach weitermachen. Eine andere Möglichkeit gab es nicht. Doch ihr Plan entpuppte sich in dem Moment als undurchführbar, als sie den langen Flur des K1 betrat.

Manfred Rist kam ihr entgegen. Er musterte sie, wohl um zu sehen, wie es ihr nach ihrer ominösen und kurz angebundenen Krankmeldung vom Vortag heute wieder ging. »Mein Gott, Pia, wie siehst du denn aus?!«, brach es aus ihm heraus.

Sie hob das Kinn. »Ziemlich scheiße, deinem Gesicht nach zu urteilen. Aber es geht schon wieder.«

»Also, Moment mal.« Er schob sie in das nächste freie Büro und betrachtete sie in dem Licht, das unbarmherzig durch die breite Fensterfront auf sie fiel. »Du scheinst aber noch nicht wieder fit zu sein.«

»Ich kann arbeiten«, wich Pia aus. Sie sah ihm an, dass ihm die Frage, was denn los sei, auf der Zunge brannte. Letztlich musste er es so oder so erfahren. Sie holte tief Luft, konnte nicht verhindern, dass ihre Stimme beim Sprechen zitterte. »Mein Freund hatte Samstagnacht in England einen Autounfall, als er mit zwei Freunden auf dem Rückweg von Irland war. Er ist … Er ist nicht selbst gefahren. Aber nun ist er tot.« Sie sah schnell weg, um nicht vor Rist in Tränen auszubrechen.

»Oh nein. Das tut mir sehr leid, Pia. Das ist schrecklich!«

»Ja.«

»Kann ich irgendetwas für dich tun?«

»Ich wüsste nicht, was. Lass mich nur arbeiten.«

»Was? Nein, nicht in deinem Zustand. Du stehst unter Schock. Auf gar keinen Fall!«

»Was denn für ein Zustand? Ich trauere, ich bin nicht krank.«

»Du bist nicht in der Verfassung, etwas Sinnvolles zu tun oder gar Entscheidungen zu treffen. So hilfst du uns gar nicht. Komm erst mal wieder zur Ruhe.«

»Ruhe? Wie soll das denn gehen?«, fuhr Pia ihn an. Es war gut, endlich mal laut werden zu können. Einen winzigen Teil der Wut loszuwerden, wenn auch einem Unbeteiligten gegenüber, der rein gar nichts dafürkonnte.

»Lass dich für den Rest der Woche krankschreiben, Pia. Mindestens. Du bist so nicht in der Verfassung zu arbeiten. Danach sehen wir weiter.«

»Das … das kannst du mir nicht antun, Manfred!« Ihre Hände krampften sich um die Tischplatte, gegen die sie sich gelehnt hatte, damit sie nicht zitterten. Sie presste die Kiefer aufeinander.

»Ich tue dir nichts an. Ich tue dir einen Gefallen«, sagte er. »Wenn du es nicht freiwillig so machst, werde ich dafür sorgen, dass du nicht arbeitest.«

»Du wirst *was?*«

»Dafür sorgen, dass du nicht arbeitest. Tut mir leid. Das ist mein letztes Wort.«

»Das kannst du nicht tun!«

»Doch. Es ist das Beste so, Pia.« Er wandte sich zur Tür. Das Thema war für ihn schon erledigt.

Broders wusste nicht, wie er auf Pias Verlust reagieren sollte. Er war entsetzt und fühlte sich hilflos. Manfred Rist hatte sie alle bei der Dienstbesprechung darüber informiert, dass Pia erst einmal ausfallen würde und er noch nicht sagen konnte, wann sie wiederkäme. Er hatte einen Todesfall in ihrem privaten Umfeld als Grund genannt; mehr wollte und durfte er offiziell nicht sagen. Doch Broders hatte ihn nach der Besprechung abgefangen und ihm so lange zugesetzt, bis Rist herausgerutscht war, dass Pias Freund bei einem Autounfall in England ums Leben gekommen war. Pias Freund Lars. Den sie bald hatte heiraten wollen …

Broders kannte seine Kollegin schon so lange, wie sie beim K1 arbeitete. Er hatte ihre Freundschaft und kurze Beziehung mit ihrem gemeinsamen Kollegen Marten Unruh am Rande mitbekommen, war sogar eifersüchtig auf sie gewesen – aber das gestand er sich selbst nur ungern ein. Er kannte Felix' Vater Hinnerk, von dem Pia sich getrennt hatte, Gott sei Dank rechtzeitig, wie Broders fand. Er vermutete, dass sie auch mal etwas mit Nathan, einem Kollegen aus Frankfurt, gehabt hatte, doch mit diesem Lars war es etwas anderes gewesen. Broders hatte gedacht, dass es mit den beiden längerfristig klappen könnte. Denn Lars, auf den Pia auch manchmal geschimpft hatte und der überhaupt nichts mit Polizeiarbeit am Hut gehabt hatte, hatte Pia insgesamt gutgetan. Er hatte sich auch mit ihrem Sohn hervorragend verstanden, was ja bei Weitem nicht selbstverständlich war. Und jetzt, da sie sich endlich entschieden hatten zu heiraten, starb Pias Freund bei einem Autounfall?! Wenn es einen Gott gab, der Einfluss auf ihrer aller Schicksal hatte, dann hatte der einen grausamen Humor.

Sollte er ihr schreiben, einen Brief oder eine E-Mail? Das erschien ihm so künstlich und wenig hilfreich. Das war doch sonst nicht ihre Art und Weise zu kommunizieren. Sie redeten miteinander, mal besser, mal schlechter, je nach Tagesform. Sollte er Pia also anrufen? Das wiederum war so aufdringlich und direkt, und er erwischte garantiert den unpassendsten Zeitpunkt. Also hinfahren? Das war noch aufdringlicher, aber dann würde er es sofort merken, wenn es nicht passte, und wenigstens gleich wieder gehen können. Oder aber er traf sie gar nicht an, hätte es jedoch zumindest versucht …

Feigling!, schimpfte er sich, kam jedoch zu keinem Entschluss. Der Tag verging mit weiteren Vernehmungen. Rist wollte Falk Stahnke noch einmal unter die Lupe nehmen, jetzt, da sie Daniel Prange gerade wieder von der Angel hatten lassen müssen. Gegen siebzehn Uhr, als es im Kommissariat langsam ruhiger wurde, wanderte Broders' Blick immer wieder zum Telefon.

Sollte er Pia anrufen?

War sie überhaupt zu Hause?

»Es gibt nichts Gutes, außer man tut es«, murmelte er eine oft zitierte Lebensweisheit seiner Mutter vor sich hin und griff nach dem Hörer.

Pia war sofort am Apparat. Ihre Stimme klang gepresst und so, als hätte sie vor Kurzem geweint. Broders sprach ihr sein Beileid aus. Er kam sich ungeschickt vor und fand seine Worte unpassend, doch Pia sagte, dass sie froh sei, dass er sich meldete.

»Erzähl mir, was bei euch so los ist«, bat sie ihn, nachdem sie eine Weile miteinander geredet hatten. »Ich brauche etwas, mit dem ich mich gedanklich beschäftigen kann, sonst werde ich verrückt. Rist hat mich quasi rausgeschmissen.«

»Das musste er tun.«

»Ich weiß.«

»Es gibt nicht viel Neues. Wir suchen etwas, irgendetwas, das entweder Daniel Prange oder Falk Stahnke mit dem Gift in Verbindung bringt. Beide haben ein Motiv, beide hatten die Gelegenheit, es Nicole Mohr zu verabreichen. Doch wie sind sie an das verdammte Natriumfluoracetat gekommen?«

»Und die andere Möglichkeit, dass der Giftanschlag eigentlich Flora Laubner gegolten hat?«

»Spielt gerade nur eine untergeordnete Rolle in den Ermittlungen. Mal ehrlich: Wäre Flora Laubner bei einem derart skrupellosen Täter nicht schon tot, nachdem es das erste Mal schiefgegangen ist?«

»Ich weiß nicht, was in so einem Kopf vor sich geht. Oder mit welchen Schwierigkeiten der Täter noch zu kämpfen hat. Aber da ist immerhin noch dieser Autounfall ...« Pia stockte bei dem Wort, fasste sich dann jedoch wieder. »Wer hat Flora mitten in der Nacht aus der Elpis-Klinik angerufen, um sie auf diese Straße zu locken? Warum war da ein Aufkleber auf ihrem Scheinwerfer? Was ist mit der tödlich verunglückten Zimmernachbarin ihrer Mutter?«

»Der Wagen war ein Mietwagen. Damit sind alle möglichen Leute gefahren und können Blödsinn damit angestellt haben. An dem Auto könnte sonst was kleben, ohne dass es eine Bedeutung hat. Und die Zimmernachbarin war ein Junkie und hat sich aus dem Fenster gestürzt. Für alles andere – das Kinderfahrrad, die weiße Gestalt – haben wir nur Floras Wort.«

»Die Sandmanns, die an der Unfallstelle gewesen sind, haben auch diese ›weiße Gestalt‹ gesehen.«

»Nur er, Richard Sandmann, und er war betrunken. Wir können uns nicht sicher sein.« Broders schwieg einen Moment, rang mit sich. »Ich weiß, was du mir sagen willst.« Er seufzte. »Du brauchst es gar nicht auszusprechen.«

»Hältst du mich auf dem Laufenden?«

»Ich weiß nicht, ob das gut ist, Pia.«

»Broders: Es hilft mir, irgendwie die nächsten Tage zu überstehen.«

31. Kapitel

Broders' erste Anlaufstelle war nach Rücksprache mit Manfred Rist das Kommissariat in Kiel, das den Todesfall in der Eutiner Elpis-Klinik untersucht hatte. Broders hatte ein Gespräch mit dem Kollegen vereinbart, der dort maßgeblich ermittelt hatte. Er kannte ihn noch nicht. Der Beamte war anscheinend neu an Bord.

Lukas Sindt war etwa dreißig Jahre alt, braun gebrannt und hatte dunkelblondes, modisch geschnittenes Haar. Er begrüßte Broders in einem weißen Hemd mit aufgekrempelten Ärmeln, über dem er das Schulterholster trug. Vielleicht hatte er diese Aufmachung im Fernsehen gesehen und für nachahmenswert befunden. Sindt strahlte einen Hauch zu viel Selbstvertrauen aus, auch wenn Broders nicht ganz neidlos konstatierte, dass der junge Kollege wahnsinnig gut aussah.

Sindt wog die dünne Akte über Jelena Fromm in der Hand. Die Frau war neunundzwanzig Jahre alt gewesen und hatte wegen Herzproblemen auf der Station gelegen. Außerdem hatte sie auf einen Therapieplatz für einen Entzug gewartet. Sie hatte ein Einzelzimmer, weil sie dank ihrer wohlhabenden Familie privat krankenversichert war.

»Ich nehme an, die im Krankenhaus waren froh darüber, dass sie allein in einem Zimmer lag«, sagte Sindt. »Sie soll im Flur die anderen Patienten belästigt haben. Du verstehst, was ich meine?«

»Belästigt?«

»Sie hat die Leute angepumpt oder ihnen ungefragt ihre Lebensgeschichte erzählt. Patienten und auch Besuchern. Sie lief ständig herum, war sehr unruhig. Deshalb wurde sie teilweise, wohl auch zu ihrem eigenen Schutz, medikamentös etwas … nun ja, beruhigt.«

»Einfach so?«

»Sie war damit einverstanden. Wie ich es verstanden habe, hat Jelena Fromm alles genommen, was sie kriegen konnte.«

»Das ist interessant«, sagte Broders. »Und dann stürzt sie sich eines schönen Tages aus dem Fenster.«

»Man kann wohl nie so genau sagen, welches Mittel wie auf welchen Menschen wirkt.« Er zuckte mit den Schultern. »An dem Tag, als es passiert ist, soll sie morgens ihre Dosis nicht genommen haben, aber das Personal hatte es nicht gemerkt. Das haben die rechtsmedizinischen Tests jedenfalls ergeben. Man kann denen in der Elpis-Klinik aber keinen Vorwurf machen. Sie könnte die Medikamente wieder ausgespuckt und im Klo entsorgt haben.«

»Hatte Jelena Fromm Kontakt zu Regina Laubner?«

»Regina wer?«

»Sie liegt ebenfalls auf der Station. Ich dachte, das hätten unsere Kommissariate untereinander schon abgeklärt.«

»Ach, *die* Frau. Unseres Wissens hatten sie keinen Kontakt. Aber Jelena Fromm wurde natürlich nicht lückenlos beobachtet.«

Frau Fromm konnte durchaus nachts ein Telefonat von der Station aus geführt haben. Da sie viel mit Patienten und Besuchern gesprochen hatte, konnte sie ohne Weiteres jemand dazu angestiftet haben, Flora Laubner anzurufen und ihr zu sagen, ihrer Mutter ginge es schlecht. Die Frau könnte, zumindest den eben erhaltenen Informationen nach zu urteilen, für eine Bestechung mit Geld oder Drogen empfänglich gewesen sein. Was ihnen fehlte, war ein Beweis. Und Jelena Fromm, die es ihnen hätte sagen können, war tot.

»Wir haben bei den Ermittlungen zu ihrem Tod keinerlei Anhaltspunkte für ein Fremdverschulden gefunden. Und Fromms psychisches Befinden macht einen Suizid zumindest nicht unwahrscheinlich«, sagte der Kollege. »Kaffee? Der müsste gerade durchgelaufen sein.« Er erhob sich, bewegte sich wie ein Ringer in der Tanzstunde.

»Ja, gern. Aber sich einfach so aus dem Fenster zu stürzen?«, spann Broders den Faden weiter. »Mitten am Nachmittag, während der Besuchszeit.«

»Wir haben schon unwahrscheinlichere Fälle gehabt. Ihr nicht?« Sindt stellte Broders einen Becher Kaffee hin, trank selbst im Stehen und lehnte sich dabei an den zweiten Schreibtisch im Raum.

»Doch, doch.« Auch Broders waren im Laufe seiner Dienstzeit schon die merkwürdigsten Selbstmordszenarien untergekommen, ohne dass es sich deswegen um Morde gehandelt hatte. Bei objektiver Betrachtung dieses Falles konnte er schon verstehen, weshalb die Ermittlungen recht schnell eingestellt worden waren. »Kann ich trotzdem den Obduktionsbericht einsehen?«

»Klar. Es ist genau das, was man bei einem Sturz aus dem Fenster erwartet.« Sindt zeigte seine ebenmäßigen weißen Zähne.

Broders blätterte durch die Unterlagen, überflog den einen oder anderen Absatz. »Hier sind Hämatome an den Oberarmen vermerkt«, sagte er.

»Das ist uns natürlich auch aufgefallen, Heinz. Hämatome wie vom Druck mehrerer Finger.«

»Die sind vor dem Tod der Frau entstanden und gewiss nicht auf den Sturz zurückzuführen«, sagte Broders. »Ob es hilfreich wäre, Frau Dr. Fitschen noch einmal darauf anzusprechen?«

»Die Rechtsmedizinerin? Kaum. Das Krankenhauspersonal hat ausgesagt, dass die Patientin mehrfach schwierig gewesen sei. Eine Gefahr für sich und andere. Dass sie auch mal mit … körperlicher Kraft davon überzeugt werden musste, den Anweisungen der Pflegekräfte oder Ärzte Folge zu leisten. Du verstehst, was ich meine.«

Broders stöhnte. »Na, super. Also Dead End, auch hier.«

Lukas Sindt erlaubte sich noch ein Lächeln und trank seinen Kaffee aus. Sein Handy klingelte, und er nahm das Gespräch an.

Broders verließ das Büro mit einem Winken, das ein »Danke« und ein Abschiedsgruß zugleich bedeuten sollte. Die Fahrt nach Kiel hatte nicht das gebracht, was er sich erhofft hatte. Höchstens die Erkenntnis, dass das Kommissariat hier ansehnlichen Nachwuchs hatte. Im Flur traf Broders auf einen Kollegen, den er von einer früheren Zusammenarbeit her kannte.

»Du kommst gerade von Lukas, oder?«, fragte der Kieler Kollege, nachdem sie sich begrüßt hatten. »Wie lief es denn so?«

»Na ja. Es ging um euren Fall Jelena Fromm. Der Fenstersturz.«

»Ich war einmal mit Lukas in der Elpis-Klinik.« Der Kollege senkte die Stimme. »Hat er dir auch erzählt, was mir die Putzfrau gesagt hatte?«

»Nein.«

»Dachte ich's mir doch. Das wurde auch nicht weiter beachtet. Die Frau sagte mir, sie wollte vor Jelena Fromms Tod bei der Patientin rein, aber sie hat die Tür nicht aufbekommen. Vermutlich, weil sie durch irgendetwas blockiert war. Etwa zehn Minuten später, als sie es noch einmal versucht hat, befand sich zwar ein Stuhl direkt hinter der Zimmertür, doch der ließ sich wegschieben, und sie konnte die Tür öffnen. Dafür stand das Fenster weit offen, und Jelena Fromm war verschwunden. Und unten hörte die Putzfrau Leute schreien, weil sie die Patientin gerade tot auf dem Pflaster liegend gefunden hatten.«

»Das könnte bedeuten, dass Jelena Fromm die Tür von innen blockiert hatte, weil sie von ihrem Vorhaben, sich aus dem Fenster zu stürzen, nicht abgehalten werden wollte.«

»Oder aber der Täter wollte nicht dabei erwischt werden, wie er sie hinausstößt.«

»Wenn es so war, hatte der Täter, kurz bevor die Putzfrau das zweite Mal kam, das Zimmer verlassen und den Stuhl noch hinter die Tür gezogen.« Broders runzelte die Stirn. »Geht das überhaupt?«

»Probier es aus. Wir haben sie natürlich gefragt, ob sie jemanden hat weglaufen sehen. Und sie will einen großen Mann beobachtet haben, der eilig wegging.«

»Zuverlässige Zeugin?«

»Denke schon, ja. Sie heißt Weber und hat lila Haare.«

Broders sah seinem Kollegen in die Augen. »Warum hat Lukas mir das nicht gesagt?«

Er hob die Hände. »Das musst du ihn schon selbst fragen.«

»Und warum hast du es mir erzählt?«

»Weil er diesem Teil der Ermittlung nicht so wirklich Aufmerksamkeit schenken wollte. Lukas war der Meinung, dass die Frau sich nur wichtig machen wollte.«

»Danke. Ich sag auch nicht, von wem ich das habe.« Broders machte auf dem Absatz kehrt.

Lukas Sindt telefonierte noch, als Broders wieder eintrat. Er verbarg nicht, dass ihn das erneute Auftauchen des Lübecker

Kollegen nervte. Broders nahm die Akte, die auf dem Tisch lag, und blätterte darin. »Mir ist noch etwas eingefallen. Wer hat eigentlich nach dem Sprung der Frau aus dem Fenster als Erstes das Krankenzimmer betreten?«, fragte er, als das Telefonat beendet war.

Lukas seufzte. »Eine Putzfrau. Sie hat uns eine sehr fantasievolle Version ihrer Geschichte präsentiert.« Er schilderte es in etwa so, wie der Kollege auf dem Flur es Broders schon erzählt hatte.

»Ein großer Mann«, überlegte Broders. »Ging es nicht etwas konkreter?«

»Ich halte das alles für Humbug. Außerdem ist ›groß‹ hier relativ, weil die Frau nur einen Meter fünfzig lang ist. Sie wollte sich bloß ein bisschen wichtig machen. Die fünf Minuten Ruhm, du verstehst? Aber falls du trotzdem mit ihr sprechen willst ...«

»Oh ja, absolut«, sagte Broders und fing sich erneut einen genervten Blick ein.

Broders hatte Glück. Frau Weber war auf der Station, als er dort eintraf. Er informierte ihre Vorgesetzte, dass er sie einen Moment von der Arbeit fernhalten musste.

»Die Zeit muss ich sowieso nacharbeiten«, sagte Martina Weber mit einem Schulterzucken. »Also, was wollen Sie wissen?«

Sie standen am Fenster im Personalraum. Martina Weber hatte es geöffnet, um eine Zigarette zu rauchen. Ihre lila gefärbten Haare leuchteten im Sonnenlicht.

»Es geht noch mal um den Fenstersturz hier auf der Station. Um die Patientin Jelena Fromm.«

»Ach, die. Armes Ding.«

»Haben Sie mal mit ihr gesprochen?«

»Die lag lange hier, und manchmal, wenn ich bei ihr im Zimmer den Boden gewischt habe, hat sie mir was vorgeheult.«

»Was hat sie so gesagt?«

»Ach, das übliche Junkie-Gedöns. Alle anderen waren schuld an ihrer Situation, nur sie nicht. Ihre Eltern, die Schule, ihr Ex-Freund ... Und sie sagte, sie sei gar nicht süchtig, sie könne jederzeit aufhören. Sie wolle das nur nicht. Und ... ach ja, sie hatte tolle Aussichten auf einen Job im Marketing oder so. Alles Spinnerei, wenn Sie mich fragen.«

»Die Patientin soll Leute hier auf der Station angepumpt haben. Sie auch?«

»Gott sei Dank nicht. Da hätte ich ihr aber ein paar Takte erzählt.«

»Haben Sie gesehen, mit wem sie Kontakt hatte?«

»Nein. Ich glaube, sie war einsam. Niemand, der seine fünf Sinne beisammen hat, wollte etwas mit der zu tun haben.« Sie stieß geübt Rauchkringel aus und sah ihnen nach.

»Schildern Sie mir bitte noch einmal, wie Sie den Fenstersturz entdeckt haben. Alles, woran Sie sich in dem Zusammenhang erinnern.«

»Ich wollte rein zu ihr, zum Putzen natürlich. Doch ich hab die Tür nicht aufbekommen. Sie war nicht abgeschlossen, sondern irgendwie blockiert. Ich hatte es zu eilig, um mich damit zu befassen, deshalb bin gleich weiter ins nächste Zimmer. Es ist eh schon schwierig, alles zu schaffen, so, wie es sein müsste. Nachdem ich das andere Zimmer fertig gereinigt hatte, bin ich zurück. Ich versuchte, die Türklinke runterzudrücken, und da ließ sich die Tür wieder öffnen; allerdings ging es schwer. Hinter der Tür stand ein Stuhl, den ich wegschieben musste. Ich wunderte mich, aber nicht sehr. Nicht bei der Patientin! Ihr

Bett war leer, das Fenster stand weit offen. Ich dachte zuerst, sie lüftet und ist im Bad. Doch da war sie nicht. Da wurde ich auf den Lärm unten vor der Klinik aufmerksam: Schreie und Rufen. Ich hab hinausgesehen, und da lag sie dann.«

»Diese blockierte Tür«, sagte Broders. »Anfangs haben Sie sie nicht aufbekommen. Dann schob sich beim Öffnen der Stuhl beiseite. Kann es sein, dass er sich nach Ihrem ersten Versuch nur gelockert hatte, oder denken Sie, dass ...«

»Dass jemand das Zimmer zwischenzeitlich verlassen hat?« Sie kniff die Augen zusammen. »Das würde bedeuten, dass die Patientin aus dem Fenster gestoßen wurde, oder?«

»Möglich.«

»Bei Ihrem Kollegen, diesem jungen Schnösel, hörte sich das aber anders an.«

»Es hat sich noch ein weiterer Hinweis ergeben«, sagte Broders.

»Besser spät als nie. Ihr Kollege hat mir gar nicht richtig zugehört. Putzpersonal hat der wohl nicht auf dem Radar. Also, was ich versuchte, Ihrem Kollegen mitzuteilen, war, dass ich jemanden gesehen habe, als ich das zweite Mal zu dem Patientenzimmer der Fromm kam. Ich hab nicht besonders darauf geachtet. Ich wusste ja noch nichts von dem Sturz. Aber da war ein großer Mann, der sich nicht wirklich eilig, aber doch recht zügig von der Zimmertür entfernte. Er ging in Richtung Ausgang.«

»Wie sah er aus?«

»Wie gesagt, er war groß«, bestätigte sie. »Mein Freund ist eins neunzig, wissen Sie? Die hatte der beinahe auch. Er trug eine dunkle Hose, eine dunkle Jacke und hatte helles Haar.«

»Was für eine Jacke war das? Ein Jackett? Ein Blouson?«

Sie drückte die Zigarette aus und hob die Schultern.

»›Helles Haar‹, was meinen Sie damit?«

»So ein heller Typ. Blond, vielleicht auch schon grau. Also, blonde Männer sind ja nicht so mein Fall ...«

Wäre aber ein schöner Kontrast zu dem dunklen Lila, dachte Broders. »Vielen Dank, das war hilfreich. Ich würde gern Ihre Personalien aufnehmen, falls wir Sie noch mal sprechen wollen, Frau Weber.«

»Oh, vor Gericht aussagen und so?« Sie klang nicht abgeneigt.

»Möglicherweise.«

»Denken Sie, ich bin Zeugin in einem Mordfall?«

»Das kann ich noch nicht sagen.«

»So oder so, eine schreckliche Geschichte. Die arme Frau! Ich mochte sie nicht besonders, aber vielleicht macht es das noch schlimmer.«

»Ich glaube, das spielt keine Rolle«, erwiderte Broders.

Sie runzelte die Stirn. »Ihr Kollege neulich hat mir echt nicht richtig zugehört.«

»Wie gesagt, es gibt neue Hinweise.«

»Hat er Sie wenigstens zu mir geschickt?«

»Nein, das kam nicht von ihm. Einer Kollegin war es wichtig, dass ich noch mal nachfrage.«

»›Wer einen Fehler begangen hat und ihn nicht korrigiert, begeht einen weiteren Fehler.‹ Ist aber nicht von mir.« Sie lächelte.

»Konfuzius, Frau Weber. Sie retten mir den Tag.«

Es war später Nachmittag, als Hannes Schöttler wieder den Kirchturm von Niensühn vor sich aufragen sah. Schäfchenwolken zogen über den Himmel. Hannes steuerte auf das Pastorat zu. Das Weiß des Fachwerkbaus leuchtete, als er die

Auffahrt hinauffuhr. Wie so oft beeindruckte ihn das stattliche und doch wohlproportionierte alte Haus. Es war viel zu groß für Thea und ihn, so ohne Kinder. Sie hatten nicht mal einen Hund.

Hannes parkte den Opel in der Zufahrt und stieg aus. Der Wind war frisch und die Luft kühl, trotz des Sonnenscheins. Er mochte dieses Wetter. Seine Frau saß bestimmt schon den ganzen Tag in ihrem Büro und arbeitete. Sie hatte nicht die Fähigkeit, etwas zu genießen. Immer nur protestantisches Streben: rechtschaffen und fleißig sein, arbeiten, arbeiten, arbeiten, bis der Tod sie alle holte. Wie Nicole …

Er wollte es hinter sich bringen, also ging er, kaum dass er das Haus betreten hatte, ins Arbeitszimmer. »Hallo, Thea. Ich bin wieder da. Alles in Ordnung bei dir?«

Sie sah vom Computer auf. Die Lesebrille ließ ihre Augen unnatürlich groß erscheinen. »Da bist du ja, Hannes. Hab mich schon gefragt, wo du steckst. Ans Handy gehst du ja auch nicht.«

»Ich hatte vergessen, es auf laut zu stellen.«

Sie erhob sich. »Und … wo warst du?«

»Ein paar Besorgungen machen.«

»Was denn?«

»Dies und das.«

Sie seufzte. »Hört das denn nie auf?«

»Was?«

»Dass du mich anlügst. Ich dachte, jetzt kehre allmählich mal wieder etwas Ruhe und Ordnung bei uns ein.«

»Hier herrscht nichts anderes als Ruhe und Ordnung.«

Sie legte die Brille ab und massierte sich den Nasenrücken. »Du weißt schon. Also, wo warst du in diesem Aufzug?«

Er sah an sich hinunter. Die gute Hose, das karierte Jackett mit dem Hemd darunter. Ihr entging nichts. »Ich war in Lübeck.«

»Einfach so?«

»Was soll das, Thea?«

»Das ist ja schlimmer als Zähneziehen, Hannes. Ich versuche nur, eine ganz normale Unterhaltung mit dir zu führen, bei der man Neuigkeiten austauscht.«

»Von einem Austausch kann ja wohl kaum die Rede sein. Aber da du es unbedingt wissen willst: Ich war in Lübeck bei der Polizei, meine Aussage zu ... zu Nicoles Tod machen.« Er schaffte es, einen Anflug von Vorwurf in seine Stimme zu legen: Ich trage immerhin etwas zur Aufklärung bei, und du? Das war die Botschaft, die mitschwingen sollte. Davon, dass man ihn ausdrücklich zur Vernehmung geladen hatte, musste Thea ja nichts wissen.

»Und ... hast du es Ihnen gesagt?«

Wie stickig es in ihrem Arbeitszimmer war. Warum arbeitete sie bei geschlossenem Fenster? Das tat sie immer. Und draußen schien die Sonne. Meine Frau meidet das Tageslicht, schoss es ihm durch den Kopf. Sie fühlt sich nur in der dunklen Kirche und in ihrem muffigen Büro wohl. »Was soll ich der Polizei gesagt haben?«, fragte er mit trockenem Hals.

»Dass du in sie ... vernarrt warst, um es mal vorsichtig auszudrücken.« Sie kam noch zwei Schritte auf ihn zu.

»Das stimmt doch gar nicht. Ich mochte sie. Das ist ein Unterschied. Und das habe ich der Polizei auch gesagt. Ich habe nichts zu verbergen.«

»Ach, Hannes. Du warst so verrückt nach ihr wie ein hormongeplagter Teenager. Man konnte dir auf drei Meilen gegen den Wind anmerken, dass du in sie verschossen warst.«

Er zuckte ob ihrer seltsamen Ausdrucksweise zusammen.

Sie musste schon sehr aufgebracht sein, wenn sie so sprach. Sonst war Thea immer die Selbstbeherrschung in Person. Aber das konnte auch sein Vorteil sein ...

»Krieg dich wieder ein«, sagte er, lässig, wie er hoffte. Er strich sich das graue, etwas zu lange Stirnhaar zurück. Eine Geste, die Thea mal an ihm gemocht hatte. Aber die Zeiten änderten sich.

»Du warst verrückt nach Nicole – einer Frau, die sich keinen Deut für dich interessiert hat. Du bist ihr nachgelaufen wie ein Schoßhündchen. Und nun heulst du dir ihretwegen die Augen aus dem Kopf. Glaubst du, ich merke das nicht?«

Sie war rot angelaufen. Und er hatte gedacht, dass sie von alldem, seinen Wünschen und Nöten, nichts mitbekam. Thea war doch immer so in ihre Arbeit vertieft. Jedes Problem oder Kümmernis eines Gemeindemitglieds interessierte sie mehr als die Gefühle ihres Ehemanns. Das zumindest hatte Hannes bisher immer angenommen.

Er entschloss sich zum Gegenangriff. »Du hast es gewusst, aber nie etwas gesagt? Wie konntest du nur?«

»Wie konnte ich nur was?« Sie schien ehrlich perplex zu sein.

»So unehrlich sein! Mich in dem Glauben lassen, alles sei in bester Ordnung. Das Einzige, wonach ich mich gesehnt habe, war ein bisschen Interesse und ...«, er konnte nicht anders, es musste raus, »... und etwas Neues, Spannendes. Nicht immer dieser eintönige Trott.«

»Du bezeichnest unser Leben hier als eintönigen Trott?«

»Also ... ja. Sonst hätte ich mich ja nicht verliebt.«

»Ach, Hannes. Du bist so dumm!«

»Und du bist eine Heuchlerin!«, erwiderte er. »Du wusstest, dass ich mich in Nicole verliebt habe, aber anstatt mich darauf anzusprechen, verheimlichst du es mir und lauerst nur auf eine Gelegenheit, es mir heimzuzahlen.« Ein neuer Gedanke schlich sich in sein Gehirn. »Hast du das eigentlich der Polizei erzählt?«

»Was?«

»Na, von deiner Eifersucht auf Nicole.«

»Ich bin nicht eifersüchtig auf sie gewesen, auf diese künstliche Person«, empörte Thea sich.

»Ja?«

»Sie war nicht unser Niveau, Hannes. Sie hatte keinerlei tiefer gehende Interessen. Worüber hast du dich mit ihr unterhalten?«

»Jedenfalls nicht über Fragen der Ökumene.« Er wäre schon froh gewesen, sich mit Nicole über das Wetter unterhalten zu dürfen.

Thea lachte auf. »Sag mir, denkt die Polizei, dass du sie vielleicht vergiftet hast, weil sie nichts von dir wissen wollte? Nach dem Motto: Wenn ich sie nicht haben kann, dann soll sie keiner haben!« Sie klang bitter.

»Das ist verrückt, Thea. Was ist nur in dich gefahren in letzter Zeit? Und woher willst du überhaupt wissen, dass Nicole nichts von mir wollte?«

»Sie hat es mir gesagt!«, antwortete seine Frau mit triumphierend blitzenden Augen.

»Wie, wann? Bei welcher Gelegenheit?«

»Nicole war hier und hat mir ihr Herz ausgeschüttet. Immerhin, ich war ihre Pastorin.«

»Sie war aber nicht besonders religiös.«

»Wenn die Menschen nur verzweifelt genug sind, finden sie zu Gott.«

»Sie war doch nicht verzweifelt. Warum sollte sie?«

»Kanntest du sie wirklich so wenig, Hannes?«

»Sie war NICHT verzweifelt. Die Trennung von ihrem Mann ging von ihr aus.«

»Ja, schon. Aber der Mann, den sie wollte und den sie geliebt hat, hat sie zum Narren gehalten.«

»Ich weiß nicht, wovon du sprichst.« Hannes wollte gehen, ihr den Rücken zuwenden, ihr wütendes Gesicht nicht mehr sehen. Doch er war auch neugierig. Was wusste seine Frau, das er nicht wusste? Hatte Nicole ihr wirklich das Herz ausgeschüttet? Und falls ja, wann sollte das gewesen sein?

»Das solltest du aber, wenn du aus dieser Sache unbeschadet wieder herauskommen willst. Daniel Prange und sie waren zusammen, doch er hat sie hingehalten und war gleichzeitig mit Ann-Katrin Lemcke verlobt.«

»So ein Idiot!«

»Das kann man so oder so sehen. Er will den Prange-Hof erben. Wer könnte es ihm verübeln? Aber die Pranges stehen zurzeit finanziell nicht besonders gut da. Doch eine Verbindung mit den Lemckes könnte sie wohl retten.«

Hinter Hannes' Stirn begann es zu pochen. »Das tut mir im Nachhinein leid für Nicole. Aber was kann ich dafür?«

»Was wolltest du von ihr, Hannes?«, fragte Thea sanft und dennoch drohend.

»Mich ein bisschen an ihrer Gegenwart erfreuen. Das ist alles. Es hatte nichts mit uns zu tun.«

»All das hat sehr wohl etwas mit uns zu tun, Hannes.«

»Ach ja?« Inzwischen war ihm beinahe alles egal. Das Gespräch hatte ihn ausgelaugt. Er wollte nur noch seine Ruhe haben und seine Wunden lecken. Doch auf dem Weg zur Tür fiel ihm noch etwas ein. »War Nicole eigentlich hier, in diesem Haus, als ihr miteinander gesprochen habt?«

»Ja, das war sie.«

»Wann denn? Es kann ja noch nicht so lange her sein.«

»Wieso?«

»Du solltest das der Polizei erzählen, Thea. Dass Nicki hier war, auf einen Kaffee oder so.« Er hielt schon die Türklinke in der Hand. »Hast du ihr auch etwas von deinem fantastischen Möhrenkuchen angeboten? Der mit der dicken Schicht Puderzucker obendrauf? Ich habe ja neulich kein einziges Stück mehr davon abbekommen.«

32. Kapitel

Flora fuhr mit dem neuen Mietwagen durch den Wald, von Schönberg in Richtung Eutin. Hin und wieder fiel Sonnenlicht durch das dichte Blätterdach und malte helle Flecken auf den Asphalt. Sie passierte die Stelle, an der sie den Unfall gehabt hatte, und atmete auf, als die Kurve weit hinter ihr lag.

Sie würde nicht mehr oft hier entlangfahren müssen. Ihre Mutter hatte ihr heute am Telefon gesagt, dass sie tatsächlich bald in die Reha verlegt werden würde. Dann hätte Flora es zwar weiter, wenn sie sie besuchen wollte, aber sie bewegten sich in Richtung Genesung und Rückkehr ihrer Mutter in die eigenen vier Wände. Sie hatten noch nicht darüber gesprochen, was dann sein würde. Wenn ihre Mutter sie nicht bei sich haben wollte, wäre Flora quasi obdachlos. Konnte sie überhaupt zusammen mit ihrer Mutter in ihrem Elternhaus leben? Wollte sie das? Oder war dieser Wunsch vollkommen verrückt. Sie war so naiv gewesen! Inzwischen hatte sich die Lage sogar noch weiter geändert. Flora wusste, dass die Geschichte ihrer Kindheit noch immer präsent war. Im Dorf würde ihr Name stets untrennbar mit dem Simon Hertlings verbunden sein. Tod und Schuld. Und nun war da noch ein zweiter Mann in ihrem Leben. Falk Stahnke, der in den Köpfen der Menschen immer der Ehemann der Frau bleiben würde, die vergiftet worden war. Was passierte eigentlich, wenn die Polizei den Mord an Nicole nicht aufklärte? Dann wären sie beide auf ewig verdächtig ...

Der Tacho zeigte einhundertzwanzig Stundenkilometer.

Flora nahm den Fuß vom Gas. Sie hatte es nicht eilig. Ihre Mutter würde da sein. Sie konnte gerade nicht vor ihr weglaufen ... wie all die Jahre davor.

Flora klopfte, öffnete aber sogleich die Tür des Patientenzimmers. »Hallo, Mutter.« Es kam ihr noch schwer über die Lippen. Früher hatte sie »Mama« gesagt, aber das erschien ihr als erwachsene Frau unpassend. Und »Regina« klang so hart.

»Flora, Kind. Wie schön!« Ihre Mutter ließ das Kopfteil ihres Bettes ein Stück hochfahren. In dem hellen Licht, das durch die Fenster hereinfiel, sah sie älter aus als ihre achtundfünfzig Jahre. »Setz dich doch. Möchtest du meinen Kuchen. Schau, es gibt Butterkuchen. Der sieht ganz gut aus. Hol dir doch in der Cafeteria einen Kaffee dazu.«

»Danke. Aber der Kuchen ist für dich. Du kannst die Kalorien gut gebrauchen.«

»Ich hab keinen Appetit, Kindchen. Wenn man den ganzen Tag nur hier herumliegt ...«

»Das verstehe ich, Mutter.« Sie zog sich den einzigen Stuhl heran und setzte sich. Der Kuchen blieb unberührt stehen.

Es folgte ein unbehagliches Schweigen. Was sollte sie auch sagen, Tag für Tag? Ihrer beider Leben hatte außer dem Haus und den drei Katzen, um die Flora sich kümmerte, kaum Berührungspunkte. Irgendwann würde sie mit ihrer Mutter über die Dinge reden müssen, die zwischen ihnen standen. Die sie beide wirklich bewegten ...

»Wie geht es Duffie?«, fragte ihre Mutter.

»Die Halskrause ist wieder ab. Er war damit nicht sehr glücklich. Nun ist es aber wieder okay.«

»Ja, armer kleiner Duffie. Er musste immer schon am meisten einstecken.«

Und ich?, dachte Flora. Hast du an dein einziges Kind auch mal so voller Mitgefühl gedacht? Was musste ich alles einstecken? In der Kinder- und Jugendpsychiatrie, in der sie nach dem Vorfall mit Simon »behandelt« worden war, war sie als Erstes von ein paar anderen Kindern verprügelt worden. Auch später, in den zwei Pflegefamilien und den jeweils neuen Schulen war es manchmal recht rau zugegangen. Aber »armer Duffie«! Sie schluckte ihre Enttäuschung und Wut hinunter.

»Ich hab dir doch erzählt, dass deine Nachbarin Nicole tot ist?«, fragte Flora vorsichtig.

»Ja, ganz schlimm. Du sagtest, sie habe was Falsches gegessen?«

»Sie wurde vergiftet, Mutter.«

»Das kann ich mir so gar nicht vorstellen ...«

»Die Polizei sucht noch nach dem Schuldigen.«

Ihre Mutter bewegte sich unruhig. »Die war auch schon hier, die Kriminalpolizei.«

»Ja. Haben sie dir auch erzählt, dass möglicherweise ich das Opfer des Giftanschlags sein sollte?«

Regina starrte sie an. Flora erläuterte ihr, wie es zu dieser These kam.

Ihre Mutter seufzte. »Ach, Kind. Das wollten wir doch alles hinter uns lassen.«

Du wolltest es hinter dir lassen, indem du erklärtest, dass du dich nicht mehr um mich kümmern kannst. Laut sagte Flora: »Vielleicht hilft es ja, wenn wir zur Abwechslung darüber reden?«

»Ach nein, Flora, Liebes.«

Es war hart, wirklich hart, aber heute wollte sie es durchziehen. »Ich erinnere mich an so wenig. Vor allem nicht an das, was zu Simons Tod geführt hat und was danach geschehen ist. Aber an Dinge, die davor passiert sind, erinnere ich mich wieder. Ich sehe ständig ein Bild vor mir: wie du in der Küche sitzt und weinst.«

»Das ist lange her.«

»Weshalb warst du so traurig?«

Ihre Mutter sah sie so vorwurfsvoll an, als hätte sie in der Öffentlichkeit laut gerülpst. »Zuerst, weil der arme Simon gestorben ist, und dann hat sich auch noch dein Vater erschossen. War das nicht Grund genug?«

»Aber das war *davor.*«

»Das musst du verwechseln, Kind.«

»Warum hat Vater sich erschossen?«

»Das weißt du doch, Kind.«

»Nein, weiß ich nicht!«

Die Bettnachbarin, eine ältere Dame, die am Vortag eingeliefert worden war und die bisher in die Lektüre einer Illustrierten vertieft gewesen war, sah stirnrunzelnd zu ihnen herüber.

»Er konnte nicht glauben, dass du Simon das angetan hast«, sagte ihre Mutter. »Du warst doch seine Prinzessin! Er hat verzweifelt nach etwas gesucht, was dich entlastete. Doch er hat nichts gefunden. Das war der Grund.«

»Ich kann das nicht so ganz nachvollziehen.« Flora sprach leise, aber sehr bestimmt. »Ich erinnere mich, dass da vorher schon etwas war. Wart ihr glücklich, du und Vater?«

»Natürlich«, sagte ihre Mutter ohne Überzeugungskraft.

»Warum hast du dann damals so viel geweint?«

»Manchmal kam dein Vater abends von der Arbeit nach Hause und hatte schlimme Dinge erlebt. Und dann war er schlecht gelaunt oder sogar wütend. Und da wurde er auch schon mal ungerecht gegen mich.«

»Was meinst du mit ›ungerecht‹?«

Die Augen ihrer Mutter füllten sich mit Tränen. Nach so

vielen Jahren noch. »Ungerechte Anschuldigungen! Dass ich gar kein eigenes Leben hätte. Ich könne doch nicht nur durch ihn leben – wie ein Vampir ... Das willst du alles gar nicht wissen.«

»Doch, will ich«, beharrte Flora.

»Er gab mir ... gab mir das Gefühl, plötzlich wertlos zu sein. Lästig. Wie ein Haustier, das nur noch sein Gnadenbrot erhält. Wie er mich manchmal angesehen hat ...«

Floras Arme überzogen sich mit einer Gänsehaut. Es stimmte so gar nicht mit dem Bild überein, das sie sich von ihrem Vater bewahrte. Doch sie hatte in den Pflegefamilien, in denen sie gelebt hatte, viel Zwischenmenschliches mitbekommen. Sie hatte erfahren, was Menschen anderen Menschen antaten, gerade auch denen, die sie angeblich liebten. Psychologie interessierte Flora. »Hatte Vater ... hatte er vielleicht eine andere?«, fragte sie.

»Du hast *was*, Tanja?«, fragte Piet Prange.

Seine Frau, seine Tochter Vivien und er saßen zusammen am Abendbrottisch.

Tanja Prange trank ihr Glas Milch aus. »Ich habe Anneliese heute Nachmittag davon in Kenntnis gesetzt, dass ich ihren Mietvertrag kündige. Der Frisörsalon von Niensühn auf unserem Hof sollte dann bald Geschichte sein.«

»Das kannst du doch so nicht machen, Tanja«, sagte Piet Prange. »Nach allem, was gerade passiert ist. Und es gibt auch so etwas wie ein Gewohnheitsrecht.«

»Gewohnheit? Dann gewöhnt euch schon mal daran, bald pleite zu sein«, entgegnete Tanja Prange. »Anneliese hat all die Jahre diesen Laden für eine lächerlich niedrige Miete bekommen. Und sie hat gutes Geld damit verdient. Wir können uns nicht mehr leisten, für alle anderen immer nur die Wohltäter zu spielen. Wir müssen auch mal an uns denken.«

Vivien schwieg. Ihre Mutter hatte recht. Es war dumm, die Räumlichkeiten weiter für ein paar jämmerliche Kröten an Anneliese Mohr zu vermieten, wenn sie durch einen Umbau in eine Ferienwohnung mehr verdienen könnten. Sie hatte das ihrer Mutter schließlich so vorgerechnet. Wasser und Strom, alles war schon da. Und über die einschlägigen Portale im Internet wäre es auch kein Problem, genug zahlungskräftige Gäste zu finden. Einige Nachbarn machten es ebenfalls schon so und schwärmten, wie gut das lief. Sie bräuchten nicht mal eine Vermietungsagentur einzuschalten und diesen Leuten Geld in den Rachen zu werfen.

Piet Prange räusperte sich. »Aber gerade jetzt, wo Nicole tot ist. Hättest du nicht wenigstens noch ein paar Wochen warten können?«

»Wir können nicht mehr warten. So sieht es aus.« Tanja Prange stand auf und sammelte die Brettchen und die Messer ein. »Und Gnade uns Gott, wenn Daniel nicht zur Vernunft kommt.«

»Gib Anneliese bitte trotzdem noch ein bisschen Zeit. Auf ein paar Wochen mehr oder weniger kommt es doch nicht an«, sagte Piet Prange. »Der Laden ist alles, was sie noch hat. Fridbert wird ja auch immer seltsamer ...«

»Hast du ihn gesprochen?«, fragte seine Frau.

»Ja, aber ich werde nicht mehr schlau aus dem, was er sagt. Die Polizei war noch mal bei ihm, hat er mir erzählt.«

»Was wollten die denn von ihm?«

Piet hob die Schultern. »Fragt mich nicht. Ich dachte, es ginge um Nicole. Doch die haben angeblich so eine Art Verkehrstest mit ihm gemacht. Er sagte, er musste auf Fotos Stoppschilder und Ampeln erkennen. Ich versteh es auch nicht.«

»Finde ich vernünftig, wenn sie ab einem gewissen Alter die Fahrtüchtigkeit überprüfen«, sagte Vivien. »Sehvermögen und Reaktionen und so …«

»So alt ist Fridbert aber noch gar nicht«, wandte ihre Mutter ein. »Nur ungefähr zehn Jahre älter als ich.«

Darauf sagte niemand etwas. Die Haustür schlug mit einem Scheppern zu, Schritte erklangen. Daniel trat in die Küche. Er sah immer noch schlecht aus, erschreckend blass und übernächtigt, und seine Augen waren gerötet. Aber sein Blick wirkte freier und wacher als noch am Morgen. »'n Abend zusammen. Ich hab vielleicht einen Kohldampf. Ist noch was für mich da?«

Tanja holte ihm wortlos Besteck und ein Brettchen und legte es auf das Set an Daniels angestammtem Platz.

»Ach, lass mal«, sagte er, seine Familie musternd. »Ich schmier mir nur ein Schinkenbrot und bin schon wieder weg.«

»Wo warst du denn?«, wollte Piet Prange wissen. »Ich brauchte dich beim …«

Daniel säbelte sich ein paar Scheiben Mehrkornbrot ab. Er sah kurz auf. »Bei den Lemckes.« Er nahm sich Butter und versuchte, sie auf dem weichen Brot zu verteilen, doch es ging in Stücke.

»Gut.« Tanja Prange nickte.

»Und?«, fragte Vivien.

Daniel sah sie kurz an. Dann angelte er mit seiner Gabel nach dem Schinken. »Ich hab Ann-Katrin gesagt, dass es aus ist. Wenn man es genau betrachtet, war es ja nie so richtig ›an‹.«

»Du hast *was* getan?«, fragte sein Vater.

»Ich habe unsere Verlobung gelöst, die ja eh nur pro forma war.« Daniel klappte mehrere Schinkenbrote zusammen und stapelte sie auf seinem Brett. »Oder habt ihr echt geglaubt, ich würde sie heiraten?«

»Daniel, das kannst du nicht tun!«, entfuhr es seiner Mutter. »Nicht jetzt!«

»Ist doch meine Sache.« Daniel nahm eines der Brote und biss hinein. Es gelang ihm nicht, das Fleisch mit den Schneidezähnen zu durchtrennen. Er zog die gesamte Schinkenscheibe aus dem Brot. Seine Eltern und seine Schwester sahen ihm zu, wie er kaute und schluckte. »Super Schinken«, nuschelte er. »Von unseren Schweinen?«

»Genieß ihn«, sagte seine Mutter. »Es könnte der letzte gewesen sein.«

Gunnar Hertling nahm ein Stück Eschenholz, setzte es auf den Hackklotz und ließ mit geübtem Schwung die Axt darauf niedersausen. Er mochte es, wenn das Scheit mit einem trockenen Knacken zersprang. Das frisch gespaltene Holz roch gut, und das helle Innere sah so unberührt aus. Es war etwas, was noch nie ein Mensch zu Gesicht bekommen hatte. Die präzise Handhabung der scharfen Axt vermittelte Gunnar das Gefühl, alles unter Kontrolle zu haben. Gut zu sein in dem, was er tat. Gab es eine zuverlässigere Art, sich ein Glücksgefühl zu verschaffen, als ein Handwerk zu beherrschen? Andere Leute tranken, nahmen Drogen, schauten Seifenopern oder vögelten alles, was nicht bei drei auf dem Baum war. Aber das brachte einem auf lange Sicht nur Ärger ein. Holzhacken hingegen, da hatte man es an den bevorstehenden nasskalten Herbstabenden auch noch kuschelig warm am heimischen Kachelofen.

Gunnar Hertling grinste, als ihm bewusst wurde, wie sehr seine Ambitionen mit den Jahren zusammengeschrumpft waren, und doch fand er nichts dabei. Er stapelte die Holzscheite und füllte den Korb auch gleich mit abgelagertem Holz auf. Nach einem Tag wie diesem würde der Abend empfindlich kühl werden. Sie könnten sich schon mal ein Feuerchen machen. Ingrid und er liebten das. Dazu ein Glas Rotwein und die Tageszeitung. Ein Tagesausklang nach seinem Geschmack. Und später vielleicht ...

Er trug den Korb ins Haus, stellte ihn neben den Kasten, in dem Ingrid altes Papier zum Anzünden sammelte. Die oberste Zeitung war doch die von heute, die hatte er noch nicht ausgelesen. Gunnar griff danach und stutzte. Darunter lag eine ältere Ausgabe. Sie war zerfleddert, und es fehlten ... Wörter?

Gunnar ließ die aktuelle Tageszeitung fallen und holte die Zeitungen darunter heraus. Das war doch lächerlich. In der Unterzeile der Schlagzeile war etwas ausgeschnitten. *... und Gewalt Alltag an deutschen Schulen*, lautete die Zeile. Das erste Wort fehlte. Angst und Gewalt? Hass und Gewalt? ... und Gewalt. Egal, es war nichts Erfreuliches. Hastig blätterte Gunnar weiter. Einmal fehlte ein *niemals*, riet er, ein andermal, und da wurde ihm kalt, vermisste er das *Flora* in *Flora und Fauna*. Diese ausgeschnittenen Textschnipsel bedeuteten etwas. Die Freude auf den Abend am Kachelofen war schlagartig verflogen.

»Ingrid?« Er hörte selbst, dass seine Stimme ungehalten klang. »Ingrid, kommst du mal bitte her!«

33. Kapitel

»Was ist das?«, fragte Gunnar und wedelte mit den zerschnittenen Seiten in der Luft herum.

Ingrids Wangen röteten sich. »Die Zeitung«, sagte sie. »Von vorgestern, wie es aussieht.«

»Das sehe ich selbst. Aber was bedeuten die fehlenden Wörter?«

»Ach, die. Das war ich, glaube ich.«

»Glaubst du?«

»Nein, weiß ich. Ich habe sie ausgeschnitten.«

»Wozu?«, fragte er.

»Ach, nicht so wichtig.« Sie drehte sich zur Anrichte und arrangierte das Obst im Korb neu. Hob einen Apfel an, der halb verfault war, und legte ihn beiseite.

Gunnar zählte innerlich bis zehn. »Ich erwarte eine Erklärung«, sagte er mit sanfter Stimme.

Sie sah ihn mit hochgezogenen Augenbrauen an. »Du machst dir immer so viele Sorgen, Gunnar. Ich wollte Flora nur einen Brief schreiben. Aber ich habe es mir anders überlegt. Es besteht überhaupt kein Grund zur Aufregung.«

Ein Teil von ihm bebte vor Wut. Darüber, wie sie ihn auflaufen ließ. Doch ein anderer Teil bewunderte sie auch. Sie war eine kleine, zarte Person, zäh, aber nicht sehr kräftig. Sie musste wissen, dass er kurz davor war, die Beherrschung zu verlieren, doch es schien ihr nichts auszumachen. Oder vertraute sie ihm dermaßen, dass sie keine Angst verspürte, nicht einmal ein leises Unbehagen?

Sie trat auf ihn zu und legte ihm ihre warme Hand auf den Arm. »Es ist alles gut. Ich habe es mir anders überlegt. Deine Frau verschickt keine Drohbriefe. Nicht einmal an Leute, die es verdient hätten.«

Ein tiefer Seufzer entwich ihm. »Wo ist der Brief?«

»Weg.«

Ihre Augen glitzerten im gelblichen Licht der Hängeleuchte. Seine Frau war ihm in diesem Moment fremd. Wie von einem unbekannten Dämon besessen, der es darauf anlegte, ihn aus der Reserve zu locken. Und gleichzeitig regte sich sein schlechtes Gewissen. Hatte er sich zu wenig um sie gekümmert, als Flora hier aufgetaucht war? Er wusste, wie sehr es Ingrid aufregte und schmerzte, die junge Frau lebendig und vergnügt zu sehen und kurz darauf auf den Friedhof fahren zu müssen, um das Grab ihres Sohnes zu pflegen. Vielleicht hätte er den Dingen nicht ihren Lauf lassen dürfen? Er war davon ausgegangen, dass Flora Laubner bald der Spaß daran vergehen würde, in ihrem Heimatdorf die Geächtete zu sein. Aber sie war schon viel zu lange geblieben. Sie hatte sogar etwas mit Falk Stahnke angefangen, hatte er gehört. Und er hatte Ingrid mit dieser Provokation allein gelassen.

»Es tut mir leid«, sagte er mit rauer Stimme. »Schlimme Zeiten, nicht wahr?«

»Es geht.« Sie wandte sich von ihm ab.

»Komm, warte. Lass uns darüber reden.«

»Da gibt es doch nichts mehr zu reden, Gunnar. Jeder tut, was er meint, tun zu müssen. Du und ich auch.«

Ingrid war die Erbin dieses Bauernhofes. Gunnar hatte sie in der Bahn von Hamburg nach Kiel kennengelernt. Ingrid war von der Geburtstagsfeier einer alten Freundin gekommen; er hatte gerade Heimaturlaub gehabt und wollte ein paar Tage an die Ostsee. Der Zug hatte einen »Personenschaden«

gehabt, wie es hieß, war umgeleitet worden und hatte somit drei Stunden Verspätung. Da waren sie miteinander ins Gespräch gekommen. Ingrid hatte ihn eingeladen, seinen Urlaub auf dem Hof ihrer Eltern zu verbringen. Hier. Und sie war für ihn da gewesen. In seiner dunkelsten Zeit hatte sie ihn gehalten. Sie hatten geheiratet und nach dem Tod ihrer Eltern den Hof übernommen. Sie lebten sehr günstig hier; seine Abfindung hatte er gut angelegt. Er war angekommen. Was er jetzt war und was er hatte, verdankte er Ingrid. Und trotzdem musste er es wissen.

»Ingrid! Du kannst mir vertrauen. Ich bin auf deiner Seite. Werde es immer sein. Hast du etwas getan, um Flora loszuwerden? Missversteh mich bitte nicht. Ich könnte es verstehen! Es wäre so etwas wie dein gutes Recht. Selbst wenn es durch ein Unglück die Falsche getroffen hat. Ich würde dich niemals verraten. Niemals! Ich kann dir helfen!«

Ingrid sah ihn verwundert an. »Denkst du, ich habe versucht, Flora zu vergiften? Dass Nicoles Tod meine Schuld ist?«

»Nein, natürlich nicht. Ich meine ... Ich könnte es verstehen, wenn es so wäre. Ich will nur, dass wir keine Geheimnisse voreinander haben.«

»Du hältst mich wirklich für fähig, jemanden zu töten?«

»Nein«, sagte er. »Eigentlich nicht. Aber als ich die Zeitung gesehen habe, da wusste ich nicht mehr, was ich denken soll.«

»Das mit der Zeitung war idiotisch. Erstens die Idee mit dem Brief ...« Ein Ausdruck huschte über Ingrids Gesicht, den Gunnar noch nie an ihr gesehen hatte und der ihn, gelinde gesagt, verunsicherte. »Und dann, dass ich die Zeitung nicht gleich verbrannt habe.« Sie lächelte. »Ich bin nicht gerade die geborene Verbrecherin, oder?«

»Du bist überhaupt keine Verbrecherin.«

»Jedenfalls, solange wir zwischen der idiotischen Idee, einen bösen Brief zu schreiben, und einem Mord unterscheiden.«

»Natürlich. Wenn es nicht mehr war als ein niemals abgeschickter Brief, dann ist es ja gut.«

Sie hob die Schultern. »Ein bisschen mehr war es schon. Ich habe Mais vor ihrer Terrassentür verstreut ... Das war kindisch. Ich weiß.«

»Du hast *was?* Ja, das war kindisch. Aber wenn es dir geholfen hat, ist es ja gut.« Doch er fragte sich, ob er seine Frau wirklich so gut kannte, wie er immer gedacht hatte.

»Gut ist hier gar nichts«, sagte sie. »Aber ich kann niemanden umbringen. Und manchmal bedauere ich es.«

»Unsinn.« Er schloss sie in die Arme.

»Und du?«, flüsterte sie an seiner Brust. Ihr Atem fühlte sich durch das Hemd warm an.

»Was meinst du?«

»Du kannst es, nicht wahr?«, fragte sie.

»Lass es, Ingrid.«

»Sag es mir: Hast du schon mal einen Menschen umgebracht?«

»Wohin fahren wir?« Flora saß auf dem Beifahrersitz des alten Transporters und sah zu Falk hinüber, der den Wagen mit entschlossener Miene die Landstraße entlangsteuerte.

»An die Ostsee.«

»Das ist ein weiter Begriff. Und es ist weder Bade- noch Picknickwetter.«

»Das Wetter ist egal«, antwortete er.

»Sag mal, Falk, was soll das jetzt? Nur weil wir miteinander geschlafen haben, kannst du nicht einfach über mich bestimmen.«

Er sah sie überrascht an. »Das hab ich auch nicht vor. Ich habe nur eine Idee, und ich will dir helfen.«

»Helfen wobei?«

»Dich richtig zu erinnern.«

Flora verkrampfte sich. Wer sagte denn, dass sie sich erinnern wollte? Die Träume waren schlimm genug. Und dass alle anderen anscheinend genau wussten, was sie damals getan hatte, außer sie selbst. Aber wollte sie sich wirklich erinnern? Was, wenn die anderen recht hatten? »Ich weiß nicht, ob die Idee so toll ist.«

Statt einer Antwort ergriff er ihre Hand, die auf ihrem Oberschenkel lag. »Es ist einen Versuch wert«, sagte er. »Dann weißt du wenigstens Bescheid, so oder so. Und ich glaube nicht, dass du dem armen Jungen der Hertlings etwas angetan hast.«

»Wieso glaubst du das nicht?« Flora starrte auf das staubige Armaturenbrett aus schwarzem Kunststoff, auf dem Bleistifte, ein Zollstock, Holzdübel und Schrauben bei jeder Bodenwelle vibrierten.

»Ach, alles, was ich darüber gehört habe, ist für mich nicht so richtig stimmig. Und die Pranges sind eine Sippe für sich. Wer sagt denn, dass die nicht Dreck am Stecken haben? Oder jemand ganz anderes?«

»Wieso denkst du das?«

»Ich habe Ende April einen Auftrag auf dem Hertling-Hof gehabt. Offen gesagt, ich hab mich dort überhaupt nicht wohlgefühlt. Gunnar Hertling ist ein seltsamer Typ. Der verbirgt irgendwas.«

»Was meinst du?«

»Ich weiß es nicht. Aber er hat da gerade seine Sachen gepackt, weil er übers Wochenende verreisen wollte. Er hat ein großes Geheimnis darum gemacht und wie ein Luchs aufgepasst, dass ich ja nicht sehe, was er in seine Reisetasche packt.«

»Nun ja, geht dich ja auch nichts an.«

»Und dann bekommt er einen Anruf. Er wollte nicht, dass ich es mitbekomme, doch ich habe es trotzdem zufällig mit angehört. Er sagte etwas wie: ›Hauptsache, das erregt kein unnötiges Aufsehen. Ich will keine Störungen von irgendwelchen Gutmenschen, die sich einmischen oder aufspielen …‹ Merkwürdig, nicht?«

»Nun ja. Das könnte alles Mögliche heißen.«

»Wäre aber interessant, es herauszufinden.«

»Du glaubst, Simons Vater könnte etwas mit alldem zu tun haben?«

»Ich sage nur, dass die alte Geschichte höchst merkwürdig ist und du dich deswegen nicht länger quälen solltest. Damit ist doch niemandem geholfen.«

»Danke.«

»Wofür?«

»Dass du es für möglich hältst, dass ich unschuldig bin«, sagte Flora.

»Natürlich halte ich es für möglich!« Er setzte den Blinker und bog scharf links ab, nachdem er den Gegenverkehr vorbeigelassen hatte. Falk lenkte den Wagen auf den großen, neu angelegten Parkplatz der Hotelanlage.

»Hier müssen wir aber Parkgebühren bezahlen.«

»Na und?« Er fuhr bis zum Ende, wo er unter hohen Bäumen anhielt und den Zündschlüssel drehte. Falk öffnete die Tür. »Das sollte es uns doch auf jeden Fall wert sein. Kommst du?«

Sie ließen die Gebäude des Gutes, die alle in die Hotelanlage integriert waren, links liegen und nahmen den Weg den Holzsteg hinunter, der zum Strand führte.

»Von hier bis zu unserem alten Versteck ist es aber noch ein Stück zu gehen«, sagte Flora.

»Ich wollte sowieso ein bisschen spazieren gehen.« Er griff nach ihrer Hand.

Sie gingen am Wassersaum entlang. Der Strand war hier breit und naturbelassen, mit Steinen und einem Saum von getrockneten Algen. Die Ostsee sah graugrün aus, der Himmel war bedeckt. Flora atmete tief ein. Der Wind verwirbelte ihre kurzen Haare. Vor sich sah sie die langsam ansteigende Steilküste, die weiter hinten mit dunklem Wald bestanden war, der bis an die Klippe reichte.

Sie wollte nicht schon wieder dorthin. Diese Gefühle konnte sie nicht noch einmal durchmachen. »Ich weiß zu schätzen, was du da tun willst, aber ...« Sie sah Falk Hilfe suchend an. Doch er hatte den Blick geradeaus gerichtet und schien fest entschlossen zu sein, genau dorthin zu gehen. Mit ihr. Wollte er ihr wirklich nur helfen? Oder wollte er womöglich etwas gegen seine eigene Unsicherheit, was sie betraf, unternehmen? Und wäre das nicht sein gutes Recht? Andererseits: Wäre es nicht eher an ihr, an seiner Unschuld zu zweifeln? Immerhin war seine Frau ermordet worden, und wann immer Falk von Nicole sprach, spürte sie seine mühsam beherrschte Wut. Finanziell ging es ihm mit einer toten Nicole jedenfalls besser als mit einer lebenden.

Und er und sie waren ganz allein hier am Strand.

Sie kamen an dem zweiten Parkplatz vorbei, und Flora ertappte sich dabei, wie sie beinahe sehnsüchtig nach anderen Strandspaziergängern Ausschau hielt. Doch heute, mitten in der Woche und bei dem trüben Wetter, hatte sie kein Glück. Der Weg zu den Klippen hinauf stieg nur leicht an. Die alte Kate, die auch zum Hotelkomplex gehörte, schien nicht vermietet zu sein. Jedenfalls parkte kein Auto in der Einfahrt. Als sie den Wald betraten, ließ der Wind das Blätterdach über ihnen rauschen. Bei Sonnenschein war es ein heiterer Ort, wenn das Licht helle Flecken auf den Waldboden malte und die Ostsee strahlend blau zwischen den Baumstämmen hindurchschimmerte. Jener Sonntag vor zwölf Jahren war so ein sonniger Tag gewesen.

»Ich hatte mich mit Simon gezankt auf dem Weg hierher«, sagte sie zusammenhanglos.

Falk sah sie abschätzend an. »Und deshalb hast du ihn erwürgt? Erzähl doch keinen Unsinn.«

»Es war ein Unfall.«

»Kann sein. Aber du erinnerst dich nicht, oder? Ab hier musst du sagen, wo wir langgehen müssen, Flora.«

Sie ergriff wieder seine Hand, die sie zwischenzeitlich losgelassen hatte, und schlug den Weg ein, der sie zu ihrem alten Versteck führte.

»Ihr habt hier bestimmt Räuber und Gendarm gespielt«, sagte Falk, als er sich hinter ihr her durch die dichten Büsche kämpfte. »Oder Ronja Räubertochter.«

Flora schüttelte den Kopf. »Störtebeker. Simon war Störtebeker und Daniel Gödecke Michels. Es gab eindeutig zu wenig weibliche Vorbilder in den alten Büchern.«

»Piraten waren Vorbilder?«

»Irgendwie schon.«

Falk drehte sich im Kreis, sah in die Baumkronen hinauf, rüttelte an dem u-förmigen Ast. »Hätte dieser Ort nicht so eine üble Geschichte, dann könnte er mir glatt gefallen.«

»Es ist kein guter Ort.« Flora schlang die Arme um ihren Oberkörper.

Falk wandte sich ihr zu und fasste sie an beiden Oberarmen. »Wenn ich könnte, würde ich dich jetzt hypnotisieren, dann wüssten wir, was damals wirklich geschehen ist.«

Flora starrte ihn an. »Wenn es so ist, wie ich es mittlerweile vermute, dann war ich gar nicht hier, als es passiert ist.«

»Aber das ist doch großartig! Das musst du der Polizei sagen!«

»Wer glaubt mir das schon?«

»Hast du eine Idee, wer stattdessen hier gewesen sein könnte? Ist euch vielleicht mal jemand gefolgt?«

Sie schüttelte den Kopf.

Falk küsste sie sanft. »Komm, lass uns einen Moment hier sitzen und schauen, was passiert.«

Er zog seine Jacke aus und breitete sie aus. Sie setzten sich, lehnten sich aneinander. Flora schloss die Augen. Sie würde jetzt und hier keine weiteren Flashbacks mehr erleben, nicht mit Falk an ihrer Seite. Er strahlte Ruhe und Zuversicht aus, und dadurch entspannte sie sich. Die Lichtung verlor mit ihm ihren Schrecken. Seine Idee war gut gemeint, aber so funktionierte das nun einmal nicht.

Falk streichelte ihren Arm. »Und? Erinnerst du dich noch an irgendwas?«

»So klappt das leider nicht.«

»Schade. Ich möchte, dass das aufhört, Flora. Die schlechten Träume und so. Du hast genug gelitten. Ich werde erst seit Nickis Tod schief angesehen, und, ehrlich gesagt, es reicht mir jetzt schon. Soll ich dich einen Moment hier allein lassen?«

»Wir können es versuchen«, sagte sie, obwohl ihr der Gedanke daran unangenehm war. Es dämmerte, und vom Meer her schien Nebel aufzuziehen, der ihr feuchtkalt unter die Kleidung kroch. Das Gebüsch um sie herum war beinahe undurchdringlich.

Falk stand auf, ließ jedoch seine Jacke liegen. Er bewegte sich in Richtung des Feldes, auf dem damals der Mais gestanden hatte. Sie sah ihm nach, bis die Blätter und die Schatten ihn verschluckt hatten.

Er hatte ihr eine neue Sicht auf Simons Tod eröffnet. Die Theorie des großen Unbekannten, der ihnen zu ihrem Versteck gefolgt war. Der sie vielleicht beobachtet hatte und wusste, dass sie das »Würgespiel« spielten. Floras Blick wanderte von Busch zu Busch, ohne dass sie den Kopf bewegte. Sogar jetzt könnte dort jemand hocken, der sie beobachtete. Sie würde ihn nicht sehen, aber er sie. Sie erstarrte, als laut vernehmlich ein Zweig knackte. Es raschelte. Das konnte der Wind sein … oder auch ein Mensch. Stell dich nicht so an!, ermahnte sich Flora. Wenn du schreist, ist Falk sofort bei dir. Du bist hier sicher …

Doch ihr Herzschlag beruhigte sich nur langsam. Sie drehte sich ein Stück in die Richtung, in die Falk verschwunden war, und fühlte unter dem Stoff seiner Jacke in einer Tasche ein rechteckiges Etui. Seine Brieftasche hatte er in der Hosentasche. Mit schlechtem Gewissen zwar, aber neugieriger, als es wahrscheinlich gut für sie war, holte sie das Etui aus der Jackentasche und betrachtete es. Schwarzes Leder, ein Reißverschluss. Ein Nagelnecessaire? Irgendwie sahen Falks Hände nicht so aus, als trüge er tagtäglich so ein Ding in der Tasche mit sich herum. Sie öffnete das Etui und sah ratlos auf die kleinen Werkzeuge. Für einen Tischler waren sie zu filigran. Die dünnen Häkchen und Stäbe passten eher zu einem Zahnarzt oder vielleicht einem Uhrmacher? Hatte Falk ein Hobby, von dem sie noch nichts wusste?

In das Leder war ein Schriftzug geprägt. Flora fühlte mit den Daumen darüber, da er im Dämmerlicht schlecht zu lesen war. *Alness Lockpicking*, entzifferte sie. Lockpicking? Was hatte der Polizeibeamte gesagt? Lockpicking, das war das Öffnen eines Schlosses ohne den dazugehörigen Schlüssel!

Im Haus ihrer Mutter war das Schloss der Hintertür mit einem Pickset geöffnet worden. Jemand hatte das Türschloss »gepickt«, also ohne Schlüssel geöffnet. Das hatte die Spurensicherung herausgefunden. Es bedeutete wohl, dass jemand diese Art Werkzeug benutzt hatte. Jemand? Falk besaß solches Werkzeug. Wofür brauchte er das? Und warum schleppte er es mit sich herum?

Sie hörte Schritte, die sich rasch näherten, Zweige raschelten, und Falk schob sich zwischen den Büschen auf sie zu. Hastig klappte Flora das Etui zu und versuchte, den Reißverschluss zuzuziehen, doch er hakte.

»Was hast du da, Flora?« Falk trat näher und beugte sich über sie. Als er sah, was sie in der Hand hielt, verstummte er.

34. Kapitel

»Woher hast du das?«

»Entschuldige bitte. Ich habe es in deiner Jackentasche gefunden, als ich mich daraufgestützt habe.«

Er zog die Augenbrauen zusammen. »Ich wusste gar nicht, dass ich es dabeihabe.«

»Wofür brauchst du das?«, fragte Flora.

»Ach, das ist nur so ein Hobby von mir. Manchmal ist es auch ganz nützlich.«

»Damit kannst du bei Leuten einbrechen, Falk.«

Er grinste. »Ich weiß. Aber ich tue es ja nicht.« Er nahm ihr das Pickset aus der Hand, warf noch einen Blick in das Etui und schloss es dann sorgfältig. »Oder brauchst du es noch für irgendwas?«

Sie verneinte, unsicher, ob ihr diese Erklärung ausreichte.

Falk streckte ihr die Hand entgegen und half ihr beim Aufstehen. »Ist dir noch etwas eingefallen?«

Im ersten Moment war sie verwirrt, was er damit meinte. »Nichts. Tut mir leid.«

»Es muss dir nicht leidtun. Ich dachte nur, wir lassen nichts unversucht.« Er sah ihr in die Augen, zog sie dann in seine Arme. Eine Weile standen sie reglos auf der Lichtung. Hier war ein Mensch, den Flora gekannt hatte, gestorben. Vielleicht sogar ermordet worden ... Seltsam. Es war nichts mehr davon zu spüren.

Die Woche verging für Pia wie ein schlimmer Traum. Sie war zwar krankgeschrieben, doch sie war nicht krank, sondern unfassbar traurig und auch wütend. Sie konnte nicht mehr schlafen, und wenn sie doch mal einen Moment wegdämmerte, wurde sie von grauenhaften Bildern heimgesucht, die den Unfall zeigten, über den sie nur bruchstückhafte Informationen erhalten hatte. Ihre Gedanken, wie es Lars in den letzten Minuten seines Lebens ergangen war, drehten sich im Kreis. Und die Trauer über Lars' Tod und den Verlust, den sie erlitten hatte, zog sie wie eine schwere Last herunter.

Die Trauerfeier und die anschließende Urnenbeisetzung fanden in Bremen statt, dem Wohnort seiner Eltern. Pia wusste nicht, ob das Lars' Wille gewesen wäre. Aber sie hatte keine Kraft, für etwas zu kämpfen, bei dem sie sich nicht sicher war, wie er es sich gewünscht hätte. Vielleicht hatten seine Eltern ja recht? Lars hatte sich diesbezüglich ihr gegenüber nie geäußert. Sie nahm an, er hatte sich darüber gar keine Gedanken gemacht. Warum auch? Sie hatten bald heiraten wollen, hatten Zukunftspläne geschmiedet und nicht an den Tod gedacht. In ihren dunkelsten Stunden glaubte Pia, das Schicksal habe sich gegen sie verschworen. Nun hatte sie endlich nach zahllosen Irrungen und Umwegen den Mann gefunden, mit dem sie ihre Zukunft verbringen wollte, und genau in dem Moment wurde er ihr so brutal entrissen. Lars war den Gefahren der Irischen See entronnen und auf dem Rückweg zu ihr gewesen, als ihn ein gewöhnlicher Autounfall aus dem Leben gerissen hatte. Es war die Ironie des Schicksals, die ihr höhnisch entgegenlachte, wenn sie nachts über all diese Dinge grübelte. Und dann war auch das Selbstmitleid nicht weit, das sie immer wieder zurückzudrängen versuchte. Sie hasste ihr Schicksal, sie hasste es auch für Lars, der noch so viele Pläne gehabt hatte, aber um Felix' willen musste sie sich zusammenreißen und irgendwie weitermachen.

Hass und Zorn waren keine Option, wenn man ein Kind großziehen wollte …

Und Felix, der seit ein paar Tagen wieder bei ihr zu Hause wohnte, begriff noch nicht richtig, was passiert war. Er war noch zu klein. Einerseits war das ein Segen, denn dass er den Tod und den Verlust eines geliebten Menschen, der untrennbar zu seinem Leben gehört hatte, in seinem ganzen Ausmaß realisierte, das wollte Pia ihm nicht zumuten. Andererseits versetzte ihr seine Sicht der Dinge manches Mal einen Schock. Ab und zu fragte er nach Lars, als würde er jeden Moment in die Wohnung kommen und ihn wie sonst so oft hoch in die Luft heben. Dann wieder sagte Felix unvermittelt, dass Lars ihnen wohl vom Himmel aus, wo er jetzt ja sei, beim Spaghettikochen zuschauen würde. Er lief zur Balkontür, sah hinauf und fragte, ob er ihn nicht da oben mal sehen könne … und deckte einen Teller für Lars mit auf.

Tagsüber lenkte Felix Pia von der tiefsten Verzweiflung ab; und da waren auch noch ihre Familie und Susanne, die sich alle um sie kümmern wollten. Sie musste sich ihnen und ihrem Sohn zuliebe zusammenreißen, was seltsamerweise half. Doch die Nächte allein in ihrem breiten Bett waren grauenhaft. Sie hatte oft allein hier geschlafen, und es hatte ihr nie etwas ausgemacht. Aber das war etwas anderes gewesen in dem Wissen, dass Lars nicht weit entfernt war und sie spätestens am Wochenende wieder zusammen sein würden. Nun würden sie nie wieder zusammen sein. Sie vermisste ihn schrecklich.

Pia wusste, dass sie verrückt werden würde, wenn sie zu lange zu Hause blieb. Und auch für Felix musste wieder Alltag einkehren. Doch als sie nach ihrer Auszeit den vertrauten Weg ins Polizeihochhaus fuhr, schien nichts mehr so zu sein, wie es früher einmal gewesen war. Die Umgebung war dieselbe, doch ihre Sicht darauf eine vollkommen andere. Als wäre die Realität gegen eine Kulisse getauscht worden, hinter der sich diejenigen, die so grausam die Fäden zogen, über sie vor Lachen ausschütteten. Pia wollte arbeiten, da sie etwas tun musste. Gleichzeitig zweifelte sie, ob sie es schaffen konnte. Ob sie nicht gleich beim Anblick ihrer vertrauten Kollegen und den ersten persönlichen Beileidsbekundungen in Tränen ausbrechen würde. Dann sagte Pia sich, dass ein paar Tränen in dieser Situation kein Weltuntergang wären. Sie musste da jetzt einfach durch.

Nach einer halben Stunde saß Pia in ihrem Büro mit Blick auf die Lübecker Altstadt, über der sich an diesem Morgen der vertraute graue Himmel spannte, und fuhr ihren Computer hoch. Ihr wurde klar, dass sich für die anderen herzlich wenig geändert hatte. Die meisten ihrer Kollegen hatten Lars nicht einmal gekannt, und nur Broders war bislang in ihre Heiratspläne eingeweiht gewesen. Das war nun ein Vorteil. Sie konnte Arbeit und Privatleben trennen. Denn irgendwie musste sie jetzt ja weitermachen.

Da ihre Kollegen immer noch mit den zwei Hauptverdächtigen zu tun hatten, nahm Pia sich nach Rücksprache mit Rist wieder den alten Fall Flora Laubner und Simon Hertling vor. Rist tat, als würde er ihr damit aufgrund ihres momentanen bedauernswerten Zustandes eine Gunst gewähren. Doch es war Pia gleichgültig. Sie las sich nochmals in die alte Ermittlungsakte und ihre Notizen ein. Als sie zum dritten Mal den Tatortbericht und die verschiedenen Zeugenaussagen durchgegangen war, griff sie zum Telefon. Sie hatte Glück, ihren ehemaligen Chef gleich am Apparat zu haben.

Sie begrüßte ihn und fragte, wie die Kreuzfahrt gewesen sei.

»Zu viele Menschen und zu viel zu essen«, sagte er, »aber ansonsten war es klasse. Womit kann ich dir helfen, Pia?«

Sie bat ihn um ein Treffen, um noch einmal über den alten Laubner-Fall mit ihm zu sprechen. Pia wusste, dass es etwas seltsam war, da Gabler sich doch schon im Ruhestand befand. Anderseits hatte Horst-Egon sich in seiner Zeit als Leiter des K1 auch nie gescheut, ehemalige Polizeibeamte zu befragen oder andere Leute zu nerven, sondern war jeden nur möglichen Weg gegangen, um eine Ermittlung voranzubringen.

Sie verabredeten sich in einer Stunde in einem Restaurant in Lübeck, da Gabler keine Lust hatte, ins Polizeihochhaus zu kommen.

Pia atmete auf, als sie an die frische Luft trat. Trauer und Wut schienen in geschlossenen Räumen noch schwerer zu ertragen zu sein, als wenn einem ein bisschen Wind um die Nase wehte. Außerdem graute es ihr bei der Vorstellung, wie ihre Kollegen wohl in nächster Zeit mit ihr umgehen würden. Pia wusste, dass das unfair war, aber kaum jemandem gelang es unter diesen Umständen, sich wie immer zu verhalten. Es war ja auch nichts »wie immer«.

Horst-Egon Gabler kam mit federnden Schritten auf sie zu. Er war nicht mehr ganz so hager wie zu den Zeiten, als er noch beim K1 gearbeitet hatte. Das stahlgraue Haar trug er ein paar Millimeter länger, und seine hellen Augen blitzten aus einem braun gebrannten Gesicht. »He, Pia, ich habe davon gehört, was mit deinem Freund passiert ist. Das tut mir sehr leid«, sagte er, nachdem sie sich gesetzt hatten.

»Danke. Ich ... ich möchte lieber nicht darüber reden.« Sie blinzelte. Es versetzte ihr jedes Mal einen Stich, wenn andere Leute Lars' Tod erwähnten, und sie hoffte, dass sie mit der Zeit abhärtete und es sich nicht mehr jedes Mal so anfühlte, als stocherte man in rohem Fleisch herum. So wie sie Horst-Egon kannte, war es auch ihm recht, dass sie ihren Verlust nicht weiter thematisierten. Er war ein guter Chef gewesen, jedenfalls aus heutiger Sicht, wenn auch nicht gerade bekannt für seine Qualitäten im zwischenmenschlichen Bereich.

Sie legte eine Mappe mit Unterlagen auf den Tisch. »Ich weiß, es ist lange her, aber ich würde gern den alten Fall noch einmal Schritt für Schritt mit dir durchgehen. Zusammen mit meinen neuen Informationen ergibt sich vielleicht irgendetwas, das mir weiterhilft.«

Als Pia von ihrem Gespräch mit Fridbert Mohr berichtete, riss Horst-Egon Gabler erstaunt die Augen auf. »Der Zeuge ist farbenblind?«

»Nicht komplett. Er kann nur Rot und Grün nicht gut unterscheiden, besonders wenn die beiden Farbtöne den gleichen Grauwert haben.«

»Und Flora trug an dem Tag eine dunkelrote Jacke und Simon eine grüne?«

»Nach den Fotos von damals zu urteilen, könnte jemand, der rotgrünblind ist, die Jacken von Simon Hertling und Flora Laubner durchaus verwechselt beziehungsweise eine rote Jacke für eine grüne gehalten haben. Ich war vor ein paar Tagen mit Felix beim Kinderarzt, weil er wohl das gleiche Problem hat, und der Arzt hat es mir so erklärt.«

»Aber der Mann hat doch nicht nur die Jacken gesehen.«

»Er war auf seinem Boot auf der Ostsee. Das Kind lief am Strand entlang. Sowohl Flora als auch Simon hatten zu der Zeit kurze Haare, dunkelblond oder braun, sie waren beide dünn, und ihre Körpergröße wird auf die Entfernung nur schwer abzuschätzen gewesen sein. Also … ich finde es durchaus vorstellbar, dass Fridbert Mohr die Kinder verwechselt hat.«

»Mist! Großer Mist! Können wir das damals wirklich übersehen haben?«

»Ich bin auch nur durch einen Zufall darauf gestoßen.«

»Und was bedeutet das in diesem konkreten Fall?«

»Die Zeugenaussage, die Vivien und Daniel Prange entlastet, weil sie ihnen ein Alibi gibt, ist nicht mehr ganz so beweiskräftig. Falls Fridbert Mohr sich geirrt und Flora am Strand gesehen hat, ist wieder alles offen. Die Aussagen von Hannes und Thea Schöttler, dass die Geschwister Prange um halb eins bei ihren Eltern zum Mittagessen erschienen sind, ist dann wertlos, weil wir nicht wissen, wann genau Simon Hertling getötet worden ist.«

»Also ist Flora Laubner dadurch auch nicht vollständig entlastet, selbst wenn Fridbert Mohr sie und nicht Simon am Strand gesehen hat?«

»Ja. Obwohl mir die Rekonstruktion des Ablaufes dann schon ein wenig Kopfzerbrechen bereitet. Die Kinder kamen nach einhelliger Aussage zusammen um etwa zehn vor elf in ihrem Versteck an. Um halb eins waren die Pranges beide wieder in Niensühn auf dem Hof. Also müssen sie um spätestens zehn nach zwölf wieder aufgebrochen sein. Die Fahrtzeit mit dem Fahrrad beträgt nämlich mindestens zwanzig Minuten. Um halb eins sieht Fridbert Mohr ein Kind am Strand, von dem wir nicht genau wissen, welches es war. Wenn Flora die Täterin war, hatte sie sowohl zwischen zehn nach zwölf und halb eins als auch danach noch die Gelegenheit und das Mittel dazu, Simon zu erdrosseln. Sie war erst um halb zwei nach einem Fahrradunfall zu Hause.«

»Gut, insofern ändert sich für Flora durch die Rotgrünblindheit Mohrs nichts.«

»Nur dass sie nun nicht mehr die einzige Verdächtige ist. Denn es funktioniert auch anders: Die Kinder kommen zusammen gegen zehn vor elf im Versteck an. Flora verlässt die kleine Gruppe, wann, ist unklar. Es kann durchaus vor zwölf Uhr gewesen sein. Dann sind Simon, Daniel und Vivien zu dritt in dem Versteck. Simon wird von einem der Geschwister erdrosselt, mit Floras Halstuch allerdings, was sie dort vergessen haben müsste. Vivien und Daniel fahren nach Simons Tod um zehn nach zwölf nach Hause zurück und lassen den toten Simon im Versteck liegen. Die Pastorin und der Chorleiter bezeugen ihre Rückkehr. Flora wird um halb eins von Fridbert Mohr unten am Strand gesehen, doch er denkt, es wäre Simon, der zu diesem Zeitpunkt aber schon tot ist.«

»Das würde bedeuten, dass die Geschwister gemeinsame Sache gemacht haben?«

»Schwer vorstellbar, aber nicht undenkbar. Oder sie hatten sich getrennt und decken einander trotzdem. Wie sie danach allerdings scheinbar ungerührt beim Mittagessen erscheinen konnten ... Also, ich gebe zu, es bleibt unwahrscheinlich.«

»Nun ja, uns sind im Laufe unseres Berufslebens schon ganz andere unvorstellbare Dinge untergekommen.« Gabler rührte in seiner Kaffeetasse. »Und wir wissen nicht, ob sie wirklich so ›ungerührt‹ waren.«

»Bei den Kindern würde ich erst mal sowieso davon ausgehen, dass es so oder so ein schlimmer Unglücksfall war. Ihr ›Spiel‹ ist aus dem Ruder gelaufen.«

Gabler nickte. »Wie willst du jetzt weiter vorgehen, Pia?«

»Ich möchte ausschließen, dass es einen Täter gibt, den wir noch gar nicht in Betracht gezogen haben. Einen Erwachsenen, der Simon allein in dem Versteck angetroffen und ermordet hat – in der Zeit, als Flora um halb eins unten am Strand und die Prange-Kinder auf dem Rückweg oder bereits bei ihren Eltern waren.«

»Es waren keinerlei Spuren am Fundort, die irgendwie auf

die Beteiligung einer weiteren Person schließen lassen«, sagte Gabler. »Wir haben damals natürlich auch in diese Richtung ermittelt.«

»Der Fundort der Leiche soll ein einziges Chaos gewesen sein. Da könnte etwas übersehen worden sein. Und die Spuren von Gunnar Hertling und Piet Prange, die den toten Jungen gefunden haben, könnten überdecken, dass einer von ihnen schon vorher einmal dort gewesen ist.«

»Ja, aber der Vater oder Piet Prange?« Gabler zuckte mit den Schultern. »Es gab keinen Anhaltspunkt, diese Theorie weiterzuverfolgen. Du vergisst übrigens die Pastorin. Sie war auch noch am Fundort, bevor die Spurensicherung dort erschien. Und auch ihr Mann, der Chorleiter.«

»Thea und Hannes Schöttler? Als seelischer und theologischer Beistand, oder wie? Und sie haben Spuren am Tatort hinterlassen?«

»Ja, doch sie hatten für den Zeitraum, in dem Simon ums Leben gekommen ist, ein Alibi. Sie waren bei den Pranges eingeladen, wo sie um kurz vor halb eins aufgetaucht sind.«

»Ein Alibi, das durch Fridbert Mohrs Irrtum hinfällig sein könnte.«

»Das stimmt natürlich. Es macht mich im Nachhinein wahnsinnig, dass wir das übersehen haben.«

»Fehler passieren«, sagte Pia. »Und Joachim Laubner hatte wohl recht mit seiner Kritik: Dieser Tatort war ein Chaos.«

»Ja. Und das schon, bevor der erste Polizeibeamte dort aufgetaucht war und etwas sichern konnte. Aber auch danach ist noch einiges schiefgelaufen«, räumte er ein. »Ein totes Kind, noch dazu unter diesen Umständen, lässt natürlich niemanden kalt. Trotzdem glaube ich nicht, dass wir es mit einem Fremden als Täter zu tun hatten. Und ich wusste auch nicht, dass Flora Laubners Vater so gut über die Ermittlungen informiert war. Wie ist er an diese Informationen überhaupt herangekommen?«

»Ich vermute, dass sein Kollege Bernhard Altmann ihm geholfen hat. Außerdem hat Laubner möglicherweise eigene Nachforschungen angestellt.«

»Die dürften Flora ja nicht gerade entlastet haben. Ich meine, sonst wäre die Sache wohl anders verlaufen, und Joachim Laubner hätte sich mit mir in Verbindung gesetzt. Ich erinnere mich, dass Bernhard Altmann teilweise bei unseren Besprechungen dabei war. Ein guter Mann, dachte ich, damals zumindest. Hat er wirklich Informationen, die unsere Ermittlungen betrafen, an Joachim Laubner weitergegeben? Hast du mit ihm gesprochen?«

»Ja. Der Fall scheint ihm nahegegangen zu sein. Vor allem, dass sich Joachim Laubner bald darauf mit seiner Dienstpistole erschossen hat.«

35. Kapitel

Pia überlegte, ob sie die Leute, die sie im Fall Simon Hertling noch einmal sprechen wollte, aufs Kommissariat nach Lübeck beordern sollte. Doch das würde einige Zeit in Anspruch nehmen. Nach kurzer Rücksprache mit ihrem Chef beschloss sie, am nächsten Tag nach Niensühn zu fahren und die Gespräche dort zu führen. Schon allein aus dem Grund, weil es die größere Ablenkung wäre.

Rist war damit einverstanden, konnte sie bei der Gelegenheit doch etwas von dem Equipment, das sich noch im Gemeindehaus befand, wieder mit nach Lübeck bringen. »Wenn du meinst, dass es irgendwas bringt« war sein nicht übermäßig motivierender Kommentar zu ihrem Vorhaben.

Pia wollte sich lieber nicht vorstellen, was er gesagt hätte, wenn sie so kurz nach Lars' Tod nicht als Mitarbeiterin gegolten hätte, die man besser mit Samthandschuhen anfasste. Und sie fragte sich nicht ohne Sarkasmus, wie lange Rist ihr diesen »Sonderstatus« wohl noch einräumen würde.

Broders, dem sie erzählte, was bei ihrem Gespräch mit Horst-Egon Gabler herausgekommen war, dachte zum Glück nicht daran, sie anders als sonst zu behandeln. »Pia, dieser ominöse Unbekannte, nach dem du da jetzt vielleicht suchst, ist doch nur eine Wunschvorstellung, weil der Gedanke, dass ein Kind einem anderen Kind so etwas angetan hat, so schrecklich ist.«

»Ich befürchte, dass bei der Untersuchung damals ein paar Aspekte nicht gründlich genug untersucht worden sind. Ich will nicht behaupten, dass da geschlampt wurde, aber es hängen noch ein paar lose Fäden in der Gegend herum. Außerdem haben sich durch Nicole Mohrs Tod auch noch neue Hinweise im Fall Hertling ergeben.« Sie sah Broders in die Augen. »Ich muss es zumindest überprüfen.«

»Mir fehlen da sicher ein paar Hintergrundinformationen. Doch die Chance, jetzt noch einen Täter zu finden, an den sie vor zwölf Jahren nicht einmal gedacht haben …«

»Es sind schon Fälle nach viel längerer Zeit gelöst worden.«

»Aber die meisten, weil sich die technischen Möglichkeiten, insbesondere die DNA-Analyse, um Lichtjahre weiterentwickelt haben. Im Fall Simon Hertling waren unbekannte DNA-Spuren jedoch gar nicht das Problem.«

»Ich werde einfach noch mal mit ein paar Leuten reden, Broders. Wenn ich weiterkomme, ist es gut. Wenn nicht, dann habe ich wenigstens alles versucht. An den Fall Nicole Mohr lässt Rist mich doch eh nicht mehr ran.« Erst in dem Moment, in dem sie es aussprach, wurde sich Pia dessen so richtig bewusst. Und sie war Broders dankbar für die erste kleine fachliche Auseinandersetzung nach eineinhalb Wochen.

»Die anderen hoffen seit Tagen, dass sie im Fall Mohr kurz vor einem Durchbruch stehen.«

»Und du, was glaubst du?«

»Einen Scheiß stehen wir! Also bitte. Wenn du morgen unbedingt noch mal eine Landpartie machen willst, dann nimm mich wenigstens mit!«

»Wir treffen uns um halb acht im Büro.«

»Ich wusste, die Sache hat einen Haken.«

Pia lächelte. Es fühlte sich ungewohnt an. Unmittelbar danach zog sich ihre Brust wieder vor Schmerz zusammen.

»Du schaffst das«, sagte Broders leise und stiefelte hinaus.

Pia erwachte nach einem wirren Traum und mit pochenden Kopfschmerzen und musste sich erst mal orientieren. Sie lag in ihrer Wohnung im Bett. Im ersten Moment dachte sie, alles wäre wie immer. Das eben wäre nur ein Albtraum gewesen. Dann fiel ihr alles wieder ein. Am liebsten hätte sie sich auf den Bauch gedreht, geschrien und auf die Matratze eingeschlagen wie ein kleines Kind. Aber was sollte das nützen?

Sie erhob sich mit schweren Gliedern und brennenden Augen und ging, ohne nach links oder rechts zu sehen, ins Badezimmer. Auch die heiße Dusche konnte die Enge in ihrer Brust und das Gefühl, dass alles grau in grau aussah, nicht vertreiben. Pia seifte sich ein, schäumte sich die Haare mit dem festen Shampoostück ein, das nach Kirsche und Zitrone duftete, doch auch das half nicht. Zwar ein bisschen wacher, aber nicht weniger bedrückt, trocknete sie sich ab, föhnte sich das Haar und ging zurück ins Schlafzimmer, um sich anzuziehen.

Auf dem Weg dorthin fiel ihr Blick auf den Kalender im Flur. Hinnerk wollte Felix heute vom Kindergarten abholen, um etwas mit ihm zu unternehmen, und ihr Sohn sollte auch bei Hinnerk, Mascha und Rike schlafen. Das kommende Wochenende war ebenfalls blau angestrichen: Felix' Vater-Wochenende. Das hatte sie glatt vergessen. Sie könnte Hinnerk anrufen und ihn bitten, Felix bei ihr zu lassen, doch es kam ihr erbärmlich vor. Ihr Sohn sollte nicht bei ihr ausharren müssen, nur weil sie sich einsam fühlte. Außerdem musste sie am nächsten Wochenende auch noch die Zeit finden, ihre Sachen aus Lars' Wohnung zu holen. Und das wollte sie ohne Felix tun. Den Termin musste sie noch abstimmen. Sie hatte zwar einen Wohnungsschlüssel, wollte aber trotzdem lieber vorher Lars' Eltern darüber informieren, damit es nicht zu Missverständnissen kam. Ihr graute davor, Lars' Wohnung zu betreten in dem Wissen, dass sie ihm dort niemals wieder begegnen würde.

Pia straffte die Schultern und ging ins Kinderzimmer. Felix war ein Morgenmensch und meistens schon in der Frühe gut gelaunt. Während er kurz darauf in der Küche sein Müsli löffelte, unterhielt er sie mit Geschichten aus dem Kindergarten. Sie war ihm dankbar für die Ablenkung.

Im Polizeihochhaus angekommen, erfuhr Pia, dass Broders sie doch nicht nach Niensühn begleiten konnte. Offensichtlich ließ sich ihr »Unglücks-Bonus« nicht auch noch auf ihren Kollegen ausweiten. Rist hatte andere Aufgaben für ihn. Broders schimpfte ein wenig vor sich hin und steckte Pia, als sie im Begriff war aufzubrechen, noch eine Schachtel zu.

»Was ist das?«

»Das war für unsere Landpartie gedacht. Nicht meine Idee, sondern Ralphs. Zur Aufmunterung.« Er sah schnell weg.

Pia wollte die Schachtel öffnen, doch er legte die Hand auf ihren Arm. »Noch nicht. Das ist für später. Fahr los, bevor Rist es sich anders überlegt und dich auch noch hierbehält.«

Broders' Befürchtung war nicht unbegründet. Pia musste zunächst an einer Besprechung teilnehmen und danach noch ein paar Dinge an ihrem Schreibtisch erledigen, bis sie endlich loskam. Sie telefonierte zwischendurch, legte ihre Termine um. Dass sich das Ganze nun in die Nachmittags- und frühen Abendstunden verlagerte, störte sie nicht. Eher im Gegenteil.

Es war früh am Nachmittag, als Pia in Niensühn eintraf. Zwei Reiterinnen, eine Frau auf einem Pferd und ein Mädchen auf einem Pony, kreuzten die Straße. Die Wangen des Mädchens glühten, und ihr Gesicht unter der Reitkappe strahlte mit dem glänzenden Fell des Pferdes um die Wette. Heile Welt.

Pia bog auf den Hof der Pranges. Wie die Male zuvor beeindruckte sie die Größe der Gebäude und die Weitläufigkeit des Hofplatzes. Vivien Prange ging ihr in einen Seitenflügel des Wohnhauses voraus. Hier hatte sie einen abgeschlossenen Bereich mit Schlafzimmer, Flur und einem Wohnzimmer, in das sie Pia nun führte. Die Einrichtung war in Rot- und Orangetönen gehalten, gemütlich, aber nicht sehr individuell. Durch zwei Fenster hatte man einen weiten Blick über die Felder. Wahrscheinlich alles Prange-Land.

»Sie wollen mich also sprechen?« Vivien bot Pia einen Platz auf dem Sofa an und setzte sich ihr schräg gegenüber in einen Korbsessel. Das Material knarrte. »Ich habe Ihretwegen heute extra etwas früher Feierabend gemacht. Ich konnte die Terminverschiebung gerade noch einrichten.«

Auf dem Couchtisch stapelten sich Zeitschriften. Pia hatte Themen wie Mode oder vielleicht das Landleben erwartet, doch es waren medizinische Fachjournale.

»Ja, vielen Dank, dass Sie es einplanen konnten.«

Vivien Prange sah sie mit hochgezogenen hellblonden Brauen an.

Pia holte ihre Notizen hervor. »Es geht noch einmal um Simon Hertling«, sagte sie. »Ich würde gern den genauen Verlauf des Tages, an dem er ums Leben gekommen ist, mit Ihnen durchgehen.«

»Das ist doch schon so lange her. Sind die alten Polizeiakten da nicht wesentlich besser geeignet?«

»Es hat sich ein neuer Aspekt ergeben«, erklärte Pia vage.

»Darf ich wissen, was das ist?«

»Das kann ich Ihnen aus ermittlungstaktischen Gründen nicht sagen.«

Sie gingen noch einmal Punkt für Punkt durch, was sich aus Viviens Perspektive zugetragen hatte. Ihre Angaben entsprachen haargenau denen, die sie auch damals zu Protokoll gegeben hatte. Alles stand und fiel mit dem Alibi, das sich die Geschwister gegenseitig gaben.

»Haben Sie an dem Vormittag Ihren Bruder mal aus den Augen verloren?«, fragte Pia trotzdem noch einmal nach.

»Wir waren wirklich die ganze Zeit zusammen, das sagte ich doch schon.«

Pia versuchte es mit verschiedenen Fragetechniken, aber Vivien blieb haargenau bei ihrer Version. »Ist Ihnen an dem Tag jemand aufgefallen, der Sie oder eines der anderen Kinder beobachtet hat oder der Ihnen gefolgt ist?«

»Ein Fremder?«

»Nicht unbedingt.«

»Oh.« Sie schien zu überlegen. »Nein, nicht dass ich wüsste.« Ihr Gesichtsausdruck war so offen und arglos, dass er eigentlich nur geschauspielert sein konnte.

»Und zu einem anderen Zeitpunkt in den Wochen rund um Simon Hertlings Tod? Hat sich jemand für Sie, Ihren Bruder, Simon oder Flora besonders interessiert?«

»Interessiert?«

»Hat sich jemand in Ihrer Nähe herumgetrieben, Sie beobachtet, ist Ihnen gefolgt, hat Sie angesprochen oder gar angefasst?«

»Nein!«

»Nehmen Sie sich bitte einen Moment Zeit, darüber nachzudenken.«

Vivien stützte das Kinn in die Hand und tat so, als überlegte sie noch einmal. Sie legte den Kopf schief. »Also, ich weiß nicht, ob ich das jetzt sagen soll.«

Pia merkte auf. »Doch. Alles kann wichtig sein.«

»Daniel mochte mit einem Mal nicht mehr in den Kinderchor gehen. Dabei hatte er eine wunderbare Stimme. Er sagte,

Hannes Schöttler – damals haben wir noch ›Herr Schöttler‹ gesagt – würde ihn immer so viel kritisieren. Viel mehr als die anderen Kinder. Und er habe vorgeschlagen, Daniel mal eine Einzelstunde zu geben, für das Solo, das er singen sollte. Aber das wollte mein Bruder nicht.«

»Eine Einzelstunde?«

»Tja. Es ist nie dazu gekommen.«

»Erinnern Sie sich an noch etwas?«

Sie schüttelte den Kopf. Ihr Blick war in die Ferne gerichtet. »Nein, zu mir war Hannes immer ganz normal. Wahrscheinlich war er auch zu Daniel vollkommen normal. Er hat das mit der Einzelstunde auch nur ein einziges Mal vorgeschlagen. Daniel hatte wohl einfach nur keine Lust mehr, nachmittags zum Chor zu gehen.«

Möglich wär's, dachte Pia.

36. Kapitel

Pia sprach danach auch mit Daniel Prange. Er sah blass aus. Seine Augen waren rot gerändert, das Haar strohig. Einen Moment fühlte Pia sich ihm verbunden. Genau wie sie hatte er vor Kurzem einen geliebten Menschen verloren. Sie durch einen sinnlosen Autounfall, er durch Mord.

Die Schilderung des Tagesablaufs entsprach haargenau dem seiner Schwester, hörte sich bei ihm aber auswendig gelernt an. Auf die Frage nach Leuten, die sie beobachtet haben oder ihnen gefolgt sein könnten, fiel Daniel Prange nichts ein. Er blickte sie vollkommen ausdruckslos an. Pia spielte auf die Situation im Kinderchor an, doch er behauptete, dass er nichts dergleichen gesagt habe und auch nie etwas vorgefallen sei. Er habe einfach keine Lust mehr gehabt, im Chor zu singen, deshalb sei er eines Tages nicht mehr dorthin gegangen.

Als Pia den Prange-Hof verließ, fühlte sie sich nicht viel schlauer als zuvor. Möglich schien in Zusammenhang mit Simon Hertlings Tod vieles zu sein, wahrscheinlich jedoch nichts. Warum ermittelte sie in diese Richtung? Folgte sie Fakten, oder bildete sie sich nur etwas ein?

Tatsache war, dass in diesem Ort ein Mensch vergiftet worden war. Spuren und Verpackungsreste des verwendeten Giftes hatten sich in Flora Laubners Haus beziehungsweise dem ihrer Mutter gefunden. Ihr Türschloss war gepickt worden. Demzufolge war noch nicht klar, wem der Giftanschlag gegolten hatte. Nicole Mohr war gestorben, doch auf Flora war vermutlich bald darauf ein Anschlag verübt worden. Außerdem war da der Mais vor ihrer Tür – eine Anspielung auf Simon Hertlings Tod. Für beides hatten sie hauptsächlich Flora Laubners Wort. Aber nicht nur, wenn man Richard Sandmanns Aussage, den Aufkleber auf Floras Leihwagen und Broders' Nachforschungen in der Eutiner Elpis-Klinik berücksichtigte … Es gab doch genug Anhaltspunkte, um der Sache auf den Grund gehen zu müssen. Sie jagte keinem Phantom hinterher. Oder trübte die Trauer um Lars ihr Urteilsvermögen?

Pia fuhr in Richtung Ortsmitte und stellte den Dienstwagen auf dem Parkplatz gegenüber der Kirche ab. Dort ergänzte sie ihre Gesprächsnotizen. Als sie das Notizbuch zurück in ihre Tasche legte, fiel ihr Blick auf die Schachtel, die Broders ihr mitgegeben hatte. Neugierig zog sie den Deckel ab.

Sorgfältig arrangiert lagen darin Tapas, dekoriert mit Kirschtomaten und Salatblättern. Broders wusste, dass sie Herzhaftes besonders gern mochte. Und es war die Geste, die zählte und die ihr die Tränen in die Augen trieb. Verdammt! Pia wischte sich über das Gesicht. Sie hatte seit Lars' Tod so gut wie keinen Hunger verspürt, aber nun, als der Essensgeruch ihr in die Nase stieg, knurrte ihr mit einem Mal der Magen.

Die Tapas waren tatsächlich sehr lecker. Schnell war die Schachtel leer. Danach hatte Pia Durst, doch ihre Trinkflasche lag in ihrem eigenen Auto.

Pia sah auf die Uhr. Sie war später noch mit Thea und Hannes Schöttler verabredet; sie hatte sich ihnen für siebzehn Uhr angekündigt. Vorher hatte sie also noch etwas Zeit, die sie anderweitig nutzen konnte. Pia startete den Wagen und fuhr zum Hof der Hertlings. Simons Elternhaus – von dort war der Junge an seinem letzten Lebenstag aufgebrochen. Ein Sonntagsausflug mit dem Fahrrad an die Ostsee zusammen mit seinen drei Freunden.

Pia traf Gunnar Hertling auf seinem Grundstück an, wo er

eine Schubkarre mit Grünabfällen in Richtung einer größeren Kompostanlage schob. Er trug auch heute ein beinahe knielanges Hemd über einer weiten Hose und dazu Sandalen.

»Ach, Sie schon wieder. Was verschafft mir die Ehre?« Er schirmte die Augen mit der Hand gegen die Sonne ab, als Pia ihm entgegenging.

»Ich bin sowieso gerade in Niensühn und wollte die Zeit nutzen, Ihnen noch ein paar Fragen zu stellen.«

»Wegen Nicole Mohr?«

»Nein, es geht um Ihren Sohn.«

Seine Augen wurden schmal. »Sind Sie die Dame für die *Cold Cases*, wie es so schön heißt?«, spottete er.

»So ungefähr. Können wir uns irgendwo hinsetzen?«

Vielleicht bot er ihr etwas zu trinken an? Ausnahmsweise würde sie es annehmen, denn einige der Tapas waren scharf gewesen und brannten ihr noch in der Kehle. Hertling führte sie um das Haus herum auf eine Holzterrasse, wo ein Tisch mit unterschiedlichen Stühlen drumherum stand. Um die Hausecke wehte ein frischer Wind. Pia war froh über ihre Jacke und das Halstuch, während Gunnar Hertling in seinem dünnen Hemd die Temperaturen gar nicht zu spüren schien.

»Es hat sich etwas Neues ergeben«, sagte Pia und hoffte, dass ihr Eröffnungszug Hertlings Interesse wecken würde. »Die Alibis in dem Fall Ihres Sohnes basierten unter anderem darauf, dass Simon um halb eins am Mittag noch am Strand von einem Zeugen gesehen wurde. Die Polizei ist deswegen davon ausgegangen, dass er zu dem Zeitpunkt noch am Leben war. Nun hat sich herausgestellt, dass es sich auch um eine Verwechslung gehandelt haben könnte.«

»Verwechslung?«, echote Hertling.

»Es ist möglich, dass der Zeuge Flora Laubner und nicht Ihren Sohn dort gesehen hat.«

»Ziemlich seltsam, das jetzt erst festzustellen«, sagte Gunnar Hertling. Er fixierte Pia. »Damit sind die Prange-Kinder ja wieder im Spiel.«

»Es eröffnet sozusagen eine Vielzahl von Möglichkeiten«, erwiderte Pia, »Flora Laubner, Daniel und Vivien Prange, Piet Prange, Thea und Hannes Schöttler, Sie selbst. Sie alle kommen zumindest theoretisch als Täter infrage. Sie alle sind diejenigen, deren Spuren am Tatort gefunden worden sind.«

»Ich war sowieso nie ganz aus dem Spiel«, räumte Gunnar Hertling ein. »Ich hatte kein Alibi, auch nicht nach halb eins. Ich war im Wald, Beeren sammeln. Und ich bin in meiner Freizeit kein Freund von Handys, damals wie heute nicht. Ich habe erst später, als ich nach Hause kam, erfahren, dass mein Sohn vermisst wird. Da bin ich dann mit Piet zusammen losgerannt, um Simon zu suchen.« Er sprach in neutralem Ton, so als wäre er diesen Schicksalstag im Geiste so oft durchgegangen, dass er abgehärtet gegenüber sämtlichen Gefühlen war.

»Damals ist die Polizei nach ihren Ermittlungen recht bald davon ausgegangen, dass Flora die Täterin ist. Sie wurden als Tatverdächtiger nicht in Betracht gezogen. Ebenso wenig alle anderen, deren Spuren am Tatort zu finden waren. Vivien und Daniel Prange, Piet Prange und das Ehepaar Schöttler gaben sich ab halb eins gegenseitig ein Alibi, und um diese Uhrzeit war Ihr Sohn angeblich noch am Leben.«

»So, wie Sie das sagen, klingt es, als hätte es sich um eine große Verschwörung gehandelt. Es war ein Unglücksfall.«

Pia sah Gunnar Hertling in die Augen. »Wir wissen nicht, um was es sich gehandelt hat. Hat Ihr Sohn in der Zeit vor der Tat mal erzählt, dass er sich von einem Erwachsenen beobachtet oder verfolgt fühlte? Hat er jemanden erwähnt, der Kontakt zu ihm gesucht hat, oder ist ihm etwas anderes in dieser Richtung komisch vorgekommen?«

»Das bin ich damals natürlich auch schon gefragt worden.« Gunnar Hertling sah einen Moment in die Ferne. »Aber nein. Ich kann mich an nichts dergleichen erinnern.«

Pia ließ enttäuscht die Schultern sinken. Sie wollte Hertling nicht sagen, was Vivien Prange ihr über Hannes Schöttler erzählt hatte. Jetzt noch nicht. Sie überlegte, was es noch für Ansatzpunkte gab. »Wie sind Sie eigentlich zur Landwirtschaft gekommen?«, fragte sie.

»Es hat sich so ergeben, weil meine Frau diesen Hof geerbt hat.«

»Sind Sie hier ... heimisch geworden?« Pia wusste, dass es eine seltsame Frage war. Aber Hertling passte so gar nicht in dieses Umfeld. Sein ungewöhnliches Outfit und sein ganzes Auftreten fielen in diesem Dorf einfach auf. Doch wenn sie sich erst einmal an jemanden in ihrer Mitte gewöhnt hatten, konnten die Leute auch eine erstaunliche Toleranz an den Tag legen. Aber sein Äußeres war es auch gar nicht, was Pia seltsam vorkam. Gunnar Hertling strahlte eine Härte und ein so unerschütterliches Selbstbewusstsein aus, wie sie es manchmal bei Polizeibeamten in Spezialeinheiten angetroffen hatte ... doch wenn er mal Polizist gewesen war, wüssten sie es.

»Heimisch? Komische Frage. Ja, in gewisser Weise schon. Ich weiß, dass die Leute über mich reden, aber sie respektieren mich. Das reicht mir.«

»Wie ist Ihr Kontakt zu den Pranges?«

»Ich komme mit ihnen klar. Also, mit Piet Prange. Anständiger Kerl. Die Frauen der Familie sind nicht so mein Fall, und der Sohn ... Da wird man erst noch sehen, was daraus wird.«

»Ich habe gehört, Sie hätten sich mal mit einem von den Austauschschülern der Pranges verständigt.«

Er lachte auf. »Klatsch und Tratsch. Meinen Sie etwa den

jungen Franzosen? Emile oder so? Wer hat Ihnen das denn erzählt?«

»Ist doch unwichtig, woher ich es habe«, sagte Pia. »Woher sprechen Sie so gut Französisch, Herr Hertling?« Man sagte ja, dass man eine Sprache nur im Land selbst richtig lernen konnte. Pia hatte nach dem Abitur eine gewisse Zeit als Au-pair-Mädchen in Frankreich verbracht, aber auch sie mochte sich für ihre Französischkenntnisse nicht mehr verbürgen.

Er ließ sich Zeit. Sah sie an, als wöge er ab, ob sie eine Antwort wert sei. *»La Légion«*, sagte er schließlich mit einem süffisanten Lächeln.

»Die französische Fremdenlegion. Im Ernst jetzt?«

»Oh ja. Ich war beinahe fünfzehn Jahre lang dabei. Und ich fahre noch jedes Jahr zum Camerone.«

Pia versuchte, diese Information einzuordnen. Er war ein Fremdenlegionär gewesen. Ein Soldat, der für eine fremde Nation in den Krieg gezogen war – für Geld, Kameradschaft und … ja, Abenteuer? Ein Söldner. Sie sah ihn prüfend an. »Das ist spannend«, sagte sie. »Wo genau waren Sie da? In welcher Einheit?«

»Ach, es ist lange her.«

»Wie lange?«

»Beinahe ein Vierteljahrhundert. Als ich Ingrid kennenlernte und sie schwanger wurde, war es vorbei. Sie hat mich sozusagen vor mir selbst gerettet.«

Pia sah über die Wiese, die sich hinter dem Haus ausdehnte. Der Wind strich über das Gras, sodass die Bewegungen aus der Ferne wie Meereswellen aussahen. Ein Raubvogel, vielleicht ein Mäusebussard, glitt mit ausgebreiteten Flügeln hoch über ihnen durch die Luft. Er zog seine Kreise, spähte auf die Erde herunter auf der Jagd nach einer Maus, einem kleineren

Vogel, einem Kaninchen ... In einem günstigen Moment würde er wie ein Pfeil zu Boden schießen und blitzschnell zuschlagen. Wenn Gunnar Hertling wüsste, wer seinen Sohn getötet hatte, ein Mensch, der zwölf Jahre lang nicht dafür zur Rechenschaft gezogen worden war, was würde er dann wohl tun?

Thea Schöttler begrüßte Pia überaus freundlich, beinahe so, als erwartete sie eine nette Bekannte zum Kaffeeklatsch. Sie führte sie in ihr Büro, einen schummrigen Raum, der mit antik aussehenden Möbeln eingerichtet war. Draußen schickte die schon recht tief stehende Sonne ein paar Strahlen durch die niedrigen Sprossenfenster. Als Pia über den bunt gemusterten Teppich ging, knarzten die Holzdielen unter ihren Füßen, und sie musste unter den Deckenbalken beinahe den Kopf einziehen. Sie setzte sich der Pastorin gegenüber vor den Schreibtisch, der mit Papieren und Büchern übersät war. Drei unterschiedliche Becher mit angetrockneten Resten eines grünlichen Getränks standen herum. Es roch nach Minze und süßem Gebäck. Ein betagt aussehender Computer fristete auf einem Metallcomputertisch in der Ecke sein Dasein.

»Möchten Sie einen Tee oder vielleicht einen Kaffee?«, fragte Thea Schöttler. Es war inzwischen Viertel nach fünf.

»Gern Kaffee. Und ein Glas Leitungswasser, bitte«, setzte Pia mit einem leichten Krächzen in der Stimme hinzu. Fast erwartete sie, dass Thea Schöttler eine Glocke läuten und Personal mit dem Servieren der Getränke beauftragen würde, so wie es in diesem Haus vielleicht früher üblich gewesen war.

Doch die Pastorin erhob sich. »Wenn Sie mich einen Augenblick entschuldigen?«

Pia nickte. Sie hatte es nicht eilig. Heute war sie über jede Minute froh, in der sie abgelenkt war und sich nicht mit ihren eigenen Problemen beschäftigte.

Als sie das Glas Wasser in einem Zug geleert und den ersten Schluck Kaffee getrunken hatte, begann sie das Gespräch ähnlich wie vorhin das mit Gunnar Hertling: Es hatte sich ein neuer Aspekt im Fall Simon Hertling ergeben. Dass Thea Schöttler streng genommen damit ebenfalls zum Kreis der Tatverdächtigen zählte, erwähnte Pia erst einmal nicht. Sie erläuterte der Pastorin, was sich bei der Frage nach den Alibis geändert hatte.

Thea begriff jedoch schnell. »Also sind mein Mann und ich auch verdächtig. Das wollen Sie mir doch gerade sagen, oder?« In ihre Stimme hatte sich ein scharfer Unterton geschlichen.

»Schildern Sie mir bitte den Tag, an dem Simon Hertling tot aufgefunden wurde, soweit Sie sich noch daran erinnern.«

»Ich werde diesen Tag nie vergessen«, sagte die Pastorin und begann zu erzählen. Ungefragt bemerkte sie, dass ihr Mann Hannes am späten Vormittag noch losgefahren war, um einen Blumenstrauß für Tanja Prange zu besorgen, da sie ja dort zum Mittagessen eingeladen waren. »Andere Leute hier gehen in ihren Garten, schneiden ein paar Blumen ab und binden die auch noch zu einem ansehnlichen Strauß zusammen.« Sie grinste schief. »Aber das gehört nicht zu meinen Fähigkeiten. Ich bin eher ein Mensch des Wortes als der Tat.«

»Wann ist Ihr Mann denn losgefahren, und wie lange war er fort?«

»Tja, ich weiß noch, dass ich mich ärgerte, wie lange es wieder mal bei ihm dauerte. Wenn ich ein Mensch des Wortes bin, dann ist Hannes einer der schönen, aber brotlosen Künste. Hat nichts als seine Musik im Kopf. Er brachte einen peinlich mickrigen Strauß mit, gebunden wie ein Besen, und dafür war er extra nach Lütjenburg oder Oldenburg oder so gefahren, wo es wohl einen Blumenladen gab, der am Sonntagvormittag noch geöffnet hatte.«

Pia setzte sich etwas gerader hin. »Wie lange war er also fort?«

Thea Schöttler hob langsam die Schultern. »Also, wenn Sie mich so fragen ... Nein, ich weiß es nicht mehr. In so einer wichtigen Angelegenheit möchte ich nichts Falsches sagen.«

»Verstehe.« Die Pastorin wusste natürlich auch, worauf diese Frage abzielte, und in Anbetracht dessen, was auf dem Spiel stand, fand Pia Thea Schöttlers Aussage, sie habe sich geärgert, »wie lange es wieder mal bei ihm dauerte«, schon bemerkenswert. Nach so vielen Jahren war nicht mehr nachzuprüfen, ob und wo Hannes den Blumenstrauß gekauft hatte. Er hatte somit für die Zeit nach dem Gottesdienst und vor zwölf Uhr dreißig kein Alibi. Und Thea Schöttler – das war ihr vielleicht selbst noch nicht so klar – nach dieser Aussage auch nicht mehr. Pia konzentrierte sich auf ihr zweites Anliegen. »Wann sind Sie beide bei den Pranges angekommen?«

»Ziemlich pünktlich, um ein paar Minuten vor halb eins. Ich weiß, dass man hier zeitig zu Mittag isst, deshalb habe ich darauf geachtet. Ich wollte eigentlich noch eher da sein, aber irgendwie haben wir es mal wieder nicht früher geschafft.«

»Wie sind Sie zu den Pranges gekommen?«

»Zu Fuß. Es sind ja nur ein paar Meter.«

»Und vorher ist Ihr Mann also mit dem Auto unterwegs gewesen?«

»Ja.«

»Und Sie? Waren Sie die ganze Zeit über hier?«

»Äh, nein. Das hatte ich vergessen. Ich war vorher noch bei einem älteren Herrn, den ich ab und zu besucht habe, nachdem seine Frau gestorben war.«

»Ach ja?«

Sie nannte den Namen. »Er lebte allein und war sehr einsam. Inzwischen ist er seit über zehn Jahren tot.«

»Waren Sie zu Fuß dort?«

»Nein, er wohnte außerhalb. Ich bin mit meinem Wagen gefahren.«

Also hatte Thea Schöttler in der Zeit vor dem Mittagessen genauso wenig ein Alibi wie ihr Mann. Und sie hatte ebenfalls ein Auto zur Verfügung gehabt. Pia vermutete, dass der Täter einen Wagen benötigt hätte, um in der relativ kurzen Zeitspanne, in der die Prange-Kinder mit dem Fahrrad zurückgefahren waren, an der Steilküste einen Mord zu begehen und ebenfalls um halb eins zum Mittagessen zu erscheinen. Genauer betrachtet, war es beinahe unmöglich. Aber eben nur beinahe. Was hier gänzlich fehlte, war ein Motiv. Pia konnte sich keinen Grund vorstellen, warum Thea Schöttler Simon Hertling umgebracht haben sollte.

»Wie wirkten Vivien und Daniel Prange beim Mittagessen auf Sie?«

»Sie kamen vom Spielen, waren ein bisschen erhitzt. Tanja schickte sie noch mal raus, sie sollten sich gründlich die Hände waschen und kämmen. Sie hatten offensichtlich keine große Lust auf unseren Besuch, denn sie waren recht wortkarg.«

»Kamen sie Ihnen aufgewühlt oder verstört vor?«

»Nein, nicht so wie … Also, das ist wirklich schwierig. Soll ich etwa beurteilen, ob die beiden gerade ihren Spielkameraden getötet hatten?«

Pia schaute in ihre Kaffeetasse, sah dann wieder auf. »Ihre Aussage damals liest sich so, als hielten Sie es zumindest für möglich. Nicht für wahrscheinlich, aber doch für möglich.« Wie so vieles in diesem Fall, dachte sie.

»Ist das so? Ich weiß es nicht mehr. Wenn ich es für möglich hielt, dass die beiden etwas mit Simons Tod zu tun hatten, dann nur im Zusammenhang mit einem schrecklichen Unfall. Dann wussten die Kinder danach weder ein noch aus. Aber das alles ist viel zu lange her.« Thea Schöttler sah auf ihre Uhr.

»Wissen Sie, was Simons Vater gemacht hat, bevor er nach Niensühn auf den Hof seiner Frau gezogen ist?«

Thea Schöttler schaute sie überrascht an. »Nein. Er ist kein Mitglied dieser Kirche. Anfangs habe ich noch versucht, Kontakt herzustellen, aber er hat mir sehr deutlich zu verstehen gegeben, dass er nichts mit uns zu tun haben will. Ich kenne ihn also kaum.«

»Und wie sieht es mit Ingrid Hertling aus?«

»Früher, also vor Simons Tod, hatten wir recht guten Kontakt. Doch dann ... Sie kommt zwar noch regelmäßig zum Gottesdienst, und ich habe versucht, ihr zu helfen, doch ich habe sie wohl verloren.«

Nach dem Gespräch mit Thea Schöttler fühlte Pia einen ziehenden Kopfschmerz. Sie stand vor dem Pastorat und massierte sich die Schläfen. Der Himmel hatte sich zugezogen, sodass es so aussah, als dämmerte es bereits. Thea Schöttler hatte vermutet, dass Pia ihren Mann Hannes wohl im Gemeindesaal antreffen würde. Das passte gut, da sie von dort sowieso noch ein paar Sachen für Rist mit nach Lübeck nehmen sollte.

Pia ging zu Fuß. Sie atmete bewusst gleichmäßig, ließ die Schultern kreisen und hoffte, auch ohne Tablette einer ernsthaften Kopfschmerzattacke zu entgehen. Im Gemeindehaus war Hannes Schöttler jedoch nicht aufzufinden. Die Eingangstür war abgeschlossen, aber in einem der Räume brannte noch Licht. Vermutlich kam er noch einmal zurück. Vielleicht war er ja ganz in der Nähe.

Pia stand einen Moment unschlüssig da und überlegte, was sie machen sollte. Sie könnte nach Lübeck zurückfahren. Ihr Arbeitstag war längst vorüber. Sie hatte nicht viel, doch zumindest ein wenig Neues in Erfahrung gebracht. Sie könnte sich im Polizeihochhaus in ihr Büro setzen und den Bericht dazu schreiben. Dann musste sie auch noch nicht nach Hause fahren. Es klang nach einem Plan, allerdings nach keinem sehr verlockenden.

Oder sie könnte auf Hannes Schöttler warten. Dann hätte sie alle Termine, die sie sich für heute vorgenommen hatte, abgehakt. Das wäre doch zumindest etwas. Sie lief ein paar Schritte auf und ab. An der frischen Luft waren ihre Kopfschmerzen erträglich. Pia kontrollierte ihr Handy. Niemand wollte etwas von ihr.

Es zog sie in Richtung Kirche. Der Kirchhof mit seinen alten Linden und den dazwischen verstreut liegenden Gräbern strahlte in der schnell fortschreitenden Dämmerung eine morbide Faszination aus. Pia stieß die Metallpforte auf. Wenn sie schon warten musste, konnte sie sich wenigstens noch etwas bewegen und sich dabei umsehen.

37. Kapitel

Der Kirchhof lag höher als das Straßenniveau. Pia musste ein paar unebene Granitstufen emporsteigen, doch der gekieste Weg dahinter war gepflegt und eben. Als sie die Kirche halb umrundet hatte, konnte sie wieder das Pfarrhaus sehen, hinter dessen Fenstern warmes Licht leuchtete. Es machte einen gemütlichen Eindruck. Pia stellte sich vor, wie Thea Schöttler in ihrer Küche werkelte, um das Abendbrot für sich und ihren Mann vorzubereiten. Sie wandte sich ab und ging auf das Kirchenportal zu. Die Kirchentür war nur angelehnt. Pia trat in den schwach erleuchteten Vorraum und schaute sich um.

»Herr Schöttler, sind Sie hier?«, rief sie in die Stille. Es roch süßlich und nach feuchten Mauern. Warum kam es einem in Kirchen immer besonders still vor? Außer Kirchenmusik und religiös inspirierter, getragener Reden schien hier jedes Geräusch fehl am Platz zu sein. In einem hüfthohen Regal lagen die Gesangbücher in unordentlichen Stapeln, und auch ein Stoß loser Blätter mit dem Ablaufplan einer Hochzeit war zu sehen. Am Fuß der Treppe stand ein geöffneter Werkzeugkasten aus Metall. Pia ging ein paar Schritte hinauf und sah nach oben. »Hallo? Herr Schöttler?« Der Werkzeugkasten konnte genauso gut einem Handwerker oder dem Küster gehören. Auf der Empore, auf der sich auch die Orgel befand, war niemand zu sehen. Zwei unordentliche Stuhlreihen und dahinter die Bank, auf der der Organist saß, wenn er spielte. Über einem der Stühle in der Nähe der Orgel hing eine Jacke mit einem hellen Cordkragen.

»Hallo, ist hier jemand?« Pia kam sich blöd vor, so zu rufen, doch wenn sie im Halbdunkel der Kirche jemanden überraschte, könnte sie demjenigen einen gehörigen Schrecken einjagen.

Von der Empore aus hatte sie einen guten Blick in das Kirchenschiff bis in den Altarraum. Dort war niemand zu sehen. Wenn sich der Besitzer der Cordjacke nicht in der Sakristei aufhielt, blieb nur noch ... Sie ging zurück in den Vorraum, zu der beige lackierten Tür, die den Zugang zum Turm darstellte. Erst jetzt bemerkte Pia, dass sie nur angelehnt war. »Hallo? Herr Schöttler?«

»Wer ist da?«, klang es von oben.

»Korittki, Kriminalpolizei.«

»Oh. Ist etwas passiert?«

»Nein, keine Sorge. Ich komme jetzt zu Ihnen rauf.«

Keine Antwort. Pia stieg die steile Holztreppe hinauf, die sich an den alten Steinwänden entlang nach oben schraubte. Sie kam an einem Fenster mit tiefer Laibung vorbei, durch das sie das Pfarrhaus sehen konnte. Pia stieg weiter, musste den Kopf einziehen und gelangte auf einen Zwischenboden. Vor ihr erstreckte sich nun der Dachboden der Kirche. Die Beleuchtung durch eine einfache Lampe, die von einem Deckenbalken baumelte, gab dem Dachraum mit den Stützen und Balken einen theatralischen Anstrich.

Hannes Schöttler kam auf sie zu. »Ich habe wohl die Zeit vergessen. Sie wollten ja mit mir sprechen, Frau Korittki. Tut mir leid. Haben Sie lange nach mir gesucht?«

»Es war nicht so schwierig.« Pia sah sich um. »Bei der Gelegenheit bekomme ich wenigstens mal etwas Spannendes zu sehen.« Hatte er sie wirklich vergessen, oder hatte er sich vor ihr versteckt?

»Ja, mir gefällt es auch hier oben. Hier stört einen normalerweise kein Mensch. Oh, Entschuldigung. Sie stören mich natürlich nicht …«

Falls doch, kann ich gut damit leben, dachte Pia. Wenn ich nie jemanden störe, habe ich meinen Beruf verfehlt. »Wollen wir uns hier unterhalten?«, fragte sie ihn.

»Wenn es Ihnen nichts ausmacht? Ich muss gleich noch nach der Uhr sehen. Der Küster hat mich gebeten, mich darum zu kümmern, solange er in Kur ist.« Er deutete zur Kirchturmuhr.

Pia betrachtete sie. »Sie kennen sich damit aus?«

»Ein wenig. Ich habe mal Instrumentenbau gelernt. Das schult einen in Sachen Mechanik …«

Pia eröffnete das Gespräch über die Ermittlungen wie schon bei seiner Frau und bei Gunnar Hertling. In dem Moment, in dem sie das hinfällige Alibi erwähnte, bereute Pia es, dass sie die Unterhaltung unter so schlechten Lichtverhältnissen führte. Das war nachlässig und dumm von ihr gewesen. Sie hätte Schöttlers Reaktion gern genauer beobachtet.

Er schien nicht sehr überrascht zu sein. »Ach ja. Der gute Fridbert. Ich dachte schon damals, dass er nicht der beste aller Zeugen ist. Er hat sein Leben lang nur das getan, was Piet Prange und zuvor dessen Vater ihm aufgetragen haben.«

»Warum haben Sie das damals nicht erwähnt?«

»Stand es mir zu, darüber zu urteilen, wie zuverlässig die Zeugen sind?« Er schüttelte den Kopf. »Ich fand, das war Sache der Polizei.«

»Die Einschätzungen anderer können durchaus hilfreich sein.«

»Ja, nun … Joachim Laubner kannte die Leute hier genauso gut wie ich. Da hab ich mich lieber rausgehalten.«

Laubner hatte nicht mit ermitteln dürfen, weil seine Tochter eine Tatverdächtige gewesen war. Vielleicht hätte man ihn aber mehr einbeziehen sollen ... Bernhard Altmann schien dieser Meinung gewesen zu sein. Aber das war Geschichte.

»Ich habe gehört, dass Daniel und Simon damals bei Ihnen im Kinderchor gesungen haben.«

Sein Gesicht wurde starr. »Viele Kinder aus der Umgebung singen mal im Chor, sind im Flötenkreis aktiv oder wollen Gitarre lernen ... Die Kirche bietet Musikunterricht für jedermann. Die teuren Musikschulen und Privatlehrer kann sich ja nicht jede Familie leisten.«

»Das war nicht die Frage.«

»Ja. Die beiden haben mal im Kinderchor gesungen. Allerdings nicht sehr lange.«

»Daniel hat dann aufgehört. Wissen Sie noch, warum?«

»Also wirklich! Wissen *Sie* noch, was Sie heute vor zehn Jahren zu Mittag gegessen haben?«

»Nein.« Pia erinnerte sich, was Falk Stahnke über den Chorleiter gesagt hatte. Dass er im Dunkeln in Nicole Mohrs Fenster gestarrt hatte. »Waren Sie in Nicole Mohr verliebt?«, fragte sie. Das Dämmerlicht und die Atmosphäre hier oben schienen ihr der geeignete Ort für ein derartiges Geständnis zu sein.

»Verliebt!« Er schnaubte. »Erfordert das nicht eine gewisse Gegenliebe?«

Pia zuckte mit den Schultern. »Wusste Ihre Frau davon?«

Sein Gesicht verzog sich. Diese Grimasse konnte Pia sogar bei der dürftigen Beleuchtung sehen. »Natürlich nicht. Thea ist manchmal nicht so richtig von dieser Welt.«

»Wie meinen Sie das?«

»Ich meine, dass sie so etwas nicht mitbekommt. Sie interessiert sich für die Sorgen und Nöte von jedermann. Aber was ihr Ehemann erleidet, das merkt sie nicht.«

»Was erleidet der denn?«

Hannes stieß erneut ein Schnauben aus. »Das Gefühl, für jemanden Luft zu sein. Auf intellektueller Ebene nicht zu genügen. Körperliche Bedürfnisse, die nicht erfüllt werden ...«

»Das, glauben Sie, war der Grund für Ihre Schwärmerei für Nicole?«

»Könnte man so sagen.«

»Gab es davor schon andere?«

Er sah an ihr vorbei. Seine Brillengläser reflektierten das Licht der Deckenlampe, sodass Pia seine Augen nicht mehr sehen konnte. »Nur einmal, vor ein paar Jahren. Eine Frau, die im Chor gesungen hat. Sie ist aber weggezogen, bevor sie etwas bemerkt hat – oder irgendjemand anders.«

»Warum trennen Sie sich nicht von Ihrer Frau, wenn Sie unglücklich mit ihr sind?«

»Was heißt schon ›unglücklich‹? Man kann sich doch nicht gleich trennen, nur weil es mal schwierig wird.«

Pia sagte nichts dazu. Zu so langjährigen Beziehungen konnte sie nicht viel beitragen. »Wie läuft es zurzeit im Chor?«, fragte sie, um sich abzulenken. »Irgendwelche Neuzugänge?«

»Wollen Sie damit andeuten, dass sich Nicole einfach so ersetzen ließe?«

»Nein. Es war eine ganz allgemeine Frage.«

»Ich habe mich durchgesetzt«, berichtete er mit einem Anflug von Stolz. »Flora Laubner singt jetzt bei uns mit. Sie hat einen wundervollen Sopran. Altstimmen haben wir ja reichlich. Es gab nur gewisse Vorbehalte gegen sie. Frauen untereinander, Sie wissen schon ...«

»Nein, eigentlich nicht.«

»Wie auch immer. Falls Sie den Verdacht gegen Flora Laubner ausräumen können, wäre das eine große Hilfe. Ingrid Hertling singt nämlich ebenfalls Sopran.«

»Was bedeutet das?«

»Dass Ingrid und Flora nebeneinanderstehen.«

»Haben Sie den Eindruck, dass Flora Laubner sich hier integrieren wird?«

»Ich weiß nicht. Sie ist eine seltsame junge Frau. Ich kann es verstehen, nach allem, was sie durchgemacht hat. Der Vater begeht ihretwegen Selbstmord. Ihre eigene Mutter hat sie verstoßen …«

»Aber Regina Laubner soll doch einen Zusammenbruch erlitten haben und konnte sich deshalb nicht um ihre Tochter kümmern.«

»Aber später, als sie wieder gesund war, hätte sie es gekonnt.«

»Warum genau finden Sie Flora Laubner seltsam?«

»Nach dem letzten Chorsingen habe ich mich noch etwas länger mit ihr unterhalten. Es ging um Barockmusik und Sänger, die wir beide bewundern. Es kommt nicht so häufig vor, dass junge Menschen sich dafür interessieren. Aber dann hatte sie es plötzlich ganz eilig und war weg.«

»Vielleicht war sie verabredet?« Pia dachte an Falk Stahnke.

»Nein. Ich glaube, dass es mit dem zusammenhing, was ich zu ihr gesagt habe. Ich habe sie gefragt, ob sie ihr Interesse an Musik von ihrem Vater geerbt habe. Ihre Mutter singt zwar auch ab und zu bei uns mit, aber Regina ist nicht mit dem Herzen dabei. Der geht es mehr um die sozialen Kontakte.«

Pia nickte, um seinen Redefluss nicht zu unterbrechen.

»Flora wollte wissen, wie ich denn darauf käme? Da war so ein aggressiver Unterton in ihrer Stimme. Es tat mir leid, dass ich dieses für sie so schmerzliche Thema überhaupt angesprochen habe. Ich habe ihr erzählt, dass ich ihren Vater mal kurz vor seinem Tod auf einem Konzert in Lübeck getroffen habe. Er kannte die Sängerin offensichtlich recht gut.«

»Was meinen Sie mit ›gut kennen‹?«

Hannes Schöttler hob die Hände. Sie sahen in diesem Licht riesig aus. Großmutter, was hast du für große Hände?, dachte Pia zusammenhanglos. Sie war wohl wirklich nicht ganz auf der Höhe. Sie konzentrierte sich wieder auf Hannes' Worte.

»Sie schienen recht vertraut miteinander zu sein«, sagte er langsam. »Joachim Laubner nahm sie hinter der Bühne in den Arm, und sie küssten sich. Das habe ich natürlich nur zufällig mitbekommen, weil ich noch mit der Frau sprechen und ein Autogramm von ihr wollte.«

»Wie vertraut? Wie gute Bekannte? Wie Freunde? Wie ein Liebespaar?«

»Das kann ich nicht sagen. Ich habe sie zumindest nicht in einer wirklich kompromittierenden Situation erwischt, falls Sie das denken. Es war mehr so ein Gefühl.«

»War Regina Laubner auch dort?«, fragte Pia.

Er zögerte. »Nein. Jedenfalls habe ich sie nicht gesehen.«

»Wie heißt die Sängerin?«

»Sabrina Galante. Ein wunderbarer Mezzosopran. Spezialistin für Johann Sebastian Bach. Mehr weiß ich nicht.«

»Galante?«

»Ja. Wie gesagt, ich habe sie bewundert.«

»Danke.« War Galante der richtige Name der Frau gewesen oder vielleicht ihr Künstler- oder ihr Mädchenname? »Ich werde jetzt besser gehen. Einen schönen Abend noch!«

Hannes Schöttler trat einen Schritt auf sie zu. Pia spürte die Kante des Holzgeländers an ihrem Po. »Ich könnte Ihnen noch den Rest vom Turm zeigen, wenn Sie möchten. Man kann von dort oben bis zur Ostsee schauen. Den Ausblick bekommt nicht jeder zu sehen.«

»Nein danke, heute nicht. Vielleicht ein anderes Mal. Es ist ja schon beinahe dunkel. Wenn Sie mich jetzt vorbeilassen würden?«

Einen langen Moment fixierte er sie mit unbewegtem Gesicht. Pias Muskeln spannten sich an. Dann trat er zur Seite und lächelte gezwungen. »Natürlich, entschuldigen Sie. Ich bleibe aber noch eine Weile hier, um die Turmuhr zu reparieren. Und seien Sie bitte vorsichtig. Auf der Stiege ist momentan kein Licht.«

Sie spürte ein Kribbeln im Nacken, als sie im Dunkeln die steile Treppe hinunterstieg.

Pia knurrte der Magen, als sie vor die Kirchentür trat. Bis auf ihr Frühstück und den Inhalt von Broders' Proviantschachtel hatte sie heute noch nichts zu sich genommen. In Niensühn wollte sie nicht zu Abend essen, also entschloss Pia sich, in Richtung Oldenburg zu fahren. Nach einer knappen Viertelstunde steuerte sie das Zentrum Oldenburgs an. Auf dem Marktplatz fand Pia eine Parklücke und betrat wenig später ein Restaurant. Im Gastraum war es warm, und es herrschte schummriges Licht. Sie setzte sich in eine Ecke, bestellte Pizza aus dem Steinofen und eine große Apfelschorle.

Während sie auf das Essen wartete, kontrollierte sie ihr Handy. Einen unbedachten Augenblick lang erwartete sie Neuigkeiten von Lars. Einen verpassten Anruf oder eine Kurzmitteilung. Als ihr klar wurde, dass er sich nie wieder bei ihr melden würde, kniff sie die Augen zusammen und verschränkte wie schützend die Arme vor der Brust.

Ihr Telefon zeigte jedoch einen entgangenen Anruf von Broders an. Sie rief ihn zurück und traf ihn noch im Polizeihochhaus an. Pia dankte ihm für den Proviant und gab ihm einen kurzen Zwischenbericht über das, was sie herausgefunden hatte. »Machst du jetzt Feierabend?«, fragte sie ihn.

»Ich muss. Wenn ich nicht gleich bei Ralph aufschlage, bringt er mich um.«

»Dann will ich dich nicht länger aufhalten. Ich wünsche euch einen schönen Abend!«

Broders zögerte. Offensichtlich erschien es ihm unpassend, ihr das Gleiche zu wünschen. »Pia, du machst doch jetzt auch Feierabend, oder?«

»Ja, klar. Ich bin schon nicht mehr in Niensühn, sondern in Oldenburg, um was zu essen.«

»Was ist mit Felix?«

»Hinnerk hat etwas mit ihm vor.«

»Dann hast du frei? Wir gehen heute Abend mit ein paar Leuten aus. Wenn du Lust hast, komm doch einfach mit.«

»Danke, dass du an mich denkst. Aber mir ist noch nicht wieder nach Gesellschaft.«

»Wie du meinst. Doch das Angebot steht, falls du es dir noch anders überlegst.«

Nach dem Telefonat holte Pia ihr Notizbuch heraus und ergänzte, was sie Neues erfahren hatte. In diesem Moment wurde die Pizza serviert. Erst beim Essen merkte Pia, wie ausgehungert sie war. Sie musste sich zwingen, nicht alles in wenigen Minuten herunterzuschlingen. Sie sollte in Zukunft etwas mehr auf sich achten. Wenn sie krank würde, würde vor allem Felix darunter leiden. Oder vielleicht auch nicht? Vielleicht fühlte er sich bald bei Hinnerk und Mascha wohler als bei ihr? Wie sollte sie in ihrem derzeitigen Zustand die fröhliche und optimistische Mutter geben?

Pia bestellte sich einen Espresso. Dann zog sie wieder ihr Telefon hervor und recherchierte, was über Sabrina Galante zu finden war. Sie entdeckte eine Konzert- und Opernsängerin dieses Namens, die vor fünf Jahren verstorben war. Es gab ein paar Fotos einer Frau mit ovalem Gesicht mit klassischen Zügen und langen dunkelbraunen Haaren. Sie hatte einige Engagements in Norddeutschland gehabt. Über ihren Wohnort war nichts zu finden. Sabrina Galante wäre jetzt neunundfünfzig Jahre alt. Es kam also hin. Vielleicht lag Schöttler mit seiner Vermutung richtig, dass da etwas zwischen der Sängerin und Joachim Laubner gewesen war?

Flora hastete die Stufen zur Eingangstür hinauf. Die Außenleuchte war zwar angesprungen, doch die Fenster des Einfamilienhauses sahen allesamt dunkel aus. Sie war es noch nicht gewohnt, allein in einem Einzelhaus zu wohnen, sonst hätte sie vor dem Wegfahren ein kleines Licht im Flur angelassen und vielleicht noch in einem der anderen Räume, damit es nicht so unbewohnt aussah.

Sie betrat den Flur und hängte die vom Regen feuchte Jacke an die Garderobe. Die Deckenleuchte mit dem Schirm aus geriffeltem Glas tauchte alles in ungemütliches Licht. Im Spiegel sah sie ihr eigenes Gesicht – blass und mit dramatischen Augenringen. Flora fuhr sich durch das kurze, im Ansatz schon wieder fettige Haar. Sie hatte heute nichts mehr vor. Morgen würde sie sich mit Falk treffen. Also reichte es, wenn sie sich am nächsten Morgen die Haare wusch.

Auf dem Weg ins Wohnzimmer machte sie noch einen Abstecher in die Küche, um sich einen Joghurt und Schoko-Knuspermüsli zu holen. Sie war zu faul, sich etwas Warmes zuzubereiten oder Brote zu schmieren. Um Viertel nach acht lief eine Dokumentation über Cyberkriminalität im Fernsehen, die sie sich anschauen wollte. Als Flora sich in den alten Sessel ihres Vaters fallen ließ und den Fernseher einschaltete, hatten die Nachrichten bereits begonnen. Nichts als Leid, Streit und Unglück in der Welt. Sie zog die Beine unter und öffnete den Joghurtbecher, rührte etwas Müsli hinein. Als der Wetterbericht begann, vernahm Flora ein leises metallisches Geräusch. Sie lauschte.

Das war draußen auf der Straße? Oder kam es aus dem Keller?

Zwei innere Stimmen debattierten in Floras Kopf miteinander. Die eine hörte sich vernünftig und erwachsen an, die andere kindlich und furchtsam.

Warum bist du so nervös? Was soll schon sein?

Aber da war etwas! Ich habe es genau gehört.

Du und deine Fantasie. Steh doch auf und sieh nach.

Mach dich nicht verrückt. Da ist nichts. Da ist doch nie etwas …

Jetzt ist noch Zeit, aufzustehen und etwas zu unternehmen. Und du sitzt hier wie angewurzelt!

Hat da nicht eine Treppenstufe geknarrt? Tu etwas!

Sei nicht albern. Dies ist ein altes Haus. Das knackt an allen Ecken und Enden. Deine Fantasie spielt dir einen Streich.

Flora spürte einen Luftzug im Nacken. Die nur angelehnte Wohnzimmertür schwang auf. Flora drehte sich um.

Ach, du bist es!, dachte sie erleichtert.

38. Kapitel

Nachdem sie ihr Essen bezahlt hatte, sah Pia hinaus auf den Oldenburger Marktplatz. Hinter einzelnen Fenstern in den unterschiedlichen Häuserfassaden brannte Licht, das von dem nassen Kopfsteinpflaster reflektiert wurde. Nieselregen leuchtete im Schein einer Straßenlaterne. Menschen waren nicht zu sehen.

Sie sollte zurück nach Lübeck fahren. Über die Autobahn wäre sie in einer guten halben Stunde dort. Es war kurz nach acht Uhr. Pia war nervös, ohne dass sie sagen konnte, weshalb. Als liefe ihr die Zeit davon. Die Informationen des Tages schwirrten ihr im Kopf herum. Vielleicht wusste Flora etwas über das Verhalten des Chorleiters Simon und Daniel gegenüber? Sie waren miteinander befreundet gewesen. Einer der Jungen könnte ihr etwas erzählt haben. Und sie könnte Flora das Bild dieser Sabrina Galante zeigen. Möglicherweise kannte Flora sie ja. Sie hatte ihr erzählt, dass ihre Mutter vor Simons Tod des Öfteren geweint hatte. Die unterschwellige Spannung im Haus ihrer Eltern schien so belastend gewesen zu sein, dass Flora ihr Zuhause zeitweise lieber gemieden hatte. Von Bernhard Altmann, dem Kollegen und guten Freund Joachim Laubners, hatte Pia jedoch gehört, dass es seiner Ansicht nach eine wunderbare Ehe gewesen war. Gut. Wenn es diesbezügliche Probleme gab, posaunte man es meistens nicht in der Welt herum. Doch einem guten Freund wie Bernhard sollte etwas aufgefallen sein … Hatte Flora sich das nur ausgedacht, oder hatte es damals einen anderen Grund für Regina Laubners Tränen gegeben? Pia wäre vielleicht zu diesem Schluss gekommen, wenn nicht Hannes Schöttler ihr von dem Konzert erzählt hätte, bei dem er Joachim Laubner mit dieser Sängerin gesehen hatte.

Anstatt nach Lübeck fuhr Pia noch einmal nach Niensühn zurück. Sie hoffte, Flora allein zu Hause anzutreffen. Es war nicht gerade die Standardzeit für einen Besuch der Kriminalpolizei, doch besser, sie erledigte das gleich heute Abend. Schließlich konnte sie nicht sicher sein, ob Rist sie am nächsten Tag noch einmal für Befragungen nach Niensühn fahren lassen würde. Pia stellte den Wagen direkt vor dem Einfamilienhaus ab. Nicole Mohrs Haus nebenan starrte ihr mit dunklen Fensteröffnungen entgegen. Am Tor hing noch etwas Absperrband schlaff im Nieselregen. Auch die Fenster von Regina Laubners Haus waren allesamt dunkel. Zudem stand Floras Mietwagen nicht in der Einfahrt. Pia ärgerte sich plötzlich über sich selbst. Wie dumm von ihr, nur auf Verdacht hierherzufahren! Den Sprit und die Zeit hätte sie sich sparen können. Das kam davon, wenn man sich davor fürchtete, in eine leere Wohnung zu kommen.

Pia verließ ihr Fahrzeug und stieg die Stufen zur Eingangstür hinauf. Sie klingelte und klopfte, obwohl sie nicht erwartete, dass ihr jemand öffnen würde. Sie versuchte, Flora auf dem Festanschluss und dem Handy zu erreichen. Zuerst hörte sie im Inneren des Hauses das Telefon läuten. Auf der Mobilnummer war der Teilnehmer nicht erreichbar. Pia schickte eine SMS an Flora Laubner mit der Bitte, sich bei ihr zu melden. Dann rief Pia Falk Stahnke an, den sie irgendwo antraf, wo Musik und Stimmen im Hintergrund zu hören waren. Er erklärte, nicht genau zu wissen, wo Flora sei. Sie sei wohl ziemlich müde gewesen und habe den Abend gemütlich zu Hause verbringen wollen, hatte sie Falk Stahnke gesagt.

Pia stand auf dem Treppenpodest, überblickte ein Stück der menschenleeren Straße und versuchte, die Lage richtig einzuschätzen. Flora Laubner stand unter enorm hohem Stress, und sie fühlte sich in Niensühn bedroht, hatte sie gesagt. Egal, wie Pia es in ihrem Kopf drehte und wendete: Nichts zu tun war keine Option.

Doch wenn sie Rist einschalten wollte, brauchte sie etwas Konkretes. Die Tatsache, dass Flora Laubner nicht zu Hause war, auch wenn ihr neuer Freund davon ausging, dass sie es sein müsste, und dass die Frau nicht an ihre Telefone ging, reichte nicht aus, um eine Fahndung nach ihr einzuleiten.

Pia rief noch einmal die Seite der Sängerin Sabrina Galante auf. Es hieß, Galante sei ihr Mädchen- und Künstlername gewesen. Sie war im September vor fünf Jahren gestorben. Mit einem Mal wurde Pia heiß. Was hatte Bernhard Altmann ihr erzählt, als sie bei ihm gewesen war? Seine erste Frau, Sabrina Altmann, habe gerade ihren Todestag. Verdammt, das Datum passte! Sabrina Galante alias Sabrina Altmann – wenn sie ein und dieselbe Person war, hatte Joachim Laubner sie höchstwahrscheinlich über ihren Ehemann Bernhard Altmann gekannt! Das gab dieser Information eine ganz neue Brisanz.

Da sie hier nichts weiter ausrichten konnte, fuhr Pia so schnell, wie sie es in der Dunkelheit und trotz des hohen Wildaufkommens wagte, nach Kaköhl zu Bernhard Altmanns Haus. Sie atmete auf, als sie sah, dass sein Wagen vor der Garage stand. Hinter den nicht vollständig heruntergelassenen Jalousien des Hauses brannte Licht. Doch auch hier öffnete Pia niemand. Und Altmann ging ebenfalls nicht ans Telefon. War das nur ein Zufall? Sie blickte die Straße hinunter. Floras Mietwagen war nirgends zu sehen.

Flora könnte natürlich überall sein. Bei Freunden in Kiel zum Beispiel. Doch die junge Frau hatte neulich etwas zu

Broders und ihr gesagt, das Pia im Gedächtnis geblieben war: »Falls Sie mich eines Tages vom Baum schneiden müssen, weil ich es nicht mehr ausgehalten habe, wissen Sie zumindest, wo Sie mich suchen müssen.« Damit hatte sie den alten Tatort gemeint, das Versteck der Kinder im Wald an der Steilküste. Dort hatte alles begonnen. Und da sie sich sonst keinen Rat wusste, entschloss Pia sich, dorthin zu fahren. Wahrscheinlich war es eine dumme Idee. Hoffentlich war es das.

Im Kofferraum des Mietwagens war es stockdunkel. Flora wimmerte vor Schmerz und Angst. Ihr taten bei jeder Erschütterung, jeder kleinen Erhebung in der Straßendecke die Hüften, Schultern und die verschnürten Beine weh. Er hatte ihre Handgelenke mit einem Paar dieser perversen plüschigen Handschellen gefesselt, wie sie eine Freundin mal zum achtzehnten Geburtstag geschenkt bekommen hatte, und ihr einen Kissenbezug über den Kopf gezogen. Flora bekam schlecht Luft. Doch am schlimmsten war die Angst. Das war Todesangst. Seit er sie mit der Pistole am Kopf gezwungen hatte, die Nachricht zu schreiben, wusste sie, was er vorhatte: Er würde sie umbringen, und die Leute sollten denken, dass sie Selbstmord begangen hatte. Genau wie ihr Vater.

Er hatte sie im Wohnzimmer ihrer Mutter überrascht und ihr mit vorgehaltener Pistole befohlen, diesen Abschiedsbrief zu schreiben. Nichts, rein gar nichts war mehr von dem väterlichen Freund übrig geblieben, den er ihr vorgespielt hatte. Nur kalte Berechnung, ja Hass war in seinen Augen zu sehen gewesen. Die Nachricht, die sie mit zitternder Hand geschrieben hatte, bestand bloß aus zwei Sätzen:

Ich kann nicht länger mit der Schuld an Simons und Nicoles Tod leben. Es tut mir leid!

Warum nur hatte sie das getan? Was hätte ihr bei einer Weigerung passieren können, das schlimmer war als das, was ihr nun bevorstand? Sie hätte seine Pläne noch durchkreuzen können. Was hätte er tun sollen? Sie direkt in ihrem Haus erschießen? Das hätte er nicht gewagt. Doch dann hatte er ihre Mutter erwähnt, die hilflos im Krankenhaus lag ... und die Zimmernachbarin, die aus dem Fenster »gestürzt« war. Das war auch er gewesen. Also hatte Flora diese Nachricht geschrieben, um ihre Mutter zu schützen. Und um Zeit zu gewinnen, weil sie sich noch an den letzten Strohhalm klammerte. Sie konnte doch nicht jetzt schon sterben! Sie musste sich an die Hoffnung klammern, dass noch etwas passieren und seinen Plan vereiteln würde. Irgendetwas!

Und falls nicht? Dann würden alle denken, dass sie tatsächlich eine Mörderin war. Dass sie Simon *und* Nicole getötet hatte. Was hatte er mit ihr vor? Wie wollte er sie töten? Würde es sehr wehtun? Würde sie lange leiden? Sie wollte nicht sterben. Nicht jetzt, da sie gerade ihre Mutter und Falk gefunden hatte und sich wieder eine Zukunft vorstellen konnte.

Doch so, wie es aussah, würde diese Zukunft nur noch Minuten, höchstens Stunden dauern. Flora hörte, wie der Blinker gesetzt wurde. Das Auto wurde langsamer und bog ab. Der Wagen, ihr eigener Mietwagen, nahm mehrere Kurven und kam dann zum Stehen. Als der Motor erstarb und sie nichts mehr vernahm als das Rauschen des Windes, der über das Auto hinwegwehte, meinte Flora, ihr rasender Herzschlag würde ihr die Brust sprengen.

Pia parkte den Wagen auf einem Forstweg vor dem Schlagbaum. Sie hoffte, dass ihr Orientierungssinn sie nicht trog und sie hier möglichst nah an dem Versteck im Wald stand, wo

Simon tot aufgefunden worden war. Pia kontrollierte ihre Dienstwaffe, steckte das Pfefferspray in die Jackentasche und nahm die große Taschenlampe zur Hand. Dann lief sie am Feldrand in Richtung Steilufer.

Der Himmel war bewölkt, sodass auch der Mond nicht zu sehen war. Im Wald rechts von ihr war es stockdunkel, doch vor sich sah Pia über der Ostsee einen Lichtschein. Sie hastete am unebenen Rand des Ackers entlang, versuchte, sich zu erinnern, wo auf der Karte in der Ermittlungsakte das Versteck der Kinder eingezeichnet gewesen war. Sie meinte, es läge etwa einhundert Meter von der Klippe entfernt im Wald, direkt am Feldrand.

Als sie sich der Stelle näherte, blieb Pia stehen und lauschte, suchte nach einem verräterischen Lichtschein. Doch sie sah nichts, und sie vernahm auch nichts als die nächtlichen Geräusche des Waldes. Sie wagte nicht, nach Flora zu rufen, denn das Überraschungsmoment sollte in jedem Fall besser auf ihrer Seite sein. Sie betete, dass sie nicht zu spät kam. Doch Pia näherte sich der Abbruchkante, ohne die Lichtung entdeckt zu haben. Eine Weile hatte sie auf ihrem Weg in Richtung Steilufer noch vereinzelt Autos auf der Landstraße hören können, doch nun vernahm sie nur noch das Meeresrauschen und den Wind in den Baumkronen. Weit unter ihr lag, dunkelgrau mit helleren Schaumkronen, das Meer, und wenn sie nah an die Kante ging, konnte sie den Sandstrand erahnen. Pia lief an der Kante entlang in den Wald hinein. Als sie ein Stück gegangen war, sah sie schräg vor sich am Strand einen wandernden Lichtschein wie von einer Taschenlampe. Es musste gar nichts bedeuten, es konnte ein harmloser Spaziergänger sein. Doch ihre Augen hatten sich inzwischen auf die Dunkelheit eingestellt. Es handelte sich um zwei Personen, von denen die eine hinter der anderen herstolperte. Pia rannte los.

Der Weg senkte sich immer weiter auf Strandniveau ab. Schräg unter sich erkannte Pia die Stelle wieder, wo Fridbert Mohr sein Boot liegen hatte. Als sie näher herangekommen war, suchte sie Deckung und duckte sich hinter einige Büsche. Das Licht, das sie von oben gesehen hatte, flackerte nun zwischen zwei der Boote auf.

Der Schein fiel auf eine zusammengekrümmte Gestalt im Sand. Es war Flora, die, wenn Pia richtig sah, einen Knebel im Mund hatte. Pia beobachtete, wie die zweite Person ein Boot auf dem Trailer in Richtung Wasser rollen ließ. War das Bernhard Altmann?

Pia zog ihr Telefon hervor. Sie brauchte Hilfe. Rist meldete sich glücklicherweise sofort. Sie sagte ihm, was passiert war, und er wies sie an zu bleiben, wo sie war, und auf Verstärkung zu warten, es sei denn, Flora Laubners Leben sei unmittelbar gefährdet. Er versprach, alles Weitere zu organisieren. Pia sah auf die Uhr. Wenn sich nicht zufällig eine Polizeistreife in der Nähe befand, würde es mindestens zehn Minuten dauern, bis die Kollegen eintrafen. Eine Zeitspanne, in der viel passieren konnte.

Inzwischen war das Boot im Wasser, und Bernhard kam auf Flora zu. Ihre Fußfesseln hatte er zwar gelockert, bevor er sie hierhergezerrt hatte, doch ihre Hände waren mit den seltsamen Handschellen stramm auf dem Rücken zusammengebunden, und der Knebel steckte in ihrem Mund. So lag Flora im nassen Sand. Die Angst vor dem, was nun kommen würde … kommen musste, ließ ihr Herz jagen. Er zog sie hoch. Unsanft trieb er sie in Richtung Wasser. Flora stolperte und ließ sich fallen, weigerte sich, sich wieder aufzurappeln, bis er sie so hart in die Seite trat, dass sie wimmerte. Er zerrte sie wortlos hoch und verdrehte ihr Handgelenk so schmerzhaft, dass grellweiße Sterne vor ihren Augen aufblitzten. Direkt am Wasser, dort, wo die Wellen aufliefen, stieß er sie wieder in den nassen Sand. Flora konnte sich nicht abfangen und prallte auf eine Schulter, die durch die Handschellen in eine unnatürliche Haltung gezwungen war. Es knackte im Gelenk und schmerzte höllisch. Schlimmer noch war jedoch die Angst.

Flora hatte die dunkle Ostsee nun direkt vor Augen, roch Algen und Salz. Sie fürchtete sich von jeher vor dem Ertrinken, überhaupt vor tiefem Wasser.

Bernhard beugte sich über sie. Sie sah ihn mit weit aufgerissenen Augen an. Wie hatte sie sich nur so in diesem Mann täuschen können? Es ist ein Irrtum, der mich höchstwahrscheinlich das Leben kosten wird, erkannte sie mit erschreckender Klarheit.

Niemals würde sie sich von ihm auf dieses Boot bringen lassen! Sie würde nicht mit ihm hinaus aufs Meer fahren! Lieber wollte sie gleich hier am Strand sterben, als hilflos in die eiskalte, dunkle Tiefe zu sinken. Obwohl Flora wusste, dass es sinnlos war, zerrte sie erneut an ihren Handschellen und versuchte, auf die Füße zu kommen. Er zog einen Sack mit etwas Schwerem darin aus dem Boot und ließ ihn neben ihr in den Sand fallen. Der Inhalt klimperte metallisch. Bernhard zog eine Kette heraus und wickelte sie unter ihren Armen hindurch mehrmals grob um Körper und Hals, so stramm, dass Flora spürte, wie sich die einzelnen Kettenglieder in ihre Haut und ihre Rippen drückten. Die Enden nahm er vor ihrer Brust zusammen und führte ein Vorhängeschloss hindurch, das er abschloss. Einen Moment betrachtete er den kleinen Schlüssel in seiner Hand.

Dann stieß er Flora grob zurück, sodass ihr Kopf im feuchten Sand zu liegen kam. Mit dem Unterarm drückte Bernhard ihren Brustkorb hinunter. Ein heller, scharfer Schmerz strahlte von ihrem verletzten Schultergelenk aus. Bernhard zog das Klebeband ab, das den Stoffknebel hielt, und entfernte ihn. Flora schnappte nach Luft. Er steckte ihr den kleinen Schlüssel in den Mund. Sie war überrascht und versuchte krampfhaft, das Metall vom Zungenrücken nach vorn vor die Zähne zu schieben. Doch Bernhard drückte auf ihre Kehle, und Flora musste schlucken. Sie war so entsetzt, dass er ihr ohne Gegenwehr den nun sandigen Knebel wieder einsetzen und den Mund mit neuem Klebeband verschließen konnte.

Sie hatte den Schlüssel verschluckt, der die Kette um ihren Körper hielt! Sie war verloren.

Pia bewegte sich im Schutz der Büsche näher an die Boote heran. Als Altmann Flora am Wassersaum auf die Füße zog und in Richtung des auf den Wellen schaukelnden Bootes bugsierte, zog Pia ihre Waffe und lief los. So wie es aussah, wollte Altmann Flora in der Ostsee ertränken, um einen Selbstmord vorzutäuschen. Wie der Vater, so die Tochter, würde man sagen … Flora habe die Schuldgefühle wegen Simons Tod nicht mehr ertragen. So würde Flora Bernhard Altmanns Geheimnis nicht verraten können.

Pia musste seinen Plan vereiteln, damit die junge Frau am Leben blieb; sie hatte keine Wahl. Es gab nun keinen Sichtschutz mehr, keine Möglichkeit, sich den beiden unbemerkt weiter zu nähern. Altmann und Flora standen schon knöcheltief in der Ostsee, als er Pia kommen sah. Er stieß Flora von sich weg ins flache Wasser.

»Polizei! Stehen bleiben! Heb die Hände über den Kopf!«, befahl Pia.

»Ach, du bist es«, antwortete er. »Horst-Egons Augenstern! Willst du Flora beim Sterben Gesellschaft leisten?« Er hielt nun ebenfalls eine Pistole in der Hand.

»Gib auf, Altmann!«, rief Pia so laut, wie sie konnte. Wer immer sich diesem Strandabschnitt zuerst näherte – Kollegen aus Oldenburg, die Wasserschutzpolizei –, sollte wissen, wo sie waren. »Gib auf und lass Flora gehen, bevor du alles noch schlimmer machst!«

»Das Spiel ist erst aus, wenn es wirklich aus ist, Frau Kollegin. Das weißt du doch. Du willst Flora retten? Das ist nobel von dir. Aber sie ist eine Mörderin. Sie ist es nicht wert.« Er trat Flora in die Seite. Der dumpfe Laut wurde von dem metallischen Scheppern der Kette begleitet, mit der Altmann Floras Oberköper umwickelt hatte. Floras Stöhnen war durch den Knebel hindurch zu hören, wurde jedoch erstickt, als sie weiter herumrollte und mit dem Gesicht im Wasser landete. Sie riss den Kopf hoch.

»Es gibt neue Hinweise, die Floras Unschuld beweisen. Und selbst, wenn sie es war: Sie war damals noch ein Kind.«

»Ist mir scheißegal. Sie hätte nicht zurückkommen dürfen! Vor allem hätte sie nicht in den Sachen ihres Vaters herumschnüffeln dürfen! Flora hat mir sogar von den E-Mails zwischen ihrem Vater und meiner Frau erzählt. Als ob sie nicht wüsste, dass mit ›Merel‹ Sabrina gemeint war! Sie ist selbst schuld.« Ein neuerlicher Tritt, der Flora weiter ins Wasser rollen ließ. Sie versuchte hochzukommen, schaffte es aber nicht.

»Sie weiß nichts«, behauptete Pia. »Lass Flora gehen.«

Pia sah, dass sie der gefesselten Frau schnell helfen musste, bevor sie womöglich im flachen Wasser ertrank. Wie viel Zeit blieb ihr noch?

Bernhard Altmann nutzte den Moment, trat näher an Flora heran und richtete die Waffe auf ihren Kopf. »Zwing mich nicht, sie hier und jetzt zu erschießen! Das wäre allein deine Schuld, Pia. Wirf deine Pistole weg!«

Wenn Altmann sie tötete oder schwer verletzte und sie dann beide irgendwie auf das Boot brachte, beschwerte und in der Ostsee versenkte, hätte er eine gewisse Chance, ungeschoren davonzukommen. Das zumindest schien sein abgeänderter Plan zu sein.

»Meine Kollegen sind gleich hier, auch die Wasserschutzpolizei. Du hast überhaupt keine Chance zu entkommen«, sagte Pia. »Aber bisher ist nichts passiert.«

Er lachte rau. »Nur dass ich Joachim erschossen habe und dass diese Nicole Mohr leider an Floras Stelle ins Gras gebissen hat. Nicht zu vergessen der Junkie im Krankenhaus, der mich ernsthaft wegen des Telefonanrufs erpressen wollte und der daraufhin den Abflug machen musste. Ich habe nichts mehr zu verlieren, und deshalb ...« Er entsicherte die Waffe.

»Warum hast du deinen Freund und Kollegen erschossen?«

»Freund!«, höhnte er. »Er hat mir Sabrina weggenommen. Er hat sie gevögelt und sie dann fallen gelassen. Dieses Schwein hatte es verdient zu sterben. Wirf endlich deine Pistole weg!« Er richtete die Waffe wieder auf Pia, um seiner Forderung Nachdruck zu verleihen.

Floras Tritt mit beiden Füßen traf ihn am Knöchel. Altmann geriet aus dem Gleichgewicht und drückte ab. Pia sah das Mündungsfeuer. Der Schuss hallte durch die Nacht. Sie hörte die Kugel irgendwo auf dem Sand aufschlagen. Verwundert registrierte sie, dass sie nicht getroffen war. Flora trat noch einmal nach. Altmann stürzte ins Wasser, riss den rechten Arm mit der Pistole jedoch hoch. Bevor er sich wieder stabilisieren konnte, zielte Pia auf seine Beine und drückte ab.

Er heulte auf und presste die Hände auf seinen Schenkel. Die Pistole fiel in das flache Wasser.

Pia hechtete vorwärts, nahm Altmanns Waffe auf, warf sie einige Meter von sich und lief zu Flora. Sie riss ihr das Klebeband vom Mund, zog die völlig durchnässte Frau aus dem Wasser.

Flora japste und rang nach Luft. »Vorsicht, passen Sie auf!«

Bernhard Altmann war weiter auf den Strand gekrochen und hielt sich stöhnend das Bein. Zwischen seinen Fingern quoll Blut hervor und färbte den Sand unter ihm dunkel.

»Los, dreh dich auf den Bauch, Altmann! Nimm die Hände auf den Rücken, damit ich sie sichern kann«, fuhr Pia ihn an. »Wenn ich dir keinen Druckverband anlege, verblutest du.«

Er wandte sich um, ließ sein Bein aber nicht los. Pia lief zu ihm. Mit einer Hand löste sie die Handschließen von ihrem Gürtel und steckte ihre Waffe weg, um Bernhard Altmann die Hände auf dem Rücken zu fesseln.

»Au, mein Bein!«, stöhnte Altmann und zog es an. Er griff sich an den Unterschenkel, warf sich herum, und Pia sah eine silberfarbene Pistole in seiner Hand aufblitzen.

39. Kapitel

»Dein Chef hat immer gesagt, ich sei ein verdammter Waffennarr. Er könnte recht gehabt haben!«, höhnte Altmann. »Der Trend geht eindeutig zur Zweitwaffe.«

Pia starrte in die Mündung der Pistole, die ihr nun viel zu nahe war. Er zielte auf ihr Herz, und nun konnte er treffen. Sie spürte, wie die Verzweiflung und Lethargie der letzten Tage weggespült wurden von dem übermächtigen Wunsch, dies hier zu überleben. Ich will nicht sterben!, dachte sie.

»Die war im Wasser, die schießt nicht mehr«, behauptete Pia mit trockener Kehle.

»Willst du dein Leben darauf verwetten?«

»Nimm die Waffe runter, es ist zu spät.« Weiter hinten in Richtung Parkplatz sah Pia den Widerschein von Blaulicht und auch Menschen, die sich ihnen näherten.

Altmann bemerkte es ebenfalls. »Unsere Leute. Das ging diesmal aber schnell.« Er zielte weiterhin auf Pia, starrte sie an. »Ich glaube, heute ist dein Glückstag, Pia.« Altmann setzte die Pistole an seine Schläfe und drückte ab. Gehirnmasse, Blut und Knochensplitter spritzten. Er fiel mit weit geöffneten Augen in den Sand.

»Weißt du, es ist zum Verzweifeln mit dir, Pia«, sagte Rist, als sie zu später Stunde in seinem Büro saßen. »Hast du während deiner Ausbildung schon mal etwas von Eigensicherung gehört? Der Kerl hätte dich erschießen können! Hast du eine

Ahnung, was ich dann für einen Papierkrieg hätte führen müssen?«, setzte er hinzu. »Und es gibt so einige, die mir die Hölle auf Erden bereitet hätten.«

Pia hob erstaunt das Kinn. »Er hat mich aber nicht erschossen«, sagte sie. »Mir geht es gut. Tut mir jedoch leid, dass er tot ist.« Es ging ihr tatsächlich besser als noch vor Stunden. Der Schock, die Todesdrohung waren schlimm gewesen, doch sie hatten ihr auch etwas klargemacht: dass sie bei aller Trauer und Verzweiflung unbedingt weiterleben wollte. Nicht nur für Felix und ihre Familie. Da war die Hoffnung, dass sie sich eines Tages wieder ganz fühlen könnte ... Das war ihr in den wenigen Sekunden, in denen sie in die Mündung von Bernhard Altmanns Pistole geschaut und ihr Ende vor Augen gehabt hatte, klar geworden.

»Wir müssen das morgen alles offiziell durchkauen, aber ich hätte gern vorab ein paar Infos. Einfach, um es zu verstehen.«

»Von mir aus«, sagte Pia. »Ich habe heute nichts Besseres mehr vor.«

»Du warst in Niensühn, um mit Vivien und Daniel Prange und mit den Schöttlers zu reden. So weit war ich noch im Bilde.« Er lehnte sich mit konzentriertem Gesichtsausdruck zurück. »Was ist passiert?«

Pia berichtete ihm, was sie in Niensühn erfahren hatte. Auch Gunnar Hertlings Vergangenheit in der Fremdenlegion kam zur Sprache. »Was Simon Hertlings Tod betrifft, bin ich nicht wirklich weitergekommen. Flora kommt immer noch als Täterin infrage, die Prange-Geschwister nur, wenn sie sich gegenseitig decken. Auch Gunnar Hertling oder Piet Prange, der Spurenlage am Tatort nach zu urteilen, obwohl ich hier kein Motiv sehe ... Der ›große Unbekannte‹, den wir nicht ausschließen können, hätte keinerlei Spuren am Tatort hinterlassen, was nicht sehr wahrscheinlich ist.«

»Und womit bist du weitergekommen?«

»Mit unserer aktuellen Ermittlung, Nicole Mohrs Tod betreffend. Es stand ja die ganze Zeit über die Frage im Raum, ob der Giftanschlag Flora Laubner oder Nicole Mohr gegolten hat. Während der Gespräche, vor allem mit Hannes Schöttler, wurde ich an etwas erinnert, was mich unbewusst schon die ganze Zeit gestört hat. Es waren die voneinander abweichenden Beschreibungen der Ehe der Laubners. Flora sagte, ihre Mutter habe in der Zeit vor Simon Hertlings Tod oft geweint. Sie wusste nicht, wieso, doch die Stimmung in ihrem Elternhaus soll so angespannt gewesen sein, dass sie nicht gern dort war. Bernhard Altmann, der Kollege und gute Freund der Familie, hat aber ausgesagt, die Ehe der Laubners sei toll gewesen, harmonisch ...«

»Was heißt das schon?«, wandte Rist ein. »Das Kind bekommt halt andere Sachen über die Beziehung seiner Eltern mit als der Freund, der nur zu besonderen Gelegenheiten im Haus ist.«

»Bernhard Altmann und Joachim Laubner haben Tag für Tag zusammengearbeitet. Du weißt auch, wie das ist. Falls es wirklich nicht gut stand zwischen Regina und Joachim Laubner, hätte sein Kollege wahrscheinlich irgendwas mitbekommen. Und selbst wenn nicht, zwischen ›nichts mitbekommen‹ und ›diese Ehe über den grünen Klee loben‹ gäbe es ja auch noch gewisse Abstufungen. Aber nein, Bernhard Altmann war voll des Lobes. Und dann hat Hannes Schöttler mir von einem Konzert erzählt.«

»Konzert?«

»Bernhard Altmanns erste Frau war Sängerin. Sie sang unter ihrem Mädchennamen Sabrina Galante. Hannes Schöttler war wohl ein großer Fan von ihr und ist zu einem Konzert von ihr nach Lübeck gefahren. Dort hat er Joachim Laubner zusammen mit Sabrina Galante gesehen und sie schienen ihm ›recht vertraut miteinander‹, sagte er. ›Joachim Laubner nahm die Frau seines Kollegen hinter der Bühne länger in den Arm, und sie küssten sich.‹ Und voilà, da ging mir auf, dass es da noch ein Motiv geben könnte.«

»Eifersucht?«

»... und Rache. Bernhard Altmanns angeblicher Freund und Kollege hatte ein Verhältnis mit seiner Frau Sabrina. Altmann hatte das anscheinend herausgefunden. Und er konnte vielleicht nicht damit leben, vermutete ich. Er könnte sich Laubners Verzweiflung wegen des Todes von Simon Hertling und der mutmaßlichen Schuld seiner Tochter Flora zunutze gemacht haben, um sich an ihm zu rächen. Ich stelle mir das folgendermaßen vor: Bernhard Altmann hat die auf der Dienststelle eingeschlossene Dienstwaffe Laubners nach Feierabend an sich genommen und ist damit zu Joachim Laubner gefahren. Der Mann vertraute Altmann. Es kann nicht allzu schwierig gewesen sein, ihm aus nächster Nähe in die Schläfe zu schießen und es so aussehen zu lassen, als wäre es Selbstmord gewesen. Altmann war Polizist. Er wusste, worauf er achten muss. Und er ist damit durchgekommen. Zwölf lange Jahre. Doch dann kam Flora zurück in ihr Elternhaus und fing an, in alten Aufzeichnungen ihres Vaters herumzustöbern. Sie sagte mir vorhin, dass sich darunter auch vertrauliche E-Mails befunden haben, die sich ihr Vater und Altmanns Frau Sabrina geschrieben haben. Flora hatte Altmann ja angerufen und ihn um Hilfe gebeten. Sie hatte ihm gegenüber die E-Mails sogar erwähnt. Ihr Vater hatte Sabrina Altmann darin mit einem Kosenamen angeredet: Merel. Das heißt auf Niederländisch ›Amsel‹. Altmann kannte diesen Namen und musste befürchten, dass Flora nun von der Affäre ihres Vaters mit Sabrina, seiner Frau, erfuhr. Dass sie früher oder später sein Motiv, ihren Vater zu töten, aufdecken würde.

»Aber wieso war ausgerechnet Flora Laubner eine Bedrohung für ihn? Regina Laubner könnte doch all die Jahre über die Affäre ihres Mannes Bescheid gewusst haben. Und auch sie könnte diese Aufzeichnungen gelesen haben.«

»Schon. Aber sie verhielt sich ruhig. Sie fühlte sich nach dem Selbstmord ja von ihrem Mann im Stich gelassen, wollte mit der schlimmen Geschichte abschließen. Ganz im Gegensatz zu Flora, die alles wieder aufwühlen wollte, was damals passiert ist.«

»Angenommen, es war so, wie du sagst. Wieso ist dann Nicole Mohr ums Leben gekommen?«

»Als Flora Bernhard Altmann anrief und ihm klar wurde, dass sie in Joachim Laubners Unterlagen herumsucht, wollte er sie unschädlich machen. Er musste ihrem Wühlen in der Vergangenheit ein Ende bereiten, und er hatte vielleicht über die Jahre auch schon einen Plan B entwickelt, falls es je so weit kommen sollte. Soll heißen, er hätte sich das Gift schon vor längerer Zeit besorgen können. Es könnte sogar etwas aus der Asservatenkammer in Kiel gewesen sein ...«

»Pia, mal nicht den Teufel an die Wand!«

»Schon gut. Das muss ja nicht so gewesen sein. In Neuseeland wird Natriumfluoracetat noch verkauft, auch in Kanada. Es kann also nicht allzu schwierig gewesen sein, sich dieses Gift zu besorgen, vor allem, wenn man sich etwas Zeit dafür nimmt. Da Flora während des Klinikaufenthaltes ihrer Mutter allein in dem Haus wohnte, mischte Altmann während seines Besuchs bei ihr das Gift einfach in irgendwas hinein, an das er gut herankam. Zum Beispiel in die Zuckerdose in der Küche. Die leere Verpackung des Giftes, dieses Briefchen, deponierte er im Spülenunterschrank, damit es so aussähe, als hätte Flora sich das Gift selbst verabreicht. Später ist er noch einmal in das Haus der Laubners eingebrochen, um die ausgedruckten E-Mails, den Beweis für die Affäre zwischen Laubner und seiner Frau, zu suchen und mitzunehmen. Damit hätte er alles, was ihn mit dem Mord an Joachim Laubner in Verbindung bringt, beseitigt. Sein Plan ging aber nicht auf. Flora nahm keinen Zucker, sondern ihre Nachbarin, Nicole Mohr.«

»Und warum haben wir dann nichts gefunden?«

»Es war nur noch eine kleine Menge Zucker in der Zuckerdose. Vielleicht eine Vorsichtsmaßnahme Altmanns? Ich nehme an, Flora hat den Rest dann in die Spüle geschüttet und die leere Dose in die Geschirrspülmaschine gestellt. Kommt vor. Das können wir sie aber noch mal fragen.«

Rist kratzte sich am Kinn, das eine Rasur dringend nötig hatte. »Es ist immerhin möglich. Und was war mit Floras Unfall? Wie soll er das bewerkstelligt haben?«

»Er musste Flora dazu bringen, nachts und in großer Sorge von Niensühn nach Eutin zu fahren. Er konnte sie jedoch nicht selbst anrufen. Der Anruf sollte aus der Elpis-Klinik kommen und von einer Flora unbekannten Anruferin stammen, die sich als Ärztin ihrer Mutter ausgibt. Selbst wenn Flora Laubner die Nummer zurückgerufen hätte, wäre sie auf der Station gelandet und hätte höchstwahrscheinlich geglaubt, dass der Anruf echt war.«

»Schon möglich. Und die Anruferin war …«

»Die drogensüchtige Frau auf der Station, auf der auch Regina Laubner lag, Jelena Fromm. Altmann hat ihr wahrscheinlich Geld geboten oder auch Drogen – für einen kleinen Scherz, so mag er es bezeichnet haben. Sie sollte Flora ins Krankenhaus locken. Zusätzlich hatte er einen Aufkleber auf dem Scheinwerfer ihres Mietwagens angebracht, um ihr Auto im Dunkeln und aus der Entfernung von anderen unterscheiden zu können. Altmann hat sich in dem Waldstück auf einer Anhöhe postiert und auf Flora gewartet. Als sie sich näherte, hat er ein altes Kinderfahrrad und vielleicht auch ein paar Kleidungsstücke oder so etwas auf die Straße geworfen, direkt hinter der Kurve, sodass Flora das erst im letzten Moment sehen würde. Wie erwartet versuchte sie auszuweichen, doch sie hatte Glück im Unglück. Sie kam zwar von der Straße ab, aber sie prallte nicht gegen einen Baum. Es passierte ihr nicht viel. Als Altmann sich ihr danach näherte, in einem Maleroverall oder einem Tatort-Schutzanzug, um keine Spuren zu hinterlassen, ist ein Fahrzeug aus der Gegenrichtung gekommen, und der Fahrer hielt an, um Flora zu helfen. Altmann musste verschwinden. So ging auch sein zweiter Mordplan nicht auf.«

»Und das bei einem Kollegen, der es besser hätte wissen müssen«, spottete Rist. »Beinahe könnte er einem leidtun.«

»Ja, aber nur beinahe«, sagte Pia. »Damit die Frau im Krankenhaus nicht redet, hat er sie aus dem Fenster gestoßen. Er war mit der Zeit vollkommen skrupellos.«

Rist hob die Wasserflasche, und Pia nickte. Er schenkte ihnen beiden ein weiteres Glas Wasser ein. »Aber woher wusstest du, wo sie heute Abend waren, Bernhard Altmann und Flora Laubner?«

»Hätte ich irgendwas *gewusst*, wäre ich nicht allein losgefahren, sondern hätte vorher Verstärkung gerufen«, stellte Pia richtig. »Ich wollte unbedingt noch mal mit Flora sprechen. Doch sie ging weder an ihre Telefone, noch war sie zu Hause, wo sie eigentlich hätte sein sollen, oder bei ihrem Freund Falk Stahnke zu finden. Weil ich gerade herausgefunden hatte, dass Sabrina Altmann und Sabrina Galante ein und dieselbe Person waren, und daraus bestimmte Schlüsse gezogen hatte, was das für Joachim Laubners vermeintlichen Selbstmord bedeuten könnte, fuhr ich zu Bernhard Altmanns Adresse. Als mir dort niemand öffnete, sein Auto jedoch in der Auffahrt stand und im Haus Licht brannte, bin ich misstrauisch geworden.«

»Ach ja?«

»Ich hatte zwei mögliche Szenarien im Kopf: Bernhard Altmann fährt viel Fahrrad. Ich hatte die Vermutung, er könne mit dem Rad zu Flora gefahren sein und sie in ihrem Mietwagen entführt haben. Die Nachbarn hätten sicher ausgesagt, er sei wohl den ganzen Abend über zu Hause gewesen.«

»Möglich«, stimmte Rist zu. »Aber woher wusstest du, wo er sie hinbringt?«

»Ich wusste gar nichts. Meine zweite Befürchtung war, dass Flora sich etwas angetan haben könnte. Sie hat Broders und mir gegenüber mal so eine Bemerkung gemacht, dass wir sie dann in ihrem Versteck im Wald finden würden. An dem Ort, an dem Simon Hertling ums Leben kam. Ich musste das einfach nachprüfen. Doch da oben war niemand. Ich hatte mich geirrt. Von dort bin ich an die Steilküste gegangen und habe unten am Strand das Licht einer Taschenlampe gesehen.«

»Es ist dir nicht in den Sinn gekommen, mich zu informieren, bevor du einfach losfährst?«

»In den Sinn gekommen ist es mir schon«, räumte Pia ein. »Aber ich habe mich dagegen entschieden. Ich hatte ja keinerlei Beweise. Ich fand, dass mein bloßer Verdacht noch zu wenig war, um eine Fahndung nach Flora Laubner einzuleiten.«

»Hm.« Er klang nicht überzeugt.

»Da war nichts als die vage Annahme, dass Joachim Laubner mal eine Affäre mit Sabrina Altmann hatte. Auf der Basis von was? Den Beobachtungen des Chorleiters nach einem Konzert, als die Frau vermutlich noch so voller Adrenalin war, dass sie genauso gut überschwänglich auf alles und jeden hätte reagieren können.«

Rist starrte sie an. »Und ich stelle mir vor, dass du eigenmächtig gehandelt hast, weil du mit unserer Konzentration auf Nicole Mohr als Opfer und Daniel Prange oder Falk Stahnke als Täter nicht einverstanden warst.«

»Nein, so war es nicht. Als ich losgefahren bin, um Flora zu suchen, war immer noch alles offen. Sie hätte ebenso gut ganz allein in dem Versteck sein können. Sie hätte auch sonst wo sein können. Ich wollte etwas in der Hand haben, bevor ich abends um neun meine Kollegen aus dem Feierabend aufscheuche.«

»Dann hast du nur zufällig richtiggelegen?«

»Ja. Ich bin einer reinen Vermutung gefolgt. Weil ich … auch weil ich nicht nach Hause fahren wollte.« Pia sah Rist erschrocken an. Sie war müde und erschöpft, sonst hätte sie das niemals zugegeben.

»Doch dann hast du gesehen, dass du recht hattest. Altmann hatte Flora in seiner Gewalt.«

»Richtig. Da habe ich Verstärkung gerufen.«

»Aber du hast nicht gewartet, sondern dich ganz allein um die Sache gekümmert.«

»Wenn ich gewartet hätte, wäre Flora Laubner jetzt tot.«

Etwas blitzte in seinen Augen auf. Ärger? Missgunst? »Also gut. Dann war es nicht, weil du dich schon als zukünftige Leiterin des K1 gesehen hast?«

Pia starrte ihn verblüfft an. Sie schüttelte den Kopf.

Rist erhob sich. »Du siehst, ehrlich gesagt, ziemlich fertig aus, Pia. Fahr nach Hause und schlaf dich aus. Wir sprechen morgen weiter.«

Pia erhob sich ebenfalls. Als sie aus der Tür trat, war der vertraute Flur des K1 in Dunkelheit getaucht.

40. Kapitel

Vivien schoss aus der Tür hinaus auf den Hofplatz, wo ihr Bruder eine Reisetasche und einen Rucksack in den Kofferraum seines Wagens warf. »Was soll das jetzt, Daniel?«

»Ich bleib hier nicht. Es wird mir alles zu viel, Vivien. Es ist Zeit für mich, etwas Neues anzufangen.«

Sie starrte in den Kofferraum, in dem sich schon eine Kiste mit Daniels Judo-Pokalen und sein zusammengerolltes Bettzeug befanden, wie Vivien jetzt erst bemerkte. »Aber ... wo willst du denn hin? Ich verstehe das nicht.«

»Ich hab mir erst mal einen Job in Süddeutschland besorgt. Ma und Pa wissen schon Bescheid. Also, dass ich für eine Weile gehe, nicht, warum.«

»Na ja, jeder wird denken, dass es wegen Nicole ist«, sagte Vivien. »Dass du etwas Abstand brauchst.«

Daniel funkelte sie an. »Ja, das ist typisch für dich, Vivien. Eigentlich kümmert es dich nicht, dass ich weggehe, oder? Dich kümmert auch nicht, was wir getan haben. Dich kümmert nur, was die Leute denken.«

Sie fasste ihn an den Schultern. »Wie oft soll ich es dir noch sagen: Wir haben damals nichts ›getan‹. Es war ein Unfall. Simon hatte einen Herzfehler, das haben sie doch später herausgefunden, sonst wäre bei dem Spiel überhaupt nichts passiert. Wir waren Kinder, dumme Kinder. Und er hat freiwillig mitgemacht. Wir sind unschuldig!«

Daniel wich vor seiner Schwester zurück. Ihr Gesicht war rot angelaufen, und sie spie ihm die Worte geradezu entgegen. Sie heulte beinahe, allerdings eher vor Wut. Er hatte sich jahrelang von ihr beschwatzen und einschüchtern lassen, war den Weg des geringsten Widerstands gegangen. Es machte ihn krank, wenn er nur daran dachte. »Doch, wir haben etwas Schlimmes getan.« Daniel wunderte sich selbst, wie ruhig seine Stimme klang. »Wir haben nichts gesagt, sondern es Flora ausbaden lassen. Wir haben ausgenutzt, dass Fridbert dachte, er hätte Simon am Strand herumlaufen sehen. Dabei war es Flora, die weggelaufen war, weil wir wieder dieses bescheuerte Spiel spielen wollten.«

»Du darfst so etwas nicht sagen, Daniel!«

»Doch, ich muss das jetzt endlich mal sagen. Du hast Floras Halstuch, das sie um den gebogenen Ast geschlungen und dort vergessen hatte, genommen und Simon um den Hals gelegt.«

»Sag nichts mehr! Es ist nicht unsere Schuld. Er war krank. Wir waren Kinder!«

»Wir sind nicht unschuldig«, fuhr Daniel fort. »Vor allem nicht, was Flora betrifft. Und Pa hat wohl sein Übriges dazu getan, dass Fridbert seine Meinung auch ja nie änderte. Und dann haben wir ausgenutzt, dass Floras Vater ermordet worden ist und ihr nicht mehr helfen konnte. Jawohl, ermordet. Er hat keinen Selbstmord begangen, wie wir alle dachten. Da kannst du noch so oft sagen, dass wir damals sehr jung waren. Ich bin jetzt erwachsen, und ich werde tun, was ich für richtig halte.«

»Das kannst du unseren Eltern aber nicht so erzählen«, flüsterte Vivien. »Das kannst du nicht tun! Es war doch alles in Ordnung. Es *ist* alles in Ordnung.«

»Für dich vielleicht. Aber willst du Flora von nun an täglich auf der Straße begegnen in dem Wissen, was du ihr angetan hast? Ich kann und will das nicht.« Er schlug die Heckklappe zu. »Ich war vorhin noch mal bei der Polizei. Jetzt, wo sie wissen, dass ich Nicole nicht vergiftet habe, bin ich frei zu fahren, wohin ich will. Und genau das werde ich tun.«

»Du lässt mich hier sitzen mit alldem?«

»Meinst du mit ›alldem‹ diesen Hof? Vielleicht ist es ja das, was du immer gewollt hast, Vivien.«

»Nein.« Sie verschränkte die Arme vor der Brust. Dann ging ihr Blick über den Hofplatz und die angrenzenden Gebäude. Sie schluckte.

»Nur zu deiner Information: Ich werde Flora einen Brief schreiben«, sagte Daniel abschließend. »Einen Brief, in dem ich ihr alles erkläre, zumindest so weit, wie es sie und mich betrifft. Was du tust, ist natürlich deine Sache.«

»Hey, Flora, wie geht es dir?« Falk stand an der Gartenpforte und sah zu ihr herüber.

Ihr Herz klopfte bei seinem Anblick. Dabei hatte sie auf dem Rückweg vom Krankenhaus doch einen Entschluss gefasst. »Es geht schon wieder«, sagte sie.

»Hast du Zeit? Kann ich mit reinkommen?«

Sie schloss den Mietwagen mit einem Druck auf die Fernbedienung. »Ja, schon. Möchtest du einen Kaffee?« So konnte sie es schneller hinter sich bringen.

»Klar.« Er kam den Gartenweg herunter auf sie zu, nahm sie in den Arm. Sie zuckte zusammen, als er sie dort berührte, wo die schweren Kettenglieder sie verletzt hatten.

Falk sah sie an.

»Nur ein paar blaue Flecken«, versicherte sie ihm. »Ist halb so wild.«

»Ich hab gerade gehört, was dir am Strand passiert ist. Ich meine, in Niensühn gibt es kein anderes Thema mehr. Aber niemand weiß etwas Genaues. Nur dass du anscheinend eine Heldin bist.«

»Ich und eine Heldin?« Flora ging ihm voraus ins Haus, steuerte die Küche an. Sie füllte den Wassertank der Kaffeemaschine und holte die Kaffeepads heraus. Dann stellte sie zwei Becher und die Milch auf den Tisch. »Eine Heldin ist wohl eher diese Polizistin, Pia Korittki. Wenn sie nicht gewesen wäre ... Ich konnte mich noch gar nicht bei ihr bedanken. Aber ich fahre nachher nach Lübeck aufs Kommissariat. Da werde ich sie wahrscheinlich sehen.«

Falk legte sanft eine Hand auf ihren Arm. »Geht es dir wirklich gut? Soll ich dich dorthin begleiten?«

»Ich schaffe das schon.«

»Stimmt es denn, dass jemand versucht hat, dich in der Ostsee zu ertränken?«

»Ja, mit einer Metallkette, die um meinen Körper gewickelt und mit einem Vorhängeschloss gesichert war. Der Schlüssel ist noch hier drin.« Sie legte eine Hand auf ihren Bauch. »Es sollte nämlich nach einem Selbstmord aussehen.«

»Wie? Was bedeutet das?«

»Ich musste den Schlüssel herunterschlucken. Damit es echt aussieht.«

»Das ist ja ... abartig.«

Flora stellte einen Becher unter die Maschine und drückte auf den Knopf. Das vertraute Rattern und Rauschen erklang. »Ja. Und beinahe hätte es geklappt. Wie bei meinem Vater. Es liegt wohl in der Familie, sollten die Leute denken. Aber mein Vater ist ermordet worden von seinem Kollegen Bernhard Altmann – mit seiner eigenen Dienstwaffe.« Sie wandte Falk das Gesicht zu. »Der war auch Polizist. Ich habe ihm vertraut. Doch als ich wieder hier auftauchte, bekam er wohl Angst, ich könne ihm auf die Schliche kommen.«

Falk sah sie stirnrunzelnd an. »Und hat dieser Kerl auch Nicole auf dem Gewissen?«

Flora reichte ihm seinen Kaffee. »Ja. Das Gift sollte aber mich treffen. Es tut mir sehr leid, Falk.«

»Du kannst nichts dafür.« Sein Gesicht war starr, und er vermied es, sie anzusehen. Langsam trank er einen Schluck, setzte den Becher wieder ab. »Wie geht es überhaupt deiner Mutter?«

»Ich war eben bei ihr. Sie konnte schon wieder ein paar Schritte gehen. Etwa fünf Meter den Korridor hinunter. Aber sie hat bestimmt zehn Kilo abgenommen. Sie ist ganz schön klapprig. Ich werde die erste Zeit nach der Reha, wenn sie wieder zu Hause ist, noch hier wohnen bleiben. Doch das wird keine Dauerlösung sein«, setzte Flora entschlossen hinzu. Sie forschte in Falks Gesicht nach einer Reaktion.

»Schade«, sagte er.

»Wirklich?«

Er holte tief Luft. »Natürlich. Ich will dich nicht verlieren, Flora. Ich hatte gedacht, wir ... versuchen es miteinander.«

Flora zögerte. »Ich weiß nicht, ob ich hier leben kann, Falk. Ich dachte, als Erwachsene stehe ich über den Dingen. Über dem Klatsch und so. Ich dachte, ich könnte den Leuten vielleicht zeigen, wie ich wirklich bin. Aber so langsam hab ich Zweifel.«

»Das schaffst du, Flora. Wir schaffen das!« Er räusperte sich. »Und wenn nicht, also ... ich muss hier nicht unbedingt mitten im Dorf wohnen bleiben. Ich war ja mehr Nicoles wegen hier.«

»Nicole«, sagte Flora. »Nicole ist eine schwere Hypothek. Und Simon sowieso.«

»Es liegt an uns.« Falk sah ihr in die Augen. »Gib uns eine Chance.«

»Du bist mutig.«

»Wieso?«

Sie lächelte. »Du trinkst ohne Bedenken einen Kaffee, den ich zubereitet habe. Das ist immerhin ein Anfang.«